Über das Buch

Ein Teilnehmer der Münchner Herz-Tage, einer Fortbildungsveranstaltung für Mediziner, wird tot im Garten des Kongresshotels aufgefunden. Kriminalhauptkommissar Henri Wieland bekommt bei den Ermittlungen Unterstützung von Reporterin Elisa Gerlach, nachdem sich herausstellt, dass der Tote kein Arzt war, sondern Journalist. Er war einem Korruptionsfall in der Pharmaindustrie auf der Spur. Elisa nutzt ihre Pressekontakte, um seine Recherche nachzuvollziehen. Henri stößt mit seinem Team dagegen auf eine Mauer des Schweigens. Doch dann wird der Täter nervös ...

Über die Autorin

Liv Morus wuchs im Rheingau auf. Heute lebt sie mit ihrer Familie in der Nähe von München, wo auch ihre Krimireihe um Journalistin Elisa Gerlach und Kriminalhauptkommissar Henri Wieland angesiedelt ist. Mehr auf www.livmorus.de.

Liv Morus

Wissen. Macht. Angst.

Der 3. Fall für
Elisa Gerlach und Henri Wieland

Kriminalroman

Die *Morgenzeitung*, das *Grandhotel Pistorius*, die Voss Pharma AG, die Charaktere und die Handlung dieses Romans sind frei erfunden. Jede Ähnlichkeit mit realen Personen oder Begebenheiten ist rein zufällig und nicht beabsichtigt.

Bibliografische Information der Deutschen Nationalbibliothek:
Die Deutsche Nationalbibliothek verzeichnet diese Publikation in der Deutschen Nationalbibliografie; detaillierte bibliografische Daten sind im Internet über http://dnb.dnb.de abrufbar.

2. Auflage 2019
Copyright © 2019, Liv Morus
www.livmorus.de
kontakt@livmorus.de

Lektorat: Christine Hoffmann, München
Covergestaltung: Anne Gebhardt, papierprintit GmbH, Konstanz
Covermotiv: shutterstock_307043420

Herstellung und Verlag: BoD – Books on Demand, Norderstedt

ISBN: 978-3-748-10924-2

Wissen. Macht. Angst.

Prolog

Zehn Monate vorher

»Wir haben ein Problem!« Die Tür des Besprechungsraums klappte zu. Die Gespräche der anderen fünf verstummten.

»Wir haben doch keine Probleme«, – polterndes Lachen –, »höchstens Herausforderungen.«

»Dir wird das Lachen vergehen, wenn du hörst, was ich gerade erfahren habe.«

»Ach ja? ... Was denn?«

»Das Sanivocumab scheint langfristig nicht das zu halten, was die ersten Tests belegt haben.«

»Was soll das heißen?!?«

»Dass die anfänglich festgestellten positiven Ergebnisse sich über einen längeren Zeitraum nicht bestätigen. Im Durchschnitt haben die Patienten der Testgruppe keine besseren Werte als die der Vergleichsgruppe.«

Betretenes Schweigen. Eine Fliege surrte wieder und wieder gegen die Fensterscheibe.

»Ist das das offizielle Ergebnis der letzten Testphase?!?«

»Nein ... das ist eine inoffizielle Information des Studienleiters. Er hat mich angerufen, um mir mitzuteilen, dass die Studienergebnisse ... äh ... nicht ganz unsere Erwartungen erfüllen werden.«

Verlegenes Räuspern.

»Kein Mensch wird bereit sein, so viel Geld für eine Therapie zu bezahlen, die wirkungslos ist. Kein Patient und keine Krankenkasse.«

»Von *wirkungslos* kann nicht die Rede sein! Die Testphase 1 hat eindeutig bewiesen, dass das Sanivocumab einen positiven Effekt erzielt!«

»Aber was nützt das, wenn sich der positive Effekt schon nach einem Jahr in Luft auflöst?«

»Ich fasse es nicht! Wir haben so viel Zeit und Geld in die Entwicklung dieses Wirkstoffs gesteckt!! Das kann doch nicht alles umsonst gewesen sein!!!«

»Lasst uns nicht gleich vom Schlimmsten ausgehen. Nur weil dieser erste Langfristtest nicht das gewünschte Ergebnis bringt, heißt das nicht, dass alles, was wir bisher erreicht haben, ungültig ist. Vielleicht kamen bei dem Test mehrere ungünstige Faktoren zusammen, die das Ergebnis verfälscht haben. Ist denn die Größe der Testgruppe und der Vergleichsgruppe überhaupt aussagekräftig?«

»Eigentlich schon ...«

»Aber man weiß natürlich nicht, inwieweit andere Erkrankungen bei den untersuchten Personen das Ergebnis verfälschen. Es gibt genug Fälle, bei denen nachfolgende Studien gezeigt haben, dass das erste Studiensetting fehlerhaft war.«

»Mit diesem Auftragsforschungsinstitut haben wir bisher nur gute Erfahrungen ...«

»Ich sage ja nicht, dass es an dem Institut liegt. Die können schließlich auch nicht in die Testpersonen reinschauen. Manchmal gibt es noch andere Umstände, die ein Testergebnis beeinflussen. Ich weigere mich, von heute auf morgen den Glauben an all das Gute, was wir mit diesem Medikament für die Menschen bewirken können, aufzugeben.«

»Ja ... nein ... es wäre natürlich schade ...«

»Es wäre nicht nur für die Patients schade, die das Medikament brauchen, sondern auch für unser Unternehmen und alle Mitarbeiter.« Den spöttischen Unterton konnte keiner überhören. »Wir brauchen dringend ein neues Flaggschiff. Die Generika bringen uns nicht annähernd so viel Gewinn, wie wir erhofft hatten.«

»Wird dieses ... sagen wir ... Zwischenergebnis ... die Zulassung des Wirkstoffs beeinträchtigen?«

»Ich denke schon. Man wird mindestens eine weitere Testphase verlangen.«

»Eine weitere Testphase?!? Das wäre der Supergau für die Einführung! Unsere PR-Kampagne läuft bereits. Natürlich unauffällig und zurzeit noch unabhängig von unserem Medikament, aber zeitlich genau auf die Einführung und die dann einsetzende Werbekampagne abgestimmt. Wenn sich der Start verzögert, dann haben wir unser ganzes Pulver umsonst verschossen.«

»Wir haben Artikel platziert, wir sind in Kontakt mit führenden Medizinern ...«

»Ich weiß, ich weiß ...«

»Wir können uns jetzt keinen Abbruch leisten!«

»Aber ... wir wollen doch auch nicht ein ... äh ... wirkungsloses Medikament auf den Markt bringen ...?«

»Natürlich nicht! Nur so lange nicht zweifelsfrei bewiesen ist, dass das Sanivocumab keinen Nutzen für die Patienten hat, wäre es ein

Verbrechen, die Entwicklung einzustellen. Wir lassen die Studie weiterlaufen, um valide Daten über einen möglichst langen Zeitraum zu erhalten. Und parallel führen wir das Medikament ein. Wie die Studienphase 1 gezeigt hat, hat es ja durchaus einen großen Nutzen für die Patienten.«

»Aber mit dem aktuellen Studienergebnis werden wir keine Zulassung für den Wirkstoff bekommen ...«

Das Surren der Fliege gegen die Fensterscheibe war das einzige Geräusch, das zu hören war.

»Ich werde das regeln.«

»Wie willst du das machen?«

»Ich spreche mit meinem Freund. Da lässt sich bestimmt was machen.«

»Ist er dir einen Gefallen schuldig?«

»Nein, das nicht ...« Kurzes Schweigen. »Vielleicht brauchen wir etwas Geld, um ihm seine Entscheidung zu versüßen. Können Sie spurlos ein nettes Sümmchen abzweigen?«

»Kein Problem.«

»Gut, dann machen wir es so.« Demonstrative Pause. »Ich verlasse mich darauf, dass das, was wir gerade besprochen haben, in diesem Raum bleibt. Sonst ist mit erheblichem Schaden für das Unternehmen und somit für jeden einzelnen von uns zu rechnen. Haben wir uns verstanden?«

Niemand sagte etwas.

»Haben wir uns verstanden?«

Zögerliches Nicken, zustimmendes Gemurmel, hastiges Zusammenschieben von Unterlagen und eiliges Stühlerücken. Es schien, als flüchteten alle aus dem Raum.

Kapitel 1

Maja Johansson nickte dem Taxifahrer zu, umfasste den Griff ihres Trolleys und zog ihn zum Eingang des *Pistorius*. Das Hotel lag keine fünf Fahrminuten vom Verlag entfernt, das Taxi war vollkommen überflüssig gewesen, doch ihre Verlegerin hatte darauf bestanden. Dabei hätte Maja gern bei einem Spaziergang frische Luft geschnappt. Am Morgen war sie vom Flughafen direkt zum Verlag gefahren und hatte die Sonne den ganzen Vormittag nur durch die Scheiben des Besprechungsraums gesehen.

Das Hotel lag direkt am Englischen Garten, Maja sah hohe Bäume hinter dem Gebäude. Dort konnte sie sich später noch die Füße vertreten. Jetzt hatte Maja erst mal Hunger. Die Butterbrezeln, die ihr während des Gesprächs im Verlag angeboten worden waren, hatten nicht lange gesättigt.

Vor dem Eingang tummelten sich jede Menge Raucher. Viele hielten Unterlagen in der Hand, die meisten trugen Anzug oder Kostüm, alle hatten ein weißes Namensschildchen an der Kleidung. Aufgeklappte Plakatwände und rote, herzförmige Luftballons verkündeten, dass gerade die ersten Münchner Herz-Tage im *Pistorius* stattfanden.

Maja folgte der Spur der Luftballons in die Hotelhalle, in der ähnlich viel los war wie vor der Tür. Sie bahnte sich mit dem Trolley im Schlepptau einen Weg durch das Gedränge zur Rezeption.

»Herzlich willkommen im *Grandhotel Pistorius*«, sagte eine junge blonde Frau zu ihr und lächelte Maja freundlich an. »Was kann ich für Sie tun?«

»Meine Verlegerin hat ein Zimmer für mich reservieren lassen. Auf den Namen ... Marie Larsen.«

Die junge Frau sah in ihren Computer und nickte kurz darauf bestätigend.

»Wenn Sie sich bitte hier eintragen würden, Frau Larsen?«

Sie schob einen Block mit Anmeldeformularen und einen Stift über den Marmortresen. Maja füllte die nötigen Felder aus.

»Ich hoffe, Sie hatten eine angenehme Anreise.«

Der Ton der Frau war sanft, ihr Interesse wirkte echt.

»Ja, vielen Dank.« Maja legte den Stift auf den Block und schob ihn über den Tresen zurück. »Wäre es möglich, jetzt noch einen Imbiss zu bekommen?«

Es war kurz nach drei, das Mittagsbuffet war vermutlich schon abgeräumt worden.

»Natürlich. Wenn Sie möchten, lasse ich Ihren Koffer auf Ihr Zimmer bringen und Sie können sofort ins Restaurant gehen.«

Maja ließ ihren Blick durch die Halle schweifen. Die Menschenmenge unter dem gigantischen Kronleuchter in der Hallenmitte wurde immer größer. Das altehrwürdige Gebäude schien aus allen Nähten zu platzen.

»Gibt es irgendwo einen Ort, wo nicht so viel los ist?«

Die blonde Frau lächelte.

»Das sind die Teilnehmer der Herz-Tage, eine Fortbildungsveranstaltung für Mediziner. Im Moment ist gerade Kaffeepause, aber die Meute wird sich gleich wieder in den Saal zurückziehen.« Sie strich sich eine Haarsträhne aus dem Gesicht. »Ich würde Ihnen den Rosengarten empfehlen. Dort dürften Sie um diese Uhrzeit ungestört sein.«

»Das klingt gut.«

Die Rezeptionistin deutete auf einen Flur zu ihrer Linken.

»Wenn Sie hier entlang gehen, stoßen Sie auf eine Glastür, die hinaus in den Garten führt. Ich kümmere mich um Ihr Gepäck und schicke sofort jemanden, der Ihre Bestellung aufnimmt.«

»Vielen Dank.«

Maja nahm die Tasche mit ihren Unterlagen und stellte den Trolley seitlich neben der Rezeption ab. Sie folgte dem gebogenen Flur und trat durch die Glastür hinaus ins Freie. Auch draußen hielten sich einige Mediziner auf, doch die meisten machten sich gerade auf den Weg zurück ins Gebäude. Die Kaffeepause schien vorbei zu sein.

Der Rosengarten musste schon vor langer Zeit angelegt worden sein. Strauchrosen, Stammrosen und kleine Hecken bildeten eingewachsene Nischen, überall blühte es und der Duft, den die Rosen verströmten, war intensiv. Die Vögel zwitscherten, der Garten war eine friedliche Oase, in der man den Alltag vergessen konnte. Bequem anmutende Loungemöbel luden zum Hinsetzen ein. Maja wählte eine kleine Sitzgruppe in der Sonne mit einem Tisch, an dem sie sowohl essen als auch arbeiten konnte.

Kaum hatte sie sich niedergelassen, erschien ein Kellner und brachte ihr die Speisekarte. Sie entschied sich für Penne Arrabiata und einen kleinen Salat. Und dazu ein Glas Sekt. Sie hatte schließlich etwas zu feiern. Ihre Verlegerin wollte nach dem großen Erfolg von Majas erstem Buch eine ganze Reihe von Frauenporträts in Romanform herausgeben.

Sie hatte grundsätzlich alle Persönlichkeiten, die Maja vorgeschlagen hatte, interessant gefunden, doch besonders begeistert war sie von der Idee gewesen, gleich den nächsten Roman Püppi zu widmen. Während des Gesprächs war Maja jedoch klargeworden, dass sie niemals über ihre Großmutter schreiben könnte, ohne sie bloßzustellen.

Die Verlegerin hatte keine Ahnung, was die Frauen verband. Sie sah nur ihre beeindruckenden Persönlichkeiten und Lebensgeschichten; die ungewöhnliche Rolle, die sie alle vortrefflich ausgefüllt hatten. Doch Maja stand ihnen nahe – zumindest Püppi und Denise. Sie hatte eine persönliche Beziehung zu ihnen. Es war eine Sache, Denise zu interviewen und über sie zu schreiben, aber eine ganz andere, sich mit Püppis komplexer Persönlichkeit auseinanderzusetzen. Das Porträt über Denise war rundum gelungen. Wenn Maja an den Erfolg anknüpfen wollte, dann musste sie über jemand anderen schreiben. Vielleicht über Frances. Warum eigentlich nicht? Sie konnte nach New York fliegen und noch einmal mit ihr sprechen. Wie das alles gewesen war, als sie damals ihr Unternehmen aufgebaut und zum Florieren gebracht hatte. Darüber würde Frances nur zu gern mit ihr reden. Oder wie wäre es mit Amber? Oder June? Mit beiden stand sie in regem Kontakt. Es war beeindruckend zu sehen, wie sie ihr Leben auf den Kopf gestellt hatten. Starke Frauen, genau wie Denise ...

Maja lehnte sich zurück und ließ sich die Sonne ins Gesicht scheinen, während sie über die Porträtreihe nachdachte. Ihre Verlegerin machte ihr keine Vorgaben, aber wenn sie sich in zwei Tagen mit der Lektorin traf, wäre es gut, bereits eine konkrete Vorstellung von der Fortsetzung ihrer Reihe entwickelt zu haben.

»Was soll das?«, hörte Maja aus weiter Ferne. Sie öffnete die Augen, doch niemand außer ihr selbst hielt sich im Rosengarten auf.

»Sind Sie verrückt geworden?«

Die Stimme kam von oben. Maja legte den Kopf in den Nacken und sah am Gebäude hoch. Pflanzen, die über die Betonbrüstung herunterhingen, verrieten, dass sich auf dem Dach eine begrünte Terrasse befinden musste. Maja sah einen Arm in der Luft, dann noch einen. Was ging dort vor? Sie beugte sich nach vorn, konnte aber nicht mehr sehen.

»Lassen Sie mich los!« Die Stimme war voller Panik. »Hilfe!«

Auf einmal stürzte ein Körper über die Brüstung, ein Mann in dunkler Kleidung. Für einen Moment schien die Zeit stillzustehen. Maja hielt die Luft an, sie wusste nicht, ob sie oder der Mann geschrien hatte. Das Geräusch, als der Körper am Boden aufschlug, war grässlich;

er prallte seitlich auf, der Kopf zerschellte, Knochen brachen. Maja sah instinktiv nach oben, als sie auf der Dachterrasse eine Bewegung wahrnahm, doch da war nur für einen kurzen Augenblick eine Hand zu sehen, dann nichts mehr. Sie schluckte. Der Mann lag etwa dreißig Meter von ihr entfernt am Boden, er war auf dem gepflasterten Weg aufgeschlagen, der vom Garten um das Hotel herum zum Haupteingang führte. Nichts hatte seinen Aufprall gebremst. Ihm war nicht mehr zu helfen.

»Penne Arrabiata und ein kleiner Salat«, sagte der Kellner plötzlich neben Maja und stellte einen Teller mit dampfenden Nudeln vor ihr auf den Tisch. Sie würgte, sprang auf und erbrach sich mitten in die herrlich duftenden Rosen.

Kapitel 2

Lenz sah hoch, als Tanja das Büro betrat. In den Händen hielt sie zwei Kaffeetassen. Seit Henri im Urlaub war, kam sie mehrmals am Tag bei Lenz vorbei, brachte ihm Kaffee mit und setzte sich zum Reden auf Henris Platz.

»Kaffee?«, fragte sie auch diesmal. Es war bereits die dritte Tasse an diesem Tag. Lenz würde in der Nacht nicht zum Schlafen kommen, doch er nickte bereitwillig. Tanja stellte die Tasse vor ihm ab und nahm gegenüber auf Henris Stuhl Platz.

»Freust du dich, wenn Henri morgen wieder da ist?«, fragte Tanja.

Nicht, wenn du dann nicht mehr so oft zum Kaffeetrinken rüberkommst.

»Ich bin froh, dass wir keinen neuen Fall bekommen haben«, wich Lenz aus. Seit Mitternacht hatte das Team Bereitschaft. Roman Richter, Polizeioberrat und Henris direkter Vorgesetzter, hatte sich im Vorfeld heftig echauffiert, als Henri seinen Urlaub um einen Tag verlängern wollte, weil er Karten für *Aida* in der Arena von Verona ergattert hatte, und somit erst nach Beginn der Bereitschaft zurückkommen würde. Anscheinend hatte Roman Lenz nicht zugetraut, die Leitung einer Ermittlung zu übernehmen. Lenz würde ihm nicht sagen, dass er selbst erleichtert war, dass es nicht dazu gekommen war.

»Du hättest das genauso im Griff gehabt wie Henri.«

»Meinst du?«

Lenz hatte Zweifel, doch Tanja lächelte ihm aufmunternd zu.

»Davon bin ich überzeugt.«

»*Du* wärst viel besser geeignet, eine Ermittlung zu leiten.«

Tanja zog die Brauen hoch.

»Weil ich die Leute besser als du herumkommandieren könnte?« Sie lachte. »Mag sein. Aber einer Teilzeitkraft werden sie nie so eine Verantwortung geben.« Tanja klang bitter, das Lachen war aus ihrem Gesicht verschwunden. Sie leerte ihre Kaffeetasse und sah auf die Uhr.

»Weil Teilzeitkräfte immer viel zu früh nach Hause gehen müssen. So wie jetzt.«

»Ich dachte, die Kinder sollten mit deinen Eltern verreisen, während der Kindergarten geschlossen ist?«

»Das war der Plan. Tatsache ist aber, dass meine Eltern beide mit einer heftigen Sommergrippe im Bett liegen und die Ferienwohnung in Kärnten abgesagt ist.«

»Und jetzt sind die Kinder bei deinen Eltern? Obwohl sie krank sind?!«

»Nein, heute sind sie bei ihrem Vater. Ich konnte Marco überreden, dass er sie zu sich holt, aber er wird sie bald heimbringen, weil er dann zur Arbeit muss.« Tanja strich über den Rand der Kaffeetasse. »Ich hoffe, dass er die Kinder morgen wieder nimmt. Deshalb sollte ich jetzt pünktlich zu Hause sein.«

Tanja stand auf. Im gleichen Moment klingelte Lenz' Telefon. Er warf einen Blick auf das Display.

»Die Einsatzzentrale.«

Tanja sank zurück auf Henris Stuhl. Lenz nahm den Hörer.

»Albrecht.«

Der Kollege am anderen Ende hielt sich nicht mit Förmlichkeiten auf.

»Sturz von der Dachterrasse des Hotels *Pistorius*. Übernehmt ihr das?«

»Tot?«

Das Lachen klang wie der Motor eines alten Mofas.

»Sonst hätte ich nicht bei euch angerufen!«

»Mord oder Selbstmord?«

»Keine Ahnung. Das dürft ihr herausfinden. Braucht ihr die Adresse?«

»*Pistorius*? Das ist am Englischen Garten, oder?«

»Genau. Die Rechtsmedizin ist verständigt, die Kollegen haben vor Ort alles abgesperrt.«

»Okay, wir sind gleich da.«

Lenz legte auf. Tanja sah ihn fragend an.

»Ein Toter am Hotel *Pistorius*. Sturz von der Dachterrasse.«

»Mord oder Selbstmord?«

Lenz zuckte mit den Achseln.

»Keine Ahnung.« Er stand auf. »Ich sag Marius Bescheid.«

Tanja folgte ihm in das Büro, das sie sich mit Marius teilte. Der Kollege saß mit gefurchter Stirn vor dem Computer.

»Kann mir mal einer sagen, wie man in so einer bescheuerten Tabelle die Spalten vergrößert?«

»Wir haben einen neuen Fall.«

Sofort hatte Lenz Marius' volle Aufmerksamkeit, die Tabelle war vergessen.

»Wer? Was? Wo?«

»Sturz von der Dachterrasse des Hotels *Pistorius*.«

Marius griff nach seinem Handy und stand auf.

»Okay, fahren wir. Was ist mir dir, Tanja? Musst du nicht heim?«

»Doch.« Sie zögerte. »Aber ich hab' jetzt ein schlechtes Gewissen, wenn ich nicht mit euch zum Tatort fahre. Wenn Henri auch nicht da ist.«

»Unsinn«, sagte Lenz. »Es reicht völlig, wenn Marius und ich erst mal hinfahren und uns anschauen, um was es geht. Wenn es ein Selbstmord war, ist der Fall schnell erledigt. Dafür brauchen wir nicht mit dem ganzen Team anrücken.«

»Und wenn es kein Selbstmord war?«

»Das sehen wir dann.«

Tanja sah noch nicht überzeugt aus.

»Fahr' nach Hause, Tanja. Ich ruf dich an, sobald wir mehr wissen.«

»Außerdem können wir auch Henri anrufen«, warf Marius ein. »Er müsste bereits auf dem Rückweg von Verona sein. Wenn sie heute Morgen nach dem Frühstück losgefahren sind, kommen sie bestimmt bald zu Hause an.«

Lenz nickte. Irgendwie war es beruhigend zu wissen, dass Henri demnächst wieder in greifbarer Nähe sein würde. Auch wenn er das niemals vor den Kollegen zugeben würde ...

Kapitel 3

Elisa freute sich auf Sashas Besuch. In ein paar Stunden würde sie ihre Schwester am Bahnhof abholen. Sie hatten sich seit fast zwei Monaten nicht mehr gesehen, seit Elisa von Hamburg nach München gezogen war. Zwar telefonierten sie täglich miteinander, aber das war nicht das Gleiche. Sasha wollte mindestens eine Woche bleiben. Tagsüber musste sie wie

Elisa arbeiten – sie hatte von mehreren Manuskripten gesprochen, die sie redigieren sollte. Doch abends konnten sie gemeinsam losziehen und zusammen die Stadt erkunden. Oder im Garten sitzen und einfach nur reden. Na ja ... wahrscheinlich würde Sasha auch einen Blick auf Henri werfen wollen ...

Elisa zwang ihre Gedanken zurück zu dem Text, den sie schrieb. Sie hatte für die nächsten Tage einige Artikel im Voraus produziert, damit sie dem Chefredakteur etwas anzubieten hatte, ohne Überstunden machen zu müssen, wenn Sasha da war. Es gab genug Themen, die sie vorbereiten konnte. Gerade arbeitete sie an einem Porträt aus ihrer neuen Serie über Menschen, die zwar nicht prominent, aber aus dem Münchner Alltag nicht wegzudenken waren. Sie hatte einen der Bademeister im Michaelibad interviewt. In der letzten Woche war es für den August ziemlich verregnet gewesen. Erst an diesem Tag war die Sonne wieder hinter den Wolken aufgetaucht. Wenn das Sommerwetter zurückgekehrt war, würde André das Porträt über den Bademeister vielleicht schon in der nächsten Wochenendausgabe veröffentlichen wollen.

Die Geschichten des Bademeisters hätten für mehrere Artikel ausgereicht. Bereitwillig hatte er Elisas Fragen beantwortet und bald war es nur so aus ihm herausgesprudelt. Von den Mutproben auf dem Zehnerturm, den Drogen im Sand des Beachvolleyballfeldes oder dem Loch in der Trennwand zum FKK-Bereich. Die Fotos, die Lena gemacht hatte, mussten kleiner ausfallen, damit Elisa mehr Text auf der Seite unterbringen konnte.

Jette Jasmund, Elisas Kollegin in der Stadtredaktion, ging von hinten an ihrer Tischgruppe vorbei und ließ sich mit einem theatralischen Seufzer auf ihren Platz gegenüber von Elisa fallen.

»Schreibst du schon wieder eins von deinen öden Porträts?«

Wie immer hatte sie einen Blick auf Elisas Bildschirm geworfen.

»Nein«, antwortete Elisa freundlich. »Ich schreibe eins von meinen interessanten Porträts.«

»Dass ich nicht lache. Diese Leute sind so langweilig! Trambahnfahrer, Bäcker, Stadtführer; wen interessiert das denn?«

»Die Leser.«

Seit sie in der Wochenendausgabe Elisas Porträts abdruckten und auf den Zeitungskästen dafür warben, waren die Verkaufszahlen gestiegen. Jette hielt das für einen Zufall, aber André Sievers war überzeugt davon, dass Elisas Artikel der Zeitung zu neuer Popularität verhelfen würden.

»Pfff«, machte Jette. »Ich finde, dass wir so eine Serie mal mit richtigen Prominenten machen sollten. Das wäre ein echter Kracher!«

»Schlag es André doch mal vor!«, sagte Elisa mit scheinheiligem Lächeln.

»Mädels!«, mischte sich Dennis Thalhammer, der Leiter der Stadtredaktion, mit genervtem Unterton in ihr Gespräch. »Ich habe hier gerade etwas Neues reinbekommen. Ein Toter am Hotel *Pistorius*. Sturz von der Dachterrasse ...«

»Da bin ich draußen«, flötete Jette. »Für Tote ist die da zuständig.«

Sie wandte sich demonstrativ ihrem Bildschirm zu und ließ ihre langen blonden Locken als Sichtschutz vor ihr Gesicht fallen.

»*Die da* muss aber noch einen Text fertigschreiben«, widersprach Elisa.

Dennis seufzte.

»Das ist doch nichts Zeitkritisches. Komm schon, Elisa. Ich würde es ja selbst machen, aber ich muss jetzt zum Sport.«

»Zum Sport?!?« Jette tauchte hinter ihren Haaren auf. »Du? Seit wann gehst du zum Sport?«

Dennis war nicht nur übergewichtig; er war so fett, dass er kaum die Treppe hochgehen konnte, ohne in lautes Schnaufen auszubrechen. Es war schwer, sich ihn beim Sport vorzustellen.

»Sabine und ich gehen ins Fitnessstudio«, erklärte Dennis würdevoll und rückte das kreischend bunte Halstuch, das er um den Hals trug, zurecht. Elisa fragte sich, wo er die hässlichen Dinger, von denen er ein ganzes Sortiment hatte, kaufte. Es wäre schon eine große optische Verbesserung, einfach diese albernen Halstücher wegzulassen, doch Elisa hatte den Verdacht, dass Dennis sich damit wie ein Dandy fühlte. Er trug sie, seit sie ihn kannte. Über die Jahre hatten nur die Farben gewechselt. »Heute haben wir einen Termin zur Einweisung. Da kann ich auf keinen Fall zu spät kommen. Sabine bringt mich sonst um.«

Sabine war Dennis' Freundin. Sie war nicht ganz so dick wie er, aber auch ihr würde etwas Sport nicht schaden. Vermutlich hatte sie ihn dazu überredet.

»Das *Pistorius* liegt direkt auf deinem Heimweg, Elisa«, sagte Dennis. »Du schaust dich einfach kurz um, gibst Wolf ein paar Infos durch und dann bist du schon zu Hause.«

Elisa sah auf die Uhr. Sashas Zug kam erst in einigen Stunden an. Wenn sie zum *Pistorius* fuhr, konnte sie danach noch ihr Rad zu Hause abstellen. Und nachschauen, ob Anna, Karen und Henri zurück waren, bevor sie sich mit der Trambahn auf den Weg zum Bahnhof machte, um Sasha abzuholen.

»Meinetwegen. Wo ist denn dieses Hotel?«

»Direkt am Englischen Garten.«

Dennis zeigte es ihr auf dem Stadtplan. Elisa speicherte den Text über den Bademeister, fuhr den Computer hinunter und packte ihre Sachen zusammen. Im Hinausgehen informierte sie Wolf Borowsky, den Chef vom Dienst, dass sie ihm noch eine Kurzmeldung durchgeben würde. Je nach Brisanz des Falles für die Titelseite oder für den München-Teil.

»Nimm einen Fotografen mit!«, rief Wolf hinter ihr her.

Elisa ging zur Bildredaktion und sah schon von der Tür aus, dass Lena, die Fotografin, mit der sie am liebsten zusammenarbeitete, an ihrem Platz saß.

»Kommst du mit, ein paar Fotos schießen?«

Lena sah auf und lächelte, als sie Elisa erblickte.

»Was ist denn passiert?«

»Ein Toter nach dem Sturz von der Dachterrasse des Hotels *Pistorius*.«

»Mord oder Selbstmord?«

Elisa zuckte mit den Schultern.

»Keine Ahnung. Wolf hätte gern ein Bild zum Text.«

Lena griff nach ihrer Kameratasche.

»Okay, ich komme mit. Aber es muss schnell gehen.«

»Das ist ganz in meinem Sinn.«

Kapitel 4

Henri warf einen Blick in den Rückspiegel. Anna schlief noch immer. Sie hatte ihren Kopf gegen ein Kissen gelehnt, das sie zwischen sich und das Fenster geklemmt hatte. Doch es war nicht *ihr* lautes Atmen, das man bis nach vorn hören konnte, sondern das von Luna, die hinten in ihrem Transportkäfig lag und geräuschvoll schnarchte.

»Schlafen sie beide?«, fragte Karen vom Beifahrersitz. Henri nickte seiner Mutter zu.

»Tief und fest. Willst du nicht auch ein bisschen die Augen zumachen?«

»Ich bin nicht müde.« Karen lächelte. »Ich sehe die ganze Zeit die grandiosen Bilder von gestern Abend vor mir und höre die herrliche Musik. *Aida* war eine großartige Idee von dir, Henri!«

»Nicht wahr?« Er grinste. »Wusste ich doch, dass das die perfekte Überraschung für euch ist!«

»Du hast es auch genossen, gib es zu!«

»Sehr sogar.« Henri summte ein paar Takte aus dem Triumphmarsch.

»Aber das Schönste waren eure strahlenden Gesichter.«

»Anna war auch begeistert.« Karen schwieg für einen Moment. »Ich freue mich sehr, dass sie sich in diesem Urlaub so geöffnet hat. Es ist schön, sie wieder lachen zu hören.«

Henri nickte. Annas Lachen war auch sein persönliches Urlaubshighlight. Anfangs hatte er gedacht, es sei einzig und allein Elisa zu verdanken, dass Anna nicht mehr so verschlossen und abweisend war. Doch im Urlaub hatte sich gezeigt, dass sie auch Henri und Karen gegenüber offener wurde. Sie sprach über ihre Gefühle. Sie ließ sich auf gemeinsame sportliche Aktivitäten ein. Und sie trug nicht länger ausschließlich ihre schwarze Ledermontur. Sicher hatte auch die Hitze auf Elba dazu beigetragen, aber Henri war stolz, dass er sie zu ein paar hellen Tops und T-Shirts hatte überreden können.

»Es scheint, als könne sie ihre Trauer langsam überwinden.«

Anna hatte sich nach dem Unfalltod ihrer Mutter und ihres Bruders hinter einen nahezu undurchdringlichen Panzer aus schwarzer Kleidung und Make-up zurückgezogen und niemanden mehr an sich herangelassen. Seit dem Unfall waren über zwei Jahre vergangen.

»Falls wir nicht zu spät ankommen, könnte ich mit ihr in die Stadt gehen und noch ein paar Klamotten kaufen, bevor sie morgen nach Starnberg fährt. Ich glaube, im Moment wäre sie empfänglich dafür.«

»Das ist eine gute Idee. Morgen, wenn du wieder zur Arbeit musst, wirst du es nicht schaffen.«

Aus Karens Stimme klang kein Vorwurf. Sie war nur realistisch. Wenn Henri nach über zwei Wochen Urlaub zurück ins Büro kam, würde er am Nachmittag nicht früher gehen können. Immerhin schienen sie keinen neuen Fall hereinbekommen zu haben, sonst hätte Lenz sich längst gemeldet. Egal, ob Henri in Italien war oder nicht.

Vor dem Urlaub hätte Henri Elisa gebeten, mit Anna shoppen zu gehen, da sie sicher ein besserer Ratgeber war als er. Doch inzwischen wusste er, dass es gar nicht so sehr darauf ankam, Anna etwas zu empfehlen. Es war nur wichtig, sie in ihren eigenen Entscheidungen zu bestärken. Und das traute er sich zu, nachdem sie ihn auf Elba ins Vertrauen gezogen hatte über ihre Selbstzweifel, ihre Teenager-Sorgen und ihre erste Verliebtheit. Er fühlte sich seiner Tochter näher als jemals zuvor.

Außerdem wollte er nicht in Elisas Schuld stehen. Sie war die erste Frau seit Claires Tod, die wirkliche Gefühle in ihm geweckt hatte. Er hatte sie geküsst und sich für einen Moment der Hoffnung hingegeben, dass er mit ihr mehr haben konnte als mit all den One-Night-Stands, die er in den letzten Monaten gehabt hatte. Doch Elisa war Journalistin. Sie war in ihrer Redaktion für die Mordfälle zuständig, die Henri mit seinem Team aufklärte. Bei seinem letzten Fall vor dem Urlaub hatte er ihr vor der offiziellen Presseerklärung Informationen zukommen lassen, die sie nicht hätte haben dürfen. Henri hatte die halbe Nacht an der Pressemitteilung gearbeitet, als ihm klargeworden war, dass er in Teufels Küche kommen würde, wenn sein Vorgesetzter davon Wind bekam. Eine Beziehung mit Elisa wäre ein permanenter Eiertanz. Das konnte niemals gutgehen. Henri hatte in letzter Minute die Notbremse gezogen und Elisa gesagt, dass er nicht mehr wollte als eine Freundschaft. Immerhin wohnte sie bei ihnen in Karens *Elysium*. Sie war die Mieterin der Atelierwohnung im Dachgeschoss.

Elisas Enttäuschung war deutlich spürbar gewesen. Bis sie sich auf den Weg nach Elba gemacht hatten, war sie ihm ausgewichen. Inzwischen waren fast drei Wochen vergangen, in denen sie sich nicht gesehen hatten. Jetzt hatte sicher auch Elisa eingesehen, dass es besser war, auf Distanz zu bleiben.

Im Rückspiegel nahm Henri eine Bewegung wahr. Anna war aufgewacht und streckte sich.

»Sind wir schon in Deutschland?«, fragte sie.

Henri nickte. »Ja, wir sind auf der A8. Es dauert nicht mehr lange.«

»Cool.«

Anna nahm ihr Handy in die Hand. Karen drehte sich zu Anna um.

»Hat Elisa geschrieben, ob sie es geschafft hat, einkaufen zu gehen?«

»Elisa?«, fragte Henri gedehnt. »Hast du mit Elisa geschrieben?«

»Klar, Papa, was denkst du denn? Ich musste ihr doch erzählen, wie es auf Elba war! Wir haben uns jeden Tag geschrieben.«

»Jeden Tag?«

Anna hatte es nie erwähnt.

»Außerdem hat Elisa angeboten, dass sie den Kühlschrank für uns füllt«, warf Karen ein. »Da habe ich natürlich nicht nein gesagt. Es ist doch schön, wenn man aus dem Urlaub heimkommt und nicht gleich zum Einkaufen losrennen muss.«

»Sie hat geschrieben, dass sie heute Morgen noch vor der Arbeit einkaufen war und dass sie alles bekommen hat, was auf dem Einkaufszettel stand«, sagte Anna von hinten.

»Ihr habt ihr einen Einkaufszettel geschickt?!?«

»Warum denn nicht?« Karen sah Henri verständnislos an. »So kann ich heute gleich was Frisches zum Abendessen zubereiten. Ich denke, wir sollten Elisa zum Essen einladen, nachdem sie sich die ganzen zwei Wochen um das Haus und den Garten gekümmert hat. Als kleines Dankeschön.«

So viel zum Thema Auf-Distanz-bleiben.

Aber es hörte sich nicht so an, als sei Henris Meinung von Belang. Anna und Karen machten bereits Pläne, wie sie Elisa überraschen konnten.

»Falls sie ein ganzes Netz Zucchini gekauft hat, könnte ich als Vorspeise die Suppe machen, die Elisa so gern mag«, überlegte Karen.

»Und als Nachspeise die leckeren Schokoküchlein mit dem flüssigen Kern?«, fragte Anna.

»Die *du* so gern magst.« Karen lächelte. »Na gut, warum nicht?«

Anna lachte und umarmte Karen von hinten.

»Danke, Oma.«

»Ich hatte gedacht, wir könnten vielleicht ...«, setzte Henri an, als sein Handy klingelte. Es war Lenz. Henri nahm den Anruf an, verzichtete aber darauf, die Freisprechanlage zu benutzen.

»Hallo, Lenz!«

»Henri, seid ihr noch in Italien?«, fragte sein Freund und Kollege. Er klang atemlos.

»Nein, schon auf dem Heimweg. Ist was passiert?«

»Ein Toter am *Pistorius*. Von der Dachterrasse gestürzt.«

»Mord oder Selbstmord?«

»Ich fürchte, eher Mord. Kannst du kommen?«

Henri warf einen Blick auf das Navi.

»Wir sind in einer halben Stunde da. Was ist mit Marius und Tanja? Und Roman?«

»Roman ist bereits selbst im Urlaub, Tanja muss heim zu ihren Kindern, Marius ist mit mir hier am *Pistorius*. Ich dachte ... na ja ... ich dachte, es wäre besser, wenn du dir den Tatort auch anschaust. Es ist ja nicht weit von dir zu Hause ... du könntest nur mal kurz vorbeikommen.«

Lenz war ein hervorragender Ermittler, aber er war nicht der Typ, der gern die Verantwortung übernahm.

»Ich setze Anna und meine Mutter zu Hause ab, dann komme ich.«

»Danke!« Lenz klang erleichtert. Er legte auf.

»Musst du zu einem neuen Fall?«, fragte Anna.

»Ja, Lenz scheint Unterstützung zu brauchen.«

Henri sah zu Karen hinüber. *Siehst du*, sagte ihr Blick. Mit dem Shoppen würde es nichts werden.

Kapitel 5

»Reicht uns das?«

Elisa warf einen Blick auf das Display der Kamera, die Lena ihr hinhielt. Sie standen hinter der Absperrung, die die Polizei am Gehweg angebracht hatte, und konnten von dort zu dem weißen Pavillon schauen, der den Leichnam vor neugierigen Blicken von oben aus den Hotelzimmern schützen sollte. Mit ihrem riesigen Teleobjektiv hatte Lena sich von der Seite herangezoomt. Man sah auf dem Foto einen Haufen Polizisten, den Rechtsmediziner und Sanitäter, die den Körper am Boden verdeckten. Elisa legte den Kopf in den Nacken. Zehn Stockwerke. Wer von dort oben herunterfiel, wurde beim Aufprall sicher bis zur Unkenntlichkeit zerschmettert.

»Mehr Details sollten wir unseren Lesern nicht zumuten.« Elisa musterte die Polizisten. Henri war nicht dabei, aber das hatte sie auch nicht erwartet. »Vielleicht erwischst du noch den Rechtsmediziner oder einen der ermittelnden Kommissare?«

»Wenn du mir sagst, welcher von denen das ist!?«

Elisa erkannte Lenz Albrecht, Henris Partner.

»Der Typ da rechts, nimm den auf. Und den Gerichtsmediziner, wenn er aufsteht.«

Lena sah durch den Sucher und drückte ein paarmal auf den Auslöser.

»Hab ich.«

»Hallo, Lena«, ertönte hinter ihnen eine tiefe Stimme.

Der Fotograf des *Merkur* tauchte neben ihnen an der Absperrung auf, ebenfalls mit einer Kamera mit großem Teleobjektiv ausgerüstet.

»Knut«, sagte Lena nur und runzelte die Stirn. Bis jetzt waren sie die einzigen Pressevertreter an der Absperrung gewesen, doch nun war ihr Vorsprung dahin. Knut Mahler nickte Elisa kurz zu und wandte sich dann zum Tatort. Im gleichen Moment stellten zwei Uniformierte eine Sichtschutzwand vor dem Toten auf, sodass Knut der Blick verstellt war. Lena grinste.

»Scheiße!«, fluchte Knut.

»Ich glaube, für mich ist hier nicht mehr zu holen«, sagte Lena zu Elisa. »Ich fahre zurück in die Redaktion.«

»Ist gut. Ich versuche, an einen der Polizisten heranzukommen.«

Lena nickte und wandte sich zum Gehen. Knut folgte ihr.

»Du, Lena ...«, hörte Elisa noch. Sie drehte sich zurück zum Tatort, doch nun war tatsächlich nicht mehr viel zu erkennen. Sie sah, dass Lenz sich mit dem Handy am Ohr immer weiter von dem Pavillon entfernte. An der Absperrung entlang folgte sie ihm. Als er gedankenverloren hochsah, winkte sie ihm zu. Lenz hatte das Gespräch beendet und kam zu ihr herüber.

»Hallo, Elisa. Woher haben Sie denn schon wieder erfahren, dass hier ein Mord geschehen ist?«

Sie lächelte.

»Hallo, Lenz. Die Buschtrommeln haben sich gemeldet, Sie wissen schon.«

Die *Morgenzeitung* hatte mehrere Informanten, die den Polizeifunk abhörten und sich jeden Tipp bezahlen ließen. Wenn sie wie in diesem Fall vor der Konkurrenz an einem Tatort eintrafen, war es das Geld wert.

»Demnach gehen Sie von Mord aus?«, fragte Elisa.

»Wir haben eine Zeugin, die eine Auseinandersetzung auf der Dachterrasse gehört zu haben scheint.« Er deutete mit dem Kopf nach hinten, wo am Rand eines prächtigen Rosengartens eine zierliche Frau mit dunkelblonden Locken auf einer Bank saß. Ein Sanitäter kniete vor ihr und sprach mit ihr. Sie sah ihn aus großen Augen an, der Schock stand ihr ins Gesicht geschrieben.

»Die Frau kommt mir bekannt vor«, meinte Elisa.

»Ach ja? Sie ist eine Autorin, aber mir hat ihr Name nichts gesagt. Marie Larsen.«

Lenz sah Elisa fragend an.

»Den Namen habe ich schon mal gehört.« Sie überlegte. »Mehr fällt mir aber gerade nicht dazu ein. Wer ist das Opfer?«

»Ein Mann. Er hatte keine Ausweispapiere bei sich. Es wird schwer werden, ihn zu identifizieren.«

Lenz verzog das Gesicht. Der Anblick des Toten musste furchtbar sein.

»Wie werden Sie ...«

Das Klingeln von Elisas Handy unterbrach sie. Sashas Name stand auf dem Display. Elisa wollte den Anruf wegdrücken, Lenz winkte ab.

»Gehen Sie nur dran.« Er hob die Hand zum Gruß, dann schien ihm etwas einzufallen. »Henri kommt übrigens auch gleich noch.«

Elisa spürte, dass sie rot wurde, doch Lenz ging bereits mit großen Schritten davon. Sie nahm den Anruf ihrer Schwester an.

»Bist du schon da, Sasha?« Sie hatte erst später mit ihr gerechnet.

»Nein, ich bin noch im Zug.«

Sasha redete leise und war schwer zu verstehen. Elisa war in Gedanken noch bei Lenz. Hätte sie mehr von ihm erfahren können? Sasha sprach weiter, ihre Worte kamen erst mit Verspätung bei Elisa an.

»Ich werde allerdings nicht in München bleiben, sondern nur umsteigen. Es tut mir leid, Elisa.«

»Was tut dir leid?!« Jetzt war Elisa ganz Ohr.

»Ich habe meine Pläne geändert. Ich komme dich ein anderes Mal besuchen.«

»Aber warum? Wenn du schon im Zug bist? Wo willst du hin?«

»Nach Triest ...«

»Nach Triest?!? Was willst du denn in Triest?«

»Ich habe die Chance, auf einem Frachtschiff mitzufahren. Bis zum Suezkanal. Vielleicht schau ich mir dann auch noch Ägypten an.«

»Wie kommst du denn plötzlich auf diese Idee?«

Sasha war impulsiv und änderte ihre Pläne gern mal, aber das war selbst für sie eine extreme Entscheidung.

»Ich habe hier im Zug einen Fotojournalisten kennen gelernt. Er will einmal um die ganze Welt reisen und darüber berichten. Für *GEO* oder so. Er hat mir von dem Schiff erzählt.«

»Du kannst doch nicht mit einem wildfremden Mann, den du gerade mal ein paar Stunden kennst, eine solche Reise machen, Sasha ...«

»Warum denn nicht? Er hat sich schon erkundigt. Bis zum Suezkanal ist noch eine Kabine frei, die ich haben kann. Meinem Chef ist es egal, ob ich die Manuskripte bei dir oder auf einem Schiff bearbeite. Warum sollte ich es also nicht tun?«

»Sasha ... du kennst den Typen doch gar nicht! Wie heißt er überhaupt?«

»Eric.«

»Eric und wie weiter?«

»Keine Ahnung. Das ist doch vollkommen egal!«

»Als deine große Schwester sehe ich das anders! Sasha, nach deiner schlechten Erfahrung mit dem Anwalt kann ich verstehen, dass du empfänglich bist, wenn ein Mann ...«

»So ist es nicht!«, unterbrach Sasha sie. »Weißt du, Elisa, so schlecht war die Erfahrung mit dem Anwalt gar nicht. Klar, er macht mir jetzt über meinen Chef das Leben schwer, aber abgesehen davon hat er mir eine wichtige Erkenntnis beschert.«

»Jetzt bin ich aber neugierig.«

»Durch ihn und seine Tochter habe ich gemerkt, dass ich bereit bin für eine Familie. Früher habe ich mir das nie vorstellen können. Aber es hat mir tatsächlich Spaß gemacht mit der Kleinen. Abgesehen davon, dass ihr Vater sich als Idiot entpuppt hat.« Sasha lachte kurz auf. »Grundsätzlich habe ich gemerkt, dass ich bereit bin, meine Single-Freiheit aufzugeben und eine Familie zu gründen.«

»Mit diesem Eric, den du seit ein paar Stunden kennst?!?«

»Nein, du Schaf! Ich weiß nicht mit wem, das wird sich zeigen. Ich weiß nur tief in mir drin, dass ich nicht allein alt werden möchte, dass ich eine Familie haben möchte. Am liebsten eine wie unsere mit ganz vielen Kindern.« Jetzt wurde Sashas Ton pathetisch. »Die Schiffsreise soll mein letztes großes Abenteuer sein. So eine Chance bekomme ich vielleicht nie wieder. Deshalb will ich es machen. Denk doch, wie viel Spaß wir auf unseren Reisen hatten. Wir sind in den Semesterferien monatelang herumgereist. Und jetzt? Jetzt habe ich maximal zwei Wochen am Stück Urlaub. Was kann man da schon von der Welt sehen? Vertrau mir, Elisa, es ist die richtige Entscheidung!«

»Du wirst dich von mir sowieso nicht aufhalten lassen, oder?«

»Richtig!« Sashas Grinsen war durch das Telefon zu hören. »Bist du sauer, dass ich nicht zu dir komme?«

»Ich hab mich auf dich gefreut ... aber nein ... sauer bin ich nicht. Ich vermisse dich nur!«

»Wir können genauso wie vorher telefonieren und schreiben.«

»Es würde mich beruhigen, täglich von dir zu hören.«

»In Bild und in Ton.« Sasha lachte. »Ich werde dich mit meinen Fotos so neidisch machen, dass du selbst losreisen wollen wirst.«

Elisa verspürte nicht das geringste Bedürfnis zu verreisen. Sie wollte heimisch werden in ihrem neuen Leben und Wurzeln schlagen.

»Könntest du vielleicht mit Mama und Papa reden und ihnen Bescheid geben?«, fragte Sasha.

»Nein, meine Liebe, das machst du schön selbst!«

Elisa lachte, Sasha fiel nur zögernd in ihr Lachen ein.

»Schade. Aber einen Versuch war es wert! Magst du nachher trotzdem kurz zum Bahnhof kommen? Dann kann ich dich drücken, wenn ich umsteige. Du hast doch gesagt, dass deine Redaktion nicht weit weg ist vom Bahnhof.«

»Das stimmt, aber ich bin gar nicht mehr im Büro. Ich bin gerade an einem Mordschauplatz und soll von dort berichten.«

»Ein Mord?«

»Ein Mann ist von einer Dachterrasse zehn Stockwerke in die Tiefe gestürzt worden.«

»Autsch!«

»Eine Zeugin hat eine Auseinandersetzung gehört. Sagt dir der Name Marie Larsen etwas?«

Sasha war Lektorin. Sie kannte die halbe Buchbranche.

»Natürlich, du kennst sie auch!«

»Ich?«

Elisa sah hinüber zu der Frau mit den dunkelblonden Locken, die noch immer auf der Bank saß und vor sich hinstarrte.

»Marie Larsen ist das Pseudonym von Maja Johansson. Erinnerst du dich nicht? Sie war öfter mit ihrer Großmutter bei uns im Hotel, als wir noch Kinder waren. Sie hat mit uns am Strand gespielt.«

»Maja?«

Elisa sah in ihrer Erinnerung ein schüchternes kleines Mädchen vor sich. Es war schwer, sie mit der Erwachsenen in Verbindung zu bringen, die höchstens vierzig Meter entfernt von ihr im Garten des *Pistorius* saß.

»Maja hat mir letztes Jahr ein Manuskript zur Prüfung geschickt. Ich fand es toll, mein Chef leider nicht. Wir haben es abgelehnt, aber ich habe Maja geraten, es unter einem Pseudonym zu veröffentlichen.«

»Warum?«

»Man konnte daraus Rückschlüsse auf ihre Familie ziehen. Vielleicht hast du davon gehört. *Das zweite Leben*. Ein Münchner Verlag hat es herausgebracht und es war sehr erfolgreich.«

»Ich erinnere mich. Das hat Maja geschrieben?«

»Ja, sie hat wirklich Talent. Und sie ist jetzt in einen Mordfall verwickelt?«

»Nicht verwickelt. Sie wurde Zeugin des Mordes, wenn ich das richtig verstanden habe.«

»Kümmerst du dich um sie?«

»Wenn sie mich lassen.«

»Wenn Henri dich lässt?«

»Er ist noch nicht aus dem Urlaub zurück.«

»Schade, dass ich ihn jetzt nicht kennenlerne. Aber aufgeschoben ist ja nicht aufgehoben! Mach's gut, Elisa!«

»Du auch!«

Kapitel 6

Henri nahm Anna in den Arm und drückte sie an sich.

»Tut mir leid, dass ich gleich wieder wegmuss. Lenz scheint meine Unterstützung zu brauchen.«

»Ist schon okay, Papa.«

»Hast du Lust, ein bisschen shoppen zu gehen? Du könntest dir noch ein paar Sommersachen kaufen, bevor du morgen nach Starnberg fährst.«

»Shoppen?«, fragte Anna gedehnt. »Allein macht das keinen Spaß.«

»Ich dachte nur, weil ...«

»Weil ich endlich mal was anderes als Schwarz anziehe?«

Henri nickte.

»Du hast mir doch auf Elba und in Verona schon was gekauft. Die Klamotten nehme ich mit nach Starnberg. Das reicht, um Oma und Opa eine Freude zu machen.«

Anna grinste. Auch Claires Eltern würden sich freuen, wenn Anna das ewige Schwarz ablegte. Henri zog sie noch mal an sich und drückte ihr einen Kuss auf die Haare.

»Dann bis später!«

»Bis später!«

Sie hatten gemeinsam das Gepäck aus dem Auto ausgeladen. Karen war in der Küche verschwunden, steckte jetzt aber den Kopf um die Ecke. Sie hielt eine gut gefüllte Obstschale in der Hand.

»Schaut mal, Elisa hat sogar Obst gekauft und Blumen.«

Sie deutete zum Esstisch, auf dem eine Vase mit einem prächtigen bunten Strauß stand.

»Anna, geh doch mal hoch und lade Elisa zum Essen ein.«

»Ihr Rad stand nicht draußen.«

Also hatte auch Anna nach dem knallroten Fahrrad von Elisa Ausschau gehalten.

»Ich muss los«, sagte Henri. »Bis später.«

Es war nicht weit bis zum *Pistorius*. Henri hatte in wenigen Minuten die Isar überquert und in der Nähe des Hotels geparkt. Direkt davor war kein Parkplatz frei gewesen, die Einsatzwagen der Polizei versperrten die Zufahrt. Henri sah, dass seitlich neben dem Hotel eine Absperrung angebracht worden war, hinter der sich Schaulustige drängten. Er ging durch den Haupteingang hinein. Erst vor ein paar Monaten hatten die Kollegen der Mordkommission IV im *Pistorius* in einem rätselhaften Mordfall ermittelt, der nicht aufgeklärt werden konnte. Ein Gast war erschossen in einem der Wäschewagen aufgefunden worden, vom Täter fehlte bis heute jede Spur.

Henri selbst war noch nie im *Grandhotel Pistorius* gewesen und war beeindruckt, als er sich in der Halle umsah. Ein riesiger Kronleuchter, glänzender Marmorboden, schwere weinrote Samtvorhänge neben den hohen Fenstern, elegante weinrote Sessel und Sofas auf verschnörkelten Goldfüßen sowie eine ausladende Treppe mit geschwungenem Mahagonigeländer schienen den Betrachter ein Jahrhundert in der Zeit zurückzuversetzen. Nur die großen Plakatwände und die roten Luftballons, die auf die *Münchner Herz-Tage* hinwiesen, passten nicht ins Ambiente.

Henri steuerte auf die Rezeption zu, die sich hinter einer blankpolierten Marmortheke befand. Er zeigte den beiden Damen hinter der Theke seinen Ausweis und wurde durch einen Flur neben der Rezeption hinaus in den Garten geschickt. Auch wenn Henri dort noch nie gewesen war, war der Anblick eines Tatortes vertraut. Uniformierte Beamte und Sanitäter schwirrten durcheinander, daneben hatten die Kollegen von der Rechtsmedizin und der Spurensicherung bereits die Ermittlungen aufgenommen. Dort, wo der weiße Pavillon stand, musste der Tote liegen.

Lenz sprach gerade mit Dr. Vogel, dem Rechtsmediziner, der bereits dabei war, seine Tasche wieder einzupacken. Erleichterung zeichnete sich auf Lenz' Gesicht ab, als er Henri erblickte.

»Henri!«

»Lenz, Dr. Vogel.«

Er schüttelte ihnen die Hand und begrüßte die anderen Kollegen mit einem Kopfnicken.

»Schauen Sie lieber nicht so genau hin, sonst vergeht Ihnen die Urlaubsbräune«, warnte Dr. Vogel Henri, bevor er sich an einen imaginären Hut tippte und verschwand.

Lenz sah Henri verlegen an.

»Tut mir leid, dass dein Urlaub so abrupt zu Ende ist, aber ich dachte ... du legst ja immer viel Wert drauf, den Tatort selbst zu inspizieren ...«

»Ist schon gut, Lenz.«

»War es denn nett auf Elba? Du siehst gut erholt aus.«

»Das bin ich auch. Es war vor allem schön, so viel Zeit mit Anna zu verbringen.«

Lenz nickte.

»Kann ich mir vorstellen.«

Henri wappnete sich für den ersten Blick auf den Toten und sah hinüber zum Pavillon. Die Masse aus Fleisch, Blut und ein paar herausstehenden Knochen hatte nicht mehr viel Menschliches. Henri sah schnell wieder weg, doch es wurde nicht besser, als sein Blick auf einem Schwall frisch Erbrochenem auf einem der Rosenbüsche landete.

»Das war die Zeugin«, erklärte Lenz, der Henri beobachtet hatte. Er deutete mit dem Kopf zu einer jungen Frau, die etwas abseits auf einer Bank saß und auf den Boden starrte. »Sie saß zum Essen hier, als der Typ runtergefallen ist.«

»Geht es ihr gut? Sie sieht ziemlich fertig aus.«

»Sie steht unter Schock. Ich konnte noch nicht zu ihr durchdringen, sie ist vollkommen paralysiert. Zu dem Kellner, der ihr das Essen rausgebracht hat, als es gerade passiert war, hat sie noch gesagt, dass da oben gekämpft wurde. Seither hat sie kein Wort gesprochen. Vielleicht willst du mal dein Glück versuchen?«

Henri nickte.

»Wissen wir schon mehr über das Opfer?«

»Nein. Er hatte nichts bei sich, mit was man ihn identifizieren könnte. Keine Ausweise und auch kein Namensschild von dem Medizinerkongress, der hier gerade stattfindet.«

»Muss ich sonst noch was wissen?«

»Die Kollegen, die zuerst vor Ort waren, haben gleich die Dachterrasse gesichert, aber dort wurden bis jetzt keine Spuren gefunden. Marius ist mit der Spurensicherung oben. Im Moment läuft der letzte Vortrag bei dem Medizinerkongress. Man hat die Veranstaltung nicht abbrechen wollen, solange nicht feststeht, dass das Opfer einer der Teilnehmer ist. Ich habe weitere Einsatzkräfte angefordert, denn wenn die Veranstaltung vorbei ist, brauchen wir massivere Absperrungen, denke ich.«

Henri nickte.

»Gut gemacht. Dann versuche ich es jetzt bei der Zeugin. Wie heißt sie?«

»Marie Larsen. Sie ist Gast im Hotel, hat kurz vor dem Mord eingecheckt und wollte gerade etwas essen.«

Lenz nickte mit dem Kopf zu einem Tisch, auf dem ein einsamer Teller voller Nudeln in roter Soße stand. Beim Anblick des Toten musste der Frau der Appetit vergangen sein.

Henri ging zu ihr hinüber.

»Frau Larsen?«

Sie reagierte nicht.

»Mein Name ist Henri Wieland. Ich bin Kriminalkommissar und ermittle in diesem Fall. Frau Larsen, können Sie mir ein paar Fragen beantworten?«

Immer noch keine Reaktion. Sie sah nicht mal hoch. Einer der Sanitäter trat zu Henri und zog ihn zur Seite.

»Wir haben ihr eine Beruhigungsspritze gegeben. Sie braucht dringend psychologische Betreuung.«

»Ich habe schon jemanden angefordert«, mischte sich Lenz ein, »aber das Psychologenteam ist wegen der Ferien und einem Krankheitsfall unterbesetzt.«

»Hast du es direkt bei Patricia Schröder versucht?«, fragte Henri. Mit Dr. Schröder hatten sie erst vor einer Weile zu tun gehabt.

»Bei ihr geht nur die Mailbox dran.«

»Versuch es noch mal! Sprech ihr eine Nachricht drauf!«

Lenz nickte.

»Wir müssen weiter«, sagte der Sanitäter. »Sie kümmern sich um sie?«

»Ja, das machen wir.«

Der Sanitäter verschwand, Lenz suchte die Nummer von Patricia Schröder aus seiner Anrufliste.

»Elisa ist übrigens hier«, sagte er zu Henri, während er wählte. »Dort drüben hinter der Absperrung.«

»Elisa?«

Henri drehte sich um und blickte über die Sichtschutzwand, die sie vor dem Toten in Richtung der Absperrung aufgestellt hatten, zur Straße. Er sah Elisa sofort, sie überragte die Personen um sie herum um einige Zentimeter. Ihr Anblick machte Henris Bemühungen der letzten Wochen, Elisas Bild aus seinem Kopf zu verdrängen, innerhalb von Sekundenbruchteilen zunichte. Er spürte plötzlich ein Kribbeln im Bauch und den heftigen Wunsch, sie in die Arme zu schließen. Erst jetzt, als er sie vor sich sah, wurde ihm bewusst, wie sehr sie ihm gefehlt hatte.

Nein!

Es hatte keinen Sinn. Er hatte lange genug darüber nachgedacht. Er würde sich nie wieder auf eine komplizierte Beziehung einlassen. Und mit Elisa würde es mehr als kompliziert werden, davon war er überzeugt! Er hoffte, dass sie befreundet sein konnten, schon allein, weil sie sich in *Elysium* oft genug über den Weg laufen würden. Aber alles andere würde nicht funktionieren.

Henri war selbst überrascht von der Intensität seiner Gefühle, aber es dauerte nur ein paar Augenblicke, bis er sich wieder unter Kontrolle hatte. Er würde Elisa freundlich, aber distanziert begegnen. Genau wie er es sich auf Elba überlegt hatte. Sie sollte sehen, dass er nichts gegen sie hatte, aber keinesfalls wollte er in ihr die Hoffnung wecken, dass er seine Meinung ändern könnte.

Elisa sprach gerade mit ein paar Presseleuten, Henri erkannte Harry Ewers und Knut Mahler vom *Merkur*. Als ob sie seinen Blick spürte, drehte sie sich plötzlich zu ihm und sah ihm direkt in die Augen. Es fühlte sich an wie ein Schlag in Henris Magengrube. Oder was auch immer sich an dieser Stelle in seinem Körper befand. Er blinzelte, nickte Elisa kurz zu und schaffte es dann, sich wieder zu Lenz zurückzudrehen.

Kapitel 7

Elisa fiel es nicht schwer, Henris Blick zu deuten. Er glaubte noch immer, dass ihr die Informationen, die er ihr geben konnte, wichtiger waren als er selbst. Daran hatten auch zwei Wochen Urlaub nichts geändert. Sie musste ihm zeigen, dass sie bereit war, Informationen mit ihm zu teilen, ganz ohne eine Gegenleistung zu erwarten. Sie griff nach ihrem Handy.

Wie schade, dass dein Urlaub mit einem Mord endet, schrieb sie. *Herzlich willkommen zurück zu Hause!*

Sie schickte die Nachricht ab und sah, wie Henri gleich darauf sein Handy aus der Hosentasche zog. Er runzelte die Stirn, als er ihre Worte las.

Danke.

Das war alles, was er antwortete.

Brauchst du Informationen über die Zeugin?, schrieb Elisa schnell. *Ich kenne sie persönlich.*

Das war vielleicht etwas übertrieben, aber sie hatte immerhin in der Zwischenzeit ein bisschen gegoogelt und seit dem Gespräch mit Sasha einiges über Maja Johansson und ihre Familie herausgefunden.

Du kennst sie?!?

Henri sah Elisa fragend an. Sie nickte.

Lass uns in der Hotelhalle kurz reden.

Nicht vor den anderen Journalisten. Gute Idee. Elisa nickte Henri noch mal kurz zu, dann verabschiedete sie sich von den Reportern vom *Merkur*. Sie betrat das *Pistorius* durch den Haupteingang und sah Henri im gleichen Moment auf der gegenüberliegenden Seite der Halle hereinkommen. Sie trafen sich in der Mitte unter dem gewaltigen Kronleuchter.

»Hallo, Henri.«

»Elisa«, sagte er nur knapp. Keine Begrüßung, kein Smalltalk. Die Signale, die Henri sendete, waren eindeutig. »Woher kennst du Marie Larsen?«

»Sie kommt aus Hamburg. Mit ihrer Großmutter hat sie ein paarmal bei uns zu Hause Urlaub gemacht. Meine Eltern haben ein Hotel an der Nordsee. Wir haben zusammen am Strand gespielt, als wir noch Kinder waren.« Henri hörte Elisa aufmerksam zu. »Ihr richtiger Name ist Maja Johansson. Sie hat vor einer Weile bei einem Münchner Verlag ein Buch veröffentlicht, unter dem Pseudonym Marie Larsen. Aber es ist sicher nicht in ihrem Interesse, dass das Pseudonym gelüftet wird.« Elisa zögerte. »Sie scheint geschockt zu sein von dem, was sie gesehen hat, oder?«

»Sie spricht nicht mit uns. Die Psychologin vom Krisen-interventionsteam ist nicht greifbar. Könntest du vielleicht einen Versuch machen, sie zum Reden zu bringen?«

»Ich?!?«

»Vorausgesetzt, das Gespräch steht nachher nicht wortwörtlich in der *Morgenzeitung*.«

Elisa erwiderte Henris ernsten Blick.

»Sicher nicht. Es liegt mir nichts daran, eine alte Freundin der Familie vorzuführen oder ihre Geheimnisse aufzudecken. Sie ist sicher nur zufällig Zeugin des Mordes geworden.«

»Mag sein. Aber vielleicht hat sie etwas gehört oder gesehen, was für unsere Ermittlungen wichtig sein könnte.«

Elisa nickte. »Ich versuche es. Aber ich kann dir nichts versprechen.«

Henri durchquerte mit langen Schritten die Halle und einen kurzen Flur. Er hielt die große Glastür, die hinaus in den Garten führte, für Elisa auf und ließ sie hinaustreten.

»Schau nicht hin«, warnte er sie und verdeckte gleichzeitig mit seinem Körper den Blick auf den Toten, der auf dem Boden unter dem Pavillon lag.

Elisa sah nach vorn in Majas Richtung. Sie saß immer noch auf der Bank am Rand des Rosengartens und blickte starr vor sich hin. Elisa setzte sich neben sie auf die Bank und berührte sie am Arm.

»Maja«, sagte sie sanft. Henri war ein paar Schritte hinter Elisa stehengeblieben, aber sie wusste, dass er zuhörte. »Maja, kannst du mich hören?«

Auf ihren richtigen Namen schien Maja zu reagieren. Der Schleier vor ihren blauen Augen löste sich, ihr Blick wurde klar und richtete sich fragend auf Elisa.

»Erinnerst du dich an mich, Maja? Ich bin Elisa, Elisa Gerlach. Du hast früher öfter die Ferien mit deiner Großmutter bei uns im Hotel *Wattenmeer* in Sankt Peter-Ording verbracht.«

Maja zog eine Augenbraue nach oben.

»Du bist Sashas Schwester?«, fragte sie.

»Genau.« Elisa griff nach ihrer Hand und drückte sie.

»Was machst du hier?«, fragte Maja verwirrt.

»Oh, das ist eine längere Geschichte. Ich bin eigentlich Journalistin, aber jetzt bin ich hier, weil ich dich gesehen und erkannt habe. Du hast nicht mit den Polizisten geredet. Sie machen sich Sorgen um dich nach dem, was du erlebt hast.«

Augenblicklich wich sämtliche Farbe aus Majas Gesicht.

»Ich kann nicht darüber reden«, flüsterte sie und ihr Blick verschleierte sich von Neuem. »Es war so furchtbar! Dieses Geräusch werde ich nie vergessen, wie er auf dem Boden aufgeschlagen ist.«

Elisa strich mitfühlend über Majas Arm.

»Das war bestimmt schrecklich.«

Maja antwortete nicht. Sie starrte wieder auf den Boden, ihr Blick wurde trüb. Elisa legte den Arm um ihre Schultern. Sie spürte, dass Maja zitterte.

»Wenn du nicht darüber reden kannst, dann lass uns über etwas anderes reden«, sagte sie. »Was hat dich nach München geführt, Maja?«

Elisa betonte Majas Namen. Sie hatte vorher darauf reagiert, vielleicht würde sie es wieder tun.

»Warum bist du im *Pistorius* abgestiegen, Maja?«

In den blauen Augen zuckte es.

»Ich hatte heute ein Gespräch mit meiner Verlegerin«, sagte Maja leise.

»Dein Buch war ein großer Erfolg, herzlichen Glückwunsch!«

»Danke.« Maja lächelte und drehte sich zu Elisa. »Der Verlag deiner Schwester wollte es nicht annehmen.«

»Ich weiß. Sasha hätte es gern getan, aber ihr Chef wollte nicht.«

»Sie hat mir dafür einen guten Ratschlag gegeben.«

»Das Pseudonym?«

»Ja. Es ist sehr hilfreich ... manchmal ...« Maja brach ab und warf einen unsicheren Blick zu den Polizisten.

»Worüber hast du mit deiner Verlegerin gesprochen?«, fragte Elisa schnell, bevor sie wieder dichtmachte.

»Über mein nächstes Buch.«

»Eine Fortsetzung von *Das zweite Leben*?«

Maja sah Elisa neugierig an.

»Hast du es gelesen?«

»Sasha hat mir davon erzählt, es steht auf meiner Wunschliste.«

Maja lächelte.

»Nein, es wird keine Fortsetzung, sondern ein eigenständiger Roman. Aber es wird auch um eine starke Frau gehen. Meine Verlegerin lässt mir freie Hand. Übermorgen treffe ich mich mit der Lektorin. Bis dahin soll ich ein Exposé erarbeiten. Ich bin nicht sicher, ob ich das schaffe.«

Wieder ging ihr Blick hinüber zu dem weißen Pavillon.

»Bestimmt schaffst du das! Es wird dich einerseits ablenken und andererseits wird es dir helfen. Starke Frauen geben ihre Kraft weiter.«

»Meinst du? Im Moment fühle ich mich sehr schwach.«

»Das glaube ich dir«, sagte Elisa mitfühlend.

»Eigentlich wollte ich gerade etwas essen. Stattdessen musste ich mich übergeben.«

»Du kanntest den Mann nicht, oder?«

Konkrete Fragen provozieren konkrete Antworten.

Ein wertvoller Tipp von Carsten, der sich schon häufig bewährt hatte. So auch bei Maja.

»Nein. Nicht dass ich ihn wirklich gesehen hätte, aber ich kenne hier in München niemanden außer meiner Verlegerin und meiner Lektorin.« Sie warf Elisa ein kleines Lächeln zu. »Na ja ... und dich ... Ich habe ihn nur herunterfallen sehen.«

Ihr Gesicht verdüsterte sich. Sie schien wieder an das Geräusch zu denken, das sie beim Aufprall gehört hatte.

»Und davor? Hast du ihn oben auf der Dachterrasse gesehen?«, fragte Elisa eilig. Solange es Maja keine Probleme bereitete, über das zu sprechen, was *vor* dem Sturz passiert war, musste sie das Gespräch am Laufen halten. Maja überlegte.

»Nein. Ich habe nur Stimmen gehört ... kurz davor.«

»Stimmen?«

»Ein Mann hat gerufen *Was soll das?* und *Sind Sie verrückt geworden?* Da habe ich erst hochgesehen.«

Über Majas Schulter konnte Elisa sehen, wie Henri den Daumen hob und ihr bedeutete weiterzumachen. Sie stellte weiter Fragen, um Majas Erinnerung auf die Sprünge zu helfen; die Fragen, die sie stellen würde, um mehr für einen Zeitungsartikel zu erfahren.

»Waren da Leute?«

»Ich habe nur einen Arm gesehen. Nein, ich glaube, es waren zwei Arme. Als ob da oben jemand kämpfte.«

»Und dann? Was ist dann passiert?«

»Er hat wieder geschrien.«

»Die gleiche Stimme wie zuvor?«

Maja nickte.

»Ich glaube schon. *Lassen Sie mich los*, hat er geschrien, total in Panik. Und dann noch *Hilfe*!«

»Jemand hat ihn also bedrängt?«

»So hat es sich angehört.«

»Konntest du diese zweite Person sehen?«

»Ich habe nur Arme gesehen. Zweimal habe ich einen Arm gesehen.«

»War der Arm bekleidet?«

»Ja. Ich glaube, es war ein dunkles Kleidungsstück.«

»Langärmelig?«

»Ja, bis zum Handgelenk. Vielleicht ein Sakko. Aber das weiß ich nicht genau.«

»Und waren es zwei verschiedene Arme?«

Maja sah Elisa ratlos an.

»Keine Ahnung. Es ging alles so schnell. Gerade hatte er noch *Hilfe* geschrien, da stürzte er schon über die Brüstung.«

Sie wurde wieder ganz weiß im Gesicht. Elisa hatte Mitleid mit ihr. Sie warf Henri einen kurzen Blick zu. Er verstand und nickte. Mehr würden sie von Maja nicht erfahren können, weil sie nicht mehr gesehen hatte.

»Weißt du, was ich glaube, Maja?«, meinte Elisa.

»Hm?«

»Du fühlst dich auch deswegen schwach, weil dein Körper dringend Energie braucht. Wollen wir mal reingehen und schauen, ob wir für dich ein Glas Wasser und vielleicht einen Teller Suppe auftreiben können? Das wird dir etwas Kraft zurückgeben!«

»Ich weiß nicht ...«

Maja sah von Elisa zu Henri und Lenz. Henri trat einen Schritt näher.

»Ich halte das für eine gute Idee«, sagte er.

»Dr. Schröder wird in einer Viertelstunde hier sein«, warf Lenz ein, der sein Handy in der Hand hielt.

»Dr. Schröder?«

»Unsere Polizeipsychologin. Sie wird Sie unterstützen. Wenn man so etwas erlebt hat wie Sie heute, dann ist es wichtig, darüber zu reden, um es zu verarbeiten.«

»Kannst du auch noch ein bisschen bleiben?«, fragte Maja Elisa.

»Sicher.« Elisa zog Maja hoch. »Ist das deine Tasche da drüben?«

Maja nickte. Henri reichte Elisa die Tasche.

»Danke, Elisa«, sagte er und sah sie dabei an.

»Nichts zu danken.« Sie hielt seinem Blick stand. Von ihrem Gespräch mit Maja würde kein Wort in dem Artikel stehen, den sie später an Wolf durchgeben musste. »Wir suchen uns drinnen im Restaurant eine ruhige Ecke.«

Er nickte. Wie Henri es vorher bei ihr gemacht hatte, schirmte Elisa Maja mit ihrem Körper vor dem Anblick der Leiche ab.

»Komm, Maja, du fühlst dich bestimmt gleich besser, wenn du dich nicht mehr hier in der Nähe des Toten aufhalten musst.«

Kapitel 8

Henri sah Lenz an.

»Hast du gehört, was Maja gesagt hat?«

»Maja?«

»Das ist der richtige Name unserer Zeugin. Marie Larsen ist ein Pseudonym.«

»Deshalb hat sie darauf nicht reagiert ...«

»Kann sein.«

»Nein, ich habe nichts gehört. Ich war gerade am Telefon, weil Dr. Schröder mich zurückgerufen hat. Sie kommt, so schnell es geht.« Lenz sah Henri an. »Was hat die Zeugin gesagt? Warum hat sie mit Elisa gesprochen?«

»Elisa kennt sie von früher, sie kommt auch aus Hamburg.« Henri fuhr sich durch den kurzen Bart. »Viel Neues haben wir allerdings nicht erfahren. Es gab ein Handgemenge oben auf der Dachterrasse. Sie hat keine Personen, sondern nur Arme gesehen, wahrscheinlich in einem Anzug oder Sakko.«

»Der Tote trug einen Anzug«, warf Lenz ein.

»Dann kann sie genausogut nur ihn gesehen haben. Das hilft uns also nicht weiter.«

»Hat sie etwas gehört?«

»Wahrscheinlich nur das Opfer.« Henri sah auf die Notizen, die er sich gemacht hatte, während Elisa mit Maja gesprochen hatte. »*Was soll das? Sind Sie verrückt geworden? Lassen Sie mich los. Hilfe!* Das war es.«

»Hört sich an, als hätten sie gekämpft.«

»Wenn der Täter dem Opfer erst noch alles entwendet hat, was auf seine Identität hinweist ...? Vielleicht wollte er das Ganze als Selbstmord tarnen?«

»Hätten wir keine Zeugin für die Auseinandersetzung, wären wir sicher als Erstes von einem Selbstmord ausgegangen.«

»Zumindest bis der geniale Dr. Vogel uns vorgerechnet hätte, dass das Opfer bei diesem Aufprallwinkel einen Schubs bekommen haben muss.« Henri grinste. »Hat er abgeschürfte Haut unter den Fingernägeln gefunden? Wäre ja möglich, dass das Opfer den Täter beim Kampf gekratzt hat.«

»Gesagt hat er nichts davon.«

»Wir sollten ihn darauf hinweisen.«

Lenz griff wieder nach seinem Handy.

»Gut, ich ruf ihn an.«

Während Lenz telefonierte, sprach Henri mit den Kollegen von der KTU. Von Arnie erfuhr er, dass die Spurenlage mehr als dürftig war. Unten im Garten waren sie schnell fertig gewesen. Oben auf der Dachterrasse gab es fast genauso wenig Anhaltspunkte, um das Geschehen zu rekonstruieren. Ein paar seiner Mitarbeiter waren noch dabei, vom Geländer und von den Türen Fingerabdrücke zu nehmen, doch sie konnten nicht differenzieren, welche Fingerabdrücke vom Opfer, welche vom Täter und welche von vollkommen unbeteiligten Hotelgästen stammten. Nach der Obduktion würden sie die des Opfers unterscheiden können, doch wenn er nicht in der AFIS-Datenbank registriert war, konnten sie ihn darüber auch nicht identifizieren.

»Wann findet die Obduktion statt?«, fragte Henri Lenz, als dieser sein Telefonat beendet hatte.

»Morgen früh. Heute hat Dr. Vogel noch zwei andere auf dem Tisch.«

»Redet ihr von der Obduktion?«

Marius war unbemerkt von hinten an sie herangetreten und hatte Lenz' Worte gehört.

»Ja. Willst du hingehen?«, fragte Lenz prompt. Er selbst vermied es, an Obduktionen teilzunehmen. Auch wenn er sich mit Marius nicht besonders gut verstand, schätzte er dessen Bereitschaft, diese Aufgabe zu übernehmen.

»Kann ich machen«, sagte Marius lässig. »Wie war der Urlaub, Henri?«

»Hat gut getan. Solltet ihr auch mal drüber nachdenken.«

Sowohl Lenz als auch Marius schoben eine Menge Resturlaub vor sich her. Marius zuckte mit den Achseln.

»Sieht aus, als bräuchten wir bei diesem Fall das ganze Team. Vor allem, wenn Tanja jetzt ausfällt.«

»Was ist mit Tanja?«

»Ihre Eltern sind krank. Sie haben den geplanten Urlaub mit den Kindern abgesagt und Tanja muss sich jetzt selbst um sie kümmern.«

»Verstehe.«

»Wie gehen wir weiter vor?«, erkundigte sich Marius.

»Oberste Priorität hat die Identität des Opfers«, meinte Henri. »Erst wenn wir wissen, mit wem wir es zu tun haben, können wir konkret ermitteln.«

»Bringt es was, bei dem Medizinerkongress anzufragen, ob denen jemand abgeht?«, dachte Marius laut nach.

»Das habe ich auch schon überlegt«, erwiderte Lenz, »aber die haben mehrere Hundert Teilnehmer und mir wurde gesagt, dass nicht immer alle anwesend sind. Im Moment läuft der letzte Vortrag des Tages. Kann sein, dass viele schon gegangen sind, wenn sie sich für das spezielle Thema nicht interessieren.«

»Übernachten denn nicht alle hier im Hotel?«

»Nein, viele suchen sich eine günstigere Unterkunft und nehmen nur tagsüber am Programm teil.«

»Über wie viele Tage läuft die Veranstaltung?«

»Zwei. Heute und morgen. Morgen früh wird es noch mal einen Check-in geben, bei dem die Ärzte sich melden müssen, um Punkte für ihre Fortbildung gutgeschrieben zu bekommen.«

»Dabei ließe sich dann feststellen, ob jemand fehlt?«

»Genau. Spätestens dann werden wir erfahren, ob es sich bei dem Toten um einen Teilnehmer der Herz-Tage handelt.«

»Und früher können wir das nicht herausfinden?«

»Die Damen von der Rezeption haben gemeint, dass sie keine Möglichkeit haben zu erkennen, ob ein Hotelgast fehlt, da jeder mit seiner Schlüsselkarte kommen und gehen kann, wie es ihm beliebt«, erklärte Lenz. »Früher hätte man feststellen können, welcher Gast seinen Schlüssel über Nacht nicht abholt, aber heute ist das vollkommen anonym.«

»Was ist mit den Mädels von der Rezeption?«, fragte Marius. »Wenn der Tote Gast im Hotel war, dann müssen sie ihn doch gesehen haben?«

»Du willst, dass sie ihn identifizieren?« Lenz sah Marius ungläubig an. »So wie der aussieht!?!«

»Na ja, einen Versuch wäre es wert«, meinte Marius.

»Auch wenn die beiden dabei übel traumatisiert werden?«

Henri, der es bislang vermieden hatte, sich den Toten näher anzusehen, warf nun einen genaueren Blick auf ihn. Seine Gesichtszüge waren nicht mehr zu erkennen, er musste mit dem Kopf aufgeschlagen sein.

»Wenn wir den Kopf abdecken, könnten sie zumindest einen Blick auf den Körper werfen. Er trägt einen zweireihigen Anzug, das ist nicht gerade die neueste Mode. Vielleicht ist den Damen jemand mit einem solchen Anzug aufgefallen.« Henri wandte sich an die Mitarbeiter aus der Rechtsmedizin, die gerade eine leere Bahre neben dem weißen Pavillon abgestellt hatten. »Warten Sie bitte noch einen Augenblick mit dem Abtransport. Haben Sie eine Plane oder etwas Ähnliches, um den Kopf abzudecken?«

Marius ging ins Gebäude, um die Rezeptionistinnen zu holen und kehrte kurz darauf mit einer der beiden zurück.

»Wir können die Rezeption nicht beide gleichzeitig verlassen«, erklärte sie aufgeregt. Auf ihrem Namensschild stand *Leonie Ehrhard*. Sie hatte ihre blonden Haare zu einem strengen Knoten zurückgebunden, doch eine Strähne hatte sich gelöst und fiel ihr immer wieder ins Gesicht.

»Es dauert nicht lange«, erwiderte Henri. »Mein Kollege hat Ihnen schon gesagt, worum es geht?«

Sie nickte beklommen. Hinter ihr ging die Tür auf und Patricia Schröder trat heraus. Sie nickte Henri zu, doch Lenz war schneller.

»Ich bringe Sie zu unserer Zeugin, Dr. Schröder.«

Er wies ihr den Weg zurück ins Gebäude. Henri und Marius nahmen Leonie Ehrhard, die Rezeptionistin, in ihre Mitte und gingen mit ihr hinüber zu dem Leichnam, dessen Kopfpartie nun von einer Plane verdeckt war. Leonie schluckte hörbar.

»Nehmen Sie sich Zeit, Frau Ehrhard«, sagte Henri. »Schauen Sie sich den Anzug an und sagen Sie uns, ob er ihnen bekannt vorkommt.«

Ohne den zerschmetterten Kopf mit all dem Blut, den Knochensplittern und der Gehirnmasse wirkte der Körper nicht mehr gruselig, doch es war schwer, *nicht* daran zu denken, wie es unter der Plane aussah.

Leonie überlegte lange, dann schüttelte sie den Kopf.

»Nein. Dieser Anzug ist mir nicht speziell aufgefallen.« Sie sah von Henri zu Marius und lächelte verhalten. »Bei solchen Veranstaltungen sieht man häufig altmodische Anzüge. Das ist was anderes, wenn bei uns Wirtschaftsbosse aus der Industrie tagen. Da sieht man nur die neuesten Modelle von Boss und Armani. Aber bei den Medizinern? Wenn das normale Hausärzte sind, die vom Land kommen? Ich glaube, die holen für so einen Kongress den einzigen Anzug, den sie vielleicht seit ihrer Hochzeit im Schrank hängen haben, hervor.«

»Der Tote könnte also durchaus einer der Teilnehmer der Herz-Tage sein?«

»Ich weiß es nicht. Ich kann mich nicht an eine bestimmte Person in so einem Anzug erinnern.«

»Trotzdem danke für Ihre Hilfe!«

Erleichtert wandte sie sich ab.

»Ich schicke meine Kollegin her.«

»Danke!«

Es dauerte nicht lange, bis die zweite Rezeptionistin auftauchte.

»Ich bin Tessa«, sagte sie und schüttelte Henri und Marius kräftig die Hand. Sie hatte ein offenes Lächeln und war mit ihren langen dunklen Haaren auch optisch das glatte Gegenteil ihrer Kollegin. »Leonie hat gesagt, es ist gar nicht so schlimm.«

»Wir haben den Kopf abgedeckt.«

Marius deutete auf den Leichnam. Tessa trat näher und musterte ihn neugierig.

»Der Anzug ist mir nicht aufgefallen«, sagte sie schnell. »Hinter der Rezeption sehen wir eigentlich nur die Köpfe der Leute und maximal ein Stück vom Oberkörper.«

Sie machte einen weiteren Schritt nach vorn.

»Ist vom Gesicht gar nichts mehr ... übrig?«, fragte sie.

»Nicht mehr viel.«

»Ich bin nicht so empfindlich wie Leonie. Sie können das Ding da ja mal wegnehmen.«

»Sicher?«

Marius warf Henri einen fragenden Blick zu.

Er zuckte mit den Achseln. Wenn sie es selbst vorschlug ...

Marius zog die Plane nach hinten und nun schnappte Tessa doch nach Luft. Aber sie hatte sich schnell wieder im Griff und wandte nicht mal den Blick ab. Erst nach einer langen Minute drehte sie sich zu Henri um.

»Nein, tut mir leid. Ich hatte gedacht, wenn ich die Augen sehe ... Aber da ist ja nur noch Matsch. Keine Ahnung, ob das einer unserer Gäste ist.«

»Danke, dass Sie es versucht haben.«

»Gern geschehen.«

Sie stöckelte zurück zur Tür und verschwand.

»Die könnte direkt bei Dr. Vogel anheuern«, meinte Marius trocken. »So abgebrüht wie die ist.«

»Allerdings.«

»Schade, dass es nichts gebracht hat.«

»Aber es war einen Versuch wert.«

Henri deutete nach oben.

»Ich war noch nicht auf der Dachterrasse. Da das der eigentliche Tatort ist, will ich mich dort auch noch umschauen.«

»Mach das, ich bleibe hier als Ansprechpartner für die Spusi.«

Henri fuhr mit dem Aufzug nach oben. Die Dachterrasse war groß. Auf einer Seite war am Rand eine Bar eingerichtet, die mit einer massiven Rückwand und einem kleinen Dach wettergeschützt war. Vor der Bartheke standen hohe Hocker, außerdem luden bequem aussehende Loungemöbel auf einem Holzdeck zum Sitzen ein. Arnie hatte recht gehabt. Auch auf der Terrasse gab es nicht viel zu sehen. Die Bar schien an diesem Tag nicht in Betrieb gewesen zu sein. Kein Geschirr, keine Gläser. Es gab nichts, woraus man Rückschlüsse darauf ziehen konnte, was hier geschehen war. Henri überquerte vom Holzdeck die andere Hälfte der Dachterrasse. Am Rand standen ein paar Pflanzkübel und ein Strandkorb, sonst nichts. Auch auf den großen Steinplatten, die den Boden zwischen Holzdeck und Brüstung bedeckten, waren keine Spuren erkennbar.

Henri beugte sich über das Geländer und sah nach unten. Er hatte einen ungehinderten Blick auf den Rosengarten, doch sobald er einen Schritt zurücktrat, verschwand der ganze vordere Teil des Rosengartens aus seinem Blickfeld.

»Dachte ich mir, dass du dir noch einen Überblick von oben verschaffen willst«, sagte Lenz auf einmal hinter Henri.

»Von oben sieht man manches klarer. Hier leider nicht.«

»Dr. Schröder kümmert sich um Maja. Elisa ist auch noch bei ihr. Ich hatte den Eindruck, dass es ihr schon etwas besser geht.«

»Das ist gut. Die beiden Damen von der Rezeption haben das Opfer nicht identifizieren können.«

»Dann bleibt uns wohl nichts anderes übrig, als die Obduktion und den Check-in bei den Herz-Tagen morgen früh abzuwarten.«

Kapitel 9

Elisa verglich den kurzen Text, den Wolf Borowsky zusammen mit Lenas Foto in der Online-Ausgabe der *Morgenzeitung* veröffentlicht hatte, mit der Pressemitteilung der Polizei. Sie hatte nichts über Maja geschrieben, was über die offizielle Information hinausging. Auch in der Pressemitteilung wurde sie nur kurz und nicht namentlich als Zeugin erwähnt, durch die man wisse, dass es sich um Mord und nicht um einen Selbstmord handle. Es war eher Lenas Bild, das die *Morgenzeitung* besser dastehen ließ als die Konkurrenz, denn sie waren die einzigen, die eine Aufnahme des Tatorts brachten, auf der kein Sichtschutz den Blick versperrte. Wenn man auch nicht viel von dem Körper am Boden erkennen konnte. Was wahrscheinlich gut war.

»Elisa!«

Anna platzte herein, ohne anzuklopfen.

»Ich soll dir von Oma sagen, dass das Essen gleich fertig ist!«

Karen hatte Elisa, als sie nach Hause kam, aufgelauert, um sie zum Essen einzuladen. Elisa hatte sich erst vergewissert, dass Henri nicht mitessen würde, bevor sie zugesagt hatte. Karen erwartete ihn erst später, er war entweder noch am Tatort oder im Büro. Elisa hatte schnell ihre Meldung geschrieben und an Wolf geschickt.

»Lass mich noch kurz schauen, was der *Merkur* hat.«

Anna warf sich in den großen Ohrensessel. Elisa klickte sich auf die Internetseite des *Münchner Merkur* und stellte befriedigt fest, dass auch dort weniger zu sehen und zu lesen war als bei der *Morgenzeitung*. Ihr Chefredakteur, André Sievers, würde zufrieden sein.

Elisa drehte sich zu Anna um und registrierte, dass sie ein weißes Top über ihrer schwarzen Jeans trug. Ihre Haut war sonnengebräunt und hob sich von dem Weiß deutlich ab.

»Jetzt bin ich soweit. Du strahlst ja richtig, Anna. War der Urlaub so schön?«

»Ja, war super auf Elba. Und außerdem habe ich mich vorhin mit Tim getroffen.« Sie lächelte. »Er hat sich voll gefreut, mich wiederzusehen!«

»War er hier?«

»Nein, wir haben uns im Park getroffen.«

»Dann hast du ihn immer noch nicht deiner Familie vorstellen können?«

»Nein.« Anna verzog das Gesicht. »Heute wollte ich lieber mit ihm allein sein. Wir haben uns von den ersten beiden Ferienwochen erzählt.«

»War Tim auch verreist?«

»Nein, sie fahren übermorgen erst weg. Er hat sich furchtbar gelangweilt, weil die meisten seiner Kumpels schon im Urlaub sind.« Anna zögerte. »Eigentlich wollte ich Starnberg absagen, aber wenn Tim jetzt auch wegfährt, dann macht es keinen Sinn, hier in der Stadt zu bleiben.«

»Du fährst nach Starnberg?«

»Zu meinen Großeltern. Mein Opa hatte vor ein paar Jahren einen Schlaganfall und muss seither gepflegt werden. Da freut sich meine Oma immer, wenn ich in den Ferien zu ihnen komme und ihr helfe.«

Elisa war nicht klar gewesen, dass Annas andere Großeltern noch so präsent in ihrem Leben waren. Claires Eltern.

»Verstehst du dich gut mit ihnen?«

Anna zuckte mit den Achseln.

»Klar. Als ich klein war, war ich ganz oft bei meinen Großeltern. Wir haben nicht weit weg von ihnen gewohnt.«

»In Starnberg?«

Anna nickte.

»Wir sind ja erst nach Mamas und Jonathans Unfall hierher zu meiner anderen Oma gezogen.« Nach einer kurzen Pause fuhr sie fort: »Meine Starnberger Oma hat früher immer ganz viel mit mir gebastelt. Und ich kann mich daran erinnern, dass wir oft zusammen gebacken haben. Sie hat viel mit mir und Jonathan unternommen. Bis mein Opa sie dann gebraucht hat ...«

»Anna! Elisa!«, erklang Karens Stimme von unten. »Kommt ihr zum Essen?«

Elisa klappte ihr Notebook zu und folgte Anna die Treppe hinunter. Karen hatte den Tisch draußen unter der Pergola gedeckt. Sie bedankte sich überschwänglich bei Elisa dafür, dass sie sich während ihrer Abwesenheit um den Garten gekümmert hatte. Viel war nicht zu tun gewesen, denn pünktlich zum Beginn der Sommerferien war die extreme Hitze, die vorher geherrscht hatte, von einer Schlechtwetterfront vertrieben worden. Es hatte immer wieder geregnet, sodass Elisa Karens Blumen, Obststräucher und Gemüse nicht oft hatte gießen müssen.

Karen und Anna erzählten von Elba und von Verona. Sie waren beeindruckt von der Aida-Aufführung, die sie am vorigen Abend in der Arena in Verona gesehen hatten. Elisa hatte den Eindruck, dass der

Urlaub beiden gutgetan hatte. Karen wirkte erholt, Anna schien viel lockerer zu sein als vorher.

Sie hatten längst fertig gegessen, als Henri auf der Veranda auftauchte und über den Rasen zu ihnen kam. Er quittierte Elisas Anwesenheit mit einer hochgezogenen Augenbraue, so kam es ihr zumindest vor. Wie im *Pistorius* begrüßte er sie nur mit einem kurzen *Elisa*. Sehr viel mehr schien er sich für den Inhalt der Auflaufform zu interessieren, die auf dem Tisch stand und mit einem Deckel verschlossen war.

»Hast du Hunger, Henri?« Karen sprang auf und angelte nach einem weiteren Teller, den sie auf ihrem Tablett mit nach draußen gebracht hatte und den sie nun auf den Platz neben sich stellte. »Setz dich doch! Mit was für einem Mord hast du es denn heute gleich wieder zu tun bekommen?«

Bevor Henri antworten konnte, stand Elisa auf und nahm ihren Teller.

»Ich will nicht stören«, sagte sie und versuchte ein Lächeln. Henri, der sich gerade auf den Stuhl neben Karen gesetzt hatte, sah sie überrascht an. Seine Augenbraue wanderte erneut nach oben.

»Sie stören doch nicht, Elisa«, protestierte Karen.

»Vielen Dank für das leckere Essen. Einen schönen Abend noch.«

Elisa nahm mit der anderen Hand ihr Glas und trug alles, was sie benutzt hatte, ins Haus. Sie stellte das Geschirr in Karens Spülmaschine und ging dann hoch in ihre Wohnung. Durch die geöffnete Tür ihrer kleinen Dachterrasse sah sie, dass Henri sich eine ordentliche Portion von Karens gefüllten Zucchini auf den Teller geladen hatte. Karen redete auf ihn ein. Elisa konnte nicht verstehen, was sie sagte, aber sie vermutete, dass Henri geschimpft wurde, weil es offensichtlich war, dass er sie – Elisa – vertrieben hatte. Das war immer noch besser, als dass er annahm, dass sie sich bei Karen und Anna einschmeichelte, um an polizeiinterne Informationen zu kommen.

Elisa hatte ihr Telefon schon in der Hand, als ihr einfiel, dass sie Sasha nicht so einfach sprechen konnte wie sonst. Sie versuchte es auf ihrem Handy, erreichte allerdings nur die Mailbox. Wahrscheinlich war ihre Schwester noch im Zug auf dem Weg nach Triest.

Gedankenverloren scrollte Elisa durch ihre Kontaktliste. Über Sashas Name standen die Namen ihrer Brüder und Eltern. Nein, ihre Eltern sollte Sasha schön selbst anrufen. Sie waren zwar sehr entspannte Eltern, aber Elisa ahnte, dass auch sie es nicht gutheißen würden, wenn Sasha plötzlich mit einem wildfremden Mann durch die Welt schipperte.

Es war Jaspers Nummer, die Elisa schließlich wählte. Sie hatte länger nicht mit ihrem Bruder gesprochen. Er meldete sich mit einem Stöhnen.

»Ich hätte wissen müssen, dass ich jetzt dran bin, wenn Sasha nicht erreichbar ist.«

»Wie meinst du das?«

»Das weißt du genau, Elisa. Nur weil Sasha nicht für den üblichen – und nebenbei bemerkt übertrieben häufigen – Schwesterntalk zur Verfügung steht, heißt das nicht, dass *wir beide* jetzt zehnmal am Tag telefonieren.«

Jasper hatte einmal während eines Praktikums in der WG von Elisa und Sasha gewohnt und sich nicht mehr eingekriegt, dass sie sogar von einem Zimmer zum anderen miteinander telefonierten.

»Du übertreibst völlig! Wir tauschen uns nur gelegentlich darüber aus, was in unserem Leben gerade los ist.«

»Gelegentlich!« Jasper schnaufte. »Ihr hechelt die armen Männer durch, die euch in die Falle gegangen sind, und diskutiert stundenlang Nagellackfarben.«

»So ein Quatsch!« Elisa lachte. »Wir sprechen nur etwas bereitwilliger über unser Gefühlsleben als du zum Beispiel. Erzähl doch mal, was gibt es bei dir Neues?«

»Nichts!«

»Gar nichts?!?«

»Gar nichts«, sagte Jasper entschieden. Er schnaubte wieder, bevor er gutmütig hinzufügte: »Aber wenn du mir was über den Sohn deiner Vermieterin, den du beim letzten Mal konsequent nicht erwähnt hast, erzählen möchtest, dann kannst du das gern tun.«

Elisa schmunzelte. Jasper tat immer so cool. In Wirklichkeit war er sensibler als Sasha.

»Von Henri gibt es nicht viel zu erzählen. Er möchte nur mit mir befreundet sein. Er hat Angst, dass eine Beziehung zwischen einem Kriminalkommissar und einer Stadtreporterin zu kompliziert werden könnte. Und ich fürchte, dass er immer noch glaubt, dass ich seine Nähe suche, um an Informationen zu kommen. Deshalb bleibt er auf Distanz.« Sie sah hinunter in den Garten, wo Henri noch immer mit Karen und Anna am Tisch saß. »Distanzierter geht kaum.«

»Wie gemein! Wo er so gut küssen kann!«

»Das ist nicht witzig, Jasper!« Sie bereute, dass sie ihm von Henris Küssen erzählt hatte.

»Tut mir leid.« Er räusperte sich und schluckte sein Lachen herunter.

»Elisa, ich weiß, dass dir das schwerfallen wird, aber setz ihn auf keinen Fall unter Druck. Das mögen wir Männer nicht. Wenn er auf Distanz geht, musst du das akzeptieren. Zeig ihm, dass du erst mal auch nur eine gute Freundin sein kannst und dass dich seine superwichtigen Geheiminformationen kein bisschen interessieren.«

»Kein bisschen?!? Na ja, so ist es ja auch nicht ...«

»Wenn du nicht zufällig in diesem Haus ...«

»*Elysium*«, warf Elisa ein.

»Wenn du nicht zufällig in diesem *Elysium* wohnen und ihn persönlich kennen würdest, müsstest du dir deine Informationen ja auch anderweitig besorgen. Zeig ihm, dass du das kannst und dass du nicht deswegen mit ihm zusammen sein willst.«

»Ich gebe mir wirklich große Mühe ...«

»Sehr gut! Und denk immer an meine Worte: Nicht unter Druck setzen!« Er summte die ersten Takte von *Under Pressure*. »Du kriegst das schon hin, Elisa! Sehr viel mehr Sorgen mache ich mir um unsere Globetrotterin. Was hat sie dir über diesen Typen erzählt?«

Sie sprachen über Sasha und verabredeten, beim nächsten Gespräch mit ihr mehr Informationen aus ihrer Schwester herauszuquetschen.

Elisa warf einen Blick nach unten. Im Garten räumten Karen und Henri den Tisch ab, Anna war verschwunden. Henri warf einen kurzen Blick nach oben. Elisa zog sich in die Wohnung zurück. Sie legte ihr Handy auf dem großen Tisch ab und machte sich daran, das Bettzeug, das sie für Sasha vorbereitet hatte, wieder abzuziehen.

»Magst du noch Nachtisch?« Anna stand auf einmal mitten in der Wohnung. Sie hielt einen Teller mit einem kleinen Schokoladenkuchen in der Hand. »Hab ich selbst gebacken. Du musst ihn gleich essen, der Kuchen ist noch warm und in der Mitte ist ein flüssiger Kern.«

Elisa nahm den Teller.

»Das hört sich lecker an, danke!«

Anna wandte sich zum Gehen, dann drehte sie sich noch mal um.

»Hast du Stress mit Papa?«

»Nein. Ich will nur nicht, dass er das Gefühl hat, dass ich von ihm Infos über seine Fälle haben möchte, um sie in der Zeitung abzudrucken.«

»Ach so.« Anna nickte. »Er hat schon alles über den Mord erzählt. Du kannst ruhig wieder mit runterkommen.«

Sie sah Elisa bittend an.

»Heute nicht, Anna.«

»Schade.«

Anna zog leise die Wohnungstür hinter sich zu. Elisa setzte sich mit dem Kuchen an den großen Tisch. Sie würde nicht auf der Dachterrasse auftauchen und Henri das Gefühl geben, dass sie ihn beobachtete. Was hatte Jasper gesagt? Keinen Druck machen.

Der Kuchen war lecker. Als Elisa ihn aufgegessen hatte, räumte sie das Bettzeug weg und kuschelte sich mit dem Buch, das sie gerade las, in den großen Sessel. Eigentlich hatte sie um diese Zeit längst mit Sasha in einem Biergarten sitzen wollen. Mit Lena und ihrer Volleyballmannschaft war Elisa vor den Ferien bereits einmal im Biergarten gewesen. Ihr gefiel der Brauch, dass man das Essen selbst mitbringen konnte und nur die Getränke im Biergarten kaufte. Eine ihrer Mitspielerinnen hatte eine karierte Tischdecke auf einem der Tische ausgebreitet, sie hatten Schüsseln mit Salaten und Dips daraufgestellt, jeder hatte sein Geschirr dabei und die Brotzeit wurde mit riesigen Brezeln und zahlreichen Maßkrügen voller Bier komplettiert. Das Essen war lecker gewesen, die Stimmung unter den hohen Kastanien ausgelassen. Elisa hatte ihrer Schwester diese bayrische Biergartenkultur zeigen wollen, die ihr selbst so gut gefiel. Stattdessen hockte sie nun in ihrer Wohnung und konnte sich nicht mal auf die Terrasse hinaussetzen.

Als Elisas Handy klingelte, zuckte sie zusammen. Sie stand auf und nahm das Telefon in die Hand. *André Sievers* stand auf dem Display. Was wollte ihr Chef um diese Zeit von ihr? War er nicht auf einer Journalistentagung? Sie nahm den Anruf an. »Hallo, André.«

»Hallo, Elisa. Ich hab gerade deinen Bericht gelesen, gefällt mir!«

Bei ihm war im Hintergrund eine unverständliche Durchsage zu hören. Als ob er am Bahnhof oder am Flughafen war.

»Das freut mich.«

»Ihr habt mal wieder die Konkurrenz überholt.«

»Das gefällt dir noch mehr, schätze ich?«

Sie lachte. Henri und Karen saßen nicht mehr unter der Pergola. Elisa ging hinaus auf die Dachterrasse und setzte sich auf einen der beiden Klappstühle. Sie wartete, dass André auf den Grund seines Anrufs zu sprechen kam. Was er prompt tat.

»Ich habe heute deinen alten Chef kennengelernt.«

»Carsten?!? War er auf der gleichen Tagung wie du?«

Carsten war nicht nur Elisas Chef gewesen, sondern auch ihr Freund. Bis sie ihn mit der Volontärin im Bett erwischt hatte.

»Er hat einen Vortrag gehalten. Über Online-Journalismus. Sehr interessant. Er scheint ein heller Kopf zu sein.«

»Das ist er. Ich habe viel von ihm gelernt.«

»Ansonsten kannst du aber froh sein, ihn los zu sein.«

»Wie meinst du das, André?«

Elisa wurde misstrauisch.

»Ich habe mich ein bisschen mit ihm unterhalten. Ich war neugierig.«

»Hast du mit ihm über mich gesprochen?!?«

»Er ist wirklich ein arroganter Idiot, Elisa. Dieser Typ hat eine Frau wie dich echt nicht verdient.«

»Du hast mit ihm über mich gesprochen!!!«

»Es hat sich so ergeben.«

»André, wie kannst du nur! Warum mischst du dich in etwas ein, das dich nichts angeht?«

»Elisa, du gehst mich sehr wohl etwas an! Du bist nicht nur eine meiner besten Redakteurinnen, sondern ... auch ein toller Mensch, den ich zufällig mag. Wenn so ein Vollpfosten daherkommt und blöde Sprüche über dich ablässt, dann werde ich ihm wohl meine Meinung sagen dürfen.«

»Was hat er gesagt?«

»Er wollte wissen, ob du den Kaffee zu meiner Zufriedenheit zubereitest und die Bleistifte immer schön anspitzt.«

»Das hat er gesagt?!? Ich fasse es nicht!«

Selbst für Carstens Verhältnisse war das heftig.

»Und noch mehr. Du möchtest nicht alles wissen, glaub mir.«

»Und was hast du zu ihm gesagt?«

»Dass du eine meiner talentiertesten Mitarbeiterinnen bist und noch eine große Karriere vor dir hast.«

Elisa wurde rot.

»Wirklich? Das hast du gesagt?«

Plötzlich fand Elisa es nicht mehr schlimm, dass André mit Carsten über sie geredet hatte. Sollte Carsten auf diesem Weg ruhig mitkriegen, dass sie sehr gut ohne ihn auskam und dass es in ihrem Leben nun andere Menschen gab, die sie sowohl fachlich als auch persönlich wertschätzten. André zum Beispiel. Henri ... hoffentlich ...

»Und noch einiges mehr habe ich ihm gesagt. Elisa, du solltest diesen Typen so schnell wie möglich vergessen.«

»Ich habe schon mindestens eine Woche nicht mehr an ihn gedacht. Ich bin auf einem guten Weg. «

»Du weißt, dass ich dir gern dabei helfen würde, über ihn hinwegzukommen?« Andrés Stimme klang lockend. Er machte keinen Hehl aus seiner Bewunderung für Elisa. »Was hältst du davon, wenn ich dich noch auf einen Drink abhole, wenn ich in München gelandet bin? Nachdem ich diesen Kerl, der dich so verletzt hat, persönlich kennengelernt habe, finde ich, dass du ihn am besten sofort vergessen solltest. Ich bringe dich auf andere Gedanken!«

»André, das ist sehr nett von dir, auch dass du Carsten gegenüber für mich Partei ergriffen hast.«

Plötzlich hörte Elisa, wie auf der Veranda unter ihr einer der Rattansessel zurückgeschoben wurde und die Tür zuklappte. Sie verlor den Faden.

»André ... ich habe dir ja gesagt, dass ich fest entschlossen bin, nie wieder ...«

»... etwas mit deinem Chef anzufangen. Ich weiß. Aber ich bin nicht bereit, das bis in alle Ewigkeit zu akzeptieren. Schon gar nicht, nachdem ich diesen Carsten persönlich erlebt habe.« André räusperte sich. »Ich muss jetzt in den Flieger steigen, Elisa. Wir reden morgen weiter.«

»Guten Flug.«

»Danke. Dir eine gute Nacht, meine Liebe!«

Kapitel 10

Melissa stieß die Wohnungstür mit dem Fuß zu und ließ die Sporttasche auf den Boden fallen. Im nächsten Augenblick kam Orlando aus dem Wohnzimmer gelaufen und strich um ihre Beine. Sie hob ihn hoch und vergrub ihr Gesicht in seinem Fell.

»Orlando, mein Lieber. Hast du mich vermisst? Ja, hast du mich vermisst? Jetzt bin ich ja wieder da.«

Sie presste ihn noch enger an sich. Der Kater fauchte.

»Oh, entschuldige. Hab ich dich erdrückt mit meiner Liebe?« Melissa lächelte und setzte ihn auf den Boden. Orlando schnupperte an der Sporttasche.

»Suchst du nach deinem Essen? Kannst du es riechen, ja? Ich war gerade noch einkaufen.«

Sie zog eine Plastiktüte aus der Sporttasche und ging damit in die Küche. Orlando folgte ihr. Melissa holte einen frischen Napf aus dem Geschirrschrank, öffnete das Katzenfutter und löffelte es hinein. Orlando strich dabei um ihre Beine und maunzte erfreut.

»Gleich, mein Lieber, gleich.«

Sie stellte den Napf auf den Boden und füllte einen zweiten mit frischem Wasser. Orlando hatte sich bereits auf das Katzenfutter gestürzt und verputzte es mit Begeisterung. Melissa existierte nicht mehr für ihn. Sie ging zurück in den Flur und nahm die Sporttasche. Das Training war anstrengend gewesen, hatte nach diesem Tag aber gutgetan. Melissa spürte jeden einzelnen Muskel in ihren Armen und Beinen.

Sie hängte das nasse Handtuch über den kalten Heizkörper im Bad. Im Hinausgehen betrachtete sie sich selbst in dem großen Wandspiegel neben der Tür. Die 49 Jahre sah man ihrer Figur nicht an. Das harte Training lohnte sich. Ihr Blick wanderte nach oben.

Im Gesicht sah man das Alter schon. Immer mehr kleine und große Falten gruben sich um ihren Mund und ihre Augen. Am Haaransatz leuchtete es schon wieder silbergrau, obwohl sie erst vor zwei Wochen ihre langen Haare schwarz gefärbt hatte. Auch ihr Nagellack ließ zu wünschen übrig. Melissa seufzte und betrachtete ihre Nägel genauer. Sie hatte nicht aufgepasst und zu fest zugepackt, teilweise war der Lack bis zur Hälfte des Nagels abgeplatzt. Jetzt musste sie sich auch noch *darum* kümmern!

Melissa war müde. Der Tag war anstrengend gewesen und sie hatte nach dem Training direkt ins Bett gehen wollen. Aber mit diesen Nägeln konnte sie unmöglich morgen im Büro auftauchen. Sie entfernte die Lackreste und suchte sich eine neue Farbe aus. Rot! Ja, das war es! Knallrot! Am nächsten Tag hatten sie eine Vorstandssitzung. Sie würde dazu ihr neues Kostüm mit dem engen Bleistiftrock anziehen. Es wirkte etwas bieder, aber die roten Nägel würden das wettmachen. Gerald hatte ihr in letzter Zeit häufiger Komplimente gemacht, ihm würden die roten Nägel sofort auffallen. Vielleicht konnte sie ihn auch einen Blick auf die roten Dessous werfen lassen ...

Versöhnt durch diese Idee trug Melissa den Nagellack auf und spazierte mit gespreizten Fingern, die sie hin und her schwenkte, damit der Nagellack trocknete, durch die Wohnung. Orlando hatte seinen Napf längst leergefuttert. Er rollte sich in seinem Körbchen im Wohnzimmer zusammen und würdigte Melissa keines Blickes mehr.

Sie trat ans Fenster und sah nach unten auf die Straße. Obwohl es nur vier Stockwerke waren, wurde ihr leicht schwindlig und sie drehte sich weg. Melissa war zufrieden mit sich. Sie hatte die Initiative ergriffen und sie würde Gerald weiter klare Signale senden. Bis er endlich merkte, was er an ihr hatte.

Kapitel 11

Henri sah auf, als Lenz den Hörer zurück aufs Telefon legte. Die Sonnenstrahlen, die von den Fenstern des gegenüberliegenden Gebäudes reflektiert wurden, blendeten ihn. Es sah nach einem weiteren warmen Sommertag aus.

»Tanja kann nicht kommen. Ihr Ex will die Kinder nicht noch einen weiteren Tag zu sich nehmen, ihre Eltern sind beide krank und der Kindergarten hat Sommerpause.«

»Marius hat mir eine Nachricht geschickt, dass er direkt in die Rechtsmedizin zur Obduktion fährt.«

»Und Roman ist glücklicherweise im Urlaub. Also können wir die Morgenbesprechung zu zweit abhalten«, meinte Lenz lachend.

»Wenn wir was zu besprechen hätten ...« Henri blätterte in seinen Notizen. »Die Überprüfung der Fingerabdrücke von der Dachterrasse des *Pistorius* läuft noch. Ich mache mir keine großen Hoffnungen, dass dabei was Hilfreiches herauskommt. Ansonsten hat die Spurensicherung keine brauchbaren Hinweise gefunden, weder oben auf der Terrasse noch unten im Garten. Durch die Aussage von Maja Johansson wissen wir, dass das Opfer mit dem Täter auf der Dachterrasse gekämpft hat, aber solange wir nicht mal die Identität des Opfers kennen, hilft uns das nicht weiter.«

Henri hatte Elisa fragen wollen, wie es Maja ging, nachdem die Psychologin mit ihr gesprochen hatte, doch sie war so abrupt gegangen, als er nach Hause gekommen war, dass er keine Gelegenheit dazu gehabt hatte. Später, als er zu ihr hochgehen wollte, hatte er gehört, wie sie mit ihrem Chef telefoniert hatte. Soweit Henri verstanden hatte, war André Sievers ihrem Exfreund begegnet und hatte ihm die Meinung gegeigt. Auch wenn Henri selbst entschieden hatte, auf Distanz zu Elisa zu gehen, war er nicht glücklich darüber, dass André ihr gleichzeitig näherkam.

»Was ist?« Lenz' Stimme kam aus weiter Ferne.

Henri zuckte zusammen.

»Warum?«

»Dein Stirnrunzeln macht mir Angst. Worüber denkst du so angestrengt nach?«

Henri winkte ab.

»Wir müssen herausfinden, wer das Opfer ist. Erst dann können wir wirklich ermitteln.« Er sah auf die Uhr. »Wenn er Teilnehmer der Herz-

Tage war und heute nicht dort auftauchte, wissen wir mehr. Der Check-in hat gerade begonnen. Bis neun Uhr müssen die Teilnehmer sich zurückmelden, um ihre Fortbildungspunkte gutgeschrieben zu bekommen.«

Henri hatte am Abend noch mit Professor Kilian Loose, dem wissenschaftlichen Leiter der Veranstaltung, gesprochen. Er hatte erfahren, dass die Münchner Herz-Tage erstmalig stattfanden. Sie waren als Fortbildung rund ums Thema Herz konzipiert. Mit Vorträgen zu aktuellen Forschungserkenntnissen konnten sich Allgemeinmediziner und Herzspezialisten an zwei aufeinanderfolgenden Tagen einen Überblick über den Stand der Forschung verschaffen. Sie erhielten dafür acht sogenannte CME-Punkte, die sie für den Nachweis regelmäßiger Fortbildungen benötigten.

»Lass uns ins *Pistorius* fahren. Dann können wir sofort loslegen, wenn sich ein Name herauskristallisiert.«

»Falls das Opfer im Hotel übernachtet hat, brauchen wir die Spurensicherung im betreffenden Zimmer. Wissen die Veranstalter denn Bescheid darüber, welcher Teilnehmer wo übernachtet hat?«

»Ich denke nicht.« Henri stand auf und steckte sein Handy ein. »Aber warum sollten wir nicht mal Glück haben und einen Treffer landen?«

Im Berufsverkehr war viel los, sie brauchten bis Viertel vor neun, um ins *Pistorius* zu kommen. Der Check-in für die Herz-Tage fand neben dem Eingang zum großen Ballsaal statt. Professor Loose war nicht zu sehen, vermutlich besprach er sich im Saal mit den Referenten. Die Veranstaltung würde um neun Uhr mit dem ersten Vortrag beginnen. Ein junger Mann mit Ziegenbärtchen hakte auf einer Liste die Teilnehmer ab, die sich bereitwillig in die Schlange vor seinem Tisch stellten, bevor sie den großen Saal betraten. Dass am Vortag nur ein paar Meter entfernt ein Mensch in den Tod gestürzt war, schien entweder niemand zu wissen oder es störte niemanden. Die Stimmung war keineswegs gedrückt, man unterhielt sich angeregt. Professor Loose war es wichtig gewesen, dass die Herz-Tage wie geplant durchgeführt wurden. Selbst wenn sich herausstellen sollte, dass das Opfer einer der Teilnehmer war, würde die Veranstaltung fortgesetzt werden. Für einen Abbruch sei zu viel Geld im Spiel, hatte der Professor mit einem verlegenen Achselzucken gesagt.

Henri zeigte dem Ziegenbärtchen seinen Ausweis. Er stellte sich und Lenz vor. Der junge Mann erklärte ihm, dass er studentische Aushilfskraft im Büro von Professor Loose war und man ihn kurzfristig mit dem Check-in beauftragt hatte, nachdem er bereits mit der Organisation der Veranstaltung vertraut war. Er hakte weiter Namen auf seiner Liste ab, während Henri und Lenz sich umschauten.

Im Foyer vor dem großen Ballsaal waren Ausstellungswände aufgebaut, an denen büschelweise die roten Herzluftballons befestigt waren, die auch in der Halle auf die Veranstaltung hingewiesen hatten. Henri warf einen Blick auf die Plakate an den Ausstellungswänden.

»Irre ich mich oder ist das hier ein riesiger Werbeblock für die Pharmaindustrie?« Lenz deutete auf eins der Plakate, auf dem das Foto eines Seniorenpaares inmitten einer quirligen Großfamilie Herzgesundheit bis ins hohe Alter suggerierte. »Schau dir mal die Werbung für dieses Medikament an. Das hat doch nichts mit seriöser Forschung zu tun.«

Henri griff nach einem der herumliegenden Flyer, auf denen das Veranstaltungsprogramm abgedruckt war.

»Mit freundlicher Unterstützung von Bayer, Novartis, Voss Pharma, Sanofi, Boehringer Ingelheim und so weiter und so weiter«, las er vor. »Kein Wunder, dass die hier alle für ihre Produkte werben dürfen.«

»Warum muss ich jetzt ausgerechnet an den Arzt meines Vaters denken? Der besteht darauf, dass mein Vater weiterhin ein bestimmtes Medikament gegen seine Arthritis nimmt, obwohl es ihm offensichtlich kein bisschen hilft!« Lenz verdrehte die Augen. »Korrupte Bande.«

Er wandte sich ab. Henri betrachtete das Programm der Veranstaltung genauer.

Herzinsuffizienz - tödlicher als Krebs?, *ESC-Leitlinie Herzinsuffizienz*, *Lungenembolie und pulmonale Hypertonie*, *Forschungsupdate Triple-Therapie*, *Sportkardiologie - aktuelle Therapiekonzepte*, *Hypercholesterinämie - Forschungsupdate PCSK9-Inhibitoren*, waren die Vortragsthemen des ersten Tages gewesen. Henri sagten die meisten Begriffe nicht viel. Nur mit *Herzinsuffizienz* konnte er etwas anfangen. Sein Vater war vor zweieinhalb Jahren völlig überraschend an einem Herzinfarkt verstorben. Akute Herzinsuffizienz hatte der Arzt gesagt.

Auch die Themen des zweiten Veranstaltungstags hörten sich für Henri größtenteils chinesisch an: *Kardiologie und Diabetes*, *Forschungsupdate Cardio CT/Cardio MRT*, *Fallstudie Herzkatheter*, *Forschungsupdate Endokarditis*, *Plaque-Regression durch LDL-Senkung?*, *Interventionelle Klappentherapie*, *Fallstudien Transradialer Zugang*.

»Da schlage ich mich echt lieber mit ein paar Mördern herum«, sagte Lenz, als er wieder zu Henri trat. Auch er hielt einen der Flyer in der

Hand. »Hyper...cho...lesterin...ämie«, buchstabierte er. »Was zum Teufel ist das?«

»Keine Ahnung. Hat vielleicht was mit Cholesterin zu tun?«

Henri sah auf die Uhr. Kurz vor neun. Die Schlange an der Anmeldung hatte sich aufgelöst, langsam leerte sich das Foyer. Die Veranstaltung begann jeden Augenblick. Um Punkt neun schloss der junge Mann mit dem Ziegenbärtchen die großen Flügeltüren des Ballsaales. Henri und Lenz traten zu ihm.

»Sind alle Teilnehmer erschienen?«, fragte Lenz ungeduldig.

»Fast alle, glaube ich«, sagte der junge Mann und schlurfte seelenruhig zu seinem Platz hinter dem Tisch zurück. Er blätterte in einer Liste. »Drei fehlen noch.«

Henri und Lenz beugten sich über den Tisch.

»Nämlich?«

»Dr. Tilmann Lamberti, Dr. Maren Hartl und Dr. Antonio Tassi.«

»Die Frau interessiert uns nicht. Können Sie uns mehr über die beiden Männer sagen?«

Mister Ziegenbärtchen sah Henri verständnislos an.

»Wissen Sie, ob die beiden hier im Hotel ein Zimmer genommen hatten?«

»Um die Übernachtung kümmern sich die Teilnehmer selbst. Darüber habe ich keine Informationen.«

Henri notierte die beiden Namen.

»Dann fragen wir an der Rezeption nach. Haben Sie die Adressen der Teilnehmer?«

»Schon ... aber nicht ausgedruckt. Da muss ich erst im PC nachschauen.« Er deutete mit einem knappen Kopfnicken zu einem aufgeklappten Notebook am Ende des Tisches.

»Tun Sie das!«, forderte Henri ihn auf.

»Ich geh schon mal zur Rezeption«, sagte Lenz und stieß nach drei Schritten fast mit einem dunkelhaarigen Mann zusammen, der eilig auf die Tür zum Ballsaal zulief. In der einen Hand hielt er einen Kaffeebecher, in der anderen ein Handy, das er ans Ohr drückte. Das Namensschild am Revers seines Sakkos wies ihn als Dr. Antonio Tassi aus. Lenz warf Henri einen vielsagenden Blick zu.

»Ich dich auch, Liebling!«, sagte der Mann. »Aber ich muss jetzt Schluss machen.«

Er legte auf und ließ dabei fast die Unterlagen, die er sich unter den Arm geklemmt hatte, fallen.

»Guten Morgen«, sagte er.

»Guten Morgen, Dr. Tassi«, sagte das Ziegenbärtchen nach einem Blick auf das Namensschild. Er hakte den Namen auf seiner Liste ab. Antonio Tassi verschwand im Veranstaltungsraum.

»Also ist Dr. Tilmann Lamberti unser Mann«, schlussfolgerte Lenz.

»Hier ist seine Adresse.«

Das Ziegenbärtchen gab Henri einen Zettel, auf dem er die Anschrift notiert hatte.

»Bad Aibling«, las Henri vor. »Wenn er nicht aus der Stadt ist, steigt die Wahrscheinlichkeit, dass er hier im Hotel übernachten wollte.«

Im Laufschritt legten sie den Weg zur Rezeption zurück. Leonie und Tessa, die beiden Rezeptionistinnen, mit denen sie bereits am Vortag gesprochen hatten, waren auch jetzt wieder im Dienst. Henri bat sie, zu überprüfen, ob ein gewisser Tilmann Lamberti ein Zimmer im *Pistorius* genommen hatte. Leonie sah im Computer nach und nickte kurz darauf.

»Ja, ein Dr. Lamberti hat die 509.«

»Erinnern Sie sich an ihn?«

Leonie schüttelte den Kopf.

»Hier checken täglich so viele Leute ein. Der Name sagt mir nichts. Dir, Tessa?«

Ihre Kollegin überlegte.

»Den Namen habe ich schon mal gehört, aber ich habe kein Gesicht vor Augen.«

Das Telefon klingelte und Tessa nahm das Gespräch an.

»Haben Sie eine Privatadresse von Dr. Lamberti?«, fragte Henri Leonie.

Das Ziegenbärtchen hatte ihnen die Praxisadresse aufgeschrieben. Leonie nickte. Sie las die Anschrift vor.

»Das ist die gleiche Adresse, unter der die Praxis zu finden ist. Er scheint im gleichen Haus zu wohnen.«

»Ich sehe hier im Computer, dass Dr. Lamberti bereits am Sonntagabend eingecheckt hat. Das ist ungewöhnlich.«

»Er wollte also zwei Nächte hier verbringen? Bad Aibling ist nicht so weit entfernt, dass man nicht am ersten Tagungstag morgens anreisen könnte ...«

»Vielleicht wollte er nicht so früh aufstehen«, überlegte Lenz.

»Oder er wollte die Annehmlichkeiten des Hotels genießen. Viele Gäste reisen bei derartigen Veranstaltungen bereits am Vorabend an, um in den Spa zu gehen. Wir haben einen außergewöhnlich schönen Wellnessbereich«, erklärte Leonie.

»Können wir einen Blick in das Zimmer werfen?«

»Ich zeige es Ihnen.«

Leonie zog eine Schlüsselkarte durch einen Kartenleser. Dann kam sie hinter der Rezeption hervor und führte sie zu den Aufzügen. Im fünften Stock bog sie nach rechts in einen langen Flur ab. Vor dem Zimmer 509 blieb sie stehen.

»Wir müssen erst klopfen. Es könnte sein, dass er nur verschlafen hat.«

Auf Leonies Klopfen blieb es still hinter der Tür. Sie klopfte wieder, diesmal lauter. Aus dem Zimmer war kein Laut zu hören.

»Nichts anfassen.« Henri nahm ihr die Schlüsselkarte aus der Hand, öffnete die Tür und schob sie mit dem Ellbogen auf.

»Dr. Lamberti?«, rief Leonie.

Henri und Lenz betraten den Raum. Es war niemand da. Das Bett war gemacht, hier hatte in der letzten Nacht niemand geschlafen. Ein kleiner Koffer lag aufgeklappt auf dem Boden, darin befand sich ein Kleidungsstapel und etwas Wäsche.

»Sieht so aus, als hätten wir ihn gefunden«, meinte Lenz.

»Danke, Frau Ehrhard«, sagte Henri zu Leonie. »Wir müssen das Zimmer von der Spurensicherung untersuchen lassen. Können Sie veranlassen, dass niemand sonst den Raum betritt?«

»Sicher. Sie haben ja die Schlüsselkarte.«

»Wir geben Ihnen Bescheid, wenn die Kollegen hier fertig sind.«

»In Ordnung.«

Leonie verschwand. Lenz hatte bereits das Handy gezückt, um Arnie anzurufen. Die Kollegen würden so schnell wie möglich ins Hotel kommen.

»Bis dahin möchte ich mich selbst umschauen.«

»Ich rufe Hasi an und bitte sie, mehr über Tilmann Lamberti herauszufinden.«

Hasi war eine der Sekretärinnen der Mordkommissionen. Wenn das Team nicht vollzählig war, spannten sie sie manchmal für Rechercheaufgaben ein. Hasi war einfallsreich und gründlich.

Henri zog Gummihandschuhe an und öffnete die Türen des Kleiderschranks. Leer. Obwohl Tilmann Lamberti bereits am Sonntagabend angereist war, hatte er nichts aus seinem Koffer ausgepackt. Auch der Bademantel lag ordentlich zusammengefaltet im Schrank. Es sah nicht so aus, als hätte er sich im Wellnessbereich vergnügt. Henri warf einen Blick in das kleine Bad. Auf der Ablage neben dem Waschbecken stand ein Kulturbeutel. Die Zahnbürste aus dem Glas hinter dem Wasserhahn würde die KTU zur DNA-Analyse mitnehmen genauso wie die Haarbürste, die aus dem Kulturbeutel herausragte. Sie mussten beweisen, dass es sich bei dem Toten wirklich um Tilmann Lamberti handelte.

Auf dem Nachttisch neben dem Bett lag ein Thriller, auf dem Schreibtisch fand Henri eine Packung Lakritzbonbons. Das Zimmertelefon und die Mappe des Hotels waren zur Seite geschoben, als hätte jemand Platz auf dem Schreibtisch gebraucht, doch jetzt war der größte Teil der Fläche leer.

»Es würde mich nicht wundern, wenn hier ein Notebook stand«, sagte Henri zu Lenz, als er sein Gespräch mit Hasi beendet hatte. Lenz nickte.

»Das kommt hin.«

Sie sahen im Koffer und in der Schublade unter dem Schreibtisch nach, doch es war kein Notebook zu finden.

»Was ist mit dem Zimmersafe?«

Henri klappte erneut die Schranktür auf.

»Der Safe ist verschlossen. Er scheint mir aber für ein Notebook zu klein zu sein.«

»Darum dürfen sich die Kollegen von der Spusi kümmern.«

Henri nickte.

»Während wir einen Ausflug nach Bad Aibling machen.«

Kapitel 12

Elisa lachte leise in sich hinein, als sie das Stöhnen von Dennis hörte. Seit er die Redaktion betreten hatte, beklagte er sich über den Muskelkater, der ihn nach dem ungewohnten Sport im Fitnessstudio in jedem einzelnen Körperteil plagte. Elisa war gespannt, wie lange er das Training durchhalten würde. Sabine schien Dennis neben dem Sport auch dazu überredet zu haben, seine Ernährung umzustellen. Anstatt der üblichen Chips- oder Gummibärchentüte hatte er eine Plastikbox mit Rohkost dabei, aus der er sich Karotten- und Kohlrabistücke in den Mund schob.

»Sag mal, Elisa, hast du inzwischen herausgefunden, wer der Tote von gestern war?«, fragte er und verzog das Gesicht, als er sich Elisa zuwandte.

»Die Polizei hat noch keine Information rausgegeben«, erwiderte Elisa.

»Das ist ja wohl keine Antwort auf Dennis' Frage«, blaffte Jette von ihrer Seite der Schreibtischgruppe dazwischen. Sie redete so laut, dass André sie an seinem Platz am Kopfende des Newsdesks hören musste, doch er reagierte nicht. Sein Marmorstatuengesicht, das Elisa im Profil sehen konnte, zuckte nicht mal. »Ich dachte, du hast so tolle Kontakte zur Mordkommission?«

Elisa würde sicher nicht bei Henri anrufen, aber das musste Jette nicht wissen.

»Die Kontakte nützen nichts, wenn die Polizei das Opfer selbst noch nicht identifiziert hat«, sagte sie nur.

»Vielleicht veröffentlichen sie im Polizeibericht gegen Mittag was Neues«, lenkte Dennis ein. »Bleib auf jeden Fall dran, Elisa.«

Sie nickte und tippte weiter. Das Porträt über den Bademeister war fertig und lag bereits auf Andrés Schreibtisch. Elisa verfasste ein paar Kurzartikel aus Agenturmeldungen, dann wollte sie sich dem nächsten Porträt widmen. Sie hatte einen Paketboten einen ganzen Tag lang begleitet und ähnlich viel Material bekommen wie bei dem Bademeister. Die beiden waren weitaus ergiebiger gewesen als die Marktfrau vom Viktualienmarkt, die Elisa angesprochen hatte. Abgesehen davon, dass sie ein Problem hatte, den starken Dialekt der Frau zu verstehen, war sie Elisa gegenüber auch nicht besonders gesprächig gewesen. Ob es an ihr persönlich lag oder an ihrem hörbaren Preußentum, vermochte Elisa nicht sagen. Sie würde noch ein paarmal dort einkaufen müssen, bis das Porträt über Oberflächlichkeiten hinausgehen konnte.

»André!« Jette warf die Haare nach hinten und setzte sich in Positur. Anscheinend hatte sie den Moment abgewartet, als André seinen Platz am Newsdesk verließ, und winkte ihn nun zu sich her. »Schau mal, wie findest du meinen Bericht?«

Er kam die paar Schritte zu ihr hinüber. Jette deutete auf den Bildschirm.

»Meinst du, ich sollte dieses Zitat etwas hervorheben?« Sie klimperte mit den Lidern. André zuckte mit den Achseln.

»Besprich das mit Wolf«, sagte er und wandte sich zum Gehen, doch Jette hielt ihn am Ärmel seines Jacketts fest.

»Elisa scheint Probleme zu haben, etwas über die Identität des Toten von gestern herauszufinden. Möchtest du, dass *ich* meinen Kontakt bei der Polizei anzapfe?«

André sah Jette einen Moment lang an, dann befreite er seinen Arm von ihrer Hand.

»Nein, das ist Elisas Thema. Ich bin überzeugt davon, dass sie im

Lauf des Tages genug für die Folgeberichterstattung herausfinden wird.«

Andrés ernster Blick verwandelte sich in ein Lächeln, als er zu Elisa hinübersah.

»Ich möchte kurz etwas mit dir besprechen.« Er deutete mit dem Kopf zu seinem Glaskasten. »Hast du einen Moment Zeit?«

»Sicher.«

Elisa folgte André in sein Büro. Außer einem freundlichen *Guten Morgen* hatten sie an diesem Tag noch kein Wort miteinander gewechselt. Ob er jetzt das Gespräch vom Abend fortsetzen wollte? Elisa nahm auf dem Besucherstuhl, auf den André zeigte, Platz. André ließ sich auf seinen Drehstuhl fallen und legte die Papiere, die er vom Newsdesk mitgebracht hatte, auf dem Schreibtisch ab.

»Langsam geht sie mir wirklich auf den Zeiger!«, sagte er.

»Vor gar nicht allzu langer Zeit warst du so kurz« – sie zeigte einen Zentimeter an – »davor, mit ihr ins Bett zu gehen.«

Es war nur ein Schuss ins Blaue, doch Andrés verlegener Gesichtsausdruck verriet Elisa, dass sie richtig geraten hatte.

»Weil ich mich gelangweilt habe. Und weil sie sich so beharrlich angeboten hat«, verteidigte er sich. »Zum Glück habe ich es nicht getan. Ich interessiere mich nicht wirklich für Jette, das weißt du.«

»Weil das, was einem aufgedrängt wird, nicht so reizvoll ist wie das, was einem verweigert wird?«

André erwiderte Elisas Blick, ohne zu blinzeln. Seine Augen waren nicht länger eisgrau, sondern von einem warmen Blau.

»Weil das, was einem aufgedrängt wird, sehr schnell seinen Reiz verlieren würde.« Er beugte sich nach vorn. »Elisa, ich verstehe, dass dein Ex dich verletzt hat und dass du versuchst, dich vor einer weiteren Enttäuschung zu schützen. Aber du wirst sehen, dass du uns nicht in einen Topf werfen kannst. Abgesehen von unseren journalistischen Qualitäten natürlich.« Sein Lächeln nahm den Worten ihren Ernst. »Ich bin ein geduldiger Mensch, Elisa. Ich gebe mich erst mal mit deinen tollen Artikeln zufrieden. Dieser hier hat mir sehr gut gefallen.«

Er pochte mit den Fingern auf die Papiere, die vor ihm lagen. Während der Besprechung am Newsdesk hatte er also ihr Porträt gelesen.

»Wenn das Wetter hält, bringen wir den Bademeister in der Wochenendausgabe. Gute Arbeit, Elisa, sehr gute Arbeit.«

»Als Nächstes kommt der Paketbote dran. Ich bin gerade dabei, das Material zu sortieren.«

»Gut. Und den Mordfall von gestern, den behältst du auch im Auge, ja?«

»Keine Sorge. Jette kann sich getrost um ihre High-Society-Events kümmern.«

Elisa stand auf.

»War's das?«

»Für den Moment.« Er lächelte. »Was hältst du von einem gemeinsamen Mittagessen?«

Besser nicht.

»Ich bin schon mit Lena verabredet«, sagte Elisa schnell.

»Schade. Dann ein andermal.«

Elisa nickte unverbindlich und schlüpfte aus dem Glaskasten. Sie schickte Lena eine kurze Nachricht.

Mittagessen?

Lena antwortete umgehend.

Bin noch unterwegs, aber bis Mittag in der Redaktion. Gerne.

Elisa ging auf die Website des Polizeipräsidiums und überprüfte den Polizeibericht. Seit dem Vortag war keine neue Meldung eingestellt worden. Ob es Sinn machte, im *Pistorius* vorbeizufahren, um mehr herauszufinden? Es war unwahrscheinlich, dass Henri und seine Kollegen immer noch vor Ort waren. Aber es gab jemand anderen, der ihr Informationen über die Situation im *Pistorius* geben konnte, fiel ihr ein. Maja Johansson war dort.

Sie hatten ihre Kontaktdaten ausgetauscht, bevor Elisa am Abend gegangen war. Maja hatte schließlich eingewilligt, sich noch ein Beruhigungsmittel für die Nacht geben zu lassen. Sie hatte Elisa eine Whatsapp-Nachricht geschickt, bevor sie zu Bett gegangen war. Elisa konnte sehen, dass sie zuletzt vor einer Viertelstunde online gewesen war. Sie wählte Majas Nummer.

»Elisa!« Ihre Stimme klang munter.

»Guten Morgen, Maja. Wie geht es dir? Konntest du gut schlafen?«

»Nein, nicht wirklich. Aber jetzt geht es mir besser. Ich war vorhin ein paar Bahnen schwimmen, hier gibt es einen großen Pool. Das hat mir gutgetan.«

Im Hintergrund war Geschirrklappern zu hören.

»Bist du gerade beim Frühstück?«

»Ja. Allerdings habe ich es vorgezogen, drinnen zu bleiben. In diesen Rosengarten setze ich nie wieder einen Fuß! Selbst wenn ich heute den ganzen Tag in meinem Hotelzimmer verbringe, um mein Konzept auszuarbeiten.«

»Sind denn noch viele Polizisten im Hotel?«

»Ich habe keinen gesehen, aber ich bin ja auch gerade erst heruntergekommen.« Sie räusperte sich. »Gestern war ich vollkommen neben mir. Die Polizisten müssen mich für verrückt gehalten haben ...«

»Unsinn. Sie haben gesehen, dass du unter Schock gestanden hast!«

»Mag sein ... es tut mir jetzt auch leid, aber in dem Moment konnte ich einfach nicht darüber reden ... erst als du mich nach und nach ins Gespräch verwickelt hast.« Maja zögerte. »Du kennst den einen Polizisten persönlich, oder?«

»Er ist der Sohn meiner Vermieterin. Als ich ihm gesagt habe, dass ich dich von früher kenne, hat er mich zu dir gelassen.«

»Wahrscheinlich war er enttäuscht, weil ich nicht mehr gesehen habe.«

»Ist dir denn inzwischen noch etwas eingefallen?«

»Nein. Ich habe dir gestern alles gesagt, an das ich mich erinnern kann.«

Kapitel 13

Henri stoppte den Wagen vor einem großen Haus in einem parkähnlichen Garten.

»Hier muss es sein.« Er deutete auf ein Schild, das zur linken Seite wies: *Praxiseingang*. Auf der rechten Seite war eine breite Einfahrt, die zu einer blau gestrichenen Tür führte. Neben einem weißen SUV lagen ein Dreirad und ein Roller auf den Steinplatten.

»In der Praxis scheint was los zu sein.« Lenz wies auf eine alte Frau, die ihren Rollator über den Zufahrtsweg schob. »Entweder beschäftigt er noch weitere Ärzte oder er hat eine Vertretung organisiert.«

»Sie werden ihn noch nicht vermissen, weil er ja eigentlich heute den zweiten Fortbildungstag gehabt hätte.« Henri sah zu dem Dreirad und dem Roller, sein Inneres krampfte sich zusammen. Von Hasi hatten sie erfahren, dass Tilmann Lamberti eine Frau und drei kleine Kinder hinterließ. Sie mussten der Frau jetzt sagen, dass sie Witwe war. »Bringen wir es hinter uns.«

Henri löste den Gurt und stieg aus.

»Soll ich?«, fragte Lenz.

Er hielt sich bei Todesmitteilungen gern zurück. Hatte das Chefsein während Henris Urlaub ihn etwa dazu gebracht, seine Rolle im Team zu überdenken? Henri hatte den Eindruck, dass Lenz die Koordination am Tatort gut im Griff gehabt hatte, doch sein Kollege schien das anders gesehen zu haben, sonst hätte er ihn nicht angerufen.

»Okay«, sagte Henri nur.

Sie gingen über die Einfahrt vorbei an dem roten Dreirad und dem Kinderroller zu der blauen Tür. Lenz klingelte. Henri hörte ihn laut schlucken.

»Ich komme!«, rief eine Frauenstimme von innen. Eine großgewachsene Blondine öffnete ihnen die Tür. Sie hielt ein etwa einjähriges Kind mit breiverschmiertem Mund auf der Hüfte.

»Guten Morgen!«, sagte sie freundlich und lächelte.

»Guten Morgen«, sagte Lenz. »Sind Sie Frau Lamberti? Angelika Lamberti?«

Sie nickte.

»Mein Name ist Albrecht, das ist mein Kollege Wieland.« Mit routinierter Geste zeigte er ihr seinen Ausweis. »Wir sind von der Kriminalpolizei in München.«

Sie sah Lenz aufmerksam an, eher neugierig als besorgt. Auch die blauen Augen des Kindes waren auf Lenz gerichtet.

»Leider haben wir schlechte Nachrichten für Sie, Frau Lamberti. Wir müssen Ihnen mitteilen, dass Ihr Mann gestern Nachmittag ermordet wurde. Erst heute Morgen konnten wir ihn identifizieren ... Es tut mir leid ... Mein Beileid!«

Angelika Lamberti sah mit großen Augen von Lenz zu Henri, als wollte sie herausfinden, ob sie sie auf den Arm nahmen. Dann brach sie in lautes Lachen aus. Das Kind auf ihrem Arm krähte fröhlich mit.

»Mein Mann? Da muss ein Irrtum vorliegen. Mein Mann ist drüben in der Praxis und behandelt seine Patienten.«

»Aber die Fortbildung?«, stammelte Lenz und sah hilfesuchend zu Henri. »Die Herz-Tage? In München? Er war doch dort als Teilnehmer registriert ...«

Angelika Lamberti hörte auf zu lachen.

»Mein Mann ist nicht in München, er ist hier! Er hat vorhin noch mit mir gefrühstückt!« Sie schob das Kind auf die andere Hüfte, griff neben der Tür nach einem Schlüsselbund und zog die Tür hinter sich zu. »Kommen Sie, wir gehen in die Praxis!«

Sie ging barfuß über den moosüberwucherten Plattenweg, der direkt vor der Hauswand zum Eingang der Praxis hinüberführte. Henri und Lenz folgten ihr.

»Ist mein Mann da?« Die Sprechstundenhilfe sah erst hoch, als Angelika Lamberti sie ansprach. Sie nickte.

»Er ist in der Eins.«

»Holen Sie ihn bitte kurz her, Evi. Die Herren sind von der Polizei und glauben, dass Tilmann tot ist.«

»Tot?« Der Sprechstundenhilfe fielen fast die Augen aus dem Kopf. »Aber der Herr Doktor ...«

Sie stand auf und verschwand um die Ecke. Angelika wandte sich an Lenz und Henri. »Ich habe keine Ahnung, wie Sie auf die Idee kommen, dass mein Mann ...«

Das Kind auf ihrem Arm wand sich unruhig und begann zu greinen. Wahrscheinlich hatten sie sein Frühstück unterbrochen. Die Sprechstundenhilfe kam mit einem Mann mittleren Alters in einem weißen Kittel zurück.

»Sehen Sie!«, rief Angelika. »Er ist quicklebendig!«

Sie gaben ihm die Hand, Lenz zeigte erneut seinen Ausweis und stellte sie vor.

»Ich habe nicht ganz verstanden, was Evi mir gesagt hat. Warum Sie hier sind?«, fragte Tilmann Lamberti.

»Bei den Herz-Tagen in München wurde ein Mann von der Dachterrasse in die Tiefe gestürzt. Wir konnten ihn erst heute Morgen über das Ausschlussverfahren identifizieren, als er nicht zum zweiten Veranstaltungstag erschienen ist. Er war auf Ihren Namen angemeldet.«

Tilmanns Miene versteinerte sich. Angelika griff nach seiner Hand.

»Was hast du?«

»Gernot ... Es ist Gernot ...«

»Was ist mit Gernot?«

»Er hat sich dort angemeldet ... unter meinem Namen ... er wollte recherchieren ... der Tote ist Gernot ...«

»Wer ist Gernot?«, fragte Henri.

Tilmann Lamberti sah zu ihm.

»Gernot ist ein alter Freund von mir.« Er zwinkerte, sonst zeigte sein Gesicht keine Regung. »Er ist Journalist ... Er hat mich vor zwei, drei Wochen gefragt, ob er sich unter meinem Namen bei den Herz-Tagen anmelden kann. Und Sie sagen, dass er ermordet wurde? Sind Sie ganz sicher?«

Das Baby auf Angelikas Arm beschwerte sich erneut. Sie versuchte, es zu beruhigen, doch das Kind wurde immer lauter. Tilmann nickte seiner Frau beruhigend zu. Sie schickte ihm einen Luftkuss und verschwand durch die Tür nach draußen.

»Alles deutet darauf hin. Oder halten Sie einen Suizid für möglich?«, fragte Henri.

»Nein ... eigentlich nicht. Gernot ist ein schräger Vogel ... aber nein ... das denke ich nicht. Das hätte er seinen Eltern nie angetan.« Tilmann runzelte die Stirn. »Sie müssen es jetzt seinen Eltern sagen, nicht wahr? Seien Sie bloß behutsam, Gernots Mutter hat Probleme mit dem Herzen.«

»Kennen Sie sie?«

»Sie ist eine meiner Patientinnen. Als Gernot zur Kontroll-untersuchung mit ihr hier war, hat er mich gefragt wegen der Herz-Tage.«

»Und Sie hatten kein Problem damit, dass er sich unter Ihrem Namen angemeldet hat?«

»Nein.« Tilmann senkte den Blick. »Es war mir sogar ganz recht. Eine meiner Mitarbeiterinnen fällt aufgrund einer Verletzung länger aus. Ich kann zurzeit einfach nicht hier weg, um selbst eine Fortbildung zu machen.«

»Aber Sie müssen die Fortbildungspunkte nachweisen?«

»Genau. Es ist nicht so, dass ich mich nicht fortbilde!«, verteidigte er sich. »Ich lese Forschungsberichte und informiere mich anderweitig. Ich kann nur nicht für zwei Tage hier weg, um mir in einem netten Hotel Vorträge anzuhören, verstehen Sie?«

»Ich denke schon.« Henri beließ es dabei. »Hat Gernot ... wie heißt er eigentlich weiter?«

»Weiss. Er heißt Gernot Weiss.«

»Hat er Ihnen gesagt, warum er sich für die Herz-Tage interessiert?«

»Nicht genau. Seine Mutter war ja dabei. Er hat es nur am Rande erwähnt.« Tilmann überlegte. »Er hat gesagt, dass er recherchieren will. Gernot ist freier Journalist. Es passiert häufiger, dass er sich in ein Thema verbeißt. Seinen letzten festen Job hat er meines Wissens verloren, weil er sich mit einem Großkonzern angelegt hat, der Pestizide produziert. Gernot ist ... wie soll ich sagen? ... engagierter Umweltaktivist. Er scheut sich nicht, anderen auf die Füße zu treten.«

»Aber was wollte er dann bei einer medizinischen Fortbildungsveranstaltung?«

»Ich weiß es nicht.« Tilmanns Gesicht war nicht länger versteinert. Er überlegte. »Er schien sich vorher informiert zu haben. Zumindest hat er mich gezielt auf die Herz-Tage angesprochen. Er hatte einen Flyer dabei. Mit einem Anmeldeformular. Er brauchte einen Praxisstempel dafür. Den habe ich ihm gegeben, als seine Mutter sich nach der Untersuchung angezogen hat, dann sind sie auch schon gegangen. Ich hatte keine Gelegenheit, näher nachzufragen. Ein paar Tage später ist ein Päckchen mit Unterlagen, Namensschild und einigen Geschenken hier angekommen. Das habe ich ihm vorbeigebracht. Er war nicht da, deshalb habe ich es bei seinen Eltern abgegeben. Das ist alles, was ich Ihnen dazu sagen kann.«

»Die Anmeldung lief also offiziell über die Praxis?«

Tilmann nickte.

»Ich habe die Gebühr vom Praxiskonto überwiesen, er hatte mir das Geld in bar mitgebracht.«

»Auch für die Hotelübernachtung?«

»Darum wollte er sich selbst kümmern.«

»Wo hat Gernot Weiss gelebt? Und wo hat er gearbeitet?« Vielleicht würden sie in seinen Notizen oder Unterlagen einen Hinweis auf ein mögliches Mordmotiv finden.

»Er hat eine Einliegerwohnung im Haus seiner Eltern bewohnt. Die Mutter hatte vor ein paar Jahren einen leichten Herzinfarkt, da hat er sich entschieden, zurück nach Bad Aibling zu kommen, um seine Eltern zu unterstützen. Sie sind beide nicht mehr die Jüngsten. Zeitungsartikel konnte er schließlich überall schreiben ...«

»Herr Doktor!«, unterbrach ihn plötzlich die Stimme einer verhutzelten Frau, die in hautfarbener Liebestöterunterwäsche hinter ihm aufgetaucht war. »Haben Sie mich denn vergessen?«

Tilmann Lamberti seufzte.

»Nein, Frau Gruber. Ich bin gleich wieder bei Ihnen. Warten Sie bitte im Behandlungsraum auf mich.«

»Ich hab' nicht den ganzen Tag Zeit«, beschwerte sie sich und schlurfte davon. Tilmann drehte sich zu Henri und Lenz.

»Ich würde Sie zu Gernots Eltern begleiten, aber Sie sehen ja, was hier los ist. Ich habe das Wartezimmer voller Patienten.«

»Wenn Sie uns die Adresse geben könnten?«

Er erklärte ihnen den Weg und sie tauschten ihre Telefonnummern aus.

»Was für ein verdrehter Fall«, sagte Lenz, als sie zum Auto gingen. »Eine Zeugin hört plötzlich auf einen anderen Namen, das Opfer hat nicht nur einen anderen Namen, sondern ist gleich ein anderer Mensch, verrückt!«

»Wir brauchen ein Foto von ihm, um die Teilnehmer der Herz-Tage zu befragen«, überlegte Henri und betätigte den Türöffner des Autos. »Wenn er recherchiert hat, muss er mit dem einen oder anderen gesprochen haben.«

»Sofern die sich nicht vom Acker gemacht haben, sobald sie ihre Fortbildungspunkte gutgeschrieben bekommen haben.« Lenz war entrüstet. »Wir sollten veranlassen, dass die von Dr. Lamberti wieder gestrichen werden. Kein Wunder, dass der Arzt meines Vaters an Behandlungsmethoden festhält, die sich nicht bewähren. Wenn er sich genauso gewissenhaft fortbildet wie Dr. Lamberti ...«

Sie stiegen ein. Henri lenkte den Wagen nach der Beschreibung von Tilmann Lamberti durch Bad Aibling, ein gepflegtes Städtchen im Landkreis Rosenheim. Er war vor Jahren mit Claire und den Kindern in der Therme in Bad Aibling gewesen, doch daran hatte er nur noch verschwommene Erinnerungen.

Wenige Minuten später hielten sie am Ortsrand von Bad Aibling vor einem kleinen Haus, dessen Anstrich vor langer Zeit einmal weiß gewesen sein musste. Es wirkte ungepflegt wie der verwilderte Garten, der das Haus umgab.

»Jetzt bist du wieder dran.« Lenz' Grinsen misslang.

»Vorhin zählt nicht«, widersprach Henri. »Sie hat ihren Mann nicht verloren. Komm schon, Lenz, du schaffst das.«

Lenz schnitt eine Grimasse. Sie stiegen aus, Henri verschloss den Wagen.

»Hier wurden garantiert keine Pestizide eingesetzt«, stellte er fest, als sie durch den kleinen Vorgarten zum Haus gingen. Überall wucherte Unkraut hervor, selbst zwischen den drei Steinstufen, die zur Tür hinaufführten.

Lenz drückte auf die Klingel, drinnen ertönte ein extrem lauter Dreiklang.

»Schwerhörig«, murmelte Henri, dann ging schon die Tür auf. Ein weißhaariger Mann mit gebeugtem Rücken musterte sie kurz, dann fuhr er sie an: »Wir kaufen nichts!«

»Sind das schon wieder die Zeugen Jehovas?«, rief eine Frau aus dem Hintergrund.

»Nein, wir sind von der Polizei.«

Lenz hielt dem Mann seinen Ausweis hin. Er griff danach und las halblaut vor, was darauf stand: »Kriminaloberkommissar. Irene, das ist die Polizei«, brüllte er. Die Frau, die sich bis auf wenige Schritte genähert hatte, zuckte zusammen. Sie war im gleichen Alter wie der Mann.

»Du musst nicht so schreien, Günther«, sagte sie und nickte ihnen zu.

»Und Sie?«, fuhr der Mann Henri an. Er sah Henri auffordernd an. Henri reichte ihm seinen Ausweis.

»Kriminalhauptkommissar«, las der Mann und gab beide Ausweise zurück. »In Ordnung. Heutzutage kann man nicht vorsichtig genug sein. Diese Trickbetrüger glauben ja, dass alte Leute sich leicht überlisten lassen. Aber nicht mit uns!«

»Es ist gut, wenn Sie wachsam sind«, sagte Lenz. »Sie sind Herr und Frau Weiss, nehme ich an?«

Sie nickten. Irene Weiss' Miene wurde plötzlich beklommen.

»Ist etwas mit Gernot?«

Henri dachte an die Worte des Arztes.

Seien Sie bloß behutsam. Gernots Mutter hat Probleme mit dem Herzen.

»Können wir hereinkommen?«

Günther Weiss trat von der Tür zurück. Sie folgten Irene in ein düsteres Wohnzimmer. Durch die kleinen Fenster und die dicken Vorhänge kam nicht viel Licht herein. Die Möbel und die Sitzgruppe waren dunkelbraun.

»Bitte setzen Sie sich.«

Henri und Lenz nahmen jeder auf einem Sessel Platz, damit Gernots Eltern nebeneinander auf dem Sofa sitzen konnten. Sie musterten die Polizisten mit ängstlicher Miene.

»Leider haben wir schlechte Nachrichten«, setzte Lenz an. »Wir müssen Ihnen mitteilen, dass Ihr Sohn Gernot gestern ermordet wurde. Mein Beileid.«

Sie starrten ihn verständnislos an, erst nach und nach schien die Bedeutung von Lenz' Worten zu ihnen durchzudringen.

»Gernot? Unser Gernot?«, flüsterte Irene Weiss. Ihr Körper sackte in sich zusammen, sie klammerte sich an den Arm ihres Mannes. »Ermordet? Unser Bub ... Günther?«

Sie sahen sich an. Ungläubig. Fassungslos. Verzweifelt.

»Sind Sie denn sicher, dass es Gernot ...?«, fragte Irene.

»Was ist passiert?«, fragte Günther im gleichen Moment.

»Nach unseren bisherigen Erkenntnissen wurde Ihr Sohn nach einem Handgemenge von einer Dachterrasse gestoßen.«

»Von einer Dachterrasse?« Irenes Augen weiteten sich. Offenbar stellte sie sich gerade bildlich vor, wie ihr Sohn fiel. Sie schnappte nach Luft.

»Beruhig' dich, Irene!« Ihr Mann sah sie besorgt an. »Denk an dein Herz!«

»Hat Gernot Ihnen gesagt, was er in München vorhatte?«, versuchte Lenz, sie abzulenken.

»Nein.« Irene schüttelte den Kopf. »Er hat nur gesagt, dass er für zwei, drei Tage wegmuss.«

»Recherche für einen wichtigen Artikel, hat er gesagt«, fügte Günther hinzu.

»Er hat sich für Tilmann Lamberti ausgegeben und an einer Medizinerfortbildung teilgenommen«, erklärte Henri.

Irene musterte ihn. »Über so was hat er neulich mit Tilmann gesprochen. Aber ich wusste nicht, dass er *jetzt* dorthin fahren würde. Hat er mit jemandem Ärger bekommen?«

»Das wissen wir noch nicht.«

»Gernot ist oft in Schwierigkeiten geraten. Er hat nie ein Blatt vor den Mund genommen.« Tränen stiegen in Irenes Augen auf. Sie sah ihren Mann an. »Er ist tot«, flüsterte sie ungläubig. Günther zog sie an sich und strich über ihren Rücken.

»Wir wollen Sie nicht länger als nötig mit unseren Fragen quälen. Es ist nur wichtig, dass wir möglichst viel über das ... über Ihren Sohn erfahren, um dem Mörder schnell auf die Spur zu kommen.«

Irene nickte. Sie befreite sich aus der Umarmung ihres Mannes und wischte eine Träne weg. Gleich darauf lief die nächste über ihre Wange, doch sie beachtete sie nicht.

Die Menschen reagierten auf die Nachricht vom Tod eines Angehörigen sehr unterschiedlich. Die meisten waren geschockt und brachten kaum ein Wort hervor. Für sie waren die Fragen der Polizei eine Qual. Doch es gab auch Menschen, die reden *wollten*. Die gern mit ihnen über den Toten sprachen, weil das bedeutete, dass sie sie noch nicht allein ließen mit ihrer Trauer und der unvermeidlichen Verzweiflung, die sich einstellte, wenn man jemanden verlor, den man liebte. Irene gehörte zur zweiten Gruppe. Sie wollte über ihren Sohn sprechen. Ausführlich.

Henri und Lenz erfuhren, dass Gernot eine unbeschwerte Kindheit in Bad Aibling erlebt hatte. Mit seinen Freunden – einer Jungenbande, zu der auch Tilmann Lamberti gehört hatte – war er immer draußen gewesen, daher auch seine große Liebe zur Natur. Im Teenageralter hatten sich seine Freunde dem weiblichen Geschlecht zugewandt, Gernot dagegen hatte für Mädchen nicht viel übrig gehabt und war weiter allein draußen herumgestreift. Er half bei den umliegenden Bauernhöfen aus und entschied sich schließlich für ein Biologiestudium. Seine Eltern waren erstaunt gewesen, als er ihnen nach dem Abschluss erklärte, dass er als Biologe nicht das bewirken konnte, was er sich vorgestellt hatte, und deshalb noch ein Journalistik-Aufbaustudium draufsetzen wollte. Danach hatte er bei verschiedenen Wissenschaftsmagazinen gearbeitet und sich einen Namen als kritischer Journalist gemacht, der zahlreiche Umweltskandale aufgedeckt und die Verantwortlichen angeprangert hatte.

Henri und Lenz wechselten bei Irenes Worten einen kurzen Blick. Ein Opfer mit zahlreichen Feinden, das hörte sich nach einem zeitaufwändigen Fall an, wenn es ihnen nicht gelingen sollte, eine direkte Verbindung zu der Medizinerveranstaltung herzustellen.

»Hätten Sie ein Foto Ihres Sohnes für uns?«, erkundigte sich Lenz. »Wir werden die Teilnehmer der Herz-Tage nach ihm befragen müssen.«

Irene schob sich mühsam vom Sofa hoch. Sie ging zu einem der braunen Wandschränke und zog mehrere Fotoalben hervor.

»Hier ist seine ganze Kindheit drin. Wollen Sie?«

»Wir benötigen ein aktuelles Foto«, sagte Henri sanft.

»Oh, ich habe schon lange nichts mehr eingeklebt ... Aber wir haben hier noch einzelne Fotos ...«

Günther stand auf und half seiner Frau beim Suchen.

»Er hat doch vor einer Weile neue Passbilder machen lassen und uns gebeten, sie aufzubewahren ...«

Sie sprachen leise miteinander, schließlich hielt Günther einen bunt bedruckten Umschlag in der Hand.

»Das ist vom Fotostudio.« Er warf einen Blick hinein. »Ich habe die Passbilder gefunden.«

Er reichte Henri einen Abzug. Gernot mochte auf dem Bild um die vierzig sein. Er hatte einen stechenden Blick, ungepflegte halblange Haare und eine riesige Nase; möglicherweise hatten sich im Teenageralter auch nicht allzu viele Mädchen für *ihn* interessiert. Henri gab das Foto an Lenz weiter.

»Um ganz sicherzugehen, dass es sich bei dem Toten um Gernot handelt, müssen wir einen DNA-Abgleich durchführen. Dr. Lamberti hat uns gesagt, dass Ihr Sohn hier bei Ihnen im Haus wohnte. Können wir uns in seiner Wohnung umsehen und eine DNA-Probe für den Abgleich mitnehmen?«

»Eine DNA-Probe?« Irene sah Henri hilflos an.

»Zahnbürste, Haarbürste oder etwas Ähnliches.«

»Ach so.« Sie drehte sich zu ihrem Mann. »Ich kann jetzt nicht hinuntergehen ...«

Er nickte und schob sie zurück zum Sofa.

»Ich bringe die Herren nach unten. Ich bin gleich wieder bei dir.«

»Danke«, sagte sie tonlos und sank in die weichen Kissen.

»Danke für Ihre Hilfe, Frau Weiss. Wir wissen sehr zu schätzen, dass Sie mit uns gesprochen haben, obwohl es für Sie schwer sein musste.«

Sie lächelte kurz und nickte ihnen zu, dann flossen wieder die Tränen über ihre Wangen.

Günther Weiss eilte mit Henri und Lenz aus dem Haus. Die Einliegerwohnung, die Gernot bewohnt hatte, war nur über einen separaten Eingang zu betreten. Sie gingen eine Treppe hinunter um die Hausecke und standen vor Gernots Wohnungstür. Günther drückte Lenz den Schlüssel in die Hand und lief schnell wieder nach oben. Die Sorge um seine Frau schien im Moment größer zu sein als seine eigene Trauer.

Sie zogen Gummihandschuhe über die Finger, bevor Lenz die Tür aufschloss. Die Wohnung von Gernots Eltern war dunkel, aber aufgeräumt und sauber gewesen. Gernots Wohnung war auch dunkel, ansonsten jedoch ein Chaos aus herumliegenden Kleidungs- und Geschirrstücken, Zeitschriftenstapeln, Schuhen, Verpackungen, Unterlagen und vielem mehr. Hier musste ewig lang weder geputzt noch gelüftet worden sein. Henri hielt unwillkürlich die Luft an.

»Meinst du, die Wohnung sieht immer so aus oder sie wurde nach etwas durchsucht?«, fragte Lenz.

»Dann würden vermutlich Schubladen und Schranktüren aufstehen. Das ist aber nicht der Fall. Ich fürchte, hier sieht es immer so aus.«

Henri ging ein Stück in den Raum hinein und versuchte, dabei auf nichts zu treten. Das Chaos beherrschte alle Bereiche der Wohnung gleichermaßen; die kleine Küche, das Bad, das Schlafzimmer und den großen Wohnraum. Sprachlos schauten sie sich um. Wie hatte Gernot hier leben können?

Henri stakste zu dem großen Schreibtisch auf der gegenüberliegenden Seite des Wohnraums. Rund um den Schreibtisch stapelten sich Zeitungen und Zeitschriften; die *Süddeutsche*, *Spektrum der Wissenschaft*, *GEO*, die *Morgenzeitung*, die *FAZ*, *Ökologie & Landbau*, alles in einem riesigen Durcheinander. Auch der Tisch war überladen mit Unterlagen, Zetteln, Blöcken, Stiften – bis auf ein freies Rechteck in der vorderen Hälfte.

»Hier scheint auch ein Notebook gestanden zu haben«, rief er Lenz zu. Sein Kollege kam zu ihm.

»Kein PC oder so?«

»Nein, nichts. Er scheint auf einem Notebook gearbeitet zu haben, das er offensichtlich mitgenommen hat.« Henri seufzte und deutete auf den Schreibtisch. »Ich fürchte, wenn wir herausfinden wollen, woran er gearbeitet hat, müssen wir uns durch diesen ganzen Papierkram hindurcharbeiten.«

Lenz sah sich auf dem Schreibtisch um.

»Auf den Zetteln stehen nur Stichwörter, hoffen wir, dass er ab und zu mal einen Ausdruck gemacht hat. Oder dass er mit jemandem über das gesprochen hat, woran er gearbeitet hat.«

»Dafür müssten wir wissen, in welchem Auftrag er zuletzt tätig war«, überlegte Henri. »Als freier Journalist hat er wahrscheinlich entweder vorgegebene Themen im Auftrag einer Zeitung oder einer Zeitschrift bearbeitet oder er hat einen Artikel über ein selbst gewähltes Thema geschrieben, den er dann zum Abdruck angeboten hat.«

Lenz' Blick fiel auf die Zeitungsstapel am Boden.

»Schau mal, die *Morgenzeitung*.« Er hob das Exemplar auf und schlug es an der Stelle auf, an der ein buntes Post-it hervorlugte. »Sieh an, er hatte einen Artikel im Wissenschaftsteil. *Pestizide im Trinkwasser*. Vielleicht kennt Elisa ihn.«

Henri warf einen Blick auf das Erscheinungsdatum.

»Das ist schon ein paar Monate her. Da war Elisa noch gar nicht bei der *Morgenzeitung*«, wehrte er ab.

»Aber vielleicht kennt sie jemanden, der jemanden kennt, der weiß, woran Gernot gearbeitet hat. Frag sie doch mal! Das könnte unsere Arbeit erheblich beschleunigen.«

»Dafür müsste ich die Identität des Opfers bekannt machen.«

»Das müssen wir im Lauf des Tages sowieso tun. Spätestens wenn wir die Teilnehmer der Herz-Tage ganz konkret nach Gernot Weiss befragen, wird sich seine Identität nicht länger geheimhalten lassen. Warum auch?«

Henri sah zu Lenz.

»Warum ist dir so daran gelegen, dass ich Elisa anrufe?«

»Weil ich mitbekommen habe, wie du sie gestern angesehen hast!« Lenz lachte. »Nein, im Ernst: Weil ich glaube, dass sie uns helfen könnte.«

»Mag sein.« Vielleicht konnte sie ihnen wirklich helfen. Henri zog sein Handy aus der Hosentasche und wandte sich von Lenz ab. Während das Freizeichen erklang, ging er hinüber in Gernots Schlafzimmer. Dort waren zwar nur wenige Zeitschriftenstapel auf dem Boden, dafür lagen überall getragene Kleidungsstücke und Schuhe herum. Das Bett war nicht gemacht, die Decke lag zusammengeknittert am Fußende, so wie Gernot sie wahrscheinlich zuletzt beim Aufstehen zurückgeschoben hatte.

»Henri!« Ihre Stimme klang überrascht. Die Geräuschkulisse bei ihr im Hintergrund hörte sich nach der Redaktion an.

»Elisa, sagt dir der Name Gernot Weiss etwas?«

»Warte, ich geh mal raus, es ist so laut hier.« Die Geräusche verstummten, dafür hallte ihre Stimme jetzt. Vermutlich war sie im Treppenhaus. »Gernot Weiss ... hm ... nein ... der Name sagt mir nichts. Wer ist das?«

»Ein freier Journalist, der schon öfter Artikel in der *Morgenzeitung* veröffentlicht hat. Über Pestizide und so was, im Wissenschaftsteil.«

»Ich kenne ihn nicht, aber ich kann mich nach ihm erkundigen. Brauchst du seine Kontaktdaten?«

Henris Blick fiel auf einen Stapel zerlesener Playboy-Magazine auf dem Nachttisch, was ihn für einen Moment aus dem Konzept brachte. Eine sexy Blondine, die einen nahezu nicht vorhandenen Bikini trug, streckte ihm Riesenbrüste entgegen, die so gar nicht zu ihrem schmalen Körper passen wollten.

Henri räusperte sich.

»Wir müssten vor allem dringend wissen, woran er gerade gearbeitet hat.«

»Wenn er es dir nicht selbst sagen kann, ist er der Tote aus dem Hotel?«

Klar, dass Elisa eins und eins zusammenzählen würde.

»Ja ...«

»Also doch kein Teilnehmer der Herz-Tage?«

»Er hat sich als Teilnehmer ausgegeben, unter der Identität eines befreundeten Arztes. Laut seinen Eltern hat er recherchiert, aber niemand weiß, zu welchem Thema. Sein Notebook ist weg, wir stehen hier vor enormen Notizzettelbergen und es wird ewig dauern, daraus Rückschlüsse auf seine Arbeit und ein mögliches Mordmotiv zu ziehen. Er war wohl jemand, der anderen gern auf die Füße getreten ist.«

»Ich frage unseren Wissenschaftsredakteur, er wird ihn gekannt haben. Kann ich ihm alles sagen, was du mir gerade gesagt hast? Sind das schon offizielle Informationen?«

»Noch nicht.«

»Okay ... aber den Namen muss ich ihm nennen.«

»Er wird nachher im Pressebericht stehen. Wäre gut, wenn er nicht vorher schon in eurer Online-Ausgabe auftaucht.«

»Keine Sorge. Sofern meine Kollegin Jette nicht vorab eine Information von ihrer geheimen Quelle bei der Polizei bekommt. Sie hat André vorhin angeboten, sich zu erkundigen, wenn ich mal wieder nicht weiterkomme mit meinen Recherchen.«

»Hast du eine Ahnung, mit wem sie bei uns spricht?«

»Nein, sie gibt sich überaus mysteriös.«

»Ich würde wirklich gern wissen, wer die undichte Stelle ist. Für mein

Team lege ich die Hand ins Feuer.« Henri stutzte. *Auch für Marius?* Er war noch nicht lange in Henris Team und er konnte ihn immer noch nicht richtig einschätzen. »Kannst du deine Kollegin im Auge behalten?«

»Ich versuche es. Jetzt spreche ich erst mal mit dem Wissenschaftsredakteur. Ich melde mich, wenn ich etwas habe.«

»Danke! Es würde unsere Ermittlungen sehr beschleunigen, wenn wir einen konkreten Anhaltspunkt hätten.«

»Klar. Ich versuche, etwas herauszufinden.«

»Danke!«

Henri zögerte. Sie würde gleich auflegen.

»Elisa?«

»Ja?«

»Warum bist du gestern so schnell verschwunden?«

»Hast du Ärger mit Karen bekommen?«, fragte sie lachend zurück.

»Und mit Anna ... Ich wollte dich nicht vertreiben.«

»Ich weiß.«

»Warum bist du dann gegangen?«

»Ich möchte nicht, dass du glaubst, dass ich bei euch abhänge, um an Informationen zu kommen. Karen hat dich nach dem Mord gefragt, also bin ich gegangen.«

»Ich habe ihr nicht mehr erzählt, als du ohnehin schon wusstest.«

»Aber was, wenn du zu diesem Zeitpunkt bereits den Namen des Opfers gekannt hättest? Und ihn genannt hättest?«

»Wärst du dann in einer Zwickmühle gewesen? Deinem Chef eine exklusive Info liefern oder meinetwegen schweigen? Ist das das Problem?«

»Nein, Henri. Das ist nicht das Problem. Ich möchte dir zeigen, dass du mir vertrauen kannst. Du glaubst, dass ich nicht unterscheiden kann zwischen vertraulichen und offiziellen Informationen. Ich glaube dagegen, dass ich das gut hinbekomme – so gut, dass wir letztlich beide davon profitieren können. Ich werde es dir beweisen, du wirst schon sehen!«

Sie hatte aufgelegt, bevor Henri etwas erwidern konnte. Er sah auf das Display des Handys hinunter, auf dem immer noch Elisas Name stand. Wahrscheinlich würde es nicht lange dauern, bis er wieder von ihr hörte. Das fühlte sich nicht schlecht an.

Kapitel 14

Elisa stemmte die schwere Tür zur Redaktion auf und betrat den großen Saal. Die Tische des Wissenschaft-&-Medizin-Ressorts, die nah beim Eingang lagen, waren im Moment verwaist. Elisa wollte mit Kai Konzelmann, dem Ressortleiter, reden. Sie war am Kaffeeautomaten schon ein paarmal mit ihm ins Gespräch gekommen. Er hatte durchblicken lassen, dass er Jette nicht leiden konnte, was ihm bei Elisa gleich ein paar Pluspunkte eingebracht hatte.

Sie ging hinüber auf die andere Seite des großen Redaktionsraums, wo die Tische des München-Ressorts standen. Wenn Kai im Moment nicht greifbar war, konnte es nicht schaden, sich schon mal ein paar der Artikel von Gernot Weiss anzuschauen. Henri hatte gesagt, dass er öfter Beiträge in der *Morgenzeitung* veröffentlicht hatte.

Im elektronischen Archiv fand Elisa etwa ein Dutzend Artikel von Gernot Weiss, die in der Rubrik Wissenschaft & Medizin abgedruckt worden waren. Sie holte sich die Texte auf den Bildschirm. Es ging viel um Naturschutz und ökologische Landwirtschaft, Gernot Weiss schien auf diesem Gebiet ein Experte gewesen zu sein. Er verstand es, seine Themen anschaulich und auch für Laien verständlich aufzubereiten, wenngleich sein Tonfall manchmal schulmeisterhaft wirkte. Der mahnende Zeigefinger fehlte in keinem der Texte.

Vergeblich suchte Elisa nach einem Foto von Gernot Weiss. In der *Morgenzeitung* wurden bei längeren Artikeln kleine Autorenporträts abgedruckt, anscheinend aber nur bei festen Redakteuren. Sie suchte im Internet, doch sie konnte kein Foto von Gernot finden.

Beiläufig sah Elisa hinüber zum Wissenschaftsressort. Dort saß nun Kai Konzelmann mit einem weiteren Redakteur, dessen Namen Elisa nicht kannte. Sie nahm ihre Tasse und schlenderte zur Kaffeebar. Elisa füllte ihre Tasse und sah hinüber zu Kai, der ihr zunickte. Sie hielt eine frische Tasse hoch und formte mit den Lippen: »Kaffee?«

Kai nickte. Elisa füllte die Tasse.

»Milch? Zucker?«

Sie hielt die entsprechenden Päckchen hoch. Kai deutete auf den Zucker und zeigte zwei Stück an.

»Danke«, sagte er, als Elisa den Kaffee vor ihm auf den Tisch stellte.

»Kann ich dich was fragen, Kai?«

Sie musterte den jungen Mann am anderen Schreibtisch. War er vertrauenswürdig? Kai folgte Elisas Blick.

»Besorgst du mir die Fotos bitte jetzt gleich aus der Bildredaktion, Yannick?«, sagte er zu dem jungen Mann.

»Sicher.«

Er griff sich eine Zigarettenpackung und war schneller verschwunden, als Elisa blinzeln konnte. Kai wies einladend auf den frei gewordenen Platz.

»Auf die Nikotinsucht des Praktikanten ist jederzeit Verlass.«

»Er ist gar kein fester Redakteur?«

»Nein, das Wissenschaft-&-Medizin-Ressort besteht nur aus meiner Wenigkeit.« Kai schmunzelte und schob seine Brille mit dem Zeigefinger nach oben. Das massive Horngestell rutschte regelmäßig seine Nase herunter, Elisa war schon öfter aufgefallen, dass er sie immer wieder hochschieben musste. »Ab und zu bekomme ich einen Praktikanten spendiert, ansonsten muss ich passende Artikel von freien Mitarbeitern akquirieren.«

»Von Gernot Weiss zum Beispiel?«

Kai musterte Elisa neugierig.

»Wie kommst du auf den? Kennst du ihn persönlich?«

»Nein, ich kenne ihn nicht. Aber ich hatte gehofft, dass du mir etwas über ihn sagen kannst.«

»Ich kenne ihn auch nicht persönlich, nur vom Telefon. Er bietet mir ab und zu Texte an, wenn ihm mal wieder ein Thema unter den Nägeln brennt und keine der großen Zeitungen es haben will. Erinnert mich an Don Quichotte auf ökologischem Kreuzzug. Er ist studierter Biologe. Manchmal kommen mir seine Texte gelegen. Ich selbst bin ja mehr im Medizin-Bereich zu Hause, da schadet eine größere Themenvielfalt nicht.« Kai überlegte. »Am Telefon wirkt er zwar etwas chaotisch, aber er liefert immer pünktlich und die Qualität der Artikel ist gut. Mehr kann ich dir nicht über ihn sagen. Warum fragst du?«

»Es ist so.« Elisa senkte die Stimme. »Gernot Weiss scheint ermordet worden zu sein. Das ist im Moment noch eine vertrauliche Information.«

Kai nickte und beugte sich nach vorn.

»Verstehe«, flüsterte er.

»Die Polizei vermutet, dass man ihn zum Schweigen bringen wollte, wegen eines Artikels, für den er recherchiert hat. Deshalb möchten sie wissen, woran er gerade gearbeitet hat. Weißt du zufällig etwas darüber?«

Kai überlegte. »Nein, wir haben vor etwa vier Wochen miteinander telefoniert, da ging es um eine Reform des Erneuerbare-Energien-

Gesetzes. Er wollte daraus eine große Sache machen, letztendlich habe ich ihm aber nur eine Spalte gegeben.«

»Der Text ist also schon erschienen?«

»Ja. Und das Thema ist keineswegs so brisant, dass man jemanden dafür umbringen würde. Es ging um die Vergütung des Stroms aus erneuerbaren Energien, die künftig über Ausschreibungen geregelt wird. Das ist längst durch den Bundestag, da kräht kein Hahn mehr danach.«

»Hast du eine Ahnung, woran er noch gearbeitet haben könnte?«

»Nein. Wir haben nur über das Energiethema gesprochen.«

»Er scheint sich als Teilnehmer bei den Herz-Tagen eingeschlichen zu haben, eine Mediziner-Fortbildung, die zurzeit im Hotel *Pistorius* stattfindet. Klingelt da was bei dir?«

Kai schüttelte den Kopf und schob seine Brille nach oben.

»Von den Herz-Tagen habe ich gehört. Aber nicht im Zusammenhang mit Gernot Weiss. Ich wusste nicht, dass er sich auch mit Medizinthemen befasst.« Plötzlich hellte sich Kais Gesicht auf. »Gernot Weiss hat früher beim *Spektrum der Wissenschaft* in Heidelberg gearbeitet.«

»Bevor er Freiberufler wurde?«

Kai nickte.

»Wenn du möchtest, rufe ich meinen Kontakt dort an und frage, wer mehr über Gernots aktuelle Recherchetätigkeit wissen könnte.«

»Das ist eine gute Idee. Vielleicht arbeitet er sogar im Auftrag seines alten Magazins.« Elisa zögerte. »Ich weiß nur nicht, ob wir seinen Tod schon an die große Glocke hängen dürfen.«

»Pass auf, wir machen es so: Ich rufe meinen Kontakt an und wenn er was über Gernot weiß, dann gebe ich ihn dir und du entscheidest, was du ihm sagst, okay?«

»Okay.«

Elisa warf einen kurzen Blick zu Jette. Sie war immer noch vertieft in ihre Arbeit, es bestand keine Gefahr, dass sie sich einmischte. Dafür sah André von seinem Platz am Newsdesk nachdenklich herüber. Vermutlich fragte er sich, was sie bei Kai machte. Elisa nahm ihren Notizblock in die Hand, den sie vor sich auf den Tisch gelegt hatte. Kai blätterte in einem altmodischen Adressverzeichnis und griff nach dem Telefonhörer. Er plauderte ein paar Minuten mit seinem Kontakt, dann fragte er nach Gernot Weiss. Anscheinend wurde ihm ein weiterer Name genannt, den er auf einem Blatt Papier notierte und dann zu Elisa schob.

Uwe Balzer.

Kai reichte den Hörer an Elisa weiter.

»Elisa Gerlach hier, von der *Morgenzeitung* in München.«

»Uwe Balzer. Sie sind auf der Suche nach Gernot Weiss?«, sagte eine hohe Männerstimme in tiefstem Badisch.

»Sozusagen. Ich würde gern wissen, woran er zurzeit arbeitet. Sind Sie mit ihm befreundet?«

»Sofern man mit Gernot befreundet sein kann.«

Uwe lachte. Ihn schien nicht zu interessieren, warum Elisa nach Gernot fragte.

»Wir telefonieren ab und zu. Gernot ist nicht der Typ, der eine Freundschaft pflegt, wenn man nicht einfach am Abend mal zusammen essen gehen kann oder so. Seit er zu seinen Eltern zurückgezogen ist, haben wir uns nicht mehr gesehen.«

»Dann meldet er sich, wenn er einen Artikel für Sie hat?«

»Ja, ab und zu ist das der Fall.«

»Wann haben Sie zuletzt mit ihm gesprochen?«

»Letzte Woche. Da hat er mich angerufen. Aus heiterem Himmel, wir hatten davor wochenlang nicht telefoniert.«

»Was wollte er von Ihnen?«

»Er hat mich gefragt, ob wir Interesse an einem Artikel haben, der ziemlich brisant sein könnte.«

Elisa horchte auf und warf Kai einen vielsagenden Blick zu.

»Zu welchem Thema?«

»Er hat gesagt, dass er einem Korruptionsskandal in der Pharmabranche auf der Spur ist.«

»Ein Korruptionsskandal in der Pharmabranche!«, rief Elisa und senkte gleich darauf die Stimme. »Hat er konkrete Details genannt?«

»Nein. Ich habe ihn nach weiteren Informationen gefragt, aber er wollte noch nicht darüber reden. Ich musste ihm erklären, dass ich erst entscheiden kann, ob das Thema für uns interessant ist, wenn ich mehr darüber weiß. Gernot ist manchmal etwas ... wie soll ich sagen ... betriebsblind. Er hat sich häufig in Themen reingesteigert, die sich letztendlich als Ente erwiesen haben. Deshalb wollte ich ihm nicht einfach so eine Zusage geben. Er hat gesagt, dass er mir nächste Woche einen Textentwurf schickt.«

Uwe überlegte.

»Also diese Woche. Warum wollen Sie das alles wissen? Hat er Ihnen den Text auch für die *Morgenzeitung* angeboten?«

»Nein, nein«, wehrte Elisa ab. »Gernot ist möglicherweise einem

Verbrechen zum Opfer gefallen. Das ist noch nicht sicher«, behauptete sie, »aber wenn er es ist, könnte seine Arbeit das Motiv für die Tat sein.«

»Ist er tot?« Uwe hörte sich schockiert an.

»Wie gesagt, es ist noch keine gesicherte Information. Deshalb würde ich Sie bitten, das vorerst für sich zu behalten.«

»Natürlich ...«

»Ich informiere Sie, wenn es eine offizielle Erklärung gibt.« Elisa notierte sich die Nummer auf dem Display.

»Das ... das wäre nett. Gernot war ... also wir waren schon irgendwie befreundet ... wir haben jahrelang zusammengearbeitet. Das ist ... also, das ist schrecklich!«

»Es tut mir leid, wenn ich Ihnen kaum Hoffnung machen kann, dass es sich um einen Irrtum handelt.«

»Die armen Eltern! Gernot hatte eine enge Bindung zu seinen Eltern. Er ist zurück nach Hause gezogen, als seine Mutter einen Herzinfarkt hatte. Sie standen sich ziemlich nah, glaube ich.«

»Meinen Sie, er hat mit den Eltern über seine Recherche gesprochen?«

»Ich weiß nicht. Die Mutter war gesundheitlich nicht auf der Höhe. Ich glaube, mit brisanten Themen brauchte er ihr nicht zu kommen.«

»Wissen Sie von weiteren Freunden oder Verwandten, die er ins Vertrauen gezogen haben könnte?«

»Sein Notebook«, sagte Uwe trocken. »Gernot hatte eine ziemlich enge Beziehung zu seinem Notebook. Darin hat er alles notiert, was ihn beschäftigt hat. Er hielt nicht viel von Notizbüchern oder Ausdrucken. Ihm missfiel jede Art von Papierverschwendung. Er hatte nur diese kleinen Post-its, die er überall hingeklebt hat. Alles was darüber hinausging, tippte er direkt in sein Notebook. Damit er alle Informationen jederzeit bei sich hatte.«

Henri sollte also alles daran setzen, Gernots Notebook aufzutreiben.

»Hat Gernot zu Ihnen noch mehr über diesen Korruptionsskandal in der Pharmabranche gesagt? Hat er den Namen eines bestimmten Unternehmens oder eines Präparats erwähnt?«

»Nein, das hat er nicht. Er war ein furchtbarer Geheimniskrämer, wenn er befürchtet hat, dass ihm jemand eine Story klaut. Ich kann Ihnen leider nicht mehr sagen.«

Kapitel 15

Henri glaubte zwar nicht, dass Gernots Eltern in der Zeit, bis die Spurensicherung eintraf, die Wohnung betreten würden. Trotzdem waren sie gezwungen, die Tür zu versiegeln. Auch wenn Henri und Lenz entnervt aufgegeben hatten, nachdem sie in Gernots Chaos auf keine übermäßig verdächtigen Notizen gestoßen waren, hieß das nicht, dass Arnie und seine Kollegen nichts finden würden. Sie durften keine Verfahrensfehler begehen, sonst war eventuell belastendes Material vor Gericht nicht verwertbar. Also brachte Henri das Siegel an und teilte Gernots Eltern mit, dass sie den Schlüssel der Einliegerwohnung an die Kollegen von der Spurensicherung übergeben würden. Günther und Irene Weiss interessierten sich dafür kein bisschen; sie war inzwischen in Tränen aufgelöst, er sah nach wie vor hauptsächlich besorgt aus.

»Möchten Sie, dass ich Dr. Lamberti verständige, damit er bei Ihnen vorbeischaut?«, fragte Henri und ging neben dem Sofa, auf dem Irene saß, in die Hocke.

Sie schüttelte den Kopf.

»Es geht mir gut ... nein ... es geht mir natürlich nicht gut ... aber das ist nichts, wobei ein Arzt helfen kann ...«

»Vielleicht indem er Ihnen etwas zur Beruhigung gibt?«

Irene maß Henri mit abschätzigem Blick.

»Das macht meinen Gernot auch nicht wieder lebendig. Ich möchte nichts zur Beruhigung. Selbst wenn es den Moment erträglicher macht, wird es danach genauso schlimm sein. Ich will einen klaren Kopf behalten.«

Eine dicke Träne kullerte über ihre Wange. Günther sah seine Frau hilflos an.

»Können wir sonst jemanden für Sie verständigen, der Ihnen beisteht? Familie oder Freunde?«

Irene sah durch Henri hindurch, als sei er mit seinen nervigen Vorschlägen nicht länger existent, doch Günther griff die Idee sofort auf.

»Ja, lass uns die Rauschers anrufen. Biggi ist Irenes beste Freundin«, erklärte er Henri.

»Das ist eine gute Idee. Rufen Sie sie an.«

Kapseln Sie sich nicht ab! Lassen Sie nicht zu, dass Sie in Ihrer Trauer ertrinken! Ziehen Sie sich nicht völlig aus dem Leben zurück!, wollte er ihnen sagen, doch er schwieg. Jeder musste für sich selbst herausfinden, wie er mit dem Verlust weiterleben konnte.

Henri ließ Günther seine Karte da und verabschiedete sich. Lenz wartete draußen am Auto.

»Wir treffen Arnie und seine Leute bei McDonald's am Irschenberg.«

»Bei McDonald's?«

Lenz grinste.

»Ich dachte, nachdem du im Urlaub zwei Wochen am Stück in den Genuss von Karens gesunder Küche gekommen bist, hättest du nichts gegen Fastfood einzuwenden. Wir haben nicht viel Zeit.«

Sie wollten im *Pistorius* den Teilnehmern der Herz-Tage das Foto von Gernot zeigen und sie befragen, ob er mit ihnen gesprochen hatte oder ob ihnen etwas an ihm aufgefallen war. Die Veranstaltung sollte noch bis zum Abend andauern. Bis dahin mussten sie es schaffen, mit allen zu sprechen, die Kontakt zu Gernot gehabt hatten. Lenz hatte bereits das Foto von Gernot abfotografiert und an Marius geschickt, damit er dafür sorgte, dass es vervielfältigt wurde und dass zusätzliche Ermittler, die er einweisen würde, sofort mit den Befragungen beginnen konnten. Die Obduktion hatte keine neuen Erkenntnisse gebracht, Marius war längst wieder zurück im Büro gewesen.

»Lass mich raten: Arnie war auch nicht abgeneigt, uns bei McDonald's zu treffen?«

»Es war seine Idee.«

Arnie hatte mit seinem Team bereits eine ganze Ladung BigMacs verdrückt, als sie bei McDonald's ankamen. Sie winkten ihnen zu. An einem langen Tisch mit Bänken hatten sie Platz für sie freigehalten. An der Kasse war nicht viel los, sodass auch Henri und Lenz schnell etwas zu essen bekamen. Henri setzte sich neben Arnie, den Leiter der Spurensicherung, der figürlich eine gewisse Ähnlichkeit mit Arnold Schwarzenegger aufwies.

»Mahlzeit!«, sagten die Kollegen.

Henri biss in seinen Burger, merkte aber kaum, was er aß. Er war gedanklich noch bei Gernot Weiss.

»Habt ihr im Hotelzimmer was gefunden?«, fragte er Arnie.

»Zumindest mehr, als wir auf den ersten Blick dachten.« Arnie war schon mit dem Essen fertig. Er nuckelte am Strohhalm eines Trinkbechers. »Im Zimmersafe war ein Portemonnaie mit Ausweispapieren. Personalausweis, Führerschein, EC-Karte, alles auf den Namen Gernot Weiss.«

»Die Papiere hat er wahrscheinlich absichtlich im Safe deponiert, damit niemand einen Hinweis auf seine wahre Identität bekam – auch nicht versehentlich.«

»Er hatte eine Menge Bargeld im Portemonnaie, über fünfhundert Euro.«

»Ich nehme an, er wollte das Hotelzimmer bar bezahlen, um nicht mit einer Karte seinen richtigen Namen preiszugeben. War noch etwas im Safe?«

»Ein Autoschlüssel. Er gehört zu einem extrem versifften Honda, den wir in der Hoteltiefgarage gefunden haben. Unser neuer Mitarbeiter wird damit ein paar Stunden beschäftigt sein, aber auf den ersten Blick würde ich darauf tippen, dass dieses Auto keine heiße Spur ist.«

»Was habt ihr noch herausgefunden?«

»Ich teile deine Einschätzung, dass auf dem Schreibtisch ein Notebook gestanden haben muss. Der frei geschobene Platz entspricht der Größe eines Notebooks von etwa 17 Zoll, das Kabel der Schreibtischlampe ist in einem rechten Winkel zusammengedrückt worden und der Stecker der Lampe wurde aus der Steckdose gezogen, um Platz für ein anderes elektronisches Gerät zu machen.«

»Könnte aber auch ein Handy-Ladekabel gewesen sein«, warf einer von Arnies Kollegen ein.

Arnie winkte ab.

»Als Beweismittel helfen euch diese Beobachtungen sowieso nicht weiter. Wir können nur Vermutungen darüber anstellen, welche Dinge sich auf dem Schreibtisch befanden. Aber ...« Er grinste und machte es spannend.

»Was aber?«

»Wir haben auch noch was Handfestes gefunden.«

Arnie nahm sich eins von Henris Pommes und steckte es sich genüsslich in den Mund. Henri wartete geduldig.

»Auf dem Hotel-Notizblock hat sich das Opfer Fragen notiert ...«

»Woher wissen wir, dass ausgerechnet das Opfer diese Fragen aufgeschrieben hat und nicht ein anderer Gast?«, fragte Lenz.

»Erstens weil uns die Hausdame auf Nachfrage erklärt hat, dass die Zimmermädchen grundsätzlich Anweisung haben, beschriebene Notizblöcke so weit zu entleeren, dass der nächste Gast nicht sehen kann, dass der Block bereits benutzt wurde.«

»Und zweitens?«

»Zweitens weil sich die Fragen auf einen der Vorträge beziehen, die an diesem Tag bei der Mediziner-Fortbildung gehalten wurden. Euer Kollege Marius hat das abgeglichen.«

Arnie zog ein zusammengefaltetes Blatt aus der Tasche.

»Ich habe eine Kopie anfertigen lassen, als wir den Text sichtbar gemacht hatten. Das ist eine Vergrößerung. Die Blätter des Notizblocks entsprechen DIN A 5.«

Henri und Lenz überflogen die Fragen.

»Ich verstehe nur Bahnhof.«

Arnie grinste Lenz zu und deutete auf das Papier.

»Ging mir auch so. Aber dieses eine Wort hier hat euer Marius auf dem Programm der Veranstaltung gefunden.«

Hypercholesterinämie. Henri zog den Flyer der Herz-Tage, den er am Morgen eingesteckt hatte, aus der Hosentasche und fuhr mit dem Finger das Programm entlang.

»Hypercholesterinämie. Forschungsupdate PCSK9-Inhibitoren«, las er vor. »Das war der letzte Vortrag am ersten Veranstaltungstag.«

»Gernot Weiss wurde nach der Kaffeepause am Nachmittag getötet. Er kam also nicht mehr dazu, diese Fragen zu stellen«, überlegte Lenz. »Ob er deswegen getötet wurde? Um zu verhindern, dass er die Fragen stellt?«

Henri betrachtete die Fragenliste mit gerunzelter Stirn.

»Um das beurteilen zu können, müssten wir erst mal verstehen, um was es überhaupt geht.«

Arnie erhob sich und nickte seinen Leuten zu.

»Dabei wünschen wir euch viel Spaß! Wir würden euch ja helfen, aber wir haben leider noch was anderes vor.«

Henri gab ihm den Schlüssel zu Gernots Reich. Diesmal grinste er.

»Freu dich nicht zu früh! Wenn du diese Wohnung siehst, wirst du dir wünschen, mit uns hier im Sonnenlicht zu sitzen und fachzusimpeln. Egal über was.«

Arnie lachte.

»Netter Versuch, Henri. Wir sind abgehärtet.«

Henri deutete erneut auf das Programm der Herz-Tage.

»Schaut euch diesen Begriff alle noch mal genau an. Falls euch *Hypercholesterinämie* auf Gernots Notizzetteln oder sonst wo begegnet, dann bitte erhöhte Aufmerksamkeit.«

»Aye, aye, wir melden uns, wenn wir mehr dazu finden!«

Arnies Team entsorgte den Müll in den dafür vorgesehenen Behältern. Wer täglich in den Hinterlassenschaften anderer Menschen wühlte, hatte wohl ein Bedürfnis, im eigenen Leben für Ordnung zu sorgen.

Henri vertiefte sich in Gernots Fragenliste.

»Wir kommen nicht weiter, so lange wir nicht wissen, was eine Hypercholesterinämie ist.«

Er zog sein Handy heraus und googelte den Begriff.

»Unter Hypercholesterinämie versteht man einen zu hohen Cholesterinspiegel im Blut«, las er gleich darauf vor.

»Steht da auch, was es mit diesen PCSK9-Inhibitoren auf sich hat?«, fragte Lenz.

Henri scrollte weiter durch den Text.

»PCSK9-Hemmer können angezeigt sein als Therapieoption bei familiärer Hypercholesterinämie oder bei gemischter Dyslipidämie bei einer nicht ausreichenden Wirksamkeit einer Statintherapie.«

»Für diesen Fall benötigen wir eine medizinische Fortbildung«, stöhnte Lenz.

Henri verglich das, was er gelesen hatte, mit den Fragen auf Gernots Liste.

»Hier ist von einer Studie die Rede. Er wollte wissen, wie Sanivocumab – was immer das sein mag – im Langzeittest abgeschnitten hat.« Henri fuhr sich mit der Hand durch den Bart. »Wir müssen uns das alles erklären lassen. Im *Pistorius* sollte sich doch zurzeit mindestens eine medizinische Koryphäe auftreiben lassen, die uns in allgemeinverständlichen Worten erläutern kann, womit wir es hier eigentlich zu tun haben!«

»Ich frage mich nur grundsätzlich, warum Gernot Weiss, den wir als glühenden Umweltaktivisten kennengelernt haben, sich nun plötzlich mit einem medizinischen Thema befasst hat. Das ist doch merkwürdig.«

Henri sah Lenz nachdenklich an.

»Da hast du recht.« Er stand auf. »Lass es uns herausfinden.«

Kapitel 16

Lenz und Marius hatten sich mit einigen der eilig hinzugezogenen Beamten im Foyer vor dem großen Saal des *Pistorius* postiert. Jeder, der nach der Kaffeepause zurück in den Vortragsraum wollte, musste an ihnen vorbei und einen Blick auf das Foto von Gernot Weiss werfen. Bis jetzt hatten sie lediglich ein paar Teilnehmer gefunden, denen Gernot vage bekannt vorgekommen war, doch niemand erinnerte sich an mehr. Er war weder im Plenum durch Fragen aufgefallen, noch hatte er Einzelpersonen interviewt. Lenz überlegte bereits, ob Gernot sich ausschließlich für den Vortrag über Hypercholesterinämie interessiert und den Rest der Veranstaltung geschwänzt hatte. Aber warum war er dann schon am Vorabend angereist?

Henri hatte sich auf die Suche nach Professor Loose gemacht, dem wissenschaftlichen Leiter der Veranstaltung. Er wollte ihn fragen, ob Gernot Weiss an ihn persönlich herangetreten war. Außerdem erhoffte er sich von ihm eine verständliche Kurzfassung des Vortrags über Hypercholesterinämie. Der Redner vom Vortag, Professor Udo Jochum, war am zweiten Veranstaltungstag nicht mehr anwesend, das hatten sie bereits von Mister Ziegenbärtchen erfahren.

»Kennen Sie diesen Mann?«

Lenz sprach jeden an, der an ihm vorbei in den Raum gehen wollte, und zeigte jedem das Foto von Gernot. Die meisten überlegten kurz, schüttelten den Kopf und gingen weiter. Der Beamte, der Lenz am nächsten war, drehte sich zu ihm.

»Das gibt es doch gar nicht! Wie kann man einen Typen mit so einem Zinken übersehen? Ich glaub's nicht!«

»Hätte auch nicht gedacht, dass er so mit seiner Umwelt verschmelzen könnte. Selbst auf dem Passfoto wirkt er ungepflegt und schmuddelig.«

Zwei junge Frauen kamen auf sie zu. Lenz hielt ihnen das Foto entgegen.

»Kennen Sie diesen Mann?«

Die eine schüttelte den Kopf und ging weiter, doch die andere blieb stehen und sah sich das Foto genauer an. Sie schob die Unterlagen, die sie auf dem linken Arm getragen hatte, auf den rechten.

»Ich kenne ihn.« Sie hob den Blick und sah Lenz aus dunklen Augen an. »Er saß gestern neben mir. Drinnen im Saal.«

Lenz gab dem Beamten ein Zeichen und zog die Frau aus dem nun immer dichter werdenden Strom der Teilnehmer, die in den Vortragssaal zurückkehrten.

»Ich halte dir einen Platz frei«, sagte die andere Teilnehmerin und ging weiter.

»Haben Sie mit ihm gesprochen?«, fragte Lenz die Frau.

Sie nickte, wobei ihre kurzen, fast schwarzen Locken auf und ab wippten.

»Ist das der Mann, der von der Dachterrasse gestürzt ist?«

»Ja, das ist er. Wir versuchen herauszufinden, wie es dazu kam.« Lenz zückte seinen Ausweis. »Lorenz Albrecht, Mordkommission.«

»Mord?« Sie sah ihn aus großen Augen an.

»Davon müssen wir ausgehen, Frau ...«

»Ladwig ist mein Name. Dr. Britta Ladwig.« Sie wandte den Blick nicht ab. »Und er ist wirklich ermordet worden? Warum denn?«

Gute Frage.

»Wir kennen das Motiv für die Tat noch nicht. Deshalb sprechen wir mit allen Personen, mit denen Gernot Weiss hier Kontakt hatte.«

»Ist das sein Name? Gernot Weiss?«

Lenz nickte.

»Demnach haben Sie sich einander nicht vorgestellt?«

Sie überlegte.

»Er war nicht so der förmliche Typ. Ich glaube, wir haben auf unsere Namensschilder geschaut, aber ich habe mir seinen Namen nicht gemerkt.«

»Trug er ein Namensschild?«

»Jeder hat ein Namensschild. Sehen Sie, so eins.« Sie deutete auf die Plastikscheibe, die sie nachlässig am Bund ihres Rocks angebracht hatte. »Er hatte seins am Revers des Jacketts befestigt, etwa hier.« Ihre Hand zeigte Brusthöhe an. »Aber an den Namen kann ich mich beim besten Willen nicht erinnern ... Gernot Weiss ... sind Sie sicher?«

»Wir nehmen an, dass er sich als Tilmann Lamberti bei den Herz-Tagen angemeldet hat.«

Ihr Gesicht hellte sich auf.

»Richtig! Das war der Name, der auf seinem Schild stand, jetzt erinnere ich mich wieder.« Sie sah Lenz neugierig an. »Warum hat er sich unter einem anderen Namen angemeldet?«

»Er war Journalist. Soweit wir wissen, war er zu Recherchezwecken hier.«

»Deshalb hat er so komische Fragen gestellt ...«

»Komische Fragen?«

»Ich hatte den Eindruck, dass das die erste medizinische Fortbildung ist, die er besucht. Er hatte sich die Ausstellung« – sie zeigte auf die Plakatwände im Foyer – »ziemlich genau angesehen und mit dem Handy Fotos von jeder einzelnen Wand gemacht. Er hat mich gefragt, ob ich die Veranstaltung nicht für extrem industriegesteuert halte.«

»Ist sie das?«

Britta Ladwig zuckte mit den Schultern.

»Nicht mehr als jede andere Fortbildung. Es ist normal, dass so eine Update-Veranstaltung von der Pharmaindustrie gesponsert wird und dass die Unternehmen sich in Form einer solchen Ausstellung präsentieren. Aber ich muss zugeben, dass ich in der Pause lieber einen Kaffee trinke, als mir die ganze Werbung anzusehen ...«

»Haben die Pharmaunternehmen Einfluss auf die Vorträge?«

»Das glaube ich nicht. Das Programm wird von einem wissenschaftlichen Leiter unabhängig von den Sponsoren gestaltet. In diesem Fall ist das Professor Loose, ein anerkannter Herzspezialist aus dem Deutschen Herzzentrum hier in München. Er stellt mit seinem Team sicher, dass die Teilnehmer einen umfassenden Überblick über den aktuellen Forschungsstand rund um das Thema Herzmedizin bekommen. Ich persönlich halte das Programm für sehr ausgewogen und informativ. Ich bin froh, dass ich mich angemeldet habe, bis jetzt konnte ich schon viel Neues mitnehmen.«

»Erzählen Sie mir bitte, wie Sie mit Gernot Weiss ins Gespräch gekommen sind. Übernachten Sie auch hier im Hotel?«

»Nein, ich habe bei einer Freundin geschlafen. Das Hotel war mir zu teuer. Für mich ist es schon ein Luxus, einfach eine Nacht durchzuschlafen. Mein kleiner Sohn zahnt gerade«, erzählte sie. »Ich komme aus dem Allgäu, meine Praxis ist in Sonthofen. Zur Not könnte man pendeln, aber ich fand, dass mir eine Nacht Urlaub von der Familie mal guttun würde. Deshalb habe ich meine Freundin gefragt, ob ich bei ihr schlafen kann. Doch das wird Sie nicht interessieren.« Sie lächelte verlegen. »Auf jeden Fall bin ich gestern früh direkt zur Veranstaltung angereist. Der Saal war schon ziemlich voll, nur ganz hinten waren noch Plätze frei. Dort habe ich mich hingesetzt. Kurz darauf kam dieser Gernot Weiss und hat gefragt, ob neben mir frei sei. So sind wir ins Gespräch gekommen.«

»Erinnern Sie sich, was er genau gesagt hat?«

»Erst hat er sich die Aufnahmen auf seinem Smartphone angesehen.«

Smartphone notierte sich Lenz in Gedanken. Weder in Gernots Hotelzimmer noch in seinem Anzug hatten sie ein Handy gefunden.

»Dann hat er mich gefragt, ob ich die Veranstaltung nicht für extrem industriegesteuert halte. Ich habe ihm geantwortet, dass alle großen Pharmaunternehmen gleichermaßen vertreten sind und dass ich die Werbung ausblende und mich ganz auf die neuen Erkenntnisse aus der Forschung konzentriere.«

Lenz machte sich Notizen.

»Und dann? Worüber haben Sie noch gesprochen?«

»Dann ging das Vortragsprogramm los. Währenddessen haben wir uns nicht unterhalten. Mir ist nur aufgefallen, dass er sich überhaupt keine Notizen gemacht hat.« Sie blätterte in den Unterlagen, die sie auf dem Arm hatte. »Ich habe allein beim ersten Vortrag zwei Seiten mitgeschrieben, weil es so interessant war.«

»Was ist Ihnen noch aufgefallen?«

»In der Pause haben wir uns einen Kaffee geholt. Er hat mir erzählt, dass seine Mutter nach einem Herzinfarkt Statine einnehmen musste, und wollte wissen, was ich davon halte.«

»Statine?«

»Cholesterinsenker, die dafür sorgen, dass der Körper selbst weniger Cholesterin produziert«, erklärte Britta. »Das ist das normale Vorgehen, um einem weiteren Infarkt vorzubeugen.«

»Ich habe Gernots Mutter vorhin kennengelernt. Sie macht einen stabilen gesundheitlichen Eindruck.«

»Das war nicht immer so. Gernot hat mir erzählt, dass sie mit Beginn der Statineinnahme Anzeichen von Demenz gezeigt hat. Das Thema ist in der Forschung umstritten. Es sind Einzelfälle dokumentiert, bei denen das zutrifft, es gibt aber auch Studien, die einen solchen Zusammenhang widerlegen. Gernot muss viel recherchiert haben. Er hat darauf bestanden, es mit einem anderen Medikament zu versuchen, und seitdem scheint seine Mutter wieder die alte zu sein.«

Lenz machte sich eine Notiz. Zu diesem Thema würde er Tilmann Lamberti befragen. Die Türen zum großen Saal wurden verschlossen, die Veranstaltung ging weiter, doch Britta ließ sich davon nicht stören. Sie legte den Kopf schief und versuchte, sich zu erinnern.

»Ich hatte den Eindruck, er wollte sich seine Theorie von mir bestätigen lassen.«

»Konnten Sie das, die Theorie bestätigen?«

»Nein. Ich verschreibe meinen Patienten verschiedene Statine, die bislang von allen ohne derartige Nebenwirkungen vertragen wurden.«

»Wir glauben, dass Gernot Weiss sich speziell für den letzten Vortrag des Tages interessiert hat. *Hypercholesterinämie. Forschungsupdate PCSK9-Inhibitoren*«, las Lenz vom Programm ab. »Dabei geht es auch um das Thema Cholesterin, oder?«

Britta nickte.

»Ja, aber nicht um Statine, sondern um sogenannte PCSK9-Hemmer. Die werden eingesetzt, wenn Statine nicht ausreichend wirken. Die Therapie, bei der Antikörper injiziert werden, ist ziemlich teuer, doch Professor Jochum hat eine Studie vorgestellt, die die Wirkung der getesteten PCSK9-Hemmer eindrucksvoll belegt.« Sie runzelte die Stirn. »Woher wissen Sie, dass er sich vor allem für diesen Vortrag interessiert hat? Zu mir hat er davon nichts gesagt.«

»Er scheint sich Fragen dazu notiert zu haben, doch bevor der Vortrag begann, wurde er ermordet. Wann haben Sie ihn zuletzt gesehen?«

»Ich hatte ihn bereits in der Mittagspause aus den Augen verloren. Nach dem letzten Vortrag hatte er es eilig, zur Toilette zu kommen. Ich bin gleich weiter ins Restaurant gegangen, weil ich mir dachte, dass die Schlange am Buffet dann noch nicht so lang ist. Dabei bin ich einer alten Kommilitonin über den Weg gelaufen. Wir haben zusammen gegessen und nach der Mittagspause habe ich mich im Vortragssaal zu ihr gesetzt.«

»Haben Sie Gernot Weiss später noch mal gesehen?«

»Nein.« Sie schüttelte energisch den Kopf. »Ehrlich gesagt war ich auch nicht erpicht darauf, unsere Unterhaltung fortzusetzen. Er wirkte ein bisschen seltsam mit seinen komischen Fragen.« Sie zögerte. »Und er roch nicht so gut, wie man sich das von seinem Sitznachbarn wünschen würde.«

»Verstehe.«

Lenz grinste. Gernot Weiss schien ein merkwürdiger Kauz gewesen zu sein.

»Fällt Ihnen sonst noch etwas ein?«

Britta legte die Stirn in Falten und nahm sich Zeit, um nachzudenken.

»Nein«, sagte sie schließlich. »An mehr kann ich mich im Moment nicht erinnern.«

Lenz notierte ihre Personalien und gab ihr seine Karte.

»Melden Sie sich, wenn Ihnen noch etwas einfällt.«

»Das mache ich.«

»Danke!«

Sie schlüpfte durch die großen Türen in den Saal. Henri stand inzwischen bei Marius. Lenz ging zu ihnen hinüber. Marius berichtete, dass nur ein einziger der Kollegen bei der Betragung der Teilnehmer ein Erfolgserlebnis gehabt hatte. Er hatte jemanden gefunden, der Gernot auf dem Foto wiedererkannte.

»Dass ist doch der Typ, der so nach Schweiß gestunken hat«, hatte er gesagt. »Ich musste mich nach fünf Minuten woanders hinsetzen, weil ich es nicht ausgehalten habe.«

»Das bringt uns leider nicht weiter.«

Lenz überflog seine Notizen. Immerhin hatte das Gespräch mit Britta Ladwig ein paar konkretere Anknüpfungspunkte ergeben. Er fasste die wichtigsten Erkenntnisse für Henri und Marius zusammen. Henri verdrehte die Augen.

»So wie die gute Frau dir das erklärt hat, versteht das ja jeder Normalsterbliche! Ich musste gerade einen völlig abgehobenen Monolog von diesem Professor Loose über mich ergehen lassen.«

Wenn selbst Henri nichts verstand, wollte das was heißen. Lenz wusste, dass Henri mehrere wissenschaftliche Fachmagazine abonniert hatte. Er erzählte ihm manchmal von interessanten Artikeln, die er gelesen hatte, wenn er nicht schlafen konnte.

»Also wissen wir jetzt immerhin, dass Gernot Weiss sich über das Thema Cholesterin informiert hat«, fasste Henri zusammen.

»Und zwar weil er durch seine Mutter einen persönlichen Bezug dazu hatte«, fügte Lenz hinzu. »Ich denke, wir sollten dringend noch mal mit Tilmann Lamberti sprechen. Er muss doch mehr über die Recherchen seines Freundes gewusst haben.«

Kapitel 17

Elisa betrachtete den Flyer der Herz-Tage, den sie am Vortag aus dem *Pistorius* mitgenommen hatte. Neben dem Programm waren die Pharmaunternehmen aufgelistet, die die Veranstaltung sponserten. War eins dieser Unternehmen in den Korruptionsskandal verwickelt, den Gernot hatte aufdecken wollen? Oder alle?

Es ist Aufgabe der Polizei, das herauszufinden, ermahnte sie sich. Sie griff nach ihrem Handy, durchquerte den Raum und stemmte die schwere Tür zum Treppenhaus auf. Elisa wollte gerade Henris Nummer wählen, als sie ein ersticktes Schluchzen von oben hörte. Sie spähte vorsichtig um die Ecke. Lena saß weinend auf der Treppe, die nach oben führte; Elisa hatte keine Ahnung, wo es dort hinging.

»Lena! Was ist los?«

Mit wenigen Schritten war sie bei ihr und setzte sich neben die Fotografin. Sie legte den Arm um Lenas Schultern. »Warum weinst du?«

»Ich weine nicht!«, widersprach Lena und wischte sich die Tränen aus dem Gesicht. »Ich will nicht weinen ... wegen ... aber ich kann nicht anders ...«

Die Tränen flossen von Neuem.

»Wegen wem?«, fragte Elisa behutsam.

Lena sah Elisa mit großen Augen an – sie hatte braune Kulleraugen wie Elisas Lieblingspuppe, mit der sie als Kind so gern gespielt hatte – und kniff den Mund zusammen. Es sah nicht aus, als wollte sie Elisa in ihren Kummer einweihen, doch plötzlich platzte sie heraus.

»Wegen Wolf will ich nicht weinen!«

»Wolf Borowsky?« Hatte der Chef vom Dienst Lenas Fotos kritisiert? Elisa hatte nichts davon mitbekommen. »Was ist mit Wolf?«

»Wolf und ich ...« Lena brach ab und wurde rot. »Wir ... na ja ... du weißt schon ...«

»Nein, ich weiß nicht!«

»Wir lieben uns«, sagte Lena leise.

»Ich dachte, er sei verheiratet?«

»Ist er auch. Er ist verheiratet und hat drei Kinder.«

»Oh ...«

Elisa sah Lena abwartend an. Sie fixierte einen Punkt auf dem Treppenabsatz.

»Wir haben eine Affäre ... Wir treffen uns heimlich ... Er sagt, dass er seine Frau nicht mehr liebt ...«

»... aber die Kinder«, beendete Elisa Lenas Satz. Lena hob den Kopf und sah sie irritiert an, dann brach sie wieder in Tränen aus.

»Meine Güte, es ist so ein Klischee! Ich hätte nie gedacht, dass mir so was passieren könnte. Irgendwie bin ich da reingerutscht ... ich hab mich in ihn verliebt ...«

Sie schluchzte. Elisa strich sanft über ihren Arm.

»Hat er dir denn jemals Hoffnung gemacht, dass er sie verlassen wird?«

Lena schüttelte den Kopf.

»Nein ... ich dumme Kuh habe nur geglaubt, dass er es irgendwann tun wird ... Stattdessen fährt er jetzt mit seiner ganzen Familie in den Urlaub! Er hat es mir gerade gesagt. Sie fahren am Samstag für zwei Wochen gemeinsam nach Italien. Sie haben dort eine Ferienwohnung.«

»Das muss er aber doch schon länger wissen! Und er hat es dir erst jetzt gesagt?«

Lena nickte.

»Wahrscheinlich hatte er Angst, dass ich nicht mehr mit ihm schlafe«, sagte sie bitter. »Wahrscheinlich denkt er, dass ich mich bis nach seinem Urlaub wieder beruhigt habe!«

»Gedenkst du denn, dich wieder zu beruhigen?«

»Du meinst, ob ich mich weiter mit einer Affäre zufriedengebe?«

Elisa nickte. Lena brach erneut in Tränen aus.

»Ich liebe ihn wirklich! Er ist so anders als die Männer in meinem Alter. Bei ihm fühle ich mich wohl und geborgen, er ist so sensibel. Ich kann mit ihm über alles reden. Er ist einfach ein toller Mann!«

So hatte Elisa Wolf noch nie betrachtet. Für sie war er der immer gestresste Chef vom Dienst, der von seinen Kollegen stets den gleichen Einsatz einforderte, den er selbst zu leisten bereit war, der penibel jedes Wort herumdrehte und niemals Emotionen zeigte. Er musste zwanzig Jahre älter als Lena sein, sein Haaransatz hatte sich bereits bis zur Mitte des Kopfes zurückgezogen und seine Haut sah fahl und schlaff aus, da er selten aus der Redaktion herauskam. Aus optischen Gründen konnte Lena sich nicht in ihn verliebt haben. Er musste Qualitäten haben, die nur sie kannte. Lena war zwar eine schüchterne, aber attraktive junge Frau. Sie konnte mehr vom Leben erwarten als eine heimliche Affäre mit Wolf Borowsky.

Elisa ahnte, dass der Zeitpunkt nicht der richtige war für diese Art von Argumentation. Sie strich beruhigend über Lenas Rücken.

»Sieh es doch mal so: Wenn er weg ist, hast du zwei Wochen Zeit, dir zu überlegen, was *du* willst. Ob die Affäre für dich okay ist oder nicht. Manchmal sieht man mit etwas Abstand die Dinge klarer.«

Elisa hatte geglaubt, nie über Carstens Betrug hinwegzukommen, doch inzwischen musste sie sich eingestehen, dass sie kaum noch an ihn dachte. Dabei waren erst zwei Monate vergangen.

Lena sah Elisa mit tränenverhangenem Blick an.

»Meinst du?«, fragte sie mit zweifelndem Unterton. »Aber ich will nicht Schluss machen ...«

»Das musst du auch nicht. Wenn eine Affäre weiterhin für dich in Ordnung ist, dann kannst du ja alles so belassen. Die Frage ist doch nur, ob sich für dich etwas geändert hat, wenn du jetzt weißt, dass er seine Familie nicht verlassen wird. Es ist deine Entscheidung!«

Lena riss wieder ihre Kulleraugen auf.

»Hilfst du mir dabei?«

Elisa drückte sie an sich.

»Natürlich.«

»Danke.« Lena schniefte. »Wir haben ausgemacht, dass wir mit niemandem darüber reden. Aber jetzt bin ich froh, dass ich es dir erzählt habe.«

»Ich auch.« Elisa lehnte sich etwas zurück. »Darf ich dir einen Rat geben? Ich glaube, du solltest dich dringend waschen gehen. Wenn Jette dich so sieht, wird sie keine Ruhe geben, bis sie euer Geheimnis gelüftet hat.«

Hastig wischte sich Lena die Tränen aus dem Gesicht und stand auf.

»Du hast recht, ich lass mich erst mal nicht mehr bei euch in der Redaktion blicken.«

Sie umarmte Elisa.

»Danke!«

»Nichts zu danken!«

Lena lief eilig die Treppe ein Stockwerk weiter runter, wo sich die Bildredaktion befand. Erst als Elisa ihre Schritte nicht mehr hören konnte, wählte sie Henris Nummer.

»Elisa!«, sagte er nur. Sein Tonfall war nicht abweisend, sondern freundlich und aufmerksam. »Hast du schon etwas in Erfahrung bringen können?«

»Ich habe mit einem alten Kollegen von Gernot Weiss vom *Spektrum der Wissenschaft* gesprochen. Dort war er angestellt, bevor er sich selbständig gemacht hat. Der Kollege hat mir erzählt, dass Gernot ihn letzte Woche angerufen hat und ihm einen brisanten Artikel angeboten hat.«

»Ein brisanter Artikel?«

»Gernot hat ihm gesagt, dass er einem Korruptionsskandal in der Pharmaindustrie auf der Spur ist.«

Henri pfiff durch die Zähne.

»Ein Korruptionsskandal in der Pharmaindustrie. Das ist doch mal ein Grund, jemanden zum Schweigen zu bringen! Hat er konkrete Fakten genannt?«

»Das ist das Problem«, meinte Elisa. »Als Uwe, so heißt der ehemalige Kollege, skeptisch reagiert hat und nicht sofort bereit war, den Artikel anzunehmen, hat Gernot erst mal dichtgemacht. Es tut mir leid, ich kann dir nicht mehr sagen.«

»Ein Korruptionsskandal in der Pharmaindustrie ist doch schon mal was!« Henri lachte. »Das hast du gut gemacht, Elisa.«

»Uwe hat mir gesagt, dass Gernot alles, was er herausgefunden hat, sofort in seinem Notebook notiert hat. Wenn ihr also das Notebook auftreibt, dann erfahrt ihr genau, woran Gernot gearbeitet hat.«

»Sein Notebook ist leider verschollen. Wir haben es weder in seinem Hotelzimmer noch in seiner Wohnung gefunden.«

»Du denkst, dass der Täter es mitgenommen hat?«

»Dafür hätte er sein Hotelzimmer betreten müssen.«

»Eher unwahrscheinlich, wenn man davon ausgeht, dass er seinem Mörder auf der Dachterrasse begegnet ist.«

»Andererseits muss der Mörder auch so geistesgegenwärtig gewesen sein, Gernot das Namensschildchen abzureißen, das er ans Jackett gesteckt hatte. Wir können nicht ausschließen, dass er nach dem Kampf noch in Gernots Zimmer war und das Notebook mitgenommen hat.«

»Trug Gernot denn die Schlüsselkarte für sein Zimmer bei sich?«

»Nein. Sonst hätten wir ihn schneller identifizieren können.«

Elisa überlegte.

»Auf dem Programm der Herz-Tage sind mehrere Pharmaunternehmen als Sponsoren aufgelistet. Fragt sich, wen Gernot genauer unter die Lupe genommen hat und was er mit seiner Teilnahme an den Herz-Tagen bezweckt hat.«

»Er scheint sich besonders für den letzten Vortrag des ersten Tages interessiert zu haben, dazu hat er sich Fragen notiert.«

»Der Vortrag über Hypercholesterinämie?«

»Sagt dir das etwa was?!«

»Ich habe vorhin alle Begriffe gegoogelt, die ich nicht kannte«, gab Elisa zu. »Das Programm hätte genauso gut auf Chinesisch verfasst worden sein.«

Henri lachte wieder. »Da hast du recht!«

»Kannst du mir mehr über den Vortrag und Gernots Fragen sagen, Henri?«

»Nein, kann ich nicht.« Elisa hätte jede Summe darauf gewettet, dass er sich gerade mit der Hand durch den Bart fuhr. »Hör zu, Elisa ...«

»Es ist okay, Henri, wirklich!«, unterbrach sie ihn. »Du musst mir nur sagen, was ich abdrucken darf und was nicht.«

Er überlegte.

»Wir werden Gernots Identität innerhalb der nächsten Stunde im Polizeibericht veröffentlichen, ich habe gerade schon mit unserem Pressesprecher gesprochen. Du kannst schreiben, dass er Journalist war und bei den Herz-Tagen zu Recherchezwecken teilgenommen hat. Was das für Recherchen waren, wollen wir noch offen lassen, also bitte keins von den Details erwähnen, über die wir gesprochen haben. Weder den Korruptionsskandal noch das fehlende Notebook, okay?«

»Ich werde meinen Text mit dem Polizeibericht abgleichen. Du kannst dich auf mich verlassen«, beteuerte Elisa.

»Ich weiß das, Elisa.« Henri zögerte. »Was mir mehr Sorgen macht, ist die Tatsache, dass der Mörder eiskalt einen Journalisten ausgelöscht hat, der ihm offensichtlich mit seinen Recherchen in die Quere kam. Wie ich dich kenne, wirst du nicht lockerlassen, bis du herausgefunden hast, was Gernot Brisantes wusste. Versprichst du mir, dass du dabei vorsichtig bist?«

Elisa schluckte. Sie hatte mit vielem gerechnet, aber nicht damit.

»Ja, das verspreche ich dir«, sagte sie leise.

»Gut. Das beruhigt mich. Ich befürchte nämlich, dass es da einige Parallelen zwischen dir und Gernot gibt ...« Henri stockte. »Du bist natürlich viel hübscher als er und nicht so schlampig ... aber mindestens genauso hartnäckig ... also ich meine ...« Er verhedderte sich immer mehr. »Was ich sagen will ... es gibt Parallelen, was eure Arbeit betrifft ... deshalb mache ich mir ...«

»Du findest mich also hübsch?«

»Sehr.« Henri klang vollkommen ernst, er flirtete nicht mit ihr. »Das weißt du doch.«

»Du hast einiges gesagt, was du anscheinend nicht so gemeint hast.« Schweigen.

»Elisa, können wir später ...«

»Ja ... klar ...«

»Ich melde mich. Denkst du an dein Versprechen?«

»Mach ich.«

Elisa legte auf, doch sie blieb auf der Treppe sitzen und ging das Gespräch noch mal in Gedanken durch. Es war nicht leicht, aus Henri schlau zu werden.

Kapitel 18

Nachdem Henri mit Martin Sobotta, dem Polizeipressesprecher, den Text für den Polizeibericht abgestimmt hatte, besprach er sich kurz mit Lenz und Marius und gab die Informationen von Elisa weiter.

»Wenn wir es mit einem Korruptionsfall zu tun haben, sollten wir uns die Finanzierung der Herz-Tage genauer ansehen und herausfinden, ob einer der Sponsoren sich mehr engagiert hat als die anderen«, sagte Henri mit Blick auf den Check-in-Schalter neben dem Eingang zum Vortragssaal. »Leider ist das Ziegenbärtchen gerade nicht greifbar.«

»Ich glaube, der ist rausgegangen, um eine zu rauchen«, meinte Marius. »Ich geh ihn mal suchen.«

»Und bei der Gelegenheit auch eine rauchen?«, zog Lenz Marius auf, der nur eine Grimasse schnitt und verschwand. Lenz sah auf die Uhr. »Ich warte auf den Rückruf von Tilmann Lamberti. Seine Sprechstundenhilfe hat gemeint, dass er sich jetzt demnächst melden würde.«

»Okay, dann befrage ich die Leute vom Hotel über die Finanzierung der Veranstaltung.«

»Gehst du zur Rezeption?«

Henri nickte. Lenz drückte ihm einen Abzug des Fotos von Gernot Weiss in die Hand.

»Zeigst du den Damen das Foto und fragst sie, ob sie sich an ihn erinnern können? Dazu bin ich noch nicht gekommen.«

»In Ordnung.«

Henri ging mit großen Schritten zur Eingangshalle. Er musste sich beeilen, denn ihm blieb nicht mehr viel Zeit, bis er losmusste, um Anna abzuholen.

Jetzt, nachdem die Teilnehmer der Herz-Tage wieder im Saal verschwunden waren, herrschte auf den Fluren des Hotels Ruhe. Auch in der Eingangshalle war nicht viel los. Leonie Ehrhard und Tessa Tomaszewski standen hinter der Rezeption, Leonie telefonierte. Henri wandte sich an Tessa, die Dunkelhaarige, die so kaltschnäuzig auf den Anblick der Leiche reagiert hatte.

»Sie scheinen ja niemals frei zu haben. Immer wenn ich zur Rezeption komme, sind Sie beide da.«

»Das ist das Schicksal von Singles in der Ferienzeit. Wenn Schulferien sind, bekommen erst mal die mit Familie frei. Alle anderen dürfen Überstunden schieben.« Sie verzog ihren großen Mund für einen Moment zu einer Schmollschnute. »Haben Sie den Mörder schon gefunden?«

»Das nicht, aber wir haben herausgefunden, wer das Opfer ist.«

Er zeigte ihr das Foto von Gernot Weiss.

»Erkennen Sie diesen Mann?«

Tessa sah sich das Bild genau an.

»Ja, den habe ich schon mal gesehen. Ist das der Tote?«

Henri nickte.

»Er hat unter dem Namen Tilmann Lamberti eingecheckt.«

»Jetzt erinnere ich mich wieder. Der kam schon am Sonntagabend an. Da hatte er aber etwas anderes an als diesen komischen Anzug. Ich glaube, Jeans und ein kariertes Hemd. Er hat eingecheckt, war kurz in seinem Zimmer und dann kam er gleich wieder zurück. Er hat mir seltsame Fragen zu den Herz-Tagen gestellt. Wer da die Rechnung bezahlt und all so was.«

»Was haben Sie ihm gesagt?«

»Ich konnte ihm dazu nichts sagen, weil ich darüber nichts weiß. Um die Abrechnung der gesamten Veranstaltung kümmert sich unsere Bankettleiterin. Ich habe ihn zu ihr geschickt.«

»Wie heißt die Bankettleiterin?«

»Hoppe. Marie-Louise Hoppe. Möchten Sie mit ihr sprechen? Ich kann sie anrufen.«

»Das wäre nett.«

Tessa telefonierte kurz, dann nickte sie Henri zu.

»Sie kommt sofort.«

Während Henri auf die Bankettleiterin wartete, notierte er, was er von Tessa erfahren hatte. Sie schienen auf der richtigen Spur zu sein, wenn sie die gleichen Fragen stellten wie Gernot Weiss.

Marie-Louise Hoppe machte einen strengen Eindruck, als sie mit energischen Schritten durch die Hotelhalle auf Henri zueilte. Sie trug ein schmal geschnittenes Kostüm mit hochgeschlossener Bluse, ihre Haare waren zu einem festen Knoten aufgesteckt und ihr Gesicht sah aus, als ob sie nicht oft lächelte. Zwar verzog sie ihre Mundwinkel etwas, als sie Henri begrüßte, doch ihre Augen blieben ernst.

»Hoppe«, stellte sie sich vor und drückte Henris Hand fest. »Ich bin die Bankettleiterin des *Pistorius*.«

»Henri Wieland, Kripo München.«

Er zückte seinen Ausweis, doch sie schien sich nicht dafür zu interessieren. »Setzen wir uns.«

Sie nickte Tessa kurz zu und wies auf eine der Sitzgruppen in der Mitte der Halle. Henri versank in einem weichen Sessel. Er zeigte Marie-Louise das Foto von Gernot Weiss.

»Erinnern Sie sich an diesen Mann?«

Sie kniff die Augen zu, als sei sie kurzsichtig.

»Ja, ich erinnere mich. Ist das der Tote?«

Henri nickte. Marie-Louise betrachtete noch immer das Bild.

»Er kam am Sonntagabend zu mir. Es war ein schlechter Zeitpunkt. Wir hatten am Wochenende eine riesige Hochzeit und mussten den Saal komplett umdekorieren, alle Tische rausschaffen und für die Herz-Tage bestuhlen. Mit der Technik stimmte etwas nicht, es war ein einziges Chaos.«

Henri wartete, doch sie sprach nicht weiter.

»Und dann kam Gernot Weiss zu Ihnen?«, soufflierte er.

»Gernot Weiss? Er hat sicher einen Namen genannt, aber ich kann mich nicht daran erinnern. Er hat gesagt, er sei Teilnehmer bei den Herz-Tagen, und er wollte wissen, ob ich ihm sagen könne, ob einer der Sponsoren der Veranstaltung mehr als die anderen bezahlt.«

Sie schwieg wieder.

»Und? Konnten Sie ihm das sagen?«

Marie-Louise sah nicht länger auf das Foto, sondern zu Henri.

»Nein. Ich konnte ihm nur sagen, dass wir eine Gesamtrechnung an das Organisationsteam der Herz-Tage stellen und dass diese Rechnung meines Wissens gleichermaßen unter allen Sponsoren aufgeteilt wird. Ich habe ihn an das Organisationsteam verwiesen. Ich hatte wirklich keine Zeit, länger mit ihm zu palavern.«

»An wen adressieren Sie Ihre Rechnung namentlich? Gibt es eine Organisation, die hinter den Herz-Tagen steht?«

»Wir schicken die Rechnung zu Händen von Professor Loose. Er wurde mir als Verantwortlicher genannt. Die Herz-Tage finden zum ersten Mal in diesem Rahmen statt, so viel ich weiß. Professor Loose scheint derjenige zu sein, der die Veranstaltung initiiert hat.«

Henri stöhnte innerlich auf. *Professor Loose war vor allem derjenige, der es nicht schaffte, Henris Fragen knapp und konkret zu beantworten.*

»Wenn er sich auch nicht um die Fragen der praktischen Organisation kümmert«, fuhr Marie-Louise Hoppe fort. »Da sprechen Sie vielleicht eher mit dem jungen Mann vom Check-in.«

Ziegenbärtchen. Das war immerhin besser als Professor Loose. Henri gab der Bankettleiterin seine Karte und stand auf.

»Danke für die Informationen. Melden Sie sich bitte, wenn Ihnen noch etwas einfällt.«

Sie nickte und verschwand in dem Flur, aus dem sie vorher gekommen war. Henri ging zurück zum Vortragssaal, wo Marius sich gerade neben Ziegenbärtchen über dessen Notebook beugte. Lenz telefonierte und schritt dabei hinter den Ausstellungswänden auf und ab. Marius winkte Henri zu sich.

»Wir haben hier eine Aufstellung über die Beiträge der Sponsoren. Jedes Unternehmen bezahlt den gleichen Betrag.«

»Wir veröffentlichen die Zahlen sogar«, erklärte Ziegenbärtchen. »Wir müssen ganz genau nachweisen, welche Unternehmen mit welchem Betrag dabei sind, um jeglichen Korruptionsverdacht von vornherein ad absurdum zu führen. Professor Loose wäre in Teufels Küche, wenn ihn jemand bezichtigt, dass einer der Sponsoren mehr bezahlt, um inhaltlich Einfluss zu nehmen.«

»Das ist also nicht der Fall, dass jemand auf die Inhalte der Veranstaltung Einfluss nimmt?«

»Sicher nicht«, erklärte das Ziegenbärtchen im Brustton der Überzeugung. »Professor Loose hat viel Zeit dafür aufgewendet, um das Programm der Herz-Tage zu entwickeln. Er hat großen Wert darauf gelegt, die Besten aus jedem Spezialgebiet als Redner zu gewinnen. Ich kann Ihnen versichern, dass alles mit rechten Dingen zugegangen ist!«

»Danke!«

Henri wandte sich von Ziegenbärtchen ab und gab Marius mit einem Kopfnicken zu verstehen, dass er ihn allein, außer Hörweite des jungen Mannes, sprechen wollte.

»Loose wird sicher nicht alle eingeweiht haben, wenn er bestochen wurde«, sagte Henri. »Auch wenn Mister Ziegenbärtchen sich für superwichtig hält, kann ich mir nicht vorstellen, dass er alles weiß.«

Marius nickte.

»Aufgeblasener Zwerg«, murmelte er.

»Ich muss jetzt los, Anna nach Starnberg bringen. Meine Schwiegereltern erwarten uns zum Essen«, erklärte Henri. »Versuchst du bitte, Einblick in Looses private Finanzen zu bekommen? Wenn die Abrechnung öffentlich gemacht werden muss, heißt das ja nicht, dass privat kein Geld geflossen ist.«

»Mach ich. Und vorher lass ich mir einen Ausdruck der offiziellen Abrechnung geben.« Marius sah hinüber zu Ziegenbärtchen. »Was wir haben, haben wir.«

Henri winkte Lenz, der immer noch telefonierte, zu und bedeutete ihm, dass er später auch mit ihm sprechen wollte. Dann ging er zum Hotelausgang. Claires Mutter hasste es, wenn sie zu spät zum Essen kamen.

Kapitel 19

»Elisa!«, rief Wolf von seinem Platz am Newsdesk. Elisa sah ihn plötzlich mit ganz anderen Augen. Er war nicht mehr nur der Chef vom Dienst, sondern Lenas Liebhaber. Elisa versuchte, die Bilder, die sich ihr aufdrängten, beiseitezuschieben. »Hast du was zu dem Toten?«

»Mein Artikel steht schon im System«, rief sie zurück. Die Polizei hatte ein Foto von Gernot Weiss zur Verfügung gestellt, sodass sie mit weniger Text auskommen würden. Elisa hatte mit Kais Hilfe ein Kurzporträt formuliert, in dem sie Gernots Engagement für die Umwelt in den Mittelpunkt gestellt hatte. Wenn sie den Journalisten anfangs nur als das Opfer in einem Mordfall gesehen hatte, so bekam er nun nach und nach ein Gesicht für sie. Äußerlich nicht gerade ein attraktives Gesicht, wenn man das Foto betrachtete, das sie abdruckten. Vielleicht war er auch nicht gerade der sympathischste Zeitgenosse gewesen, dem man begegnen konnte. Doch sein Engagement war bewundernswert! Gernot schien den Dingen auf den Grund gegangen zu sein und hatte sich nie mit oberflächlichen Antworten und einfachen Lösungen zufriedengegeben. Seine Veröffentlichungen zeugten von hartnäckigem Nachbohren und unbequemem Insistieren. War das auch der Grund für seinen Tod? War er mit seinen Recherchen so unbequem geworden, dass ihn jemand hatte loswerden wollen?

»Passt!«, rief Wolf und hob einen Daumen nach oben, war dabei aber längst wieder in das Layout auf dem Bildschirm vertieft.

Elisa blätterte in ihren Notizen. *Hypercholesterinämie* gab sie in die Suchmaschine ein. *Unter Hypercholesterinämie versteht man einen zu hohen Cholesterinspiegel im Blut,* las sie. Das klang durchaus nachvollziehbar. Doch schon wenige Sätze später war Elisa verwirrt von HDL- und LDL-Cholesterin und weiteren medizinischen Fachbegriffen, von denen sie nicht mal wusste, wie man sie korrekt aussprach.

War Kai Konzelmann nicht in erster Linie Experte für medizinische Themen? Vielleicht konnte er ihr das Thema allgemeinverständlich erklären. Elisa nahm ihre Unterlagen und ging hinüber zum Wissenschaft-&-Medizin-Ressort. Der Praktikant hatte offensichtlich schon Feierabend gemacht, sein Stuhl war ordentlich an den Tisch gerückt. Kai brütete über einem Ausdruck, der vor ihm aufgeblättert war. Mit der Hand fuhr er sich unter der Brille über die Augen.

»Müde?«, fragte Elisa.

Kai nickte. »Diese wissenschaftliche Veröffentlichung ist so langweilig geschrieben, dass man beim Lesen einschläft.«

»Darf ich dich vom Einschlafen abhalten?«

»Bitte!« Kai deutete auf den Stuhl des Praktikanten. »Setz dich.«

»Ich würde gern mehr über die Begriffe *Hypercholesterinämie* und *PCSK9-Inhibitoren* wissen, aber die Erklärungen, die ich im Internet gefunden habe, sind für einen medizinischen Laien nicht so leicht verständlich.«

Elisa deutete auf den Flyer der Herz-Tage. Kai grinste.

»Und deshalb soll ich dir mein Wissen darüber in ein paar Minuten zusammenfassen?«

»Das wäre toll!«

»Dieses Thema ist zwar nicht gerade ein Steckenpferd von mir, aber ein bisschen was kann ich dir schon erklären.« Kai schob seine Brille nach oben. »Dass ein hoher Cholesterinspiegel das Risiko eines Herzinfarkts oder Schlaganfalls erhöht, weißt du, oder?«

Elisa nickte.

»Mein Großvater hat im Alter keine Eier mehr gegessen und auch sonst nichts, was den Cholesterinspiegel nach oben treiben könnte.«

»Tatsächlich ist umstritten, wie groß der Einfluss der Nahrung auf den Cholesterinspiegel ist. Ob nicht genetische Faktoren ein größeres Gewicht haben.«

»Dann hätte Großvater gar nicht auf sein Frühstücksei verzichten müssen?«

Kai hob die Schultern.

»Grundsätzlich ist Cholesterin lebensnotwendig für unseren Stoffwechsel. Doch man unterscheidet zwischen ›gutem‹ und ›schlechtem‹ Cholesterin.« Er begleitete seine Worte mit Anführungszeichen in der Luft.

»HDL- und LDL-Cholesterin?«

»Genau. Kritisch ist der LDL-Cholesterinwert. Im Prinzip handelt es sich bei LDL und HDL um Lipoproteine, die das eigentliche Cholesterin, das du dir als wachsartige, im Blut nicht lösliche Substanz vorstellen musst, transportieren. Das LDL transportiert den Stoff von der Leber – wo er hauptsächlich gebildet wird – in die Gewebe, während das HDL überschüssiges Cholesterin aus dem Blut zur Leber zurückbefördert.«

»Was bei einem gesunden Menschen an sich kein Problem ist?«

»Nein. Nur wenn eine Störung im Stoffwechsel des LDLs vorliegt, dann spricht man von einer sogenannten familiären Hypercholesterinämie.«

»Familiär weil genetisch bedingt?«

»Richtig. Am häufigsten handelt es sich um eine Mutation im Gen für den LDL-Rezeptor. Es gibt dann weniger oder gar keine funktionstüchtigen LDL-Rezeptoren auf der Zelloberfläche und dadurch erhöht sich die LDL-Konzentration im Blut. Das Risiko für Ablagerungen an den Gefäßwänden und damit für eine Arterienverkalkung steigt. Man versucht, bei Risikopatienten den LDL-Spiegel durch die Gabe von Statinen zu senken. Risikopatienten sind alle, die bereits einen Herzinfarkt oder einen ähnlichen Vorfall hatten oder die durch Rauchen, Übergewicht oder mangelnde Bewegung gefährdet sind.« Kai zog den Flyer, der vor Elisa auf dem Tisch lag, zu sich. »PCSK9-Hemmer sorgen meines Wissens dafür, dass frei zirkulierende PCSK9 in der Leber nicht an die LDL-Rezeptoren andocken. Somit stehen mehr LDL-Rezeptoren für den Abbau von LDL-Cholesterin an der Zellmembran zur Verfügung, die den Cholesterinspiegel senken können.«

»Und PCSK9 sind genau was?«

»Konkret kann ich dir das nicht sagen«, gab Kai zu. »Es geht da irgendwie um Vorläuferformen von Proteinen. Ich weiß nur, dass die Therapie mit PSCK9-Hemmern ziemlich teuer sein muss.«

Er lehnte sich auf seinem Stuhl zurück und musterte Elisa.

»Warum fragst du ausgerechnet nach diesem Begriff? Warum erscheint dir dieser Vortrag interessanter als die anderen? Hat Gernot

Weiss sich speziell mit diesem Thema beschäftigt? Weißt du mehr, als du in deinem Artikel geschrieben hast?«

»Sagen wir, es ist erst mal so eine Ahnung, dass es nicht schaden kann, sich mit dem Thema näher zu beschäftigen.«

»Vermutest du in diesem Zusammenhang Korruption?«

»Ich weiß es nicht. Ich hatte gehofft, dass dir dazu vielleicht etwas einfällt.«

Kai nahm den Flyer erneut in die Hand. »Der Vortrag wurde von Prof. Dr. Udo Jochum gehalten. Das ist ein renommierter Mediziner. Er war früher eine Koryphäe am Deutschen Herzzentrum.«

»Früher?«

»Udo Jochum ist jetzt im Ruhestand, aber er tut sich immer noch mit interessanten Veröffentlichungen und Reden hervor. Ich kann mir nicht vorstellen, dass der etwas mit Korruption zu tun haben soll.« Kai wandte sich seinem Computer zu. »Wenn er bei den Herz-Tagen ein Forschungsupdate präsentiert hat, dann hat er sicher einen Überblick über aktuelle Studienergebnisse zu diesem Thema gegeben. Vielleicht können wir uns das mal näher anschauen.«

»Kannst du auf die Vorträge zugreifen?«

»Nicht direkt. Aber ich schaue mal, ob es einen Pressekontakt gibt.«

»Rücken die so was raus?«

»Kommt darauf an, welche Art von Berichterstattung ich ihnen verspreche.« Kai grinste. »Ich geb dir dann Bescheid.«

»Super, danke.«

Elisa stand auf und ging zurück zu ihrem Platz. André sprach gerade mit Dennis, beide sahen genervt aus, doch als André Elisa erblickte, verzog sich sein Mund zu einem Lächeln. Bevor er etwas sagen konnte, blökte Jette schon dazwischen: »Dafür dass du stundenlang bei Kai Konzelmann rumhängst, steht wenig Konkretes in deinem Artikel über den Toten am *Pistorius*.«

»Hintergrundrecherchen«, sagte Elisa nur.

»Also das finde ich echt nicht in Ordnung, André«, meckerte Jette weiter. »Wenn ich in jeden Artikel so viel Zeit stecken würde, dann würde gar nichts mehr in der Zeitung stehen.«

»Elisa wird schon wissen, was sie tut«, sagte André. »Wie sieht es mit der Krimilesung heute Abend aus, Elisa?«

»Der Zettel, den du mir hingelegt hast?«

»Genau. Ich habe leider keine Zeit, weil ich zu einer anderen Veranstaltung muss, aber vielleicht wäre das was Interessantes für den München-Teil. Eine Lesung im Knast.«

»Ich weiß nicht«, wich Elisa aus. Sie hatte sich die Ankündigung nicht näher angesehen, da sie zu diesem Zeitpunkt noch davon ausgegangen war, Sasha zu Besuch zu haben. »Kommt darauf an, wann ich heute hier rauskomme.«

Und das hing wesentlich davon ab, was sie über Prof. Dr. Jochum und dessen Vortrag herausfinden würde.

Kapitel 20

Lenz beobachtete, wie die Teilnehmer der Herz-Tage nach dem letzten Vortrag aus dem Saal strömten. Wie zuvor hatten sie ein paar uniformierte Kollegen an den Ausgängen postiert, die das Foto von Gernot Weiss hochhielten, um einen weiteren Zeugen aufzutreiben, der mit ihm Kontakt gehabt hatte. Die meisten warfen nur einen kurzen Blick auf das Bild, manche schüttelten den Kopf, die anderen eilten ohne Reaktion weiter. Britta Ladwig, die Zeugin, mit der Lenz bereits gesprochen hatte, winkte ihm im Vorbeigehen zu. Sie schien es ebenfalls eilig zu haben, sich auf den Heimweg zu machen.

Das Ziegenbärtchen hatte sein mobiles Büro schon während des letzten Vortrags abgebaut und die Geräte und Unterlagen in Kisten verstaut. Davor hatte er Lenz einen dicken Stapel Ausdrucke überreicht: die Teilnehmerliste der Herz-Tage, die Sponsorenliste, die Referentenliste und den kompletten Vortrag, für den Gernot Weiss sich interessiert hatte – *Hypercholesterinämie - Forschungsupdate PCSK9-Inhibitoren*. Lenz hatte kurz hineingeblättert und nur Bahnhof verstanden.

Er schaute in den Vortragssaal. Professor Loose stand auf der kleinen Bühne und sprach mit dem letzten Redner, der nebenbei seine Unterlagen einpackte. Lenz entließ die Kollegen in Uniform, nachdem der Saal leer war. Plötzlich fiel ihm auf, dass Tilmann Lamberti ihn nicht zurückgerufen hatte. Er warf einen Blick auf sein Handy. Kein verpasster Anruf. Lenz wählte erneut die Nummer der Praxis, erreichte jedoch nur den Anrufbeantworter, der ihm mitteilte, dass er außerhalb der Sprechzeiten anrief.

»Mist!«, fluchte Lenz. Er hatte von Tilmann wissen wollen, welche Mittel Irene Weiss eingenommen hatte und ob Gernot geäußert hatte, inwiefern seine Recherchen direkt mit den Medikamenten seiner Mutter zusammenhingen. Unter der Praxisnummer von Tilmann Lamberti hatte Lenz die Nummer von Gernots Eltern notiert. Vielleicht sollte er noch mal mit ihnen sprechen. Es war immerhin möglich, dass ihnen noch etwas eingefallen war, was Gernot gesagt oder getan hatte, das für die Ermittlungen relevant war. Lenz wählte die Nummer. Nach dreimaligem Klingeln hob Günther Weiss ab. Lenz erkundigte sich, wie es ihm und seiner Frau Irene ging. Günther, der mit leiser Stimme sprach, erzählte, dass er aus Sorge um seine Frau Tilmann Lamberti gerufen hatte. Der Arzt hatte Irene vor einer knappen Stunde ein Beruhigungsmittel gegeben und jetzt schlief sie.

»Haben Sie denn schon etwas herausgefunden?«, fragte Günther. »Wissen Sie, wer Gernot getötet hat?«

»Leider nein. Wir haben bereits einige Anhaltspunkte, doch um weiter ermitteln zu können, müssen wir wissen, woran ihr Sohn gerade gearbeitet hat. Zu welchem Thema er bei den Herz-Tagen recherchiert hat.«

»Ich fürchte, da kann ich Ihnen nicht weiterhelfen. Darüber hat er mit mir nicht gesprochen. Ich wusste nicht mal, dass er unter Tilmanns Namen an diesem Ärztekongress teilnehmen wollte.«

»Gernot hat einer Zeugin während der Veranstaltung erzählt, dass seine Recherchen im Zusammenhang mit dem Herzinfarkt seiner Mutter stehen. Er schien den Einsatz von Statinen kritisch zu sehen.«

»Das ist richtig. Die Ärzte haben Irene nach dem Herzinfarkt ein Statin verordnet, das regelrecht eine Persönlichkeitsveränderung ausgelöst hat. Sie war häufig geistig abwesend und konnte sich schlecht an Dinge erinnern, die nur kurz zurücklagen. Erst haben wir uns nichts dabei gedacht, direkt nach dem Infarkt. Wir sind davon ausgegangen, dass sie einfach eine längere Regenerationszeit brauchte. Doch es wurde immer schlimmer. Vor dem Infarkt war Irene vollkommen anders gewesen. Sie hatte ein hervorragendes Gedächtnis. Wenn man etwas mit ihr absprach, konnte man sich darauf verlassen, dass es wie besprochen geschah. Plötzlich war das alles weg. Sie konnte sich an nichts mehr erinnern, sie driftete mitten im Gespräch ab, es war wirklich beängstigend. Gernot und ich haben angefangen, uns Sorgen zu machen. Mein Sohn war es, der auf die Idee kam, es könnte an den Medikamenten liegen. Er hat viel über diese Statine gelesen und schließlich hat er Tilmann vorgeschlagen, das Medikament zu wechseln.«

»Was hat Dr. Lamberti dazu gesagt?«

»Zuerst wollte er nicht von dem abweichen, was die Ärzte in der Klinik verordnet hatten. Doch dann haben wir ihn mal zum Kaffee eingeladen und er musste zugeben, dass Irene nicht mehr die alte war. Daraufhin hat er zugestimmt, es mit einem Lipidsenker zu versuchen. Das ist eine Art Vorgänger der Statine.«

»Und seither ist Ihre Frau wieder wie früher? Sie machte mir heute Morgen durchaus einen wachen und vitalen Eindruck.«

»Absolut. Irene ist wie ausgewechselt. Vielleicht körperlich nicht mehr mit der gleichen Energie, aber geistig ist sie vollkommen auf der Höhe.«

»Können Sie mir sagen, wie die Medikamente heißen, die Ihre Frau einnimmt?«

Günther schwieg, vermutlich überlegte er.

»Wie der Lipidsenker heißt, fällt mir gerade nicht ein. Irgendwas mit Bezafibrat oder so«, sagte er kurz darauf. »Das andere hieß Atorvastatin Voss. Das weiß ich noch genau, weil wir so viel darüber gesprochen haben. Von Voss Pharma. Gernot hat eine Menge recherchiert. Über das Medikament und über das Unternehmen.«

Lenz notierte die Namen.

»Ihr Sohn scheint sich nicht nur für Statine, sondern auch für sogenannte PCSK9-Hemmer interessiert zu haben. Sagt Ihnen das etwas? Ist Ihre Frau damit behandelt worden?«

»Nein. Direkt nach dem Infarkt hat einer der behandelnden Ärzte in der Klinik mal so was erwähnt, aber es zeigte sich dann, dass die Statine bei Irene ausreichten, um ihren Cholesterinspiegel in Schach zu halten. Ich habe keine Ahnung, warum Gernot über diese Hemmer recherchiert hat. Davon hat er nie etwas gesagt.«

Lenz sah, dass Professor Loose inzwischen mit dem Referenten aus dem Saal gekommen war und ihm an der Tür die Hand schüttelte. Eilig bedankte er sich bei Günther Weiss, versprach, ihn auf dem Laufenden zu halten, und beendete das Gespräch.

»Professor Loose! Ich habe noch ein paar Fragen an Sie!«

Kilian Loose drehte sich zu Lenz um, lächelte freundlich und kam auf ihn zu.

»Natürlich, die Polizei! Es tut mir leid, dass ich gestern und heute nur wenig Zeit für Sie hatte. Aber jetzt, wo die Veranstaltung vorbei ist, können wir uns gern ausführlicher unterhalten. Ich habe Ihrem Kollegen bereits eine kurze Einführung in eines der Themen gegeben. Mit was kann ich Ihnen nun weiterhelfen?«

Professor Loose war ein kleines Energiebündel mit Halbglatze, er gestikulierte beim Sprechen wild mit den Händen und schien keinen Augenblick stillzustehen. Er wippte von den Fersen auf die Ballen, seine Augen leuchteten, selbst nach dem zweitägigen Kongress wirkte er so energiegeladen wie ein Duracell-Männchen.

»Meine Fragen beziehen sich eher auf die Organisation der Herz-Tage«, erklärte Lenz. »Können Sie mir sagen, wie die Idee zu dieser Veranstaltung entstand und wer daran beteiligt war?«

Wurden Sie bestochen? Gab es im Vorfeld Korruption in irgendeiner Form? konnte er schließlich schlecht fragen.

Kilian wirkte einen Moment lang irritiert, dann setzte er zu einer Antwort an: »Die Idee zu den Herz-Tagen habe ich schon eine ganze Weile mit mir herumgetragen. In anderen Regionen Deutschlands gibt es bereits derartige Fortbildungsveranstaltungen. Ich wollte für die Ärzte hier in der Gegend etwas Vergleichbares anbieten. Als niedergelassener Arzt hat niemand Zeit, ewig herumzureisen. Doch das Thema ist einfach zu wichtig und die Forschung schreitet so schnell voran, dass wir dafür sorgen müssen, dass jeder Mediziner sich in solch einer kompakten Veranstaltung auf den aktuellen Stand der Wissenschaft bringen kann.«

»Sie selbst arbeiten am Deutschen Herzzentrum, wenn ich das richtig verstanden habe ...?«

»So ist es. Wir haben dort einige Forschungsprojekte, die wir hier bei den Herz-Tagen vorgestellt haben. Für die Themen, die wichtig sind, die wir selbst nicht abdecken, haben wir anerkannte Experten von anderen Kliniken gewonnen, sodass wir ein ausgewogenes und informatives Programm auf die Beine stellen konnten. Diesbezüglich habe ich während der Veranstaltung sehr viel positives Feedback bekommen.«

Kilian Loose fuchtelte wieder mit seinen Händen vor Lenz' Gesicht herum. Es sah aus, als ob er sich selbst auf die Schulter klopfen wollte.

»Wir haben uns gewundert, dass die Pharmaindustrie hier so präsent zu sein scheint.« Lenz deutete auf die Ausstellungswände. »Versuchen die Unternehmen, Einfluss auf das Programm zu nehmen?«

»Das können sie gern versuchen«, Kilian lachte selbstgefällig, »aber da sind sie bei mir an der falschen Adresse. Mein Assistent hat mir schon gesagt, dass Sie sich für die Finanzierung dieses Events interessieren. Natürlich brauchen wir Sponsoren, sonst wären die Teilnahmegebühren für jeden einzelnen Mediziner viel zu hoch. Doch ich kann Ihnen versichern, dass keines der Unternehmen mehr als die anderen gezahlt hat und dass auch keines der Unternehmen versucht hat, inhaltlichen Einfluss zu nehmen. Die Pharmaindustrie weiß, dass der Industrieausstellung hier draußen vor dem Saal nicht so viel

Aufmerksamkeit geschenkt wird, wie sie sich das vermutlich wünscht, aber es kann sich keiner leisten, nicht auf der Sponsorenliste zu stehen. So macht jeder mit, auch wenn die direkte Werbewirksamkeit überschaubar ist.«

»Verstehe.«

Kilian wechselte einen Blick mit dem Ziegenbärtchen, der offensichtlich fertig war mit Einpacken.

»Eine Frage noch«, sagte Lenz schnell. »Können Sie sich erklären, warum der Tote sich speziell für den letzten Vortrag am gestrigen Tag interessiert hat? Über Hypercholesterinämie?«

Der Professor hob abwehrend die Hände, als wolle er Lenz' Frage von sich fernhalten.

»Das kann ich Ihnen nicht sagen. Ihr Kollege hat mir das Foto des Mannes gezeigt. Ich habe ihn nicht gekannt, er ist mir auch bei der Veranstaltung nicht aufgefallen.«

»Dann ist er gar nicht auf Sie zugegangen? Hat nicht das Gespräch mit Ihnen gesucht?«

»Nein, das hat er nicht. Ich habe ihn noch nie gesehen. Natürlich war ich während der Veranstaltung auch sehr beschäftigt. Aber wenn er mich angesprochen hätte, daran könnte ich mich erinnern.«

Das Ziegenbärtchen trat mit einer Kiste unter dem Arm hinter seinem Tisch hervor und ging zu Professor Loose.

»Der Rest ist schon im Auto, wir können los.«

Kilian Loose wandte sich an Lenz.

»Es sei denn, Sie haben noch Fragen?«

»Im Moment nicht, danke.«

»Dann einen schönen Abend.«

»Ihnen auch.«

Kilian ging mit dem Ziegenbärtchen Richtung Hotelhalle. Lenz folgte ihnen langsam. Im Gehen zog er sein Handy heraus und wählte Henris Nummer.

»Hallo, Lenz! Bist du noch im *Pistorius*?«

»Nicht mehr lange. Die Veranstaltung ist vorbei, ich habe die Unterlagen, die wir angefordert haben, bekommen und mit Professor Loose gesprochen.«

»Was hat er gesagt?«

»Dass das Programm der Herz-Tage ausschließlich auf seinem Mist gewachsen ist. Die Sponsoren aus der Pharmaindustrie dürfen bezahlen, aber inhaltlich kein Wort mitreden.«

»Sagt er.« Henri klang skeptisch. »Wenn Gernot irgendwo bei dieser

Veranstaltung Korruption gewittert hat, wird das einen Grund haben. Marius ist mit der Überprüfung der Finanzen noch nicht durch, da erfahren wir erst morgen mehr.«

»Okay. Ich habe außerdem mit Gernots Vater gesprochen. Das Statin, das seiner Frau solche Probleme gemacht hat, wird von der Voss Pharma AG hergestellt. Günther Weiss meinte, dass Gernot sich intensiv mit dem Medikament und dem Unternehmen auseinandergesetzt hat.«

»Dann sollten wir das auch tun.« Plötzlich fluchte Henri: »Mist!«

»Was ist denn?«

»Wir stehen auf der Autobahn im Stau. Claires Mutter erwartet uns in ein paar Minuten. Das wird kein lustiges Essen, sie ist echt kleinlich mit so was.«

»Warum nimmst du nicht das Blaulicht?«, schlug Lenz vor. Henri fuhr einen Dienstwagen, der mit mobilem Blaulicht ausgestattet war.

»Au ja, Papa«, rief Anna im Hintergrund. »Nimm das Blaulicht!«

»Ja, genau«, stöhnte Henri. »Tolle Idee, Lenz!«

»Ich mein ja nur! Na ja, wie auch immer, ich wünsch euch einen schönen Abend!«

»Dir auch!«

Lenz legte auf, wollte das Handy wegstecken, doch dann fiel ihm ein, dass er versprochen hatte, Tanja zu informieren. Er wählte ihre Nummer.

Kapitel 21

Prof. Dr. Udo Jochum genoss einen exzellenten Ruf als Herzspezialist, stellte Elisa fest. Bei ihrer Recherche war sie auf unzählige Veröffentlichungen und Berichte von Studien und Vorträgen gestoßen, die alle das Bild eines hervorragenden Mediziners zeichneten. Er hatte sich in seiner aktiven Zeit durch bahnbrechende Methoden einen Namen gemacht und auch im Ruhestand lehnte er sich keineswegs zurück, sondern forschte und veröffentlichte weiter. Elisa hatte sich noch nicht mal annähernd einen Überblick über seine Forschungsschwerpunkte verschafft, als Kai durchklingelte.

»Schau mal in deine Mails«, sagte er. »Ich muss jetzt los, deshalb kann ich es mir nicht selbst anschauen, aber ich hab was für dich.«

Elisa öffnete ihren Posteingang. Kai hatte ihr kommentarlos eine Powerpoint-Datei geschickt. Elisa klickte darauf.

Hypercholesterinämie - Forschungsupdate PCSK9-Inhibitoren, las sie. *Vortrag von Prof. Dr. Udo Jochum bei den 1. Herz-Tagen in München.*

»Wow! Wo hast du das her?«, fragte sie und sah zu Kai hinüber, der gerade dabei war, in seine Jacke zu schlüpfen.

»Ich kenne die PR-Agentur, die die Herz-Tage betreut. Hatte schon öfter mit denen zu tun und da ist eine besonders kooperative Mitarbeiterin. Nachdem ich ein bisschen herumgejammert habe, dass ich eigentlich an den Herz-Tagen hatte teilnehmen wollen, aber leider krank geworden bin, hat die nette Dame mir sämtliche Unterlagen zugeschickt.«

»Du hast alle Vorträge bekommen?!?«

Kai grinste und nickte.

»Wahnsinn!« Elisa streckte den Daumen nach oben. »Vielen Dank!«

»Willst du die anderen Vorträge auch gleich haben?«

»Ich fange erst mal mit dem von Professor Jochum an.« Elisa klickte durch die Präsentation. »87 Seiten, da bin ich beschäftigt.«

»Okay. Morgen kann ich dir helfen, den Rest durchzuschauen.«

Kai hängte sich eine abgetragene Ledertasche über die Schulter und winkte Elisa zu.

»Schönen Abend!«

»Dir auch!«

Sie legte auf und vertiefte sich in die Präsentation. Auf der anderen Schreibtischseite packte Jette geräuschvoll zusammen. Dennis war schon vor einer Weile verschwunden.

»Na, heute so viel mit Konzelmann gequatscht, dass du jetzt noch nicht mit deiner Arbeit fertig bist?«, erkundigte sich Jette und stopfte nebenbei Handy und Schlüsselbund in eine winzige Handtasche.

»Im Gegenteil! Das Gespräch mit Kai hat meine Recherchen auf ein ganz anderes Niveau gehoben«, meinte Elisa nur. Jette antwortete nicht, sondern rauschte zu André in seinen Glaswürfel. Vermutlich bot sie sich ihm als Begleitung für die Veranstaltung am Abend an. Wenig später kam sie wieder aus Andrés Büro heraus und ging, ohne Elisa eines weiteren Blickes zu würdigen, zum Ausgang.

Elisa überflog das Inhaltsverzeichnis der Präsentation. Professor Jochums Vortrag war nicht nur umfangreich, sondern auch ausgesprochen anspruchsvoll – zumindest für einen medizinischen Laien. Elisa zog ihre Notizen herbei, sie würde eine Menge Begriffe nachschlagen müssen.

Eine Viertelstunde später verließ André sein Büro. Er kam bei Elisa vorbei.

»Noch fleißig?«

Sie klickte die Präsentation weg, bevor er einen Blick auf ihren Bildschirm werfen konnte.

»Ich bilde mich fort, weil dieser Mordfall bei den Herz-Tagen möglicherweise mit medizinischen Forschungsergebnissen zu tun hat.«

Die Präsentation von Professor Jochum klang zwar nach allgemeingültigen Schlussfolgerungen, tatsächlich bezog er konkrete Daten nur aus einer bestimmten Studie. So viel war Elisa bereits aufgefallen.

»Deshalb hast du heute mehrmals mit Kai Konzelmann gesprochen?«, fragte André. Er schien sich nicht wirklich für Elisas Bildschirm zu interessieren.

»Genau. Er konnte mir einen guten Einstieg in das Thema geben.«

»Verstehe.« André lächelte. »Mach nicht mehr so lange, morgen ist auch noch ein Tag. Wolltest du nicht eigentlich zur Krimi-Lesung im Knast?«

Du wolltest, dass ich da hingehe, nicht ich.

Elisa warf einen Blick auf die Uhr.

»Ich glaube, das wird knapp.«

»Wäre toll, wenn du es schaffst. Oder noch einen Fotografen hinschickst«, meinte André und berührte Elisa kurz an der Schulter. »Wie auch immer, schönen Abend!«

»Dir auch.«

Elisa schrieb an Lena.

Kannst du im Polizeipräsidium vorbeischauen und Fotos von einer Lesung im Knast machen?

Dann kämpfte sie sich durch den Rest des Vortrags. Mithilfe von Wikipedia erschloss sie sich Seite für Seite. Immerhin hatte Professor Jochum seine Präsentation so gestaltet, dass er nicht nur mit Schlagwörtern gearbeitet hatte, sondern ganze Aussagen formuliert hatte, was es für Elisa leichter machte, den Inhalt zu verstehen. Udo Jochum pries PCSK9-Hemmer als Wunderheilmittel bei familiärer Hypercholesterinämie an und bezog sich dabei immer wieder auf die Ergebnisse einer Studie, die das unabhängige Forschungsinstitut Life Science im Auftrag der Voss Pharma AG durchgeführt hatte. Wäre Elisa nicht vorbelastet durch die Information, dass Gernot einem Korruptionsskandal auf der Spur gewesen war, hätte sie an der Präsentation von Professor Jochum nichts auszusetzen gehabt. Doch nun überlegte sie, ob es wissenschaftlichen Standards genügen konnte, sich bei einem sogenannten Forschungsupdate letztlich nur auf eine einzige Studie zu beziehen.

Ich geh nur in den Knast, wenn du dich mit mir betrinkst, schrieb Lena.

Elisa zögerte. Waren ihre neuen Erkenntnisse nicht auch für Henri interessant? War es nicht ihre Pflicht, ihn darüber zu informieren? Ihm die Präsentation vielleicht zu zeigen?

Während sie seine Handynummer wählte, schob Elisa einen USB-Stick in ihren PC und kopierte die Präsentation darauf.

»Ja?« Henri war kurz angebunden, er klang gestresst.

»Ich hab noch eine Information für dich«, sagte Elisa.

»Nämlich?«

»Ich habe mir den Vortrag genauer angesehen, für den Gernot Weiss sich so interessiert hat.«

»Und?« Henri war mehr als ungeduldig.

»Es kommt mir komisch vor, dass er sich darin nur auf eine einzige Studie zu einem einzigen Medikament bezieht. Würde man nicht erwarten, dass es in einem Forschungsupdate darum geht, aus den Ergebnissen *mehrerer* Studien Schlussfolgerungen zu ziehen?«

»Schon.«

»Vielleicht solltet ihr euch sowohl diesen Professor Jochum, der als Redner aufgetreten ist, als auch das Pharmaunternehmen, in dessen Auftrag die Studie durchgeführt wurde, näher ansehen. Möglicherweise gibt es dort eine Verbindung, bei der Gernot Weiss korrupte Machenschaften gewittert oder aufgedeckt hat.«

»Wie heißt das Unternehmen?«

»Voss Pharma.«

»Voss Pharma?!?«

»Sagt dir das was?«

»Lenz hat das Unternehmen vorhin erwähnt ...«

»Im gleichen Zusammenhang?«

»Nein, er ...«

Elisa hörte eine Autotür zuschlagen und Stimmen im Hintergrund. Eine der Stimmen gehörte Anna, die laut *Oma* rief.

»Ich kann jetzt schlecht reden, es passt gerade nicht so gut«, sagte Henri.

Richtig, Henri hatte Anna zu ihren Großeltern nach Starnberg bringen wollen.

»Ich wollte dich nicht stören«, erwiderte Elisa schnell. »Ich dachte nur, es könnte wichtig sein ...«

»Okay ... danke, bis dann.«

Er legte auf. Elisa sah auf ihr Handy. Das war mal eine wirklich schnelle Verabschiedung gewesen. Na ja, er hatte sie eher abgewimmelt als sich verabschiedet ...

Elisa ging in ihren Chat mit Lena.

Bin dabei, betrinken klingt gut!

Kapitel 22

Auch wenn das Essen nicht so schlimm war wie befürchtet – Claires Mutter hatte nur zweimal eine spitze Bemerkung über ihr Zuspätkommen gemacht –, war Henri froh, als er wieder im Auto saß und nach Hause fuhr. Er hielt sich nicht gern in Starnberg auf, mit dem Ort waren zu viele schlechte Erinnerungen verbunden. An seine Ehe mit Claire. An ihren und Jonathans Tod. Henri passierte das Schild, das den Weg zum Segelclub Würmsee wies. Dort hatte er Elisa aus ihrer Gefangenschaft auf einem der Segelboote befreit. Dort hatte er zum ersten Mal gemerkt, dass er sie mochte. Mehr als er je für möglich gehalten hätte.

Henri versuchte, Elisa auf dem Handy anzurufen, doch er konnte sie nicht erreichen. Als sie ihn zuvor angerufen hatte, waren er und Anna gerade bei Claires Eltern angekommen und er hatte das Gespräch schnell beenden müssen. Claires Mutter regte sich – noch mehr als Claire früher – darüber auf, wenn Henri in ihrer Gegenwart telefonierte, selbst bei zeitkritischen Ermittlungen. Seine Arbeit war in Claires Familie zwar nicht schlecht angesehen, aber keiner wollte irgendwelche Einzelheiten erfahren.

Anna hatte ohne Punkt und Komma geredet und ihren Großeltern von ihrem Urlaub auf Elba erzählt. Claires Vater hatte teilnahmslos in seinem Rollstuhl danebengesessen; bei ihm war Henri nie sicher, wie viel er mitbekam von dem, was um ihn herum geschah. Doch Claires Mutter hatte durchaus die Veränderung bemerkt, die mit Anna vonstattengegangen war und sie hatte Henri mehrmals wohlwollend zugenickt. Sie mochte Anna sehr und seine Tochter würde dort eine gute Zeit haben.

Für die Rückfahrt benötigte Henri etwa die Hälfte der Zeit. Erfreut stellte er fest, dass Elisas rotes Fahrrad unter dem Carport stand. Jetzt würden sie ganz in Ruhe über den Vortrag von Professor Jochum und diese mysteriöse Studie reden können.

Karen hatte Henri einen Zettel hinterlassen, dass sie mit Luna und ihrer Freundin Gesa einen Spaziergang machte. Umso besser. Henri stieg die Treppe hoch zu Elisas Wohnung. Er klopfte, doch von innen kam keine Reaktion. Ob Elisa draußen auf der Dachterrasse saß und sein Klopfen nicht hörte? Henri drückte die Klinke nach unten. Elisa schloss die Wohnungstür nie ab.

»Elisa?«

Keine Reaktion. Henri sah zur Dachterrasse; die Fenstertür war zu und draußen saß niemand. In der ganzen Wohnung war niemand. Das bedeutete, dass Elisa zu Hause gewesen war, zumindest ihr Rad abgestellt hatte und dann von jemandem abgeholt worden oder mit den öffentlichen Verkehrsmitteln unterwegs war.

»Mist!«

Auf dem großen Tisch in der Mitte der Wohnung herrschte ein großes Durcheinander. Es sah aus, als hätte Elisa dort ihre Tasche auf einer aufgeschlagenen Ausgabe der *Morgenzeitung* ausgeleert und alles durchwühlt. Diverse lose Zettel, eine zusammengefaltete Zeitung, ein Notizblock, ein USB-Stick, ein Lippenstift, die Zutrittskarte zur Redaktion der *Morgenzeitung*, ein Schokoriegel und mehrere Kugelschreiber mit Werbeaufdruck lagen dort. Henri wusste, dass ihn die Papiere nichts angingen, trotzdem warf er einen Blick darauf.

Elisa war fleißig gewesen. Sie hatte sich Notizen zu medizinischen Fachbegriffen gemacht. Es sah aus, als hätte sie den Vortrag von Udo Jochum gründlich durchgearbeitet und alle Begriffe nachgeschlagen, die ihr nicht geläufig waren. Henri wusste, dass Lenz inzwischen auch im Besitz eines Ausdrucks der Präsentation war, aber er bezweifelte, dass er sich damit so intensiv auseinandergesetzt hatte wie Elisa. Henri überflog ihre Notizen. Vielleicht hatte sie doch recht. Vielleicht konnte er von einer Zusammenarbeit mit ihr durchaus profitieren ... Jetzt wäre zum Beispiel ein guter Moment, um sich mit ihr auszutauschen. Aber Elisa war nicht da.

Ein leuchtend gelbes Post-it, das schräg zwischen zwei Zetteln herausragte, zog Henris Aufmerksamkeit auf sich. Vorsichtig hob er den oberen Zettel hoch, sodass er lesen konnte, was darauf stand. *Krimilesung im Knast am Dienstag um 20 Uhr. Wäre das nicht was für uns? André.* Und dahinter ein großer Smiley. Henri sah auf die Uhr. Es war kurz vor halb neun. Dann saß Elisa jetzt also mit ihrem Chef bei dieser Lesung.

»Du bist so ein Idiot!«, sagte Henri zu sich selbst.

Kapitel 23

»Du willst bestimmt bald schließen«, rief Chantal hinter dem Vorhang der Umkleide hervor. »Tut mir leid, Lola, ich beeil` mich! Aber heute muss ich mir einfach was gönnen!«

Lola verdrehte die Augen. Chantal war um kurz vor acht hereingestürmt, hatte sich bergeweise Kleidungsstücke von den Ständern ausgesucht und war nun schon geraume Zeit in der Umkleidekabine. Hoffentlich kaufte sie mindestens die Hälfte von dem Zeug. Lola hatte längst Feierabend machen wollen.

»Bloß kein Stress«, säuselte sie. »Für meine beste Kundin bleibe ich doch gern noch ein bisschen länger.«

Lola drehte die Postkarte, die ihre Freundin Biene ihr von Ibiza geschickt hatte, hin und her. Schon den ganzen Tag hatte sie sie immer wieder in die Hand genommen. Das Bild von dem schönen Strand mit den Palmen war ein Traum. Bienes Worte auf der anderen Seite waren eine einzige Verlockung.

Komm ins Paradies, Lola! Direkt neben meinem Schmuckatelier ist ein Laden frei geworden. Hier würden dir die Leute deine Secondhand-Klamotten aus der Hand reißen, die kaufen echt alles! Ist total gechillt auf Ibiza und immer scheint die Sonne! Scheiß auf Deutschland und mach hier ein neues Vintage auf, du wirst es nicht bereuen!

Chantal trat aus der Umkleidekabine und drehte sich in einem langen pastellfarbenen Batikrock vor dem Spiegel. Dazu trug sie ein trägerloses Top mit Leopardenmuster. Ohne BH. Ihr Busen schlackerte unkontrolliert hin und her. Mit ihrem breiten Gesicht und den weit auseinanderstehenden Augen war sie von Natur aus keine Schönheit, doch sie schaffte es mühelos, mit ihren schrägen Kleidungskombinationen immer noch einen draufzusetzen.

»Super, oder?«, fragte Chantal.

»Sieht toll aus!«, sagte Lola, ohne rot zu werden, und ging zu Chantal hinüber.

»Da werden die Kerle mir wieder hinterherpfeifen!« Chantal lächelte sich im Spiegel kokett an und drehte sich auf den Zehenspitzen.

»Darauf kannst du Gift nehmen«, erwiderte Lola trocken. »Sehr gute Wahl! Was hast du noch in der Kabine?«

Lola wollte Chantal beschleunigen, doch die ließ sich nicht aus der Ruhe bringen. Sie wiegte und drehte sich weiter vor dem Spiegel, begeistert von ihrem eigenen Anblick.

»Du hast echt immer so tolle Klamotten hier im *Vintage*.«

Chantal sprach *Vintage* so aus, wie sie es las. Vin-ta-ge. *Was für Tage?*, hatte Lola beim ersten Mal gedacht. Doch sie verbesserte Chantal nie. Schließlich war sie wirklich eine ihrer besten Kundinnen. *Das* war nicht gelogen gewesen.

Endlich ging Chantal zurück in die Umkleidekabine.

»Willst du mir schon ein paar der Sachen rausgeben? Dann hast du mehr Platz da drinnen.«

»Gute Idee.«

Chantal schob den Vorhang beiseite und reichte Lola einen großen Stapel Kleidungsstücke, so bunt gemischt, dass einem angst und bange werden konnte.

»Das nehme ich alles!«, verkündete Chantal kichernd.

»Alles? ... Cool ... ja ... toll ... das steht dir auch alles wirklich ganz toll!«

Lola überschlug schnell den Wert der Waren, die sie auf dem Arm hielt. Über zweihundert Euro! So viel hatte Chantal noch nie auf einmal gekauft. Okay, dafür konnte man den Laden schon mal etwas länger auflassen.

»Hast du im Lotto gewonnen oder so was?«

»Oder so was.« Chantal kicherte wieder hinter dem Vorhang. »Ich sag doch, dass ich mir heute mal was gönnen will!«

Lola legte den Kleiderhaufen neben der Kasse ab. Ihr Blick streifte Bienes Postkarte.

»Tu das! Wer weiß, wie lange es noch geht.«

Chantal steckte ihren Kopf neben dem Vorhang heraus.

»Wie meinst du das?«

»Ich weiß nicht, wie lange ich den Laden hier noch weiterführe«, sagte Lola und traf im gleichen Moment eine Entscheidung. »Ich habe mir überlegt, dass ich nach Ibiza ziehe und dort was aufmache.«

»Auf Ibiza? Wie deine Freundin mit dem Schmuck?«

»Genau. Sie hat mir von einem Laden geschrieben, den ich mieten könnte.«

Chantal verzog das Gesicht. Man konnte sehen, wie sie nachdachte.

»Und dann bist du gar nicht mehr hier?«, fragte sie. Die Hellste war sie wirklich nicht. »Dann gibt es das *Vintage* nicht mehr?«

Lola zog die Schultern hoch.

»Vielleicht finde ich ja jemanden, der den Laden übernimmt. Den Mietvertrag, die Einrichtung und die Klamotten. Wintermäntel kauft auf Ibiza sicher keiner.«

»Und wenn du niemanden findest?«

»Dann kündige ich und bleibe eben noch, bis mein Mietvertrag ausläuft.«

Jetzt, wo Lola sich entschieden hatte, sah sie plötzlich alles ganz klar vor sich. Eigentlich war es überhaupt nicht kompliziert. Sie würde hier schließen und auf Ibiza was Neues aufmachen.

»Und dann? Was passiert dann mit dem *Vintage*?«, bohrte Chantal nach.

»Keine Ahnung. Vielleicht führt es jemand weiter, vielleicht kommt aber auch ein anderer Laden hier rein. Ist ja keine schlechte Lage.«

»Aber das *Vintage* ist mein absoluter Lieblingsladen«, jammerte Chantal. »Wo soll ich denn dann meine Klamotten kaufen?«

»Da wirst du schon was anderes finden.« Als Lola Chantals verzweifeltes Gesicht sah, fügte sie mit einem Augenzwinkern hinzu: »Oder du übernimmst selbst das *Vintage*.«

»Das was?«

»Den Laden«, korrigierte sich Lola.

»Ich?«

Eigentlich sollte es ein Scherz sein. Aber warum nicht? Niemand liebte das *Vintage* so sehr wie Chantal. Warum sollte sie nicht eine gute Geschäftsführerin sein?

Weil sie keine Ahnung hat, wie man einen Laden führt?, flüsterte Lolas Gewissen. *Weil sie einen katastrophalen Modegeschmack hat? Weil sie keinerlei Geschick im Umgang mit anderen Leuten hatte und ihre Kunden innerhalb kürzester Zeit vergraulen würde?*

»Natürlich du!«, sagte Lola mit Inbrunst. »Du wärst die perfekte Boutiqueninhaberin! Niemand hat so ein spezielles Händchen für Kleidung, niemand hat so einen besonderen Stil wie du!«

»Meinst du?«, fragte Chantal geschmeichelt und wurde dabei rot.

»Sagst du nicht schon lange, dass du es leid bist, immer nur hinter anderen Leuten herzuputzen? Das hier wäre was ganz anderes! Ein Job, auf den du dich jeden Tag freuen kannst. Ach was, das wäre kein Job für dich. Das ist deine Berufung!«

»Meinst du?« Chantal sah Lola immer noch unsicher an.

»Es gibt allerdings ein Problem ...«

»Ein Problem?« Erschreckt zog Chantal die Augenbrauen hoch. »Welches denn?«

»Du müsstest mir natürlich eine Ablöse für die Klamotten bezahlen.«

»Eine Ablöse? Wie viel wäre das denn?«

Lola sah sich im Laden um und überschlug, was sie noch im

Hinterzimmer an Waren hatte. Sie durfte nicht zu viel verlangen, Chantal verdiente nur einen Hungerlohn, sie würde wahrscheinlich einen Kredit aufnehmen müssen. Aber wenn Lola dafür das *Vintage* auf so bequeme Art kurzfristig loswerden konnte ...

»Grob geschätzt 9.000, würde ich sagen.«

»9.000«, wiederholte Chantal langsam.

»Ich hab hinten ein paar echt coole Winterjacken von Top-Designermarken. Allein dafür bekommst du einen Haufen Geld.«

»Meinst du?«

»Klar! Das Zeug verkauft sich voll automatisch. Da musst du gar nicht viel machen.«

»Okay ...« Chantal ließ den Blick durch den Laden schweifen und lächelte plötzlich. »Das wäre schon toll! Nicht mehr putzen! Ich wäre hier die Chefin.« Sie sah Lola direkt an. »Das mit dem Geld, das müsste hinhauen.«

»Ehrlich?«

Wollte sie eine Bank überfallen oder was?

Chantal lächelte Lola nur an und streckte die Hand aus.

»Okay, ich mach's. Ich übernehm deine Boutique.«

Sie grinste über ihr ganzes breites Gesicht. Plötzlich hatte Lola ein ungutes Gefühl im Bauch.

Kapitel 24

Obwohl Elisa geahnt hatte, dass sie am nächsten Morgen mit einem gewaltigen Kater aufwachen würde, hatte sie den Wecker früher als sonst gestellt. Erst spät hatte sie gesehen, dass Henri versucht hatte, sie zu erreichen. Anscheinend hatte er sich doch noch mit ihr austauschen wollen. Vielleicht konnte sie es einrichten, ihm wie zufällig im Treppenhaus zu begegnen. Die Voss Pharma AG schien ihm durchaus ein Begriff gewesen zu sein, als Elisa das Unternehmen erwähnt hatte.

Elisa kippte sich einen Schwall kaltes Wasser ins Gesicht, fuhr mit der Bürste durch die verwuschelten Haare und zog die Kleidungsstücke an, die noch vom Vortag herumlagen. Dann lief sie die Treppe nach unten und öffnete die Haustür. Ein schneller Blick um die Hausecke zeigte ihr, dass Henris Wagen nicht mehr unter dem Carport stand. Er musste noch früher als sonst aufgebrochen sein.

»Müll oder Zeitung?«, erklang plötzlich Karens Stimme hinter Elisa. Sie drehte sich um. Karen war mit Luna aus der unteren Wohnung gekommen und lächelte Elisa freundlich an. Luna schlüpfte zwischen Elisas Füßen nach draußen.

»Oh, darf sie ...?«

»Ja, natürlich. Wir gehen jetzt eine Runde spazieren bei dem schönen Wetter.«

Die Sonne schien wieder von einem strahlend blauen Himmel, an dem ein paar weiße Wölkchen wie Wattebäusche hingen. Typisch bayrische Idylle, wie Elisa inzwischen wusste.

»Falls Sie einen Blick in die *Morgenzeitung* werfen wollten, muss ich Sie leider enttäuschen, Elisa. Bärchen hat sie mit ins Büro genommen.«

Elisa war sich sicher, dass sie nichts geschrieben hatte, was Henri nicht freigegeben hatte. Trotzdem fühlte sie sich auf einmal unbehaglich.

»Gibt es ein Problem mit einem Artikel von mir?«, fragte sie.

Karen lachte und tätschelte Elisas Unterarm.

»Nein, keineswegs. Machen Sie sich deswegen bloß keine Sorgen. Er hat gelesen, was Sie über den Mord im *Pistorius* geschrieben haben. Als ich gefragt habe, ob alles okay ist, hat er genickt. *Das hat Elisa gut gemacht*, hat er gesagt. *Ein schönes Porträt, das dem Toten gerecht wird.*«

»Das hat er gesagt?!?«

Karen bückte sich, um ihre Schuhe anzuziehen.

»Ja. Langsam scheint er zu begreifen, dass Sie eine hervorragende Journalistin sind, Elisa. Ich bin ja auch ein großer Fan Ihrer Artikel! Die neue Serie über die Münchner Persönlichkeiten gefällt mir ausgesprochen gut!«

»Das freut mich!«

Karen nahm Lunas Halsband und folgte dem Hund nach draußen.

»Ich wünsche Ihnen einen schönen Tag!«

»Gleichfalls.«

Elisa schloss die Haustür hinter Karen und lief die Treppe hoch, immer zwei Stufen auf einmal nehmend. Henris Lob freute sie. Anscheinend hatte er Zweifel gehabt, ob sie Wort halten würde, und als Erstes kontrolliert, ob sie nicht doch etwas geschrieben hatte, was er noch nicht veröffentlichen wollte. Aber wenn alles in Ordnung war, warum hatte er die Zeitung dann mit ins Büro genommen?

Kapitel 25

Henri blätterte die letzte Seite des Vortrags um und trank einen Schluck Kaffee. Nachdem er die gesamte Präsentation von Professor Jochum gelesen hatte, musste er Elisa recht geben. Es war merkwürdig, dass der Vortrag als Forschungsupdate zum Thema PCSK9-Inhibitoren bezeichnet wurde. Letztlich wurde nur ein einziger PCSK9-Hemmer detailliert besprochen, nämlich der von der Voss Pharma AG entwickelte Antikörper Sanivocumab, der vor Kurzem unter dem Namen Vonulant als Arzneimittel zugelassen worden war. In seinem Vortrag bezog sich Udo Jochum immer wieder auf die Studie, mit der ein unabhängiges Testinstitut den Wirkstoff vor seiner Zulassung ausgiebig geprüft hatte, doch es gab keinerlei Vergleiche zu anderen Studien.

Henri betrachtete das kleine Foto von Elisa, das auf der im München-Teil aufgeschlagenen *Morgenzeitung* zu sehen war, die neben dem Ausdruck des Vortrags auf Henris Schreibtisch lag. Auch wenn es ein Schwarz-Weiß-Foto war – Elisas Strahlen war genauso lebendig und warm wie in Wirklichkeit. Sie hatte wie versprochen nichts über einen Korruptionsskandal geschrieben und auch nichts über Gernot Weiss' letztes Recherchethema.

Lenz sah nicht länger auf seinen Bildschirm, sondern drehte sich zu Henri.

»Steht in der Zeitung schon wieder Interessantes über unseren Fall? Hat deine Elisa etwas herausgefunden, was für uns von Nutzen ist?«

»Sie ist nicht *meine* Elisa ...«

»Ja ... schon klar ... abgesehen davon ... hat sie was herausgefunden? So von Journalist über Journalist?«

»Sie hat ein gutes Porträt über Gernot Weiss geschrieben. Willst du es lesen?«

Lenz nickte, Henri reichte ihm die Zeitung über den Tisch.

»Schön geschrieben«, sagte Lenz, als er fertiggelesen hatte. »Aber das bringt uns auch nicht weiter.«

»Was hast du über die Voss Pharma AG herausgefunden?«, fragte Henri.

Lenz blickte auf seinen Bildschirm.

»Das Unternehmen sitzt in Taufkirchen und gilt seit Jahrzehnten als Spezialist für Diabetes-Medikamente. Erst seit 2012 sind sie im Bereich Herz-Kreislauf-Erkrankungen tätig. Zunächst mit Generika, seit

Kurzem auch mit einem Originalpräparat, eben diesem Vonulant. Laut Geschäftsbericht ist das Generikum Atorvastatin Voss ein Verkaufsschlager. Das ist das Statin, mit dem Gernots Mutter Probleme hatte.«

»Wie sieht es mit dem Wettbewerb aus? Ist Voss Pharma das einzige Unternehmen, das so einen PCSK9-Hemmer auf den Markt gebracht hat?«

Lenz klickte kurz mit seiner Maus, bevor er antwortete.

»Es gibt noch zwei weitere Präparate, deren Zulassung schon ein, zwei Jahre zurückliegt.«

»Hm ... dann sind die Studienergebnisse, die Udo Jochum vorgestellt hat, vermutlich das aktuellste, was es gerade zu dem Thema gibt ... Trotzdem kommt es mir merkwürdig vor, dass er in seinem Vortrag kein einziges Mal auf die beiden anderen Medikamente eingegangen ist. Ich glaube, wir sollten uns sowohl die Voss Pharma AG näher anschauen als auch mit Udo Jochum sprechen.«

»Glaubst du, sie werden es uns auf die Nase binden, wenn da irgendwo Geld geflossen ist, um das Präparat exklusiv zu besprechen?«

»Sicher nicht. Aber wir können sie zumindest mit einem Foto von Gernot Weiss konfrontieren und sehen, wie sie darauf reagieren.«

»Ah, das berühmte Überraschungsmoment!«, spottete Lenz.

»Hat schon oft genug funktioniert.« Henri stand auf. »Ich werde Marius auf Udo Jochum ansetzen, dann schauen wir bei Voss Pharma vorbei. In Taufkirchen, sagst du?«

»Ja. Ich suche die Adresse raus.«

Henri ging hinüber in das Büro, das sich Marius und Tanja teilten. Tanjas Platz war leer. Sie hatte niemanden für die Kinderbetreuung gefunden und musste zu Hause bleiben, doch sie hatte Henri versichert, dass sie auch von dort Recherchen betreiben konnte. Marius sah auf, als Henri den Raum betrat.

»Lenz und ich schauen mal bei der Voss Pharma AG vorbei. Könntest du inzwischen diesen Professor Jochum checken?«

»Klar. Bin mit Professor Loose, dem Organisator der Herz-Tage, fast fertig.«

»Was hast du über ihn herausgefunden?«

»Der Typ scheint sauber zu sein. Er gilt als überaus engagierter Mediziner, sowohl am Herzzentrum als auch an der Uni. Ansonsten taucht er lediglich als passionierter Golfspieler in den Medien auf, hat wohl ein ganz gutes Handicap.«

»Golf?« Henri horchte auf. »Das ist ja nicht gerade ein billiger Sport ...«

»Du meinst, er könnte derjenige sein, der bestochen worden ist?«
Marius wiegte seinen merkwürdig dreieckigen Kopf bedächtig hin und
her. »Ich weiß nicht ... Der Typ fährt einen uralten Polo und lebt in
einer winzigen Mietwohnung in der Nähe des Herzzentrums. Es sieht
nicht so aus, als ob er sich außer Golfen viel leistet. Außerdem habe ich
die Unterlagen der Herz-Tage durchgesehen. Sämtliche Kosten sind
akkurat aufgeschlüsselt und somit gut nachvollziehbar. Da gibt es
keinerlei Unregelmäßigkeiten. Zumindest auf dem offiziellen Weg ist
hier definitiv kein Bestechungsgeld geflossen.«

»Schau dir bitte auch Professor Jochum genau an. Wenn du dabei
Unterstützung brauchst, kannst du Tanja anrufen.«

Marius schnaubte. Er würde niemals zugeben, dass er Unterstützung
brauchen könnte.

Henri und Lenz machten sich auf den Weg nach Taufkirchen. Die
Voss Pharma AG residierte in einem modernen Büro- und
Produktionskomplex in einem Industriegebiet mit vielen ähnlichen
Gebäuden.

»Hab mir irgendwie eine kleine Klitsche vorgestellt, warum auch
immer«, meinte Henri, als er den Wagen auf einen der
Besucherparkplätze lenkte. Lenz lachte.

»Nee. Das Geschäft mit Medikamenten scheint ziemlich lukrativ zu
sein. Statine laufen rein mengenmäßig super und dieser PCSK9-
Hemmer wird extrem teuer verkauft, wenn ich das richtig verstanden
habe. So eine Therapie geht leicht mal in die Tausende.«

»Wie heißt denn der Vorstandsvorsitzende?«

Lenz warf einen Blick in sein Notizbuch.

»Dr. Gerald Haberlander.«

Henri steckte das Foto von Gernot Weiss, das auf der Mittelkonsole
lag, in die Brusttasche seines Hemdes.

»Dann statten wir Dr. Haberlander mal einen Besuch ab.«

Der Empfangsbereich der Voss Pharma AG wirkte genauso
repräsentativ wie das Gebäude. Trotz dunklem Holz und schwarzen
Ledersofas war der Raum hell und luftig, denn durch die riesigen
Fensterscheiben kam viel Licht herein. Hinter einem großen Tresen saß
eine junge Frau, die ihnen freundlich entgegen lächelte.

»Guten Morgen! Was kann ich für Sie tun?«

»Guten Morgen.« Henri zeigte ihr das Foto von Gernot Weiss.
»Kennen Sie diesen Mann?«

Sie betrachtete die Aufnahme einen Moment lang und schüttelte den
Kopf.

»Nein. Wer ist das?«

Lenz zückte seinen Ausweis.

»Kriminalpolizei. Wir ermitteln in einem Mordfall und müssen dringend mit Dr. Haberlander sprechen.«

»Haben Sie einen Termin?«

»Wir müssen ihn dringend jetzt sofort befragen.«

»Ich fürchte, das geht nicht. Im Moment ist er bei der Vorstandssitzung. Da dürfen wir nicht stören ...«

»Vorstandssitzung?«, hakte Henri nach. »Umso besser. Dann haben wir ja wahrscheinlich gleich alle wichtigen Mitarbeiter auf einem Haufen versammelt. Wo müssen wir denn da hin?«

Die Frau griff nach dem Telefon.

»Ich muss erst mit der Assistentin von Dr. Haberlander sprechen ...«

»Nicht doch.« Henri nahm ihr das Telefon sanft aus der Hand und legte es wieder zurück. »Wir wollen nicht mehr Mitarbeiter von der Arbeit abhalten als unbedingt nötig ist. Sagen Sie uns einfach, wo wir den Vorstand finden.«

Sie lächelte unsicher und sah über Henris Schulter kurz zur Seite, wo ein langer Flur vom Empfang abzweigte.

»Aber ich kann hier nicht weg, um Ihnen den Weg zu zeigen.«

»Dann beschreiben Sie ihn uns doch.«

Henri lächelte zurück. Es dauerte keine zwei Sekunden, bis sie einknickte.

»Na ja ... wenn Sie von der Polizei sind ... Es ist den Gang dort hinunter, das Besprechungszimmer ganz am Ende. Dafür benötigen Sie keine Zutrittskarte. Der Raum heißt Bora Bora.«

»Herzlichen Dank, das finden wir leicht.«

Henri lächelte ihr noch mal zu und machte kehrt. Kaum waren sie ein paar Schritte den Flur entlanggegangen, murmelte Lenz: »Die Kleine wird nachher einen ordentlichen Einlauf bekommen.«

»Könnte sein.«

Es war zugegebenermaßen ein langer Flur, doch der Raum Bora Bora war nicht zu verfehlen. Es war das einzige Besprechungszimmer, dessen Tür verschlossen war – in Fidschi, Samoa und Vanuatu war dagegen nichts los.

»Warum gibt man Besprechungsräumen die Namen von Südseeparadiesen?«, meinte Lenz. »Weil die Mitarbeiter sich dort dann wie im Urlaub fühlen? Das ist doch lächerlich.«

»Es könnte sein, dass sich hier gleich jemand nach Bora Bora wünscht!«

Henri klopfte kurz, wartete aber keine Antwort ab, sondern öffnete sofort die Tür. Um einen ovalen Besprechungstisch saßen vier Männer und eine Frau, die ihn allesamt ungehalten ansahen.

»Was fällt Ihnen ein?«, polterte der Mann los, der am Tischende saß. Seine glatte, sonnengebräunte Haut strafte sein silbrig-weißes Haar Lügen. Er war vermutlich noch nicht mal sechzig. »Sie können doch nicht einfach so in unseren Jour Fixe hereinplatzen! Wer sind Sie überhaupt?«

Henri hielt seinen Ausweis kurz in die Höhe.

»Kriminalpolizei, mein Name ist Henrik Wieland, das ist mein Kollege Lorenz Albrecht.« Für einen Moment schien die Zeit in dem Besprechungsraum stillzustehen. Keiner rührte sich, doch Henri erkannte, dass der Mitarbeiter ihm gegenüber sichtbar schluckte. Der Blick der Frau, die neben ihm saß, huschte kurz zu dem Mann mit dem silbernen Haar, der plötzlich einen Teil seiner Sonnenbräune eingebüßt zu haben schien. Die Reaktion der beiden anderen konnte Henri nicht beobachten, da sie ihm den Rücken zukehrten. »Wir müssen dringend mit Dr. Haberlander sprechen.« Er wandte sich an den Mann am Tischende. »Sind Sie das?«

»Ja, das bin ich.« Er klang nicht mehr so forsch. »Um was geht es denn?«

»Wir ermitteln in einem Mordfall, der in Verbindung mit den Herz-Tagen steht, die in den letzten zwei Tagen im Hotel *Pistorius* stattfanden.«

»Der Mann, der von der Dachterrasse gefallen ist?«

»Der Mann, der von der Dachterrasse gestoßen wurde, würde ich eher sagen.«

Gerald Haberlander schien sich langsam wieder zu fangen.

»Und was haben wir damit zu tun?«

»Bei dem Toten handelt es sich um einen Journalisten, der anlässlich der Herz-Tage recherchiert hat. Kennen Sie diesen Mann?«

Henri reichte Gerald Haberlander das Foto.

»Nein!«, sagte er entschieden. »Den habe ich noch nie gesehen. Ihr vielleicht?«

Er hielt das Bild seinen Kollegen hin. Einmütig schüttelten alle den Kopf.

»An den Typen würde ich mich sicher erinnern«, sagte der Mann neben Gerald Haberlander lachend.

»Und Sie sind wer?«, fragte Henri.

»Carlo Fröhlich, CSO.«

»Herr Fröhlich ist bei uns für das Vorstandsressort Vertrieb zuständig«, erklärte Gerald Haberlander und stellte nun auch die anderen vor. »Melissa Eberhardt ist unser Marketingvorstand, daneben das ist Dr. Nils Thelen, unser Vorstand für Produktentwicklung und Produktion. Und hier haben wir noch Johannes Opitz, der gerade für den Bericht des Controllings zu uns gestoßen ist.«

Nacheinander betrachteten sie das Foto von Gernot Weiss genauer.

»Nein, noch nie gesehen.«

»Für welches Medium arbeitet er denn? Ich kenne ja viele Journalisten, aber der ist mir noch nicht begegnet«, sagte Melissa Eberhardt.

»Gernot Weiss war freier Journalist. Er ist derjenige, der von der Dachterrasse gestoßen wurde.«

»Oh ...«

»Ich frage mich, wie Sie darauf kommen, dass wir diesen Journalisten kennen könnten?«, meinte Gerald Haberlander. »Was haben wir denn mit der ganzen Sache zu tun?«

»Unsere Ermittlungen haben ergeben, dass Gernot Weiss sich bei den Herz-Tagen besonders für ein Thema interessiert hat, zu dem es ein Forschungsupdate geben sollte, nämlich Hypercholesterinämie. Er hatte einige provokative Fragen dazu vorbereitet, konnte sie jedoch nicht mehr stellen, da er bereits vor dem betreffenden Vortrag ums Leben kam. Wir haben uns die Präsentation näher angesehen und festgestellt, dass sie sich nahezu ausschließlich auf die Teststudie zu Sanivocumab bezieht.«

»Dazu kann ich Ihnen nichts sagen. Ich habe den Vortrag nicht gehört. Ich war bei den Herz-Tagen überhaupt nicht anwesend.« Gerald Haberlander sah in die Runde. »Weiß jemand von euch darüber Bescheid?«

Erneutes synchrones Kopfschütteln.

»War denn jemand von Ihnen bei den Herz-Tagen?«, fragte Lenz die anderen.

Kopfschütteln.

»So was gehört nicht zu unseren Aufgaben. Wir treten dort zwar als Sponsor auf wie viele andere Unternehmen auch, aber das ist schon alles«, erklärte Melissa Eberhardt. »Dort geht es um die Fortbildung der Ärzte, nicht um einzelne Produkte eines bestimmten Unternehmens.«

»Und wie erklären Sie es sich dann, dass einer der Vorträge vollkommen einseitig Ihr Produkt behandelt?«

Melissa warf ihre glatten schwarzen Haare mit Schwung über die Schultern und lächelte.

»Das liegt sicher daran, dass wir dem Wettbewerb in der Produktentwicklung voraus sind.« Sie lachte kehlig, Gerald fiel polternd ein. Melissa zwinkerte ihm zu und fuhr fort: »Nein, im Ernst! Vielleicht war unser Produkt das Einzige, zu dem es zurzeit etwas Neues zu sagen gibt. Wer war denn der Referent zu diesem Thema? Warum fragen Sie nicht ihn?«

»Professor Jochum hat den Vortrag gehalten. Kennen Sie ihn?«

»Natürlich. Er ist eine Koryphäe auf seinem Fachgebiet. Sie sollten wirklich mit ihm sprechen! Wenn er sich ausschließlich über unser Produkt geäußert hat, wird das sicher einen guten Grund haben. Und vielleicht kann er Ihnen auch etwas zu diesem Journalisten sagen.«

Allseits beifälliges Nicken.

»Dann wenden wir uns mal an Professor Jochum«, sagte Henri und lächelte freundlich einen nach dem anderen an. »Danke einstweilen für Ihre Unterstützung!«

»Jederzeit!« Gerald Haberlander war seine Erleichterung darüber anzusehen, dass sie gingen. »Auf Wiedersehen!«, rief er ihnen hinterher.

Henri folgte Lenz und schloss geräuschvoll die Tür. Beide konnten hören, dass drinnen nach einem kurzen Moment durcheinandergeredet wurde, bis gleich darauf ein lautes Zischen für Ruhe sorgte.

»Reines Gewissen geht anders«, meinte Lenz, während sie den Flur hinuntergingen.

»Kein Einziger von denen konnte mir in die Augen schauen. Ich fresse einen Besen, wenn Voss Pharma nicht in irgendeiner Weise in dieser Sache mit drinhängt.«

»Voss Pharma oder eine Einzelperson?«

»Gernot Weiss wurde vermutlich nur von einer Einzelperson runtergeschubst, aber ich habe das Gefühl, dass er einer größeren Geschichte auf der Spur war. Hören wir, was Marius über Professor Jochum herausgefunden hat.«

Henri wählte Marius' Nummer.

Kapitel 26

Elisa schmunzelte. Dennis war, seit er an seinem Schreibtisch saß, schon zweimal aufgestanden und zum Süßigkeitenautomat gegangen. Jedes Mal hatte er einen sehnsüchtigen Blick auf das Angebot geworfen, war dann aber unverrichteter Dinge wieder zurückgekommen. Jetzt schien er es nicht mehr auszuhalten. Er hatte die Plastikbox mit der Rohkost schwungvoll ans andere Tischende befördert, war zum Automaten gegangen und ließ sich nun einen Schokoriegel heraus. Kaum hielt er ihn in der Hand, riss er die Verpackung auf und biss hinein. Elisa senkte schnell den Kopf, als er zurück zu seinem Platz kam.

Kai und Elisa hatten sich die Vorträge der Herz-Tage aufgeteilt, um zu überprüfen, ob Gernot nur an dem Forschungsupdate von Udo Jochum interessiert gewesen war oder sich auch bei anderen Themen Anknüpfungspunkte ergaben. Elisa war in keiner der Präsentationen eine vergleichbar einseitige Darstellung oder etwas anderes aufgefallen.

Sie stand auf und ging hinüber zu Kai Konzelmann. Der Praktikant, der sie kommen sah, verzog sich gleich freiwillig zum Rauchen, sodass Elisa sich auf seinen Platz setzen konnte.

»Mir ist nichts Verdächtiges aufgefallen, wobei ich zugeben muss, dass ich inhaltlich nicht alles vollständig überrissen habe.«

Kai hatte Elisa die ›leichten‹ Themen überlassen, doch selbst die waren teilweise schwer verständlich.

»Bei mir war auch nichts Auffälliges. Mein Bauchgefühl sagt mir, dass du mit dem Hypercholesterinämie-Thema schon auf der richtigen Spur bist.«

Elisa seufzte.

»Wenn ich nur wüsste, wo ich dabei ansetzen soll, um herauszufinden, was es mit Gernots Korruptionsverdacht auf sich hat? Bei Udo Jochum? Bei der Voss Pharma AG? Niemand von denen wird mir auch nur eine einzige Frage beantworten, wenn ich nicht konkret weiß, wo ich nachbohren muss ... Ich würde so gern einen Blick auf Gernots Arbeitsmaterial werfen, um zumindest einen kleinen Anhaltspunkt zu haben!«

»Das wird schwierig, wenn sein Notebook verschwunden ist.« Kai legte die Hände hinter dem Kopf zusammen und dehnte dabei seine Ellbogen weit zur Seite. Er sah gedankenverloren an Elisa vorbei in die Ferne, doch plötzlich kehrte sein Blick zurück. »Weißt du, was du mal machen könntest?«

»Nein, sag's mir!«

»Ich hab einen Bekannten bei Cochrane. Das ist eine Vereinigung von Wissenschaftlern und Ärzten, die neutrale Übersichten zu medizinischen Therapien erstellen. Du könntest ihn nach seiner Einschätzung zum aktuellen Forschungsstand bei PCSK9-Hemmern fragen. Dann weißt du zumindest, ob Udo Jochum Informationen gezielt weggelassen hat.«

Elisa nickte.

»Das würde auf jeden Fall weiterhelfen!«

Kai beugte sich nach vorn und notierte für Elisa auf einem kleinen Zettel die Kontaktdaten seines Bekannten.

»Dr. Pascal Veit«, las Elisa.

»Sag ihm schöne Grüße!«

»Mach ich, danke!«

Elisa nahm den Zettel und ging zu ihrem Platz. Jette war gerade bei André in seinem Glaswürfel, Dennis hatte sich ans Newsdesk gesetzt, sodass Elisa ungestört telefonieren konnte.

Pascal Veit hatte eine tiefe, sonore Stimme. Als Elisa Kais Grüße ausgerichtet hatte, war er sofort bereit, mit ihr zu sprechen. Elisa fasste kurz zusammen, was bei den Herz-Tagen geschehen war, und fragte ihn dann, ob er ihr mehr über die Forschung zu PCSK9-Hemmern sagen konnte. Während sie sprach, hatte sie bei ihm im Hintergrund schon das Klacken auf einer Tastatur gehört.

»Ich bin kein Experte in diesem Thema«, sagte er, »aber ich habe hier ein Dokument gefunden, in dem auf zwei Studien hingewiesen wird.« Er schien es zu überfliegen. »Hm ... das ist schon ein bisschen älter, der Antikörper der Voss Pharma AG wird noch nicht erwähnt.«

»Es muss sich um eine relativ neue Studie handeln, die vor der Zulassung, also erst vor ein paar Monaten, durchgeführt wurde.«

»Auf Anhieb finde ich erst mal nicht mehr, aber ich kann mich gern etwas umschauen und -hören.«

»Das wäre toll!«

Elisa gab ihm ihre Kontaktdaten.

»Voss Pharma ist mir eigentlich eher ein Begriff für Diabetes-Medikamente«, sagte Pascal Veit.

»Das Unternehmen ist erst vor ein paar Jahren in den Markt für Herz-Kreislauf-Präparate eingestiegen. Anscheinend läuft das Geschäft ganz gut.«

»Das wundert mich nicht.«

»Ist das so ein einträgliches Marktsegment?«

»Ja! Und es wird immer lukrativer! Wir beobachten mit Sorge, dass der behandlungsbedürftige Cholesteringrenzwert in den vergangenen Jahrzehnten immer weiter nach unten korrigiert wurde. Dadurch wurden immer mehr an sich gesunde Menschen zu Patienten, denen regelmäßig Statine verordnet werden, was mit riesigen Einnahmen für die Pharmaindustrie einhergeht.«

»Ich dachte, Statine seien sinnvoll, wenn jemand beispielsweise einen Herzinfarkt hatte?«

»Unbestritten! In vielen Fällen sind Statine das Mittel der Wahl, um einem weiteren Infarkt oder Ähnlichem vorzubeugen. Doch der Prozentsatz derer, die Statine bekommen, lediglich weil ihr Cholesterinspiegel etwas über dem Normwert liegt, steigt immer weiter an. Zu diesem Thema kann ich Ihnen sehr viel mehr Informationen als zu den PCSK9-Inhibitoren zukommen lassen ...«

»Wenn Sie da was Zusammenfassendes haben, das wäre toll«, sagte Elisa und machte sich Notizen zu Pascals Äußerungen.

»Sagt Ihnen denn der Name Udo Jochum etwas?«, fragte sie.

»Kann sein, dass ich schon mal von ihm gehört habe, aber ich bin nicht sicher. Versuchen Sie doch herauszufinden, ob es irgendwelche persönlichen Beziehungen zwischen diesem Professor Jochum und der Voss Pharma AG gibt. Wenn Sie den Verdacht der Korruption haben ...«

»Persönliche Beziehungen?«

»Familiär, Studienkollegen, so was in der Art. Und Sie sollten sich auch das Forschungsinstitut anschauen, das die Studie durchgeführt hat.«

»Müssen solche Forschungsinstitute nicht unabhängig sein, um wirklich neutrale Ergebnisse liefern zu können?«

»Theoretisch ja. Praktisch ist das nicht immer der Fall.«

»Sie meinen, wenn da ein Cousin von jemandem aus dem Pharmaunternehmen arbeitet, kann das Ergebnis der Studie von vornherein feststehen?«

»Wir hatten leider schon einige solcher Fälle. Wenn Sie nicht mehr Informationen über die Recherchen dieses Journalisten haben, sollten Sie wirklich alle Verbindungen, die infrage kommen, gründlich überprüfen.«

»Okay.« Elisa holte sich nebenbei erneut den Vortrag von Udo Jochum auf den Bildschirm. »Damit habe ich gleich mehrere neue Anknüpfungspunkte. Vielen Dank, Pascal.«

»Gern geschehen. Ich maile Ihnen ein paar Informationen zu den Statinen, wenn Sie das auch interessiert.«

Man kann nie wissen ...

»Das ist toll, vielen Dank! Darf ich mich wieder melden, wenn ich weitere Fragen habe?«

»Selbstverständlich! Schöne Grüße an Kai! Auf Wiederhören!«

»Richte ich aus. Schönen Tag noch!«

Elisa legte auf und begann, in Udo Jochums Vortrag zu blättern. Es dauerte einige Zeit, bis sie fand, was sie suchte. In einer kleinen

Fußnote wurde erläutert, dass die Informationen den Studien zu den beiden Testphasen von Sanivocumab entnommen worden waren – durchgeführt von der Life Science GmbH.

Kapitel 27

Henri erreichte Marius erst, als sie bereits die Autobahn verlassen hatten und vom Ring Richtung Gärtnerplatz unterwegs waren. Er berichtete kurz von ihrem Besuch bei der Voss Pharma AG und ihrem Eindruck von der Vorstandssitzung. Dann fasste Marius zusammen, was er über Professor Jochum in Erfahrung gebracht hatte, Lenz konnte per Freisprechanlage mithören. Udo Jochums Ruf unter Wissenschaftlern und Medizinern schien einwandfrei zu sein. Trotz Ruhestand veröffentlichte er immer noch viel und war weiter in der Forschung aktiv.

»Ich kann euch auch ein bisschen was über sein Privatleben erzählen«, meinte Marius. »Ich habe ein paar interessante Artikel der *Bunten* aufgetan.«

»Der Professor wird in der *Bunten* erwähnt?«

»Normalerweise nur im Zusammenhang mit irgendwelchen Spendenaktionen für das Herzzentrum. In diesem Fall ging es vor ein paar Jahren um seine Scheidung.«

»Seine Scheidung wurde in der *Bunten* diskutiert?!?«

Henri bog in die Straße ab, in der Udo Jochum wohnte.

»Seine Frau hat sich dazu bei einer Spendengala geäußert und die *Bunte* hat das dann gleich aufgegriffen«, sagte Marius. »War vermutlich interessanter als die hohlen Sprüche, die sonst noch abgelassen wurden. Jochums Frau ... Ex-Frau ... hat erklärt, dass sie sich scheiden lässt, weil ihrem Mann seine Arbeit immer wichtiger war als seine Familie. Der Schuss scheint nach hinten losgegangen zu sein, denn letztlich hat sie damit mehr sich selbst als seinen Ruf beschädigt. Sie wurde als geldgeile Glucke dargestellt, die ihn bei der Scheidung ausgenommen und von seinen Kindern entfremdet hat, ohne jede Rücksicht auf seine großen Verdienste für die Medizin.«

Lenz deutete auf die Hausnummer, die sie suchten. Henri sah in den Rückspiegel und setzte schwungvoll in eine Parklücke am Straßenrand zurück. »Stopp!«, rief Lenz und hielt sich instinktiv am Türgriff fest. »Pass auf, du fährst ja auf den Porsche drauf.«

»Keine Sorge.« Henri setzte ein Stück nach vorn in Richtung eines Smarts, dann wieder ein Stück zurück und schließlich stand der Wagen endgültig. »Was hast du sonst für uns, Marius?«

»Ich wollte noch Social Media checken ...«

»Ich glaube, das kannst du dir bei dieser Generation sparen«, warf Lenz ein.

Marius knurrte nur.

»Wir schauen jetzt, ob Udo Jochum zu Hause ist.«

Henri beendete das Gespräch mit Marius. Sie stiegen aus und sahen sich um. Hinter dem Porsche reihten sich weitere Luxusautos am Straßenrand auf. Die Besserverdienenden waren nun auch im hippen Glockenbachviertel angekommen. Henri hatte in der Zeitung gelesen, dass die Mieten dort seit Jahren stiegen und die Alteingesessenen sich Sorgen machten um die bunte Lebenskultur ihres Stadtteils. In dem Haus, in dem Udo Jochum lebte, befand sich im Erdgeschoss eine kleine Bar, die mit veganen Drinks in Bio-Qualität warb. Lenz deutete lachend auf die Plakate im Fenster.

»Das wäre was für Karen.«

»Vegan! Bring sie bloß nicht auf die Idee! Am Ende will sie das auch noch ausprobieren.«

Henri klingelte bei *Jochum*. Kurz darauf ertönte der Türsummer, eine Sprechanlage gab es nicht. Henri und Lenz mussten bis in den dritten Stock hochgehen, dort war die Wohnung von Udo Jochum. Ein hagerer Mann erwartete sie auf der Türschwelle. Alles an ihm schien grau zu sein; die Kleidungsstücke, die um seinen Körper schlotterten, seine Haare und seine Augen, die zwischen riesigen Tränensäcken und Schlupflidern fast verschwanden. Fragend schaute er ihnen entgegen.

»Guten Morgen«, sagte Henri und zeigte ihm seinen Ausweis. »Henrik Wieland, Kriminalpolizei. Das ist mein Kollege Lorenz Albrecht. Sind Sie Professor Jochum?«

Er nickte.

»Wir ermitteln im Mordfall Gernot Weiss, der am Montag während der Herz-Tage im Hotel *Pistorius* ums Leben kam.«

Udo Jochum nickte. Er wirkte nicht überrascht über ihren Besuch.

»Ich habe davon gehört. Kommen Sie doch bitte herein. Kann ich Ihnen etwas anbieten? Einen Kaffee vielleicht?«

»Kaffee wäre toll«, meinte Lenz.

Udo führte sie durch eine kleine Diele ins Wohnzimmer und bat sie, dort am Tisch Platz zu nehmen, dann verschwand er in der Küche. Henri und Lenz schauten sich um. Es gab viel Leder und Chrom und wenig Dekoratives. Ein einziger Bilderrahmen, in dem ein Foto von einem deutlich jüngeren Udo Jochum neben einer hübschen Frau und zwei Jugendlichen zu sehen war. Überall standen benutzte Gläser, der Staub lag sichtbar auf allen Möbeln und elektronischen Geräten.

»Typische Junggesellenbude«, flüsterte Henri Lenz zu.

»Das kannst du so nicht sagen!«, wehrte Lenz ab. »Mein Vater und ich leben auch in einer Junggesellenbude, aber wir schaffen es trotzdem, ab und zu mal zu lüften, aufzuräumen und das Altglas einzusammeln.«

»Weil du fast so penibel wie meine Mutter bist«, meinte Henri lachend.

»Bitte setzen Sie sich doch!« Udo Jochum balancierte ein Tablett herein, auf dem drei geblümte Porzellantassen auf Untertellern, ein Milchkännchen und eine Zuckerdose standen. Er stellte alles auf den Tisch und ging zurück in die Küche. Als er an Henri vorbeikam, konnte er riechen, dass Lüften allein nicht ausreichen würde, denn es war Udo persönlich, der die Luft verpestete. Er roch, als käme er geradewegs aus einer Kneipe und als hätte er nicht geduscht. Lenz schien Udos Geruch auch zu irritieren, er zog die Nase kraus und warf Henri einen schiefen Blick zu. Sie setzten sich an den Tisch. Kurz darauf kam Udo mit einer Kaffeekanne zurück und schenkte jedem ein.

»Milch? Zucker?«, bot er an, dann setzte er sich zu ihnen.

»Können Sie mir denn sagen, was am Montag dort im *Pistorius* geschehen ist? Ich habe ja meinen Vortrag gehalten. Ich habe nichts davon mitbekommen, was draußen passiert ist.«

»Gernot Weiss, ein Journalist, der sich als Mediziner ausgegeben hat, wurde von der Dachterrasse des Hotels in den Tod gestoßen.«

Henri zeigte Udo das Foto von Gernot.

»Kannten Sie ihn?«

Udo betrachtete Gernots Gesicht.

»Nein. Ich glaube nicht, dass ich ihm jemals begegnet bin.«

»Auch nicht bei den Herz-Tagen?«

Udo schüttelte den Kopf.

»Nein, daran würde ich mich erinnern.«

»Wir hatten gehofft, dass er Sie angesprochen hatte. In seinem Hotelzimmer haben wir Notizen gefunden, die darauf hinweisen, dass er Ihnen einige kritische Fragen zu Ihrem Vortrag stellen wollte.«

»Das hat er nicht getan.« Udo sah Henri an. »Welcher Art waren seine Fragen?«

»Hauptsächlich schien es ihm um die Studie zu gehen, auf die Sie sich in Ihrem Vortrag bezogen haben. Er hatte konkrete Detailfragen zum Vorgehen und zu den Ergebnissen. Und er hat sich offensichtlich gefragt, warum Sie nur aus dieser einen Studie zitiert haben.«

Henri zog eine Kopie von Gernots Notizen aus seiner Hemdtasche und faltete sie vor Udo auseinander. Mit dem Finger deutete er auf Gernots Stichworte. *Vergleichsstudien??? Wettbewerb???*

Udo überflog die Notizen.

»Warum hat sich dieser Journalist so intensiv mit dem Thema beschäftigt?«, fragte er.

»Das würden wir auch gern wissen. Vielleicht fangen wir damit an, dass Sie uns seine Fragen beantworten. Warum haben Sie sich nur auf diese eine Studie bezogen?«

»Die Studie von Life Science war die mit den aktuellsten Daten. Es gibt noch nicht viele Studien zum Thema PCSK9-Hemmer.«

»Meines Wissens haben noch zwei weitere Pharmaunternehmen ähnliche Produkte auf dem Markt«, wandte Henri ein. »Mussten da nicht vorab Studien gemacht werden, um überhaupt eine Arzneimittelzulassung zu bekommen?«

Udo zuckte mit den Schultern.

»Kann sein. Aber mir lagen diese Studien nicht vor.«

»Die von Life Science aber schon? Woher hatten Sie die Studie?«

Udo schloss kurz die Augen, als müsste er sich zum Überlegen zurückziehen.

»Ich glaube, ich wurde bereits während der ersten Testphase bei einer Veranstaltung im Herzzentrum darauf aufmerksam. Irgendjemand hat die Studie erwähnt und ich habe sie mir dann besorgt, weil mich das Thema natürlich brennend interessiert.«

»Bei wem haben Sie sich die Studie besorgt?«

»Ein Bekannter hat für mich den Kontakt zur Life Science GmbH hergestellt, ab dann wurde ich regelmäßig über die weiteren Ergebnisse auf dem Laufenden gehalten.«

»Wie heißt Ihr Kontakt bei Life Science?«, hakte Lenz nach und zückte seinen Notizblock.

»Dr. Thilo Seibert. Er ist dort der Leiter der klinischen Forschung.«

Lenz schrieb den Namen auf.

»Haben Sie auch mit jemandem von der Voss Pharma AG direkt zu tun gehabt?«, fragte Henri und nahm einen Schluck Kaffee.

»Von der Voss Pharma AG?« Udos Blick glitt über den Tisch. »Oh, ich habe die Kekse vergessen. Nein, nein, ich hatte nur mit Dr. Seibert Kontakt!«

Er stand auf und verschwand erneut in der Küche. Henri und Lenz wechselten einen Blick. Sie hörten das Klappern einer Schranktür, Zellophan wurde aufgerissen, dann herrschte für einen Moment Stille. Als Udo zurückkam und einen kleinen Teller mit Keksen auf den Tisch stellte, meinte Henri, einen Hauch Alkohol wahrzunehmen. Er sah zu Lenz hinüber, der die Stirn runzelte und unmerklich nickte.

»Wo waren wir?«, fragte Udo und setzte sich.

»Bei der Voss Pharma AG.«

»Ja, richtig ... nein ... also zu denen kann ich Ihnen nichts sagen.«

»Erzählen Sie uns doch bitte, wie es dazu kam, dass Sie den Vortrag bei den Herz-Tagen gehalten haben«, forderte Henri Udo auf.

»Professor Loose, ein ehemaliger Kollege von mir, hat die Herz-Tage konzipiert. Er hat einen Referenten zum Thema Hypercholesterinämie gesucht. Da wir schon mal über die besagte Studie gesprochen hatten, wusste er, dass ich mich für dieses Thema interessiere, und hat mich gefragt, ob ich einen Vortrag darüber halten kann. Selbstverständlich bin ich seiner Bitte gern nachgekommen.«

Udo griff mit einer fahrigen Bewegung nach einem Keks und stieß dabei fast das Milchkännchen um.

»Sicher haben Sie mit Professor Loose auch schon gesprochen?«

»Ja, das haben wir. Sind Sie mit ihm befreundet?«

Udo überlegte.

»Wir haben lange Zeit zusammengearbeitet. Gut zusammengearbeitet. Ja, ich denke, man könnte uns schon als Freunde bezeichnen. Auch wenn wir uns nicht außerhalb des beruflichen Kontexts treffen oder so.«

»Wissen Sie, ob wiederum Professor Loose in Kontakt zu Voss Pharma steht?«

»Das kann ich Ihnen nicht sagen.« Udo hob die Schultern. »Da müssen Sie ihn selbst fragen.«

»War Professor Loose bei Ihrem Vortrag anwesend?«, fragte Lenz.

»Natürlich! Er hat eine kleine Einführung gemacht und dann das Wort an mich übergeben.«

»Hat er danach den Saal verlassen?«

»Nein. Er hat sich auf seinen Platz am Rand der ersten Reihe gesetzt. Zu diesem Zeitpunkt hat er schon von dem Todesfall gewusst, aber er hat sich nichts anmerken lassen.«

»Woraus schließen Sie, dass er davon gewusst hat?«

»Das hat er mir nach dem Vortrag erzählt. Der Vorfall muss sich direkt nach der Kaffeepause ereignet haben, als mein Vorredner auf der Bühne stand. Kilian Loose wurde vom Hotel informiert, aber er hat entschieden, die Veranstaltung trotzdem fortzusetzen. Er meinte, dass man schließlich nicht wissen konnte, ob es überhaupt einen Zusammenhang zu den Herz-Tagen gab. Deshalb hat er niemandem etwas gesagt, den nächsten Vortrag – also meinen – angekündigt und schon ging es weiter. Die Teilnehmer haben den Saal zwischen den Vorträgen nicht verlassen. Während ich gesprochen habe, sind ein paar Leute rausgegangen. Vielleicht mussten die einen Zug oder so erreichen, schließlich war mein Vortrag der letzte auf dem Programm.«

»Und dann kam Professor Loose zu Ihnen und hat Sie informiert?«

Udo nickte.

»Genau. Ehrlich gesagt, fand ich es etwas pietätlos, dass die Veranstaltung nicht abgebrochen wurde. Immerhin war nur ein paar Meter weiter ein Mensch ums Leben gekommen. Andererseits ging es nur noch um den letzten Vortrag, da kann ich Kilian auch verstehen, dass er das Programm wie geplant zu Ende führen wollte.«

»Ist Ihnen ansonsten vor Ort etwas aufgefallen? Auf dem Weg zum Vortragssaal oder so?«

»Nein. Ich bin schon zur Mittagspause im *Pistorius* eingetroffen und habe mit Kilian Loose gegessen. Dann habe ich mir meine Vorredner angehört und bis zu meinem eigenen Vortrag nicht mehr den Saal verlassen.«

»Auch nicht in der Kaffeepause?«

»Nein. Ich hatte einen weiteren Kollegen vom Herzzentrum getroffen und die Gelegenheit genutzt, mich mit ihm auszutauschen.«

»Verstehe.« Henri sah zu Lenz, der sich Notizen gemacht hatte. »Ich denke, das war es dann erst mal. Vielen Dank für den Kaffee.«

»Sehr gern. Wollen Sie nicht noch einen Schluck?«

»Das ist nett, aber ich fürchte, wir müssen jetzt weiter.«

Henri stand auf, Lenz folgte ihm. Udo begleitete sie zur Tür. Als er ihnen die Hand gab, war seine Alkoholfahne nicht mehr zu leugnen. Sie verabschiedeten sich und gingen die Treppe hinunter. Auf dem Bürgersteig drehte Lenz sich zu Henri um.

»Mir scheint, sein ganzer medizinischer Ruhm hilft ihm auch nicht weiter, wenn er allein zu Hause herumsitzt.«

Kapitel 28

Die Informationen, die Elisa auf der Website der Life Science GmbH fand, waren mehr als spärlich. Eine hübsche Blondine lächelte einem auf der Startseite über einen Empfangstresen einladend entgegen, Fotos von Menschen in weißen Laborkitteln suggerierten eigene Forschungstätigkeit, die beiden Geschäftsführer im dunklen Anzug sollten dagegen wohl Seriosität vermitteln. Dr. Egon Seibert und Dr. Thilo Seibert, Vater und Sohn, waren in Großansicht zu sehen, untermalt von kursiv gesetzten Zitaten, in denen sie die langjährige Erfahrung und die Unabhängigkeit des Unternehmens betonten.

Elisas Blick blieb an der Adresse der Life Science GmbH hängen. Isartor, München. Genau wie die Voss Pharma AG war das Auftragsforschungsinstitut im Münchner Raum angesiedelt. Weil eine räumliche Nähe praktisch war? Oder weil sich hier die persönliche Verbindung fand, von der Pascal Veit gesprochen hatte?

»Wollen wir zusammen was essen gehen, Elisa?«, fragte Dennis und sah sie auffordernd an.

»Ich muss in der Mittagspause schnell was erledigen«, wich Elisa aus. »Ein anderes Mal.«

Dennis zuckte mit den Achseln und trollte sich. Elisa zog ihren Stadtplan aus der Tasche und stellte fest, dass es nicht allzu weit war bis zum Isartor. Mit dem Fahrrad konnte sie in einer knappen Viertelstunde dort sein, schätzte sie. Schnell packte sie Handy und Notizblock in ihre Tasche und machte sich auf den Weg.

Die Life Science GmbH war in einem Bürogebäude im dritten Stock untergebracht. Am Empfang saß eine Brünette mit krausen Locken und leichtem Silberblick, die nichts mit der Blondine auf der Website gemeinsam hatte. Elisa sah sich irritiert um. Auch die Möblierung sah nicht so aus wie auf den Fotos, die sie gerade noch im Internet betrachtet hatte.

»Wie kann ich Ihnen helfen?«, fragte die Frau hinter dem Glastisch und schielte an Elisa vorbei. *Luisa Schürmann* stand auf dem Namensschild, das an ihre Bluse geheftet war. »Stimmt etwas nicht?«

»Bin ich hier richtig bei der Life Science GmbH? Im Internet sah alles ganz anders aus ...«

Luisa Schürmann lachte.

»Die Räume sind kaum wiederzuerkennen, nicht wahr? Wir haben erst kürzlich erweitert. Die Büros von nebenan sind zu unseren dazugekommen. Hier vorn haben die Handwerker sogar eine Wand rausgerissen. Dann wurde frisch renoviert, alles ist noch ganz neu.« Sie machte sich eine Notiz. »Wir müssen jetzt erst mal neue Fotos machen für unsere Website.«

»Demnach ist die Renovierung nicht lange her?«

»Nein, erst ein paar Wochen.«

»Verstehe.« Elisa zog einen Ausdruck des Fotos von Gernot Weiss, das die Polizei zur Verfügung gestellt hatte, aus der Tasche.

»Kennen Sie diesen Mann?«, fragte sie Luisa.

»Das ist Gernot!«, rief Luisa und wurde rot. Sie lächelte und ihr wilder Blick ging zwar immer noch irgendwie über Kreuz, wurde dabei aber ganz weich und zärtlich. »Warum fragen Sie nach ihm?«

»Gernot wurde ermordet.«

»Ermordet?« Jegliche Farbe wich aus ihrem Gesicht. Ungläubig starrte sie Elisa an. »Aber ... er wollte sich bei mir melden ... er ... wer sollte denn Gernot ermorden?« Sie sah Elisa plötzlich wütend an. »Wie kommen Sie dazu, so was zu behaupten? Wer sind Sie überhaupt?«

»Mein Name ist Elisa Gerlach. Ich bin Journalistin, wie Gernot Weiss.«

»Sind Sie eine Kollegin von ihm?«

»Äh ... gewissermaßen ...« Es erschien Elisa zu kompliziert, der armen Frau sämtliche Zusammenhänge zu erklären. Sie musste erst mal Gernots Tod verdauen. Es war offensichtlich, dass sie ihm nahegestanden hatte und Elisas Nachricht sie schockierte.

»Was ist passiert?«

»Gernot wurde vom Dach eines hohen Gebäudes gestoßen. Es sieht so aus, als sei er mit seinen Recherchen jemandem in die Quere gekommen.«

Luisa lehnte sich in ihrem Bürostuhl zurück, die Hand auf der Armlehne zitterte.

»Mit seinen Recherchen?«, flüsterte sie.

»Hat er mit Ihnen über seine Arbeit gesprochen?«

Vehement schüttelte Luisa den Kopf, sagte aber nichts, sondern fixierte das Foto von Gernot. Eine Träne rollte über ihre Wange.

»Kannten Sie Gernot Weiss schon länger?«

»Seit letztem Monat. Das war mitten in der Renovierung. Hier sind haufenweise Handwerker herumgelaufen und ich habe ihn zuerst für den Innenarchitekten gehalten.« Sie lächelte wehmütig. »Er wirkte wie ein Künstler ... irgendwie ...«

»Können Sie mir sagen, warum er hier war?«

Luisa sah auf und erwiderte Elisas Blick – zumindest mit dem linken Auge.

»Nein, das kann ich Ihnen nicht sagen.« Ihre Stimme klang nun wieder fest, der erste Schock schien überwunden. Nun wirkte Luisa, als sei sie plötzlich auf der Hut.

»Hatte er einen Termin?«

»Nein.«

»Was wollte er dann?«

»Ich kann mich nicht mehr erinnern!«, behauptete Luisa rundheraus. Elisa glaubte ihr kein Wort.

»Sagt Ihnen die Voss Pharma AG etwas?«

»Über unsere Kunden darf ich keine Auskunft geben.«

»Hat Gernot Weiss Sie auf eine bestimmte Studie angesprochen?«

»Ich sage Ihnen doch, dass ich mich nicht mehr erinnern kann! Ich glaube, es ist besser, Sie gehen jetzt.«

»Mit wem hat Gernot hier im Unternehmen noch gesprochen?«

»Darüber kann ich keine Auskunft geben.« Luisa verschränkte die Arme vor der Brust und wiederholte: »Ich glaube, es ist wirklich besser, wenn Sie jetzt gehen.«

»Ich möchte mit einem der Inhaber sprechen. Mit Egon oder Thilo Seibert.«

»Sind nicht da.«

»Ich kann gern warten, wenn die beiden gerade beim Essen sind.«

»Sie sind heute überhaupt nicht im Haus. Die ganze Woche nicht! Ohne Termin können Sie sie nicht sprechen.«

»Dann geben Sie mir einen Termin!«

»Dafür bin ich nicht zuständig. Sie müssen anrufen!«

Es war offensichtlich, dass Luisa sie abwimmeln wollte. Im Moment konnte sie hier nichts mehr ausrichten.

»Dann rufe ich an. Auf Wiedersehen.«

Elisa wandte sich zur Tür.

»Wie war noch Ihr Name?«, rief Luisa hinter ihr her.

Ohne zu antworten, ging Elisa hinaus. Sie war sich ziemlich sicher, dass ab sofort jeder Journalist, der bei der Life Science GmbH anrief, abgewimmelt werden würde. Nachdenklich stieg sie die Treppe hinab. Luisa Schürmann hatte Gernot Weiss gekannt. Elisa hatte den Eindruck, dass sie romantische Gefühle für ihn gehegt hatte. Doch warum war sie dann plötzlich so abweisend geworden? Warum hatte sie sich geweigert, über Gernot zu sprechen? Was war zwischen Gernot und Luisa vorgefallen?

Als Elisa aus dem Gebäude trat, merkte sie, dass sie gewaltigen Hunger hatte.

Jetzt ein Fischbrötchen!

Sie schob ihr Fahrrad die Straße entlang und merkte schnell, dass sie hier nicht so leicht ein Fischbrötchen bekommen würde. München war nicht Hamburg. Immerhin kam sie bald an einer Metzgerei vorbei, die einen Straßenverkauf hatte. Elisa musterte das Angebot.

»Was hätten'S denn gern?«, fragte die Verkäuferin.

»Ein Fleischkäsebrötchen bitte.«

»Des ham mir net!«

»Na da!« Elisa zeigte auf den Fleischkäse.

»Ach, an Leberkas' wolln'S! A Leberkassemmel?«

Elisa nickte. Sie bezahlte und griff nach dem Brötchen.

»Danke, tschüß!«, sagte sie.

Die Verkäuferin sah sie tadelnd an und artikulierte besonders deutlich: »Auf Wiederschau'n!«

Ein paar Meter weiter stand eine Bank. Elisa stellte ihr Fahrrad daneben ab und setzte sich in die Sonne. Während sie kaute – die Leberkassemmel war gar nicht schlecht –, rekapitulierte sie das Gespräch mit Luisa Schürmann. Je länger sie darüber nachdachte, desto klarer wurde ihr, dass da etwas faul war. Luisa wusste definitiv etwas über Gernot und seine Recherchen, doch sie hatte komplett dichtgemacht. Elisa würde nicht mehr aus ihr herausbekommen.

Aber vielleicht jemand anders! Sie legte das Brötchen auf der Serviette neben sich auf die Bank und wählte Henris Nummer.

»Elisa!«, sagte er nach dem zweiten Klingeln. Seine Stimme klang erfreut. Im Hintergrund war Geschirrgeklapper zu hören.

»Hallo, Henri. Störe ich?«

»Nein, gar nicht! Ich bin mit Lenz in der Kantine, aber wir sind schon fertig mit essen.«

»Dann hast du einen Moment?«

»Natürlich! Warte, ich gehe raus, da ist es nicht so laut.«

Kurz darauf ebbten die Hintergrundgeräusche ab, stattdessen hörte Elisa Vögel zwitschern. Henri musste ins Freie gegangen sein.

»Tut mir leid, dass ich gestern so kurzangebunden war«, sagte er. »Wir waren ein bisschen spät dran.«

»Ja … das dachte ich mir … Aber deshalb rufe ich nicht an. Ich war gerade bei dem Forschungsinstitut, das die Studie durchgeführt hat, auf die sich Professor Jochum in seinem Vortrag bezogen hat.«

»Du warst bei Life Science?!?«

»Genau. Und ich glaube, dass bei denen was faul ist. Die Rezeptionistin hat Gernot Weiss auf dem Foto sehr wohl erkannt, sie ist sogar ein bisschen rot geworden, als sei sie in ihn verknallt oder so. Aber als ich ihr gesagt habe, dass er wegen seiner Recherchen ermordet wurde, konnte sie sich plötzlich an nichts mehr erinnern und wollte mich nur noch loswerden.«

»Elisa! Spielst du wieder Privatdetektiv?«

»Überhaupt nicht!«, wehrte Elisa ab. »Sonst würde ich dich wohl kaum anrufen! Ich hatte den Eindruck, dass ich dort in ein Wespennest gestochen habe. Mir werden sie aber keine weiteren Auskünfte geben ...«

»... der Polizei dagegen schon. War *das* deine Idee?« Henri lachte. »Hey, ich mach mir nur Sorgen um dich. Wir wissen ja, was passieren kann, wenn du bei deinen Recherchen einem Mörder zu nahe kommst.«

Fast hätte es damals für Elisa auf dem Grund des Starnberger Sees geendet ...

»Ich bin schon vorsichtig!«

Henri wurde ernst.

»Ich weiß zu schätzen, dass du mich anrufst. Und dass du vertrauliche Informationen zurückhältst, auch wenn du mit einem Artikel punkten könntest.«

Er hatte also ihr Porträt über Gernot gelesen.

»Wir schauen uns mal bei Life Science um«, fuhr Henri fort. »Mit wem hast du dort gesprochen?«

»Nur mit der Rezeptionistin, Luisa Schürmann. Weiter bin ich nicht gekommen.«

»Okay. Hast du ihr deinen Namen gesagt?«

»Ja, aber ich glaube, sie hat ihn sich nicht gemerkt.«

»Das ist gut. Du solltest wirklich vorsichtig sein. Solange wir nicht wissen, wer in diesem Fall mit drinhängt ...«

»Eine Sache ist mir noch aufgefallen ...«

»Ja?«

»Life Science scheint sich kürzlich vergrößert zu haben. Luisa Schürmann hat mir erzählt, dass sie weitere Räume hinzubekommen und alles frisch renoviert haben. Vielleicht könntet ihr nachfragen, wie die Renovierung finanziert wurde. So was wäre doch das ideale schwarze Loch für Korruptionsgeld.«

»Wir überprüfen das. Danke, dass du mich angerufen hast, Elisa. Fährst du jetzt zurück in die Redaktion?«

»Erst werde ich noch meine Leberkassemmel genießen!« Elisas

Zunge blieb an dem ungewohnten Wort hängen. »Schmeckt sehr gut, euer bayrisches Essen.«

»Hast du ausreichend Senf auf den Leberkäse gegeben?«

»Senf?« Elisa klappte das Brötchen auf. »Da ist kein Senf.«

»Den musst du selbst draufmachen. Normalerweise sollte es da irgendwo einen Spender oder eine Tube geben.«

»Okay, ich schau mal.«

»Lass es dir schmecken. Bis später.«

»Bis später.«

Elisa legte auf, nahm das Brötchen und ging zurück zur Metzgerei. Tatsächlich standen am Rand des Verkaufsfensters große Senf- und Ketchupflaschen zur Selbstbedienung. Sie drückte etwas Senf auf den Fleischkäse und biss erneut in das Brötchen. Henri hatte recht, mit Senf schmeckte es noch viel besser!

Kapitel 29

Lenz sah Henri hinterher, als er die Kantine verließ. Anscheinend sprach er mit Elisa. Das konnte dauern, doch Henri hatte ihm bedeutet, dass er hierher zurückkommen würde. Lenz beschloss, sich einen Espresso zu holen.

»Da bin ich wieder«, sagte er zu der jungen Kassiererin, bei der er vorher schon sein Essen bezahlt hatte. Sie sah ihn fragend an. Offensichtlich konnte sie sich nicht an ihn erinnern. Lenz wurde rot, nahm schnell das Wechselgeld und den Espresso und setzte sich an den gleichen Tisch wie vorher. Er trank einen Schluck Kaffee und noch einen, dann war die winzige Tasse leer. Das Koffein tat gut, Lenz fühlte sich sofort nicht mehr so müde. In der Nacht hatten seinem Vater Hans die Finger- und Handgelenke so stark weh getan, dass er geschrien hatte. Lenz hatte ihm Medikamente eingeflößt und war bei ihm geblieben, bis das Schmerzmittel gewirkt hatte und Hans wieder eingeschlafen war.

Lenz beobachtete die Kassiererin und stellte fest, dass sie alle Leute gleichermaßen freundlich anlächelte. Es bedeutete also gar nichts. Ein Kollege schäkerte mit ihr, woraufhin sie sich tatsächlich auf ein Gespräch einließ. Lenz seufzte. Warum fiel es ihm nur so schwer, locker auf eine Frau zuzugehen, die ihm gefiel? Außer mit seiner Kollegin Tanja konnte er mit keiner Frau unbefangen reden.

Apropos Tanja! Lenz zog sein Handy heraus und wählte ihre Nummer. Schließlich hatte er versprochen, sie auf dem Laufenden zu halten.

»Lenz!« Allein an der Art, wie sie seinen Namen aussprach, konnte Lenz hören, dass Tanja gestresst war. »Du willst bestimmt wissen, wann ich endlich komme, aber ich kann es dir nicht sagen. Ich habe Marco schon fünf Nachrichten hinterlassen, der Idiot ruft mich einfach nicht zurück ...« Tanjas Stimme wurde schrill, wenn sie sich aufregte. Sie schnappte nach Luft, doch sie hörte nicht auf zu sprechen. »... Und auf dem Festnetz geht er auch nicht ans Telefon. Dabei hatten wir ausgemacht, dass er wenigstens am Nachmittag die Kinder nimmt. Und jetzt ist er auf Tauchstation gegangen! Das ist so typisch für ihn! Am liebsten würde ich mit den Kindern hinfahren und ihn rausklingeln ...«

»Jetzt reg dich nicht so auf, Tanja!«, versuchte Lenz, sie zu beschwichtigen. »Wir kommen schon zurecht. Ich wollte dich nur kurz informieren ...«

Doch Tanja war nicht zu bremsen.

»Mir ist klar, dass ich euch gerade im Stich lasse. Und es tut mir auch echt leid. Eigentlich war ja alles perfekt organisiert. Die Kinder sollten mit meinen Eltern im Urlaub sein und ich hätte endlich mal normal arbeiten können.« Sie steigerte sich von Neuem in ihren Ärger, ihre Stimme wurde noch schriller. »Es macht mich einfach wahnsinnig, dass ich auf diesen unzuverlässigen Kerl angewiesen bin. Und nur weil er so ist, wie er ist, kann ich meinen Job nicht so erledigen, wie ich sollte. Ich bin eine ganz miese Kollegin ...«

»Tanja!«, unterbrach Lenz sie rüde. »Jetzt hör aber auf. Du bist eine super Kollegin! Wir wissen alle, dass du Teilzeit arbeitest und auch nur Teilzeit bezahlt wirst. Keiner erwartet von dir, dass du rund um die Uhr im Dienst bist! Und wenn mal was mit den Kindern ist, dann ist es eben so! Glaub mir, im Moment kommen wir wirklich gut zurecht und wenn nicht, dann könnte Henri noch weitere Kollegen anfordern. Du bist die Einzige, die Stress damit hat. Und die sich damit das Leben unnötig schwer macht!«

»Meinst du?« Plötzlich klang Tanja ganz verzagt. Sie war es nicht gewohnt, dass Lenz in diesem Ton mit ihr sprach. »Aber wenn du schon anrufst ...?«

»Ich wollte mich nur bei dir melden, um dir zu erzählen, was der aktuelle Stand der Ermittlungen ist. Das habe ich dir versprochen, falls du dich noch daran erinnern kannst!?«

»Äh ... ja ... das ist nett ...«

»Also, soll ich jetzt berichten?«

»Ja ... entschuldige ... leg los!«

Dann konnte Lenz endlich erzählen, was sie bisher über die Studie, Voss Pharma und Udo Jochum herausgefunden hatten.

Kapitel 30

Auf dem Weg zu Life Science berichtete Henri Lenz, was er von Elisas Besuch dort erfahren hatte.

»Uns wird die Rezeptionistin nicht so leicht abwimmeln«, meinte Lenz. »Und es schadet sicher nicht, wenn wir einen kleinen Informationsvorsprung haben.«

»Mal sehen, ob sie uns mehr über ihr Verhältnis zu Gernot Weiss erzählt ...«

Henri wurde vom Klingeln seines Handys unterbrochen. *Martin Sobotta* stand auf dem Display.

»Mist, den Pressesprecher hab ich vergessen!« Er nahm das Gespräch an. »Herr Sobotta, ich bin noch nicht dazu gekommen, Sie zurückzurufen.«

»Das habe ich gemerkt«, stellte Martin mit süffisantem Unterton fest. »Können Sie mir jetzt mehr über Ihre Ermittlungen sagen?«

Der tägliche Pressebericht stand an, er wollte den Journalisten neue Informationen geben. Henri überlegte. »Schreiben Sie, dass wir derzeit davon ausgehen, dass Gernot Weiss im Zusammenhang mit seinen Recherchen getötet wurde, dass wir aber aus ermittlungstaktischen Gründen keine Details veröffentlichen können.«

Martin stöhnte. Mit einer derart vagen Aussage würde das Telefon in der Pressestelle am Nachmittag nicht stillstehen.

»Geht es nicht ein bisschen informativer?«

»Leider nein. Vermutlich haben wir es mit einem Korruptionsfall zu tun ...«

»Korruption?!?«

»Nehmen Sie bloß nicht dieses Wort in Gegenwart von Journalisten in den Mund! Wir wissen noch nichts Genaueres, deshalb wollen wir niemanden aufschrecken, bevor wir den Mörder nicht weiter eingekreist haben.«

»Verstehe.« Martin Sobotta schien sich Henris Argument durch den Kopf gehen zu lassen. »Okay, dann nehmen wir erst mal das Blabla.«

»Ich gebe Ihnen Bescheid, sobald wir mehr wissen.«

»Wäre schön, wenn Sie diesmal daran denken!«

Martin klang immer noch beleidigt. Er legte auf.

»Erinnerst du mich, dass ich ihn als Erstes anrufe, sobald wir mehr wissen?«, meinte Henri zu Lenz. »Nicht dass unsere kleine Mimose weinen muss ...«

»Das wäre ja schrecklich!«

Sie lachten noch, als sie an dem Gebäude ankamen, in dem die Life Science GmbH ihren Sitz hatte. An der stark befahrenen Straße gab es keinen Parkplatz, erst ein Stück weiter in einer Nebenstraße wurden sie fündig. Sie stellten das Auto ab und gingen zurück.

An der Rezeption der Life Science GmbH saß eine junge Frau mit braunen Haaren. Ihr Namensschild wies sie als Luisa Schürmann aus. Henri stellte sich und Lenz vor und erklärte, dass sie im Mordfall Gernot Weiss ermittelten.

»Gernot Weiss?«, fragte Luisa. »Wer ist das?«

Henri zog das Foto von Gernot hervor und zeigte es ihr. Sie schüttelte den Kopf.

»Nie gesehen.«

Henri und Lenz wechselten einen Blick. Das hatte sich bei Elisa anders angehört.

»Sind Sie sicher? Nach unseren Informationen war Gernot Weiss mindestens einmal hier bei Life Science.«

Sie zuckte gleichmütig mit den Schultern.

»Daran kann ich mich nicht erinnern«, behauptete sie. »Da muss meine Kollegin Dienst gehabt haben.«

»Ihre Kollegin?«

Henri sah sich um und bemerkte erst jetzt den zweiten Arbeitsplatz am anderen Ende des langen Glastischs.

»Sie ist gerade zu Tisch«, erklärte Luisa.

»Dann würden wir gern mit Dr. Seibert sprechen.«

»Junior oder senior?«

»Dr. Thilo Seibert.«

»Also junior.« Sie griff nach dem Telefon. »Ich bin nicht sicher, ob er im Haus ist.«

Sie hielt die Hand vor den Mund und sprach leise, Henri konnte nur *Polizei* und *Mordfall* verstehen.

»Er kommt gleich«, sagte sie, nachdem sie aufgelegt hatte. Keine zehn Sekunden später öffnete sich eine Milchglastür und ein Mann um die Dreißig mit Bürstenhaarschnitt und Anzug kam in den Empfangsraum.

»Thilo Seibert«, stellte er sich vor und drückte Henri und Lenz energisch die Hand.

»Henrik Wieland, mein Kollege Lorenz Albrecht.«

»Kommen Sie doch bitte mit in mein Büro. Frau Schürmann hat mir gesagt, dass Sie in einem Mordfall ermitteln!« Während er sprach, öffnete er erneut die Milchglastür und lud sie mit einer Geste ein voranzugehen. »Ich weiß zwar nicht, was wir mit einem Mordfall zu tun haben, aber selbstverständlich unterstützen wir die Polizei nach Kräften.«

Er führte sie in ein modernes Büro und deutete einladend auf einen Besprechungstisch mit vier weißen Lederstühlen. Alles wirkte nigelnagelneu, genau wie der große Schreibtisch, auf dem einige Papiere ausgebreitet waren. An der Wand dahinter befanden sich raumhohe Regale voller ordentlich sortierter Ordner, Bücher und Unterlagen.

Thilo Seibert wartete, bis Henri und Lenz sich hingesetzt hatten, und nahm gegenüber Platz. Henri zeigte ihm das Foto von Gernot Weiss.

»Kennen Sie diesen Mann?«

Thilo musterte das Bild gründlich, dann schüttelte er den Kopf.

»Nein. Wer ist das?«

»Gernot Weiss. Ein Journalist, der am Montag bei den Herz-Tagen im Hotel *Pistorius* ermordet wurde.«

»Bei den Herz-Tagen ermordet?!? Davon habe ich ja noch gar nichts gehört! Was ist passiert?«

»Er wurde von der Dachterrasse des Hotels gestoßen.«

Thilo Seibert sah Henri entsetzt an. Offensichtlich konnte er sich vorstellen, was mit einem Körper passierte, der aus großer Höhe auf dem Boden aufschlug.

»Und Sie sind sicher, dass es sich nicht um einen Unfall gehandelt hat?«

»Einen Unfall können wir leider ausschließen.«

Thilo sah Henri durchdringend an.

»Ich verstehe nicht, warum Sie in diesem Zusammenhang mit mir sprechen möchten. Wie gesagt habe ich diesen Mann noch nie gesehen!«

»Hat er Sie vielleicht anderweitig kontaktiert, per E-Mail oder Telefon? Wir gehen davon aus, dass er sich für eine bestimmte Studie interessiert hat, die bei den Herz-Tagen vorgestellt wurde.«

»Nein, kein einziger Journalist hat mich kontaktiert. Weder dieser Gernot Weiss noch sonst jemand.« Thilo richtete sich auf. »Handelt es sich um eine Studie, die *wir* durchgeführt haben?«

»Es geht um die Studie zu Sanivocumab von der Voss Pharma AG.«

»Hm ...« Er überlegte. »Nein ... da kann ich Ihnen nicht weiterhelfen. Ich habe diesen Mann noch nie gesehen und er hat mich auch nicht kontaktiert. Vielleicht kann man Ihnen bei Voss Pharma mehr dazu sagen?«

»Leider nicht.«

»Der Vortrag, der sich bei den Herz-Tagen auf Ihre Studie bezog, wurde von Professor Jochum gehalten. Kennen Sie ihn?«, fragte Lenz.

»Natürlich! Die wissenschaftlichen Arbeiten von Professor Jochum sind von ungeheurer Bedeutung für die ganze Branche. Er hat mit großem Interesse unsere Studie verfolgt.«

»Von Anfang an?«

Thilo zögerte.

»Nein, ich glaube, er stieß erst in der zweiten Testphase dazu.« Er bemerkte den kurzen Blick, den Lenz Henri zuwarf und fügte hastig hinzu. »Oder in der ersten? Ich kann mich nicht mehr genau erinnern ... Ich weiß nur, dass er auf mich zukam, weil er von der Studie gehört hatte und sich für die Ergebnisse interessierte.«

»Haben Sie alle Ihre Erkenntnisse mit ihm geteilt?«

»Natürlich. Voss Pharma hatte nichts dagegen. Im Gegenteil! Sie waren sehr froh, solch eine Koryphäe dabeizuhaben.«

»Verständlich, wenn daraus ein Vortrag resultiert, der sich einzig und allein um das eigene Produkt dreht.«

»Dazu kann ich nichts sagen. Ich kenne diesen Vortrag nicht«, sagte Thilo steif.

»Dr. Seibert, wir bräuchten Einblick in Ihre Studie«, erklärte Henri, mehr um seine Reaktion zu testen, als weil er wirklich überprüfen wollte, ob bei der Studie alles mit rechten Dingen zugegangen war. Dazu wäre er als medizinischer und pharmazeutischer Laie kaum in der Lage.

Thilo lachte nur und deutete unten rechts auf die Regalwand. Mindestens ein Regalmeter weißer Ordner war mit großen Buchstaben säuberlich beschriftet: Sanivocumab.

»Ich weiß nicht, ob Sie daraus schlau werden, aber Sie können sich die Unterlagen gern ansehen.« Er stand auf und zog drei Ordner heraus. »Das hier ist allein das Material aus der ersten Testphase. Die zweite Testphase hat sogar noch mehr Ordner gefüllt.«

Er legte einen weiteren, höheren Stapel neben den ersten auf den Tisch und klopfte darauf.

»Bitte, Sie können sich die Unterlagen gern näher anschauen.«

Er schlug den obersten Ordner wahllos an irgendeiner Stelle auf und hielt ihn Henri entgegen. Auf den Papieren reihten sich ewiglange Zahlenkolonnen aneinander. Als Thilo umblätterte, waren auf den folgenden Seiten neben weiteren Zahlen auch Diagramme abgebildet.

»Ich denke, wir nehmen die Ordner mit und schauen uns das genauer an.«

»Mitnehmen?« Thilo sah Henri ungläubig an, dann verstand er, dass Henri es ernst meinte. »Ja ... aber ... was glauben Sie denn in der Studie zu finden?«

»Wir haben den Verdacht, dass Gernot Weiss dabei war, einen Korruptionsskandal aufzudecken und dass er deshalb sterben musste. Alles scheint sich dabei um diese Studie zu drehen, da ist es wohl nur eine logische Schlussfolgerung, dass wir sie uns näher anschauen sollten.«

»Oh ... aber ich versichere Ihnen, dass mit der Studie alles in Ordnung ist. Wir würden niemals Studienergebnisse verfälschen ... das können Sie mir glauben!« Er begann, sich zu ereifern. »Mit Ihrer Kontrolle unterstellen Sie letztlich *uns*, dass wir nicht korrekt gearbeitet haben. Unser Institut hat einen einwandfreien Ruf! Wir ...«

»Dann haben Sie ja nichts zu befürchten.«

Henri stand auf und nahm einen der Ordnerstapel auf den Arm. Lenz griff nach dem zweiten, als plötzlich die Bürotür aufging. Eine ältere Ausgabe von Thilo Seibert stand auf der Türschwelle, dunkler Anzug und Bürstenhaarschnitt, allerdings mit grauem Haar und einer Brille.

»Ich habe gehört, die Polizei ist im Haus! Egon Seibert mein Name.« Er schüttelte Henri und Lenz die Hand. »Ich bin der Gründer und Geschäftsführer von Life Science.«

Und offensichtlich der Vater von Thilo Seibert.

»Um was geht es denn bei Ihren Ermittlungen?«

Thilo beantwortete die Frage seines Vaters.

»Stell dir vor, bei den Herz-Tagen ist ein Journalist ums Leben gekommen.«

»Er schien sich stark für eine Studie zu interessieren, die Sie für Voss Pharma durchgeführt haben«, erklärte Henri. »Deshalb müssen wir wissen, worum es dabei geht.«

Egon Seibert nickte verständnisvoll, während sein Sohn sich mit einem leichten Jammerton an ihn wandte.

»Die Herren wollen sämtliche Studienunterlagen mitnehmen. Abgesehen davon, dass ich nicht glaube, dass sie davon viel verstehen werden, habe ich kein gutes Gefühl dabei, die Unterlagen aus dem Haus zu geben.«

Egon schien das nicht zu beunruhigen.

»Die Polizei wird schon gut darauf aufpassen, deswegen müssen wir uns sicher keine Sorgen machen.«

»Wir quittieren Ihnen, was wir mitnehmen. Sie erhalten die Unterlagen selbstverständlich so schnell wie möglich zurück«, versicherte Henri.

Und ob wir davon etwas verstehen, soll nicht euer Problem sein ...

»Siehst du?« Egon klopfte seinem Sohn auf die Schulter. »Dann ist doch alles in bester Ordnung! Wenn du jetzt hier fertig bist, können wir vielleicht mit dem Meeting anfangen?«

Thilo sah nicht übermäßig begeistert aus, aber er sagte nichts mehr. Henri und Lenz beluden sich mit den Ordnerstapeln und verließen hinter Egon das Büro. Die beiden Seiberts verabschiedeten sich am Empfang und verschwanden dann wieder hinter der Milchglastür. Henri war schon halb am Ausgang, als er umdrehte und sich an Luisa Schürmann wandte.

»Jetzt hätten wir fast etwas vergessen!«, meinte er und legte den Ordnerstapel vor ihr auf dem Glastisch ab. »Die Studienunterlagen haben wir bereits von Dr. Seibert bekommen. Wir brauchen aber auch noch sämtliche Rechnungen für die Erweiterung und Renovierung Ihrer Räumlichkeiten. Die bekommen wir wohl von Ihnen?«

Henri ließ seine Worte bewusst so klingen, als hätte er bereits mit Thilo Seibert darüber gesprochen. Tatsächlich zögerte Luisa keine Sekunde. Sie rollte mit ihrem Bürostuhl schräg nach hinten und zog einen Ordner aus dem Regal. Erst als sie ihn aufschlug, schien sie einen Moment innezuhalten. Henri streckte die Hand nach dem Ordner aus und zog ihn behutsam zu sich. Ganz oben war eine Rechnung über Maurerarbeiten zu sehen; offensichtlich war eine Wand entfernt worden und an mehreren Stellen hatte man Mauern durchbrochen, um Türen zu setzen. Henri blätterte um und fand eine Rechnung über Malerarbeiten. Danach kam bereits ein Registerblatt, auf dem *Abrechnungen Putzdienst* stand. Henri sah Luisa fragend an.

»Das ist alles? Nur zwei Rechnungen?«

Sie wich seinem Blick aus.

»Ich glaube, da waren mehr ... Ich meine, ich habe auch noch andere Rechnungen gesehen ... Vielleicht hat meine Kollegin die woanders abgelegt ...« Sie begann, auf dem Nachbartisch zu suchen. »Oder sie hat sie noch gar nicht abgeheftet.«

»So wie die Möbel aussehen, sind die bestimmt auch neu, oder?«

»Ja ... das sind sie.«

Luisa durchwühlte mehrere Papierstapel. Henri sah Lenz an.

»Wäre schon seltsam, wenn es nur Rechnungen über die Maurer- und Malerarbeiten gäbe und sonst keine.«

»Du denkst an Barzahlung? Schwarz?«

Henri nickte.

»Und für die Mauerarbeiten gibt es eine Rechnung, weil man da dann doch lieber eine Garantie darauf hätte?« Lenz nickte. »Das könnte Sinn machen.«

Luisa legte die Papierstapel zurück.

»Ich finde die Rechnungen nicht, aber wenn meine Kollegin wieder da ist, frage ich sie gleich.«

Henri gab ihr seine Karte.

»Bitte rufen Sie mich dann sofort an. Und von diesen beiden Rechnungen brauchen wir eine Kopie.«

Luisa verschwand kurz in einem Nebenraum, dann kam sie mit den gewünschten Kopien zurück. Henri bedankte sich und folgte Lenz hinaus.

»Warum habe ich das Gefühl, dass diese Rechnungen nie auftauchen werden?«, meinte Lenz, kaum dass die Tür hinter ihnen zugefallen war.

»Weil sie vermutlich nicht existieren?«

»Du glaubst, dass Life Science von Voss Pharma bestochen wurde, die Studie zu fälschen, und dass sie sich von diesem Geld eine Grundrenovierung gegönnt haben?«

»Es wäre zumindest eine plausible Erklärung dafür, dass kaum Rechnungen vorhanden sind.«

»Das wird schwer nachzuweisen sein.«

»Aber das könnte genau die Spur sein, der Gernot Weiss gefolgt ist.« Henri hob den Ordnerstapel in seinen Händen nach oben. »Schauen wir uns an, ob diese Studie uns mehr verrät.«

Das war leichter gesagt als getan. Gemeinsam mit Marius breiteten sie die Unterlagen in einem der größeren Besprechungsräume der Mordkommission aus und machten sich daran, die Studienergebnisse nachzuvollziehen.

»Wir müssen nicht verstehen, was da steht«, sagte Henri. »Wir müssen nur herausfinden, ob es bei der Interpretation der Zahlen Unregelmäßigkeiten gibt.«

Schritt für Schritt gingen sie die Blutwerte der Probanden, die monatlich erhoben worden waren, durch. Es zeigte sich, dass die meisten in der ersten Testphase gut auf den Antikörper angesprochen hatten und dass der Cholesterinwert nach und nach gesenkt werden konnte. Zu Beginn der zweiten Testphase schien die Wirkung des PCSK9-Hemmers jedoch bei den meisten nachzulassen. Die Werte stagnierten eine Weile, bevor sie etwa zur Hälfte der Testphase weiter nach unten gingen. Nicht mehr so stark wie vorher, aber deutlich wahrnehmbar.

»Das stinkt doch zum Himmel!«, meinte Marius.

Lenz deutete auf den Punkt in der zusammenfassenden Grafik, an dem die Werte von Neuem sanken.

»Also wenn etwas manipuliert wurde, dann würde ich auf diesen Zeitpunkt tippen. Als ob man an dieser Stelle beschlossen hätte, dass das Studienergebnis ein bisschen klarer die Wirksamkeit des Medikaments bestätigen soll.«

Henri nickte und runzelte gleichzeitig die Stirn.

»Aber an den Daten, die uns hier vorliegen, ist nichts zu rütteln. Sämtliche Diagramme wurden auf Basis der hier gesammelten Werte erstellt und sind somit belegbar. Ich denke, wenn manipuliert wurde, dann schon vorher – bei der Eingabe der Werte.«

»Vielleicht wollte uns Seibert junior deshalb nicht die Unterlagen geben. Weil wir leicht auf diese auffällige Entwicklung stoßen würden.« Lenz sah zu Henri. »Ich fand, dass er ziemlich nervös gewirkt hat, als du gesagt hast, dass wir die Ordner mitnehmen.«

»Seibert senior war dagegen ziemlich entspannt. Als ob er sicher sei, dass der Pfusch nicht aufzudecken ist.« Henri überlegte. »Gehen wir mal davon aus, dass es wirklich so gelaufen ist. Die Studie bringt nicht die gewünschten Ergebnisse, Voss Pharma gibt Life Science Geld und nun erweist sich das Medikament plötzlich doch als wirksam. Voss Pharma bekommt die Zulassung und Life Science kann renovieren. Alle sind happy, bis ein Journalist daherkommt und unbequeme Fragen stellt.«

»Ob Gernot Weiss an diese Unterlagen herangekommen ist?«

»Elisa hatte zumindest den Eindruck, dass die Rezeptionistin ihn sehr wohl auf dem Foto erkannt hat und dass sie näher mit ihm bekannt war.«

»Das streitet sie nun aber ab, weil sie sonst erheblichen Ärger mit ihren Vorgesetzten bekommen würde.«

»Ich fürchte, bei Life Science werden wir nicht weiterkommen, solange alle dort mauern«, fasste Henri zusammen. »Aber vielleicht findet sich in den Finanzen der Voss Pharma AG ja eine Spur. Schließlich dürfte es sich um eine größere Summe handeln, die Life Science eine Renovierung in diesem Umfang ermöglicht hat.«

Kapitel 31

Elisa konnte André riechen, bevor er sich über ihre Schulter beugte. Benutzte er ein Pfefferminz-Aftershave oder aß er Pfefferminz-Bonbons, wenn er eine geraucht hatte?

»Zeig mir doch mal, was du über den Mord bei den Herz-Tagen geschrieben hast!«, forderte er sie auf.

Elisa klickte den Artikel über das geplante Sicherheitskonzept für das Oktoberfest – die *Wiesn*, wie Dennis ihr erklärt hatte – weg und öffnete ihren Textentwurf. Sie hatte ihn noch nicht ins Redaktionssystem gestellt, weil sie gehofft hatte, bis zum Redaktionsschluss neue Informationen zu bekommen. Während André las, überflog sie den Artikel selbst. Weitestgehend hatte sie sich an die Pressemeldung der Polizei gehalten; man vermute, dass Gernot Weiss aufgrund seiner Recherchen zum Schweigen gebracht worden war, könne aber aus ermittlungstaktischen Gründen keine Details preisgeben.

»Telefonier' doch mal mit diesem Kommissar!«, schlug André vor. »Meinst du nicht, dass er noch ein paar Informationen rausrückt?«

Elisa schüttelte den Kopf.

»Nein, das würde die Ermittlungen beeinträchtigen, wenn jetzt schon Details in der Zeitung stehen.«

»Du hast den ganzen Nachmittag kein einziges Mal telefoniert«, mischte sich Jette von der anderen Tischseite aus ein. »Wie willst du denn da wissen, ob es was Neues gibt?«

Elisa ließ sich nicht provozieren, mit ruhiger Stimme sagte sie: »Kommissar Wieland hat mir heute Mittag gesagt, dass sie verschiedene Spuren verfolgen, dass aber noch nichts dabei ist, was veröffentlicht werden kann.«

Sie sah dabei nicht Jette, sondern André an. Er nickte.

»Okay. Dann nehmen wir den Text so.«

André streifte Elisas Schulter und lächelte ihr zu, als er zu seinem Platz am Newsdesk ging. Jette verzog das Gesicht. Sie überlegte kurz, dann griff sie sich ihr Handy und rauschte aus dem Raum. Ihre blonde Mähne wehte wie eine Fahne hinter ihr her.

»Was hat Jette denn?«, fragte Dennis und sah zu Elisa. »Die ist ja nur noch schlecht gelaunt.«

»Ich befürchte eher, dass sie schon wieder was ausheckt.«

Dennis runzelte die Stirn. Der Kleinkrieg zwischen Jette und Elisa überforderte ihn.

»Wie dem auch sei!« Er stand auf und packte seine Sachen zusammen. »Ich muss jetzt los zum Sport.«

»Viel Spaß!«

»Von Spaß kann keine Rede sein!« Dennis stöhnte und fuhr den PC hinunter. »Der Muskelkater vom letzten Mal ist ja noch nicht mal weg ...«

»Das wird schon, Dennis. Je öfter du hingehst, desto schneller gewöhnt sich dein Körper daran.«

Dennis schnaubte. Er wünschte Elisa einen schönen Abend und ging. Elisa war gerade dabei, ihren Artikel ins Redaktionssystem hochzuladen, als Jette von hinten herangeprescht kam.

»Deinen Artikel kannst du dir sparen! Der ist längst überholt«, rief sie so laut, dass es jeder an den umliegenden Tischen hören konnte. Als André am Newsdesk nicht reagierte, wandte sie sich direkt an ihn. »André, kannst du bitte mal herkommen?«

Er drehte sich nur mit seinem Stuhl zu ihr, blieb aber sitzen.

»Was ist denn?«

»Ich habe gerade mit meiner Quelle bei der Polizei telefoniert und erfahren, dass der tote Journalist dabei war, einen Korruptionsskandal aufzudecken!« Triumphierend sah sie zu Elisa. »Das hast du wohl nicht herausgefunden!«

»Kein Grund, hier herumzuschreien!« André stand nun doch auf und kam zur Stadtredaktion herüber. »Also, noch mal langsam: Was hast du erfahren?«

»Dass der tote Journalist einem Korruptionsfall in der Pharmabranche auf der Spur war!« Jette konnte ihre Freude darüber, dass sie Elisa ausgestochen hatte, kaum verbergen.

»Wer hat dir das gesagt?«, fragte Elisa.

»Das werde ich dir kaum auf die Nase binden! Jedenfalls ist meine Quelle um einiges besser als deine. Oder du hast deine nicht im Griff!« Sie wandte sich an André. »Wir müssen das unbedingt auf der ersten Seite bringen! Ein Korruptionsskandal! Die Leute werden uns die Zeitung aus der Hand reißen. Umso mehr, wenn der Verdacht besteht, dass die Polizei mithilft, dass Ganze zu vertuschen ...«

»So ein Quatsch!«, fuhr Elisa Jette an. »Nur weil die Polizei keine weiteren Informationen veröffentlicht, heißt das noch lange nicht, dass sie einen Korruptionsfall vertuschen! Sie müssen Details zurückhalten, um nicht ihre eigenen Ermittlungen zu behindern.«

»Weißt du etwa doch mehr, Elisa?«, fragte André.

»Ich weiß das, was in der Presseerklärung steht«, sagte Elisa. »Und ich denke mir, dass es einen Grund haben wird, wenn noch nicht mehr bekannt gegeben wird. Vielleicht ist die Polizei dem Täter schon auf der Spur, ohne dass er es weiß. Wenn wir jetzt schreiben, dass die Polizei von einem Korruptionsfall ausgeht, dann ist der Täter vorgewarnt und kann verräterische Unterlagen oder sonstige Beweise verschwinden lassen. André, das können wir nicht bringen!«

Er sah sie nachdenklich an.

»Ich glaube, du hast recht, Elisa«, sagte er schließlich. »Stell den Artikel, so wie er ist, ins System. Aber ich möchte, dass du dranbleibst und spätestens morgen der Polizei noch mal auf den Zahn fühlst.«

Spätestens morgen hieß so viel wie: heute Abend zu Hause, wenn du dem Sohn deiner Vermieterin über den Weg läufst.

»Geht klar, das mache ich.«

Elisa wandte sich wieder dem Bildschirm zu, André ging zurück zum Newsdesk und Jette stand für einen Moment etwas verloren herum, bis sie energisch ihre Locken zurückwarf und zur Kaffeebar verschwand.

Der Text war schnell hochgeladen. Elisa überflog ihn ein letztes Mal, dann gab sie ihn frei. Bis zuletzt hatte sie gehofft, dass Henri sich mit weiteren Informationen bei ihr melden würde. Es hatte sich so angehört, als wolle er nach ihrem Anruf Life Science direkt einen Besuch abstatten. Zweifellos standen ihm dort mehr Möglichkeiten als ihr zur Verfügung, um die gewünschten Informationen zu bekommen. Doch er hatte sein Wissen nicht mit ihr geteilt. Obwohl er *Bis später* gesagt hatte. *Bis später* konnte viel heißen, wies Elisa sich selbst zurecht. Damit konnte er auch gemeint haben, dass sie sich abends zu Hause in *Elysium* sehen würden. Er hatte ihr nichts versprochen. Und sie würde ihn nicht bedrängen. Wie Jasper gesagt hatte: Nicht unter Druck setzen!

Kapitel 32

Henri und Lenz waren zum zweiten Mal an diesem Tag auf dem Weg nach Taufkirchen zu Voss Pharma.

»Eigentlich kann es ja nicht sein, dass wir jetzt einen Korruptionstatbestand verfolgen«, meinte Lenz. »Immerhin sind wir bei der Mordkommission.«

»Tatsache ist, dass wir unseren Mörder erst finden, wenn wir verstehen, was Gernot Weiss aufdecken wollte«, erwiderte Henri. »Erst dann können wir genauer einkreisen, wer ein Interesse daran gehabt haben muss, ihn loszuwerden.«

»Ich glaube nicht, dass die uns bei Voss Pharma so einfach Einblick in ihre Unterlagen geben werden.«

»Lenz, du bist einfach der geborene Optimist«, machte Henri sich über seinen Freund und Kollegen lustig. »Wenn sie sich weigern, sagt uns das schließlich auch was. Und dann hetzen wir ihnen die Kollegen von der Wirtschaftskriminalität ...«

Henris Telefon klingelte, Tanjas Handynummer erschien auf dem Display. Henri nahm über die Freisprechanlage ab, sodass Lenz mithören konnte.

»Tanja?«

»Hi Henri!« Sie klang wie immer atemlos und gestresst. »Ich wollte hören, wo ihr seid und was ansteht? Ich könnte jetzt doch noch kommen. Marco hat die Kinder gerade abgeholt, sie sind die nächsten Tage bei seiner Mutter.«

Henri sah auf die Uhr.

»Ich weiß nicht, ob es sich jetzt noch lohnt, dass du reinfährst. Wir sind im Moment auf dem Weg nach Taufkirchen, um Einblick in die Finanzen der Voss Pharma AG zu nehmen. Marius kämpft sich durch die Studie von Life Science, aber ich glaube, er kommt ganz gut allein klar.«

»Oh ...« Tanjas Enttäuschung war selbst über die Freisprechanlage spürbar. »Ich dachte, ich könnte euch unterstützen ...«

»Heute bringt das nichts mehr. Aber wenn ich dich richtig verstanden habe, dann können wir auch morgen mit dir rechnen.«

»Ja, schon ...«

»Super, dann sehen wir uns zur Morgenbesprechung.«

»Okay ... bis dann.«

Tanja legte auf.

»Sie steigert sich langsam echt ein bisschen rein«, meinte Lenz. »Dabei arbeitet sie doch eigentlich nur Teilzeit.«

»Das ist wahrscheinlich das Problem. Sie hat immer das Gefühl, dass sie bei den Ermittlungen nicht richtig dabei ist.«

»Dabei habe ich sie heute Mittag extra angerufen, um sie auf dem Laufenden zu halten ...«

Im beginnenden Feierabendverkehr brauchten sie diesmal länger, um nach Taufkirchen zu gelangen. Die junge Frau am Empfang musste einen ordentlichen Einlauf bekommen haben. Sie griff sofort zum Telefonhörer, als sie sie durch die Glastür kommen sah, und sprach bereits mit jemandem, als sie an den Empfangstresen herantraten. Sie warf Henri einen schiefen Blick zu und legte wieder auf.

»Die Assistentin von Dr. Haberlander kommt gleich und holt Sie ab.«

»Danke.«

Kurz darauf öffneten sich die Türen des Aufzugs auf der anderen Raumseite und eine attraktive junge Frau kam auf sie zu. Ihre dunklen Augen, die sie ähnlich wie Anna mit reichlich schwarzer Schminke betonte, standen in krassem Kontrast zu den weißblonden langen Haaren, die ihr über die enorme Oberweite fielen. Sie sah aus, als sei sie einem Fantasy-Film entsprungen. Mit freundlichem Lächeln begrüßte sie Henri und Lenz.

»Lara Türmer«, stellte sie sich vor. »Ich bin die Assistentin von Dr. Haberlander. Er hat mich gebeten, Sie zu ihm zu bringen.«

Sie folgten ihr in den Aufzug. Laras blumiges Parfum passte zu ihrem kindlichen, elfenhaften Aussehen. Sie konnte höchstens zwanzig sein.

»Arbeiten Sie schon lange hier, Frau Türmer?«, fragte Henri.

Die Aufzugtüren schlossen sich hinter ihnen, sie fuhren in den vierten Stock.

»Seit ein paar Monaten.« Lara lächelte immer noch freundlich. »Ich habe zuerst eine Urlaubsvertretung gemacht über eine Zeitarbeitsfirma. Aber dann hat es mir gut gefallen und Dr. Haberlander wollte, dass ich bleibe, also bin ich geblieben.«

»Sie haben seine Assistentin vertreten?«

»Ja. Sie wollte mal eine längere Auszeit machen und um die Welt reisen.«

Und als sie zurückkam, war ihr Job weg.

Die Aufzugtüren gingen auf. Die Vorstandsetage war im gleichen Stil eingerichtet wie der Empfangsbereich; dunkles Holz und Ledermöbel prägten eine offene Besprechungsecke, auf die man direkt aus dem Aufzug schaute.

»Da sind wir! Folgen Sie mir bitte nach rechts.«

Lara Türmer führte sie durch ein penibel aufgeräumtes Vorzimmer zum Büro von Gerald Haberlander. Die Tür stand offen, Lara klopfte kurz dagegen, um sie anzukündigen.

»Hier sind die Herren von der Polizei«, sagte sie. Dr. Haberlander hob den Kopf, blieb aber hinter seinem Schreibtisch sitzen. Er deutete auf die beiden Stühle davor. Lara verließ den Raum und schloss die Tür.

»Bitte, setzen Sie sich. Was kann ich für Sie tun?« Gerald Haberlander wirkte weitaus entspannter als am Vormittag, als sie in sein Meeting geplatzt waren.

»Wir müssten einen Blick auf Ihre Finanzen werfen, da der Verdacht aufgekommen ist, dass bei den Herz-Tagen nicht alles mit rechten Dingen zugegangen ist«, sagte Henri.

Gerald runzelte kurz seine glatte, sonnengebräunte Stirn, ansonsten war ihm keine Irritation anzumerken.

»Wie meine Kollegin Frau Eberhardt Ihnen heute Morgen schon erklärt hat, waren wir dort nur als Sponsor tätig. Ich wüsste nicht, was Sie den Daten sonst noch entnehmen könnten, aber selbstverständlich bekommen Sie Einblick in die Zahlen.« Gerald Haberlander stand auf. »Ich bringe Sie am besten direkt zu Herrn Opitz, unserem Controller. Den haben Sie heute Morgen ja auch schon kennengelernt.«

Henri und Lenz folgten Gerald aus dem Büro. Er führte sie an Lara, die nun an ihrem Schreibtisch im Vorzimmer saß, vorbei Richtung Aufzug. Henri fiel das Schild an einem offensichtlich leerstehenden Büro auf. *CFO – Vorstand Finanzen*. Gerald ging daran vorbei.

»Ist Herr Opitz denn nicht der Vorstand für Finanzen?«, erkundigte sich Henri.

»Nein, der Posten ist zurzeit nicht besetzt. Der Kollege war ein bisschen sauer, weil ich in meinem Vorzimmer etwas frischeres Blut wollte, wenn Sie verstehen, was ich meine.« Er kippte den Kopf kurz zurück in Laras Richtung und zwinkerte verschwörerisch. »Ich hatte vergessen, dass meine alte Sekretärin damals auf seine Empfehlung zu uns gekommen war, weil sie eine Freundin seiner Frau war.« Er zuckte mit den Schultern. »Blöd gelaufen. Aber wegen so was einen Vorstandsposten hinzuschmeißen, das verstehe ich wirklich nicht ...«

Sie betraten den Aufzug und fuhren ein Stockwerk nach unten, wo deutlich mehr los war als in der Vorstandsetage. Die meisten Bürotüren standen offen, man hörte Personen, die telefonierten, und auf dem Flur standen einige Mitarbeiter, die sich unterhielten. Als sie Gerald Haberlander sahen, verdrückten sie sich schnell in ein Büro. Gerald steuerte eine Tür am Ende des Gangs an, die im Gegensatz zu den anderen verschlossen war. *Johannes Opitz, Controlling*, stand auf dem Schild neben der Tür. Gerald klopfte kurz und öffnete die Tür. Auf den ersten Blick sah es aus, als sei niemand im Büro, denn der Schreibtisch war verwaist, doch dann tauchte Johannes Opitz aus der anderen Büroecke auf. Mit sichtbar schlechtem Gewissen.

»Opitz! Spielen Sie etwa schon wieder Schach?«

Gerald deutete auf ein Schachbrett, das auf einem niedrigen Sideboard stand. Es waren nicht mehr viele Figuren auf dem Brett.

»Ich ... ich habe nur eine kurze Pause gemacht ... andere gehen

rauchen ... ich spiele eben Schach ...«, rechtfertigte sich Johannes Opitz.
Eine kurze Röte überzog sein Gesicht und wanderte sogar unter seine
nahezu gänzlich abrasierten Haare.

Gerald schien nicht wirklich sauer zu sein.

»Ist ja gut. Herr Opitz spielt hier eine Dauerpartie mit Carlo Fröhlich,
unserem CSO«, erklärte er Henri und Lenz lachend. »Die beiden
kennen sich noch aus ihrer Schulzeit. Hat er Ihnen mit dem letzten Zug
was zum Knobeln gegeben, ja?«

»Jetzt nicht mehr«, erwiderte Johannes steif und schaute fragend zu
Henri und Lenz.

»Die Polizei will einen Blick auf unsere Zahlen werfen«, sagte Gerald
zu ihm. »Bei der Finanzierung der Herz-Tage stimmt was nicht. Sehen
Sie zu, Opitz, dass die Herren alles bekommen, was sie brauchen. Ich
möchte nicht, dass Voss Pharma länger als nötig mit irgendwelchen
dubiosen Machenschaften in Verbindung gebracht wird.« Er wandte
sich an Henri und Lenz. »Geben Sie mir Bescheid, wenn ich Ihnen
sonst noch weiterhelfen kann.«

»Das ist erst mal alles, danke.«

Gerald verließ den Raum. Johannes überlegte kurz, dann zog er einen
Ordner aus der Regalwand und schlug ihn auf.

»Hier haben wir sämtliche Dokumente gesammelt, die mit den Herz-
Tagen zusammenhängen. Den Sponsoring-Vertrag und die
Abrechnung. Was die Plakatwände und Flyer angeht, da müssten Sie
mit Melissa Eberhardt sprechen, sie ist für das Marketing zuständig. Ich
habe nur die Unterlagen, die das Finanzielle betreffen.«

Henri warf einen Blick in den Ordner. Fein säuberlich waren darin
Vertragsunterlagen und Rechnungen abgeheftet.

»Was brauchen Sie noch?«

»Wir benötigen eine komplette Übersicht über die Einnahmen und
Ausgaben des Unternehmens. Einen Überblick über die Geldflüsse.«

»Der ganze Cashflow?!?« Johannes zog die Brauen hoch. »Für
welchen Zeitraum?«

Henri sah Lenz an.

»Für ein Jahr?«, schlug Lenz vor.

Henri nickte.

»Ja, erst mal ein Jahr.«

»Okay. Ich drucke Ihnen die Zahlen am besten direkt aus. Das wird
aber ein bisschen dauern. Wenn Sie wollen, können Sie sich draußen in
der Küche einen Kaffee holen.«

Johannes setzte sich an seinen Schreibtisch.

»Danke, nein.«

Henri hatte das Gefühl, es könne nicht schaden, Johannes Opitz etwas über die Schulter zu schauen. Auch wenn Gerald und er die Zahlen bereitwilliger herausrückten, als er angenommen hatte.

Lenz lehnte sich gegen den Türrahmen, Henri ans Fenster. Sie blickten auf Johannes' Bildschirm, doch sie konnten nicht erkennen, was er genau tat. Mit dem Mauszeiger klickte er sich blitzschnell durch Excel-Tabellen und gab immer wieder den Befehl zum Drucken. Haufenweise quoll Papier aus dem Drucker. Ihnen würde nicht so schnell langweilig werden, wenn sie diese Daten alle überprüften.

»Kontoauszüge auch?«, fragte Johannes zwischendrin.

»Alles.«

Der Drucker machte kaum eine Pause. Henri betrachtete das Schachbrett. Er war kein Experte, was Schach anging, aber er konnte sehen, dass es für Weiß nicht gut aussah. Der König hatte nur wenig Ausweichmöglichkeiten.

Henri sah sich im Büro um. Johannes Opitz schien extrem ordentlich zu sein. Nirgendwo lagen lose Unterlagen herum. Sogar die Zettel und Karten an Johannes' Pinnwand waren jeweils mit zwei Nadeln befestigt und hingen akkurat mit einem Zentimeter Abstand nebeneinander, sodass nichts überlappte und man alles gut lesen konnte. Trainingsplan für einen Halbmarathon, Einladung zum dreißigjährigen Abiturtreffen und diverse Zeitungsartikel über regionale Schachmeisterschaften, bei denen Johannes Opitz Erfolge gefeiert hatte. Keine lustigen Sprüche und Bilder wie in Marius' und Tanjas Büro, kein kreatives Chaos aus Sportklamotten, Zeitungen und Unterlagen wie bei Henri und Lenz; hier gab es außer dem Schachbrett nichts, was von der Arbeit ablenkte.

»Soll ich Ihnen die Papiere in einem Ordner abheften?«, fragte Johannes prompt.

»Das wäre nett«, meinte Henri. »Nicht, dass uns was abhandenkommt.«

Johannes machte sich daran, die Ausdrucke zu lochen, und legte sie dann säuberlich mit Trennblättern versehen in einem neuen Ordner ab.

»Brauchen Sie sonst noch etwas?«

»Für den Moment wäre es das, danke.«

»Ich gebe Ihnen meine Telefonnummer mit. Falls Sie Fragen haben.«

Er nahm eine Visitenkarte aus der obersten Schublade seines Rollcontainers und überreichte sie Henri zusammen mit dem Ordner.

»Möchten Sie noch mal mit Dr. Haberlander sprechen? Soll ich Sie zu ihm bringen?«

»Nicht nötig, ihn zu belästigen, bevor wir die Zahlen durchgesehen haben. Ich denke, wir finden auch so hinaus.«

Johannes Opitz bestand darauf, sie zum Ausgang zu begleiten, wo sie sich verabschiedeten. Im Auto klappte Henri den Ordner auf und blätterte in den Papieren. Die ausgedruckten Excel-Tabellen wirkten sehr akkurat, sie würden tief darin wühlen müssen, um etwas Verdächtiges auszugraben.

»Denkst du das Gleiche, was ich denke?«, fragte Lenz.

»Das wäre?«

»Ich glaube, jetzt brauchen wir doch Tanja mit ihrem Zahlenspürsinn.«

Henri nickte.

»Gute Idee. Und am besten holen wir auch gleich noch einen Kollegen vom Dezernat für Wirtschaftskriminalität dazu. Der weiß besser als wir, an welcher Stelle man genauer hinschauen muss.«

Beide griffen zum Handy.

Kapitel 33

Als Elisa um die Straßenecke radelte, stellte sie enttäuscht fest, dass Henris Auto nicht unter dem Carport stand. Sie hatte Maja Johansson, die ihr eine Nachricht geschickt hatte und sich mit ihr treffen wollte, noch nicht geantwortet, denn sie hatte gehofft, Henri zu Hause anzutreffen und mit ihm sprechen zu können. Aber offensichtlich war er im Büro oder unterwegs, wo immer ihn seine Ermittlungen hinführten.

Elisa lenkte ihr Fahrrad unter den Carport und stellte es an der Hauswand ab. Sie suchte den Hausschlüssel in ihrer Tasche, als sie plötzlich Karens Stimme hörte.

»Hallo, Elisa. Wie geht es Ihnen?«

Karen stand mit Gartenhandschuhen, einer kleinen Hacke und einem Eimer bewaffnet mitten im Rosenbeet vor dem Haus.

»Hallo, Karen.« Elisa ging zu ihr hinüber. »Mir geht's gut. Und Ihnen?«

»Ach, der Rücken!« Karen stöhnte. »Ich vertrage das Bücken nicht mehr. Aber dieses Unkraut muss raus, sonst wuchert das Beet zu.«

Sie deutete auf den Eimer am Boden, der halb gefüllt war mit Löwenzahnblättern, Ahornschösslingen und Gräsern. Elisa warf einen

Blick auf das Beet. Karen schien sich schon fast ganz hindurchgearbeitet zu haben.

»Sieht aus, als ob Sie es bald geschafft haben.«

»Zum Glück!« Karen lachte und ihre blauen Augen leuchteten. »Sagen Sie, Elisa, hätten Sie nicht ...«

Ein knallroter VW Golf mit Berliner Kennzeichen fuhr heran und hielt vor dem Haus. Elisa sah, dass ein Mann die Fahrertür aufriss und seinen ewig langen Körper aus dem Auto schob. Sie überlegte noch, woher er ihr so bekannt vorkam, als Karen schon neben ihr aufschrie: »Tiger! Was machst du denn hier?«

»Überraschung!« Mit wenigen Schritten war er bei Karen, hob sie aus dem Beet und wirbelte sie mühelos herum, als sei sie nicht fast genauso groß wie er. Das musste Sönke sein, Henris Bruder. Er lachte laut und drückte Karen an sich, bevor er sie wieder auf den Boden setzte. »Da staunst du, was? Wir sind auf dem Weg nach Venedig und dachten, wir machen einen kleinen Zwischenstopp bei euch. Ich möchte dir jemanden vorstellen.«

Er drehte sich zum Auto um, aus dem inzwischen eine junge Frau ausgestiegen war. Elisa registrierte weinrot gefärbte kurze Haare mit einem gerade auf der Stirnmitte verlaufenden Pony, ein grünes Kleid und aus dem gleichen Samtstoff ein Barett, das sie keck auf ihre linke Kopfhälfte gesetzt hatte. Der Lippenstift war auf die Haarfarbe abgestimmt. Und wenn Elisa sich nicht täuschte, dann wölbte sich unter dem Kleid ein kleiner Babybauch.

Sönke griff nach der Hand der jungen Frau und zog sie zu sich.

»Das ist meine Freundin Merle. Und das ist meine Mutter«, stellte er vor. Karen musterte Sönkes Freundin, konnte vermutlich auch kaum umhin, ihren Bauch zu entdecken, doch sie ließ sich nichts anmerken. Mit einem freundlichen Lächeln ergriff sie Merles Hand und drückte sie fest.

»Herzlich Willkommen! Das ist ja eine tolle Überraschung! Ich freue mich so, dass ihr hier seid!«

»Freut mich auch, Sie kennenzulernen!«, sagte Merle mit kratziger Stimme.

»Ich heiße Karen, wir können gern du sagen.«

Merle lächelte. Sie schien überwältigt von Karens Freundlichkeit. Sönke sah Elisa neugierig an.

»Bist du die berühmte Elisa?«

»Berühmt sicher nicht, aber Elisa stimmt.«

Sie gab zuerst ihm, dann Merle die Hand. Mit hochgezogenen

Augenbrauen betrachtete Merle Elisas zerknitterte Bluse und ihre alte Tasche und Elisa wurde bewusst, dass sie am Morgen nicht daran gedacht hatte, sich zu schminken.

»Freut mich!«

»Gleichfalls.«

Auch wenn es nicht so klang.

Elisa spürte instinktiv, dass Merle sie nicht mochte. Weil Sönke gerade überschwänglich seiner Freude darüber Ausdruck verlieh, dass er endlich die mysteriöse Elisa kennenlernte, über die Henri nicht viel sprach, Karen und Anna dafür umso mehr?

»Kommt doch erst mal herein!«, unterbrach seine Mutter ihn schließlich. »Wir müssen ja nicht hier im Vorgarten herumstehen. Ihr bleibt hoffentlich ein bisschen!? Ich seh dich so selten, Tiger!«

»Wir wollen dir keine Umstände machen, Mama.«

»So ein Unsinn! Ihr macht doch keine Umstände! Ihr könnt in Annas Zimmer schlafen, sie ist gerade bei ihren Großeltern in Starnberg.«

»Oh wie schade, Merle!«, sagte Sönke zu seiner Freundin. »Dann lernst du Anna gar nicht kennen. Wie geht es denn meiner Lieblingsnichte?«

»Du würdest sie kaum wiedererkennen«, meinte Karen und sammelte den Eimer und die Hacke ein.

»Kein Schwarz mehr?«

»Zumindest nicht mehr ausschließlich.« Karen ging zum Eingang, drehte sich aber auf einmal wieder um. »Ich werde sofort bei Henri anrufen, dass er nach Hause kommen muss, um zu sehen, wer da ist.«

»Der wird seine Leichen nicht von jetzt auf gleich fallenlassen können.« Sönke lachte. »Dann würde ich *ihn* nämlich auch kaum wiedererkennen.«

Karen sah auf die Uhr und schloss die Haustür auf.

»Unsinn, jetzt ist sowieso Feierabendzeit. Ich rufe ihn an und dann schauen wir, was ich für uns alle zum Essen zaubern kann.«

»Mama, mach dir bloß keinen Stress ...«

»Unsinn! Ich freu mich so, dass ihr da seid! Elisa, Sie essen doch auch mit uns, oder?«

»Ich ... äh ... nein, tut mir leid ... ich bin verabredet«, sagte Elisa schnell. Ganz sicher wollte Henri sie nicht beim Familientreffen dabeihaben, wenn Sönke ihm und seiner Mutter erzählte, dass er Vater werden würde. »Ich muss gleich wieder los!«

»Das ist aber schade!«

Karen warf Elisa einen bedauernden Blick zu.

»Viel Spaß!«, wünschte Elisa. Noch auf der Treppe hoch zu ihrer Wohnung zog sie das Handy aus der Tasche, um Maja zu antworten, dass sie in einer halben Stunde bei ihr sein konnte.

Kapitel 34

Lenz beobachtete Tanja. Sie saß ihm gegenüber an dem langen Tisch im Besprechungszimmer, auf dem sie zusammen mit Wolfram Schuller, dem Kollegen aus dem Dezernat für Wirtschaftskriminalität, die Unterlagen der Voss Pharma AG ausgebreitet hatten. Tanja hatte sich nahezu euphorisch auf die Zahlen gestürzt. Auch jetzt blätterte sie noch aufmerksam in den Papieren und machte sich Notizen, während Lenz das Gefühl hatte, im nächsten Moment einzuschlafen. Er hatte nun bereits zum dritten Mal die gleiche Excel-Tabelle durchgesehen, doch die Bedeutung der Zahlen erschloss sich ihm kein bisschen. Schade, dass Hans ihn nicht anrief und wegen einer Überraschung nach Hause bestellte, so wie Karen es bei Henri getan hatte. Aber seinem Vater schien es gut zu gehen. Lenz hatte ihn angerufen, um ihm zu sagen, dass es später werden würde, doch das hatte Hans kaum interessiert. Er war in eine Quizshow im Fernsehen vertieft und vermisste Lenz dabei nicht.

Tanja hatte sich die halblangen Haare mit einer Klammer am Hinterkopf hochgesteckt, von wo die Haarspitzen nach allen Seiten abstanden. Schön sah es nicht aus, aber so was war Tanja egal. Sie wollte sich auf ihre Arbeit konzentrieren, dabei hatten die Haare vermutlich gestört, als sie ihr ins Gesicht hingen. Sie runzelte die Stirn, blätterte zurück und wandte sich dann an Wolfram, um sich von ihm die Bedeutung eines Wertes erklären zu lassen.

Wolfram Schuller sah aus, als ob er seinen dunklen Anzug und die gestreifte Krawatte auch in der Freizeit trug. Seine Haare waren ordentlich gescheitelt und in der Anzugtasche steckte ein Tuch, das farblich zur Krawatte passte. Verhinderter Banker, urteilte Lenz. Wie war der Erbsenzähler bloß zur Polizei gekommen?

Nachdem Wolfram Tanja ausführlich erklärt hatte, was es mit dem Wert auf sich hatte und mit welchen anderen Zahlen er in Bezug stand, warf er einen Blick auf seine Uhr.

»Oh, ich muss los«, sagte er.

»Wo musst du denn hin? Treffen der Briefmarkensammler?«, fragte Lenz.

Nicht nur Wolfram, sondern auch Tanja sah Lenz an, als hätte er den Verstand verloren.

»Spinnst du jetzt, Lenz?«, fragte Tanja.

»Ich muss nach Hause, um die Kinder zu hüten, weil die Schicht meiner Frau in einer Stunde beginnt«, erklärte Wolfram und lächelte sanft.

Kinder? Frau? Der Mann hatte Familie und kümmerte sich um sie. Von wegen unsozialer Zahlenmensch. *Lenz, zieh nicht immer so voreilige Schlussfolgerungen*, schimpfte Lenz sich selbst und fand, dass er sich dabei wie Henri anhörte.

»Bis jetzt ist mir bei den Zahlen nichts aufgefallen. Sämtliche Einnahmen und Ausgaben sind ordentlich belegt«, fasste Wolfram zusammen. »Morgen schauen wir uns dann den Cashflow genauer an und überprüfen die Konten.«

Er hob die Hand zum Gruß und verließ eilig den Raum.

»Machen wir auch Schluss?«, fragte Lenz Tanja. »Ich kann keine einzige Zahl mehr verstehen geschweige denn beurteilen.«

Sie sah ihn für einen Moment verwundert an, doch dann nickte sie.

»Okay, soll mir recht sein. Ich hatte eine kurze Nacht, weil ich gestern noch lange bei meinen Eltern war. Die Sommergrippe macht ihnen zu schaffen, sie hatten beide hohes Fieber.«

Tanja lehnte sich zurück und fuhr mit den Fingern über ihre Augen. Erst jetzt bemerkte Lenz die dunklen Ringe darunter.

»Wollen wir irgendwo noch einen Schlummertrunk nehmen?«, fragte er wider besseres Wissen.

Tanja schüttelte den Kopf.

»Tut mir leid, dass schaff ich nicht mehr. Ich wäre auch kaum eine angenehme Gesellschaft.«

»Quatsch! Du bist immer eine angenehme Gesellschaft!«

»Ich weiß selbst, dass das nicht stimmt, aber nett, dass du es sagst.« Tanja sah Lenz direkt an. »Tut mir leid, dass ich dich heute am Telefon so angeraunzt habe. Ich dachte echt, dass du mir Vorwürfe machen wolltest.«

»So ein Quatsch! Ich wollte dich nur informieren.«

»Das ist mir jetzt auch klar. Entschuldige.«

»Vergiss es.« Lenz stand auf. »Komm, ich fahr dich nach Hause.«

Kapitel 35

Henri hatte sich riesig gefreut, Sönke zu sehen. Als Karen ihn angerufen und eine Überraschung angekündigt hatte, hatte er mit vielem gerechnet, aber nicht mit seinem Bruder. Und schon gar nicht mit dessen schwangerer Freundin. Henri hatte nie zuvor von ihr gehört und es war ihm auch neu gewesen, dass Sönke vorhatte, eine Familie zu gründen.

Während des Essens hatte Henri versucht, Merle besser kennenzulernen, ohne dass seine Fragen wie ein Verhör wirkten. Aber er hatte nicht viel mehr erfahren, als dass sie Social-Media-Referentin bei einer Versicherung war, was wohl erklärte, warum sie permanent auf ihr Smartphone sah und immer wieder darauf herumtippte. Karen hatte sie über ihre Schwangerschaft ausgefragt, doch auch bei diesem Thema war Merle einsilbig geblieben. Sie schien weniger aufgeregt wegen ihres ersten Kindes zu sein als Karen wegen ihres dritten Enkelkindes.

Karen hatte sich mit dem Essen viel Mühe gegeben. Merle hatte es dann aber kaum angerührt. Leider hatte sich erst beim Auftragen der Minutensteaks herausgestellt, dass sie Vegetarierin war. Nach dem Essen hatte Sönkes Freundin sich ins Haus zurückgezogen. Um noch etwas zu arbeiten, wie sie sagte. Karen richtete den Gästen in Annas Zimmer das Bett her. Henri und Sönke machten es sich unterdessen mit einer Flasche Wein unter der Pergola bequem.

»Es ist schön, mal wieder nach Hause zu kommen!«

Sönke streckte die Füße auf einem zweiten Stuhl aus und reckte sich. Henri reichte ihm ein gefülltes Weinglas.

»Schön, dass du mal wieder da bist!«

Er warf einen kurzen Blick hoch zu Elisas Wohnung und stellte fest, dass die Dachterrassentür zu war. Sönke lachte.

»Elisa scheint ja wirklich eine tolle Frau zu sein! Schade, dass sie schon verabredet war.«

»Du hast sie gesehen?!?«

»Sie war da, als wir ankamen. Mama hat sie zum Essen eingeladen, aber sie war schon verabredet.«

»Mit wem war sie denn verabredet?«, fragte Henri.

»Keine Ahnung. Ich hab sie nur kurz gesehen.« Sönke sah Henri forschend an. »Dich scheint es ja ordentlich erwischt zu haben. Warum machst du nicht Nägel mit Köpfen?«

Henri zögerte.

»Es ist kompliziert ... wegen unserer Jobs ... Sie ist als Reporterin für Kriminalfälle zuständig. Sie braucht permanent Informationen, die ich ihr nicht geben darf.«

»Weil du Angst haben musst, dass du ihr nicht vertrauen kannst? Dass sie etwas abdruckt, was eure Ermittlungen gefährdet? «

»Genau ... zumindest dachte ich das ...«

»Und jetzt denkst du das nicht mehr?«

Henri hob die Achseln.

»Bei den aktuellen Ermittlungen ist es anders. Wir haben Informationen ausgetauscht, die nebenbei bemerkt auch für uns wertvoll waren, und sie hat sie vor ihrem Chefredakteur zurückgehalten.«

»Also kannst du ihr doch vertrauen?«

»Eigentlich schon.«

»Was ist dann das Problem?«

»Wahrscheinlich bin ich das Problem«, gestand Henri Sönke und sich selbst ein.

»Ist es immer noch wegen Claire? Weil sie dich ausgenutzt und verraten hat?« Sönke schüttelte den Kopf. »Dir ist echt nicht zu helfen, Henri. Ich kenne Elisa zwar gerade mal fünf Minuten, aber ich schwöre dir, dass sie nicht das Geringste mit Claire gemeinsam hat. Nicht alle Frauen sind wie Claire! Du kannst dich doch nicht für den Rest deines Lebens abschotten!«

Henri hatte keine Lust, über Claire zu sprechen. Er drehte den Spieß um und fragte Sönke: »Wie schaut es denn mit *deinen* Plänen für das weitere Leben aus?«

»Du meinst mit Merle?«

»Und dem Baby?«

Plötzlich war Sönke still. Er wich Henris Blick aus und musterte interessiert Karens Blumenrabatten. Henri wartete, bis sein Bruder bereit war zu sprechen.

»Ich glaube, Merle erwartet, dass ich ihr in Venedig einen Heiratsantrag mache.«

Die Worte Sönke *und* heiraten *waren bisher noch nie in einem Satz vorgekommen.*

»Und was willst *du*?«

Sönke zuckte mit den Schultern.

»Das war nichts Ernstes mit ihr. Ein kurzes Techtelmechtel von ein paar Wochen. Und plötzlich steht sie auf der Matte und sagt, dass sie schwanger ist.« Sönke rieb mit den Fingern über die Stirn, als wolle er seine Gedanken anschieben. »Ich kann sie doch nicht mit dem Kind sitzenlassen.«

»Liebst du sie?«

»Ich mag sie. Ich weiß, dass sie etwas spröde wirkt, aber sie ist nicht immer so. Wir verstehen uns gut. Aber Liebe?«

»Ohne Liebe ist es schwer. Gerade wenn ein Kind da ist.«

»Du hast Claire geliebt, nicht wahr?«

Henri runzelte die Stirn.

»Du stellst Fragen!« Sein Blick ging wieder hoch zu Elisas dunkler Wohnung. »Ich habe es damals für Liebe gehalten, aber ich bin nicht sicher, ob es das war. Hilft dir das weiter?«

»Kein bisschen. Was soll ich mit Merle machen? Was meinst du?«

»Du musst sie ja nicht gleich heiraten. Das heißt noch lange nicht, dass du sie mit dem Kind sitzenlässt.«

»Für sie heißt es das! Sie hat mir schon erklärt, dass sie beruflich erst mal aussetzen will, wenn das Baby da ist.«

»Dabei scheint sie sich sehr für ihre Arbeit zu engagieren?«

»Na ja, in den sozialen Medien weiß man nie, was Arbeit ist und was Privatvergnügen ...«

»Du hast ihr aber schon klargemacht, dass dein Einkommen zurzeit einigen Schwankungen unterworfen ist?«

»Hm ... ja ... deshalb wollte ich auch noch mal mit *dir* reden ...«

»Sönke, sprich lieber nicht weiter! Ich kann dir sicher ab und zu mal aushelfen. Aber ich werde nicht finanzieren, dass sie mit ihren Facebook-Freunden chattet, während du dich um das Baby kümmerst und keine Zeit mehr hast, Aufträge an Land zu ziehen!«

»Nein, nein!«, wehrte Sönke ab. »Ich hab jetzt was Regelmäßiges in Aussicht. Ab September. Nur bis dahin bin ich etwas klamm.«

»Aber nach Venedig fahren, das ist drin?«

»Das hat Merle gebucht. Als Überraschung.«

»Verstehe.«

Die Frau war berechnender, als Henri ihr zugetraut hatte.

»Wenn sich eure Beziehung mit dem Baby festigt, dann könnt ihr immer noch heiraten. Lass dir Zeit!«, riet er seinem Bruder.

»So wie du?« Sönke grinste und deutete nach oben zu Elisas Wohnung.

Das konnte man ja wohl kaum vergleichen ...

Kapitel 36

Als Elisa zum zweiten Mal an diesem Tag in die Einfahrt abbog, stand Henris Auto unter dem Carport. Sie wollte immer noch gern mit ihm sprechen, doch sie konnte schlecht in sein Familientreffen platzen.

Elisa hörte in der Erdgeschosswohnung keine Stimmen. Sie schlich die Treppe hoch. Die Luft in ihrer Dachwohnung war nach dem warmen Tag stickig. Elisa wollte gerade die Terrassentür aufreißen, als sie bemerkte, dass Henri mit seinem Bruder im Garten saß. Sie hatten sich ein Stück vor der Pergola niedergelassen, sodass Elisa sie gut sehen konnte. Augenscheinlich waren sie in ein intensives Gespräch vertieft und tranken dabei Wein.

Für einen kurzen Moment überlegte Elisa, ob sie auf die Dachterrasse hinausgehen und die beiden grüßen sollte. Doch selbst wenn Henri sie einlud, zu ihnen hinunterzukommen, hätte sie keine Gelegenheit, mit ihm allein zu sprechen. Sie wollte mit Henri über die Ermittlungen zum Tod von Gernot Weiß sprechen. Und vor allem wollte sie herausfinden, woran sie bei ihm war. Als sie am Mittag telefoniert hatten, hatte er *Bis später* gesagt. Vielleicht interpretierte sie zu viel in seine Worte, doch so lange sie nicht mit ihm reden konnte, wusste sie nicht, was sie davon halten sollte.

Vielleicht wusste Jasper Rat. Elisa wählte seine Nummer. Es dauerte eine Weile, bis er antwortete.

»Elisa, echt jetzt!?! Du hast ja nicht mehr alle Latten am Zaun! Weißt du, wie spät es ist? Ich hab schon geschlafen!«

»Es ist doch erst ...« Elisa sah auf die Uhr. »Oh, es ist kurz nach Mitternacht!«

»Genau! Was ist denn so wichtig um diese Uhrzeit?«

»Ich wollte dich was fragen ... Wenn du zu einer Frau *Bis später* sagst, meinst du das dann auch so? Dass man sich später sieht? Oder ist das mehr so ein Gruß?«

Jasper stöhnte.

»Das ist jetzt nicht wahr, oder? Wegen so einem Scheiß rufst du mich mitten in der Nacht an?«

»Jetzt hab dich nicht so. Sasha konnte ich zu jeder Uhrzeit anrufen und sie hat sich nie beschwert.«

»Ich bin aber nicht Sasha!«

»Komm schon, Jasper! Jetzt bist du eh wach! Wie ist *Bis später* gemeint?«

»Wenn *ich* es sage, dann meine ich es so. Aber das heißt nicht, dass das für jeden Mann weltweit gilt. Warum fragst du nicht einfach direkt nach? *Bis später* schließt normalerweise nicht aus, dass sich auch die Frau melden kann.«

»Hm ...« Elisa dachte nach.

»Kann ich jetzt weiterschlafen?«

»Ja ... danke, Jasper. Entschuldige, dass ich dich geweckt habe. Gute Nacht!«

»Gute Nacht!«

Er hatte schon aufgelegt. Elisa sah hinunter in den Garten, wo Henri und Sönke immer noch saßen. Egal was Jasper sagte, sie konnte nicht einfach hinuntergehen und Henri anquatschen. Gerade weil sie mit ihm auch über seine Ermittlungen reden wollte, war die Gefahr viel zu groß, dass er annahm, dass sie einzig und allein deswegen zu ihm kam. Nein, sie würde ihn nicht bedrängen – auch wenn es schwerfiel.

Elisa ließ sich in Großvaters Lesesessel fallen und öffnete ihren Chat mit Sasha.

Jasper ist echt keine große Hilfe, schrieb sie. *Ich vermiss dich!*

Sie streifte die Schuhe von den Füßen und rollte sich gemütlich zusammen, um eine Nachricht einer Hamburger Freundin zu beantworten, die ihr am Nachmittag geschrieben hatte.

Hilfe wobei?, funkte Sasha dazwischen.

Elisa wechselte den Chat.

Männer analysieren. Was bedeutet »Bis später«? Gruß oder Verabredung?

Kommt auf den Mann an, schrieb Sasha zurück.

Toll! Soweit war ich mit Jasper auch schon ... Wo bist du?

Auf dem Schiff. Es ist toll! Habe eine winzige Kabine und muss jetzt in der Nacht noch etwas arbeiten, weil ich tagsüber nicht dazu gekommen bin ...;-)

Weil?

Es gibt so viel zu sehen auf dem Schiff! Und so viel zu reden mit Eric!

Wie ist er?

Besonders! Eine Sekunde später fügte Sasha eine zweite Nachricht hinzu. *Musst dir aber keine Sorgen machen, er interessiert sich nicht für mich. Nicht in DEM Sinn ...*

Was Sasha offensichtlich auch nicht passte.

Das ist nur eine Frage der Zeit ...

Haha ... Wie läuft es bei dir mit Henri?

Gar nicht. Sein Bruder – Tiger! – kam heute mit seiner Freundin überraschend zu Besuch. Da hab ich mich lieber mit Maja getroffen. Schöne Grüße übrigens!

Danke! Wie geht es ihr?

Sie scheint den Mord vor ihren Augen inzwischen ganz gut verkraftet zu haben. Jetzt spielt sie Detektivin und horcht alle in dem Hotel aus, nachdem sich herausgestellt hat, dass der Ermordete auf dem gleichen Flur wie sie gewohnt hat. Als Nächstes schreibt sie bestimmt einen Krimi! :-)))

Hat sie das gesagt?!?

Nein, sie scheint sich nur sehr für den Mordfall zu interessieren, hat schon mehrere Zimmermädchen befragt! ;-) Aber keine Sorge, sie hat mir auch von ihrem Konzept für ihr neues Buch erzählt. Hört sich toll an!

Dann kann ich mich ja beruhigt wieder meinem Manuskript zuwenden. Das ist leider so grottenschlecht, dass ich die ganze Nacht daran sitzen werde.

Morgen ist auch noch ein Tag!

Da will ich mir lieber die Sonne ins Gesicht scheinen lassen und mir Erics Geschichten anhören! :-)

Ich wünsch dir viel Spaß! xx

Ich dir auch! xo

Elisa legte das Handy weg und riskierte noch einen Blick in den Garten. Ja, viel Spaß wäre schön!

Kapitel 37

Henri hatte die Morgenbesprechung nach hinten verschoben, bis sie fertig waren mit der Analyse der Zahlen der Voss Pharma AG. Er hatte gehofft, dass sie dann etwas hätten, über das sie diskutieren konnten. Eine Auffälligkeit, an der sie einhaken konnten, um Gernots Korruptionsverdacht zu belegen. Doch dem war nicht so.

Wolfram Schuller klopfte die letzten Papiere, die er durchgesehen hatte, zu einem akkuraten Stapel zusammen.

»Da ist nichts, absolut nichts! Ich finde keinerlei Hinweis darauf, dass irgendwo Geld abgezweigt wurde. Im Gegenteil, alle Geldströme sind so ordentlich belegt, dass einem fast angst wird.«

Henri sah Wolfram fragend an. »Wie meinst du das?«

»Eine derart korrekte Abrechnung ist mir noch nie untergekommen. Und ich habe schon bei einer Menge Firmen die Finanzen überprüft.«

»Das heißt also, dass Voss Pharma aus dem Schneider ist?«, fragte Lenz. »Keine Korruption? Kein Mordmotiv?«

»Könnte man meinen.« Wolfram kratzte sich am Hinterkopf. »Ist aber nicht so.«

»Nein?«

»Nur weil wir nichts finden, heißt das nicht, dass nicht getrickst wurde. Das kommt darauf an, wie gut das Controlling der Voss Pharma AG ist. Hier in diesen Zahlen können durchaus Buchungen enthalten sein, die sich plausibel anhören, die aber nicht wirklich ausgeführt wurden. Um das herauszufinden, müsste man die Zahlen von mehreren Jahren vergleichen. Dann könnte man sehen, ob einzelne Buchungen auffallen, weil sie nur einmalig getätigt wurden.«

»Wir müssten also die Daten von mehreren Jahren vergleichen?«, fragte Tanja.

»Im Prinzip schon«, sagte Wolfram und nickte bekräftigend.

Marius stöhnte. Auch wenn er erst am Morgen in die Zahlenanalyse eingestiegen war, hatte er schon keine Lust mehr darauf. Henri überlegte.

»Selbst wenn die Zahlen keinen Beweis für einen Korruptionsfall liefern, kommt mir das Verhalten der Leute bei Voss Pharma merkwürdig vor. Bei unserem Überraschungsbesuch reagierten die Vorstandsmitglieder eindeutig wie ertappt, nicht wahr, Lenz?«

Zustimmendes Nicken von Lenz. Henri fuhr fort: »Als wir am Abend zum zweiten Mal da waren, hat Dr. Haberlander dagegen entspannt gewirkt.«

»Auch der Controller schien nicht übermäßig nervös.«

»Vielleicht waren sie durch unseren ersten Besuch vorgewarnt und haben sich vorbereitet.« Henri legte die flache Hand auf die Papiere vor ihm auf dem Tisch. »Wenn sie wissen, dass aus den Unterlagen nichts Verräterisches hervorgehen wird, können sie sie uns natürlich locker mitgeben.«

»Wer weiß, was die euch hier an Extra-Dateien ausgedruckt haben«, meinte Wolfram. »Mir wäre wohler, wenn ich in deren Computer schauen könnte.«

»Dann machen wir es doch so: Du schnappst dir noch ein, zwei Kollegen und ihr prüft bei Voss Pharma vor Ort die Zahlen inklusive Vergleichsdaten der letzten Jahre«, schlug Henri vor. »Dafür seid ihr die Experten.«

Wolfram nickte zustimmend.

»Unsere Aufgabe ist es nicht, die Korruption zu beweisen«, fuhr Henri fort, »sondern den Mörder von Gernot Weiss zu finden. Und deshalb werden wir den Vorständen von Voss Pharma jetzt einzeln auf den Zahn fühlen und ganz konkret ihre Alibis überprüfen. Mindestens einer von denen ist irgendwie in diesen Fall verwickelt und wir werden herausfinden, wer das ist.«

Kapitel 38

Als Elisa die Treppe zur Redaktion hochstieg, holte sie Dennis ein, der sich gerade schwer keuchend das letzte Stück hochschleppte. In der Hand hielt er eine Tüte Chips.

»Hey, Dennis, ich dachte, du hast den Chips abgeschworen?«, erkundigte sich Elisa.

Dennis drehte sich zu ihr und lächelte.

»Elisa!« Gemeinsam gingen sie die letzten Stufen zur Redaktion hoch. Dennis öffnete die schwere Tür und ließ Elisa eintreten. »Ich sag's dir, mich kotzt es so an! Da hab ich mich gestern in diesem bescheuerten Fitnessstudio abgeplagt und weißt du was?«

»Nein ...«

»Heute Morgen hatte ich auf der Waage ein Pfund mehr statt eins weniger. Und das nach dieser ganzen Schinderei! Das tue ich mir nicht mehr an!«

»Du kannst doch nicht erwarten, dass du nach zwei Sporteinheiten sofort einen riesigen Gewichtsverlust hast! Dein Körper baut zunächst Muskeln auf und dann geht es erst an die Fettverbrennung. Das dauert eben ein bisschen.«

»Bei Sabine nicht. Sie hat schon ein Kilo abgenommen.«

»Vielleicht weil sie sich die Chips verkneift?«

»Blödsinn.« Dennis feuerte die Chipstüte auf seinen Schreibtisch. »Die hab ich mir jetzt verdient!«

Elisa schüttelte den Kopf.

»Und ich hab dich immer für einigermaßen intelligent gehalten.«

Dennis sah sie beleidigt an.

»Lass mich doch in Ruhe! Sieh lieber zu, dass du mir aus dem Polizeibericht noch ein paar Meldungen herausholst. Du kannst nicht immer nur an deinen Porträts herumfeilen.«

»Keine Sorge.«

Elisa startete ihren PC, holte sich eine Tasse Kaffee und begann mit der Arbeit. Tatsächlich gab der Polizeibericht noch zwei Meldungen her, die sie am Vortag nicht mehr untergebracht hatten. Elisa schrieb über die Entdeckung einer illegalen Marihuana-Aufzucht in einer Wohnung am Hasenbergl. Und dann über Trickdiebe, die sich als Angestellte der Wasserwerke ausgaben und eine Rentnerin dazu gebracht hatten, den laufenden Duschkopf über der Badewanne festzuhalten, während sie die Wohnung nach Wertsachen durchsuchten. Von Dennis' Tisch war nur ab und zu das Knistern der Chipstüte zu hören. Eine halbe Stunde später betraten André und Jette gemeinsam die Redaktion. Jette hing an Andrés Lippen und lachte laut über das, was er sagte. André grüßte nach links und rechts. Neben den Tischen der Stadtredaktion blieb er kurz stehen.

»Guten Morgen!« Er kümmerte sich nicht länger um Jette, sondern wandte sich an Elisa. »Hast du schon was Neues zu den Ermittlungen im Fall Gernot Weiss erfahren?«

»Nein, bis jetzt nicht.«

»Ich möchte, dass du da heute dranbleibst und noch mal nachhakst, ja? Wo du doch die Chance auf exklusive Informationen hast ...«

»Die sie offensichtlich nicht nutzt!«, mischte sich Jette ein. »Ich kann gern noch mal bei meiner Quelle nachforschen, was es mit dieser Korruption auf sich hat. Wenn du das möchtest, André!?«

Jettes schleimiges Lächeln verursachte Elisa Brechreiz, doch André nickte nur und ging weiter zu seinem Glasbüro. Elisa nahm sich vor, in einem unbemerkten Moment die Wahlwiederholung auf Jettes Telefon zu drücken, um herauszufinden, welche Nummer sie bei der Polizei wählte, doch Jette nahm nicht den Festnetzapparat, sondern ihr Handy. Und sicherheitshalber entfernte sie sich bis zur Kaffeebar, damit Elisa nicht hören konnte, mit wem sie sprach.

»Elisa, ich schreibe einen Kommentar zur Parkplatznot in der Stadt«, sagte Dennis und erhob sich schwerfällig. »Suchst du mir bitte noch ein paar Fakten raus? Ich muss jetzt rüber zum Newsdesk.«

Er reichte ihr einen Zettel mit ein paar Notizen. Elisa überflog sie und nickte.

»Mach ich«, sagte sie.

Dennis nahm seinen Platz am Newsdesk ein. Jette kam zurück und war ungewöhnlich still. Anscheinend hatte sie auch nichts Neues erfahren. Sie setzte sich an ihren Schreibtisch und kramte in ihrer Tasche, während sie wartete, dass ihr PC hochfuhr.

Elisa suchte die Fakten heraus, die Dennis benötigte und notierte sie auf seinem Zettel. Dann wandte sie sich wieder ihren Meldungen zu. Gleichwohl gingen ihr Andrés Worte nicht aus dem Kopf. Sie brauchte neue Informationen zu Gernot Weiss. Von Henri hatte sie nichts erfahren, doch konnte sie nicht an das anknüpfen, was Maja Johansson ihr erzählt hatte? Elisa ließ ihr Gespräch vom Vorabend Revue passieren. Vielleicht war es möglich, dass sie über einen kleinen Umweg noch mehr über Gernot Weiss und seine Recherchen erfuhr. Sie rief bei Maja an und erreichte sie beim Frühstück.

»Elisa, wie schön, dass du dich meldest. Möchtest du dich heute wieder mit mir treffen?«

Majas Gespräche mit ihrem Verlag waren abgeschlossen. Doch sie würde noch bis zum Wochenende im *Pistorius* bleiben, da sie am Samstag auf einer Hochzeit am Chiemsee eingeladen war und die Heimreise nach Hamburg sich für sie nicht lohnte. Sie wollte an ihrem neuen Buch arbeiten, doch sicher hätte sie nichts gegen einen weiteren lustigen Abend mit Elisa an der Hotelbar einzuwenden.

»Ich bin noch nicht bei der Abendplanung angelangt«, meinte Elisa lachend. »Mir ist da eine Sache durch den Kopf gegangen, die du gestern erwähnt hast.«

»Ach ja?«

»Du hast gesagt, dass das Zimmermädchen sich gewundert hat, dass in der Zeitung ein ganz anderer Name stand als der, unter dem der Tote im Hotel eingecheckt hatte. Kannst du dich zufällig noch daran erinnern, wie der andere Name lautete?«

Maja lachte.

»Das kann ich, denn ich habe ihn mir notiert. Ich bin ja immer auf der Suche nach klangvollen Namen für meine Bücher und *Tilmann Lamberti* klingt in meinen Ohren sehr gut.«

»Tilmann Lamberti.«

Elisa notierte den Namen. Henri hatte gesagt, dass Gernot unter der Identität eines befreundeten Arztes an den Herz-Tagen teilgenommen hatte. Wenn sie diesen Freund ausfindig machen konnte, erfuhr sie von ihm vielleicht mehr über Gernots Recherchen.

»Super, Maja, das hilft mir sehr. Vielen Dank!«

»Nichts zu danken. Gibst du mir Bescheid, wenn du was Neues erfährst? Das ist alles so spannend für mich.«

»Klar! Ich melde mich bei dir!«

Elisa legte auf und gab *Tilmann Lamberti* in ihre Suchmaschine ein. Sie landete gleich mehrere Treffer. Tilmann Lamberti war Arzt in Bad Aibling. Elisa stieß als Erstes auf die Website seiner Praxis. Doch Tilmann war nicht nur als Mediziner aktiv, sondern wurde auch in anderem Zusammenhang erwähnt. Besonders erfreut war Elisa, als sie in der Online-Ausgabe des Oberbayrischen Volksblatts auf ein Foto von Tilmann Lamberti und Gernot Weiss stieß, die mit den *Grünen Radlern* erfolgreich beim letztjährigen Stadtradeln teilgenommen hatten. Tilmann hatte einen Arm um Gernots Schultern gelegt und sie grinsten breit in die Kamera. Man konnte also durchaus davon ausgehen, dass die beiden befreundet gewesen waren.

Elisa schrieb ihre Meldung fertig. Als Jette ihr den Gefallen tat, hinauszugehen, griff sie nach dem Telefonhörer und wählte die Nummer von Tilmann Lambertis Praxis. Die Sprechstundenhilfe wollte Elisa nicht durchstellen, doch plötzlich redete jemand aus dem Hintergrund dazwischen und Elisa konnte hören, dass ihr Anliegen weitergegeben wurde. Auf einmal war ein Mann am Telefon.

»Sind Sie etwa Luisa? Gernots Freundin? Hören Sie, ich muss jetzt los zu einem Hausbesuch. Kann ich Sie gleich aus dem Auto zurückrufen?«

»Äh ... natürlich ...«

»Unter der Nummer, die ich auf dem Display sehe?«

»Genau.«

»Dann bis gleich.«

Elisa wartete, bis er aufgelegt hatte, erst dann nahm sie den Hörer vom Ohr. Sie überlegte. Tilmann hielt sie für Gernots Freundin. Elisa hatte nicht mal gewusst, dass Gernot eine Freundin gehabt hatte. Davon hatte Henri nichts gesagt. Tilmann schien diese Freundin jedoch nicht persönlich zu kennen. *Luisa* hatte er gesagt. Das klang ein bisschen wie *Elisa*, er oder seine Sprechstundenhilfe mussten sich verhört haben. Oder er hatte das gehört, was sein Unterbewusstsein ihm eingeflüstert hatte.

Elisa hatte der Sprechstundenhilfe ihren kompletten Namen genannt und dazugesagt, dass sie für die *Morgenzeitung* arbeitete. Ob das zu dem passte, was Tilmann über diese Luisa wusste? Wie sollte sie sich verhalten, wenn er zurückrief?

Plötzlich machte es Klick. Luisa! Die Rezeptionistin bei Life Science hieß Luisa! Die, die rot geworden war, als sie nach Gernot gefragt hatte. Die, die verlegen gewirkt hatte, als ob da mehr zwischen ihr und Gernot gewesen war.

Dass sie nicht gleich darauf gekommen war! Wenn Gernot Tilmann von seiner Freundin Luisa erzählt hatte, dann war er nicht nur einmal dort gewesen, um sich über die Geschäfte von Life Science zu erkundigen. Dann musste ein intensiverer Kontakt entstanden sein ...

Das Klingeln des Telefons unterbrach Elisas Gedanken. Sie meldete sich nur mit einem knappen »Hallo!«

»Tilmann Lamberti hier, sind Sie das, Luisa?« Er wartete ihre Antwort nicht ab, sondern sprach gleich weiter. »Gernot hatte mir gar nicht gesagt, dass Sie auch Journalistin sind.«

»Was hat er Ihnen denn gesagt?«, fragte Elisa vorsichtig.

Tilmann lachte kurz auf.

»Dass er Sie sehr süß findet. So habe ich ihn noch nie reden gehört. Er war nicht gerade ein Womanizer.« Tilmann wurde ernst. »Sie müssen von seinem Tod gehört haben.«

»Ja, das ist schrecklich!« Elisa ließ ein paar Sekunden verstreichen. »Ich kann gar nicht glauben, dass das wirklich passiert ist. Ich habe schon versucht, mehr darüber zu erfahren, aber die Polizei scheint selbst noch im Dunkeln zu tappen. Ich würde gern wissen, woran Gernot gearbeitet hat, und hatte gehofft, dass Sie mir das sagen können.«

»Leider nicht. Ich ärgere mich inzwischen selbst, dass ich nicht genauer nachgefragt habe, aber wir haben uns in letzter Zeit immer nur kurz gesehen. Einmal hat er mir von Ihnen erzählt, dass er Sie kennengelernt hat und dass er deshalb öfter nach München fährt. Und dann war er noch mal mit seiner Mutter bei mir in der Praxis zur Untersuchung.«

»Was hat seine Mutter denn? Hängt das irgendwie mit Gernots Recherchen zusammen?«

»Die Polizei scheint das zu vermuten. Irene, Gernots Mutter, hatte vor einiger Zeit einen Herzinfarkt. Sie hat danach ein Statin verordnet bekommen, um ihren Cholesterinspiegel zu senken. Gernot und sein Vater hatten nach einer Weile den Eindruck, dass das Statin Irenes Gedächtnis beeinträchtigte. Sie vermuteten, dass es Demenz auslösen könne. Ich habe Irene selbst erlebt, sie war wirklich verändert. Daraufhin haben wir das Medikament gewechselt und seither scheint sie wieder die alte zu sein.«

»Welches Statin hat sie ursprünglich bekommen?«

»Atorvastatin Voss.«

»Von Voss Pharma?!?«

»Ja. Sagt Ihnen das was?«

»Nicht wirklich ... ich weiß nur, dass Gernot sich bei den Herz-Tagen für ein anderes Medikament von Voss Pharma interessiert hat. Hat er darüber mit Ihnen gesprochen?«

»Nein.« Das Bedauern in Tilmanns Stimme war deutlich zu hören. »Leider nicht. Er hat nur gefragt, ob er sich unter meinem Namen dort anmelden kann. Ich war in dem Moment zu gestresst, um genauer nachzufragen.« Eine Autotür klappte. »Ich bin jetzt bei meinem Patienten angekommen. Lassen Sie uns in Kontakt bleiben! Wissen Sie schon etwas über die Beerdigung?«

»Nein ...«

»Dann rufe ich Sie an, wenn ich etwas erfahre.«

»Danke ... das wäre nett.«

Sie verabschiedeten sich und legten auf. Elisa sah nachdenklich hoch und erblickte Jette, die inzwischen wieder an ihrem Schreibtisch saß und ihr neugierig zugehört hatte.

Kapitel 39

Henri parkte seinen Wagen auf dem Besucherparkplatz von Voss Pharma. Sie blieben im Auto sitzen und hörten den Morgenmoderatoren im Radio zu, während sie auf Wolfram und dessen Kollegen warteten. Im Radio ging es um die Wettervorhersage für den restlichen Sommer. Der August war nach den heißen Vormonaten bisher wechselhaft gewesen. Im Moment herrschte warmes Sommerwetter, doch bereits für die nächste Woche war mit niedrigeren Temperaturen und Niederschlägen zu rechnen.

»Schau mal, ist das da drüben nicht Dr. Haberlander in dem Auto vor der Tiefgarageneinfahrt?«

Lenz deutete zur Seite. Henri drehte den Kopf und sah Gerald Haberlander am Steuer eines Mercedes CLS. Er konnte nicht erkennen, wer neben ihm auf dem Beifahrersitz saß, aber es war deutlich zu sehen, dass die beiden sich küssten. Kein kurzes Wangenküsschen zum Abschied, sondern ein langer leidenschaftlicher Kuss auf den Mund.

»Siehst du, wer das ist bei ihm?«

»Nein, aber ich wüsste es gern!«

Sie versuchten, mehr zu erkennen, ohne sich zu auffällig nach vorn zu beugen, doch hinter den Scheiben waren Gerald und seine Begleitung nur schemenhaft zu sehen. Erst zwei Minuten später trennten sie sich und die Beifahrertür ging auf. Aus dem Wagen stieg Lara Türmer, Geralds Assistentin. Sie warf ihr langes, weißblondes Haar nach hinten und stöckelte auf hohen Schuhen Richtung Haupteingang. Der Mercedes verschwand in der Tiefgarage.

»Wenn die mal keine Affäre haben ... Ist der Typ nicht verheiratet? Ich meine, mich zu erinnern, dass wir das notiert hatten.«

»Dann hat sie ihn also nicht nur mit ihrer Kompetenz überzeugt, ihr einen festen Job zu geben und seine alte Assistentin vor die Tür zu setzen ...«

»Im Büro haben sie sich gestern nichts anmerken lassen. Scheint eher eine heimliche Affäre zu sein. Zumal er sie hier draußen aussteigen lässt ...«

Neben ihnen bog Wolfram Schuller auf den Besucherparkplatz. Er hatte zwei weitere Ermittler im Wagen. Henri und Lenz stiegen aus, begrüßten die Kollegen und besprachen ihr Vorgehen. Gemeinsam betraten sie das Gebäude und verlangten, zuerst mit Johannes Opitz, dem Controller, zu sprechen. Als er zu ihnen kam, stellten Henri und Lenz die Kollegen von der Wirtschaftskriminalität vor und erklärten ihm, dass sie erweiterten Datenzugriff benötigten. Johannes Opitz zog nur kurz verwundert die Brauen nach oben, dann war er sofort bereit, die Kollegen mitzunehmen und ihnen die gewünschten Daten zur Verfügung zu stellen.

»Er scheint keine Sorge zu haben, dass sie dort etwas Illegales finden«, meinte Lenz, während sie darauf warteten, zu Gerald Haberlander vorgelassen zu werden.

»Anscheinend nicht ...«

Der Aufzug öffnete sich und Lara Türmer kam heraus, um sie abzuholen. Sie hielt die Aufzugtüren auf und ließ sie einsteigen.

»Dr. Haberlander hat leider nicht viel Zeit für Sie, er muss gleich zu einem wichtigen Meeting. Sie hätten sich vorher anmelden sollen!«

Sie lächelte, auch wenn ihre Worte vorwurfsvoll klangen.

»Polizeiliche Ermittlungen können selten warten«, erklärte Henri.

»Verstehe ... ja, natürlich ...«, sagte Lara und schwieg dann, bis sie oben angekommen waren. Sie führte sie in Gerald Haberlanders Büro. Er sprang auf, als sie hereinkamen. Diesmal bot er ihnen keinen Sitzplatz an, sondern ging sofort in die Offensive: »Ich habe gerade gehört, dass die Daten, die Herr Opitz Ihnen gestern gegeben hat, nicht ausreichen und dass Sie nun unser ganzes Controlling überprüfen! Ich weiß wirklich nicht, was Sie sich davon versprechen! Sie werden nichts anderes herausfinden, als dass die Zahlen der Voss Pharma AG sauber sind. Durch und durch ...«

»Dann brauchen Sie sich ja keine Sorgen zu machen«, unterbrach Henri Gerald. »Es handelt sich um ganz normale Routineuntersuchungen.«

»Ach ja?!? Überprüfen Sie bei allen Sponsoren der Herz-Tage die Finanzen der letzten Jahre?«

»Wenn es erforderlich ist.« Henri nickte. »Doch wir überprüfen nicht nur die Finanzen, sondern routinemäßig auch die Alibis bestimmter Mitarbeiter. In diesem Fall von den Vorständen der Voss Pharma AG.«

»Die Alibis?!?« Jetzt wurde Gerald Haberlander laut. »Warum interessieren Sie sich auf einmal für die Alibis der Vorstände? Das kann wohl nicht wahr sein! Stehen wir denn plötzlich alle unter Tatverdacht? Sie können doch nicht einfach daherkommen und jeden verdächtigen ...«

»Dr. Haberlander, zunächst einmal verdächtigen wir gar niemanden. Es ist reines Routinevorgehen, dass wir mit jedem einzelnen sprechen und dabei nach einem Alibi fragen. Auf diese Weise kann man am schnellsten diejenigen ausschließen, die definitiv nichts mit dem Fall zu tun haben. Verdächtig wird für uns erst jemand, der ein Motiv, aber kein Alibi für den Mord hat. Oder der sich weigert, mit uns zu reden.«

Gerald, der erneut aufbrausen wollte, hielt mitten in der Bewegung inne. Mit der Hand machte er eine Geste, als müsse er etwas Lästiges wegwischen.

»Na gut, wenn Sie meinen, dass das wirklich nötig ist! Dann fangen wir doch gleich bei mir an.« Er wandte sich zur offenen Tür und rief: »Frau Türmer, würden Sie bitte den Herren bestätigen, dass ich am Montag durchgängig hier im Büro war? Um den Montag geht es, nehme ich an? Kommen Sie, wir schauen gemeinsam, was bei Frau Türmer im Kalender steht.«

Er ging ins Vorzimmer, Henri und Lenz folgten ihm. Lara klickte ein paarmal mit ihrer Maus und nickte dann zustimmend.

»Ja, hier ist der Montag. Sie hatten von morgens bis abends Besprechungen. Ich musste Ihnen sogar etwas zu essen aus der Kantine holen, weil Sie keine Zeit hatten, zwischendurch runterzugehen.«

Gerald Haberlander deutete auf Laras Bildschirm.

»Bitte schauen Sie selbst. Sie sehen, dass ich das Büro nicht verlassen habe. Also können Sie *mich* schon mal von Ihrer Liste streichen, nicht wahr?«

»Sieht so aus«, meinte Henri und wechselte einen kurzen Blick mit Lenz. Dass Lara in Geralds Kalender Termine eingetragen hatte und dass sie bezeugte, dass er im Büro gewesen war, konnte noch lange nicht als Alibi gelten. Nicht wenn man wusste, dass die beiden eine Affäre hatten. Sie würden bei jeder einzelnen Besprechung überprüfen müssen, ob sie wirklich stattgefunden hatte.

»Bitte machen Sie uns einen Ausdruck der Termine für unsere Unterlagen und schreiben uns auf, wer genau jeweils teilgenommen hat.«

Kapitel 40

Elisa hatte sich stichpunktartig notiert, was sie bis jetzt über Gernots Recherchen herausgefunden hatte beziehungsweise was sie zu wissen vermutete. Er hatte – ausgelöst durch die Behandlung seiner Mutter nach ihrem Herzinfarkt – begonnen, sich mit dem Thema Statine und dem Unternehmen Voss Pharma zu beschäftigen. Er hatte sich an das Forschungsinstitut Life Science gewandt und dort Luisa Schürmann kennengelernt. Und schließlich hatte er sich unter Tilmann Lambertis Namen bei den Herz-Tagen angemeldet und besonderes Interesse für das Thema PCSK9-Hemmer gezeigt. Elisa wollte nachvollziehen, welcher Spur Gernot gefolgt war, doch solange sie nicht wusste, wie er von den Statinen zu den PCSK9-Hemmern gekommen war, konnte sie keinen Zusammenhang herstellen.

Sie stand auf und schlenderte zur Kaffeebar. Während der Kaffee in ihre Tasse lief, sah sie hinüber zu Kai, der ganz in seine Arbeit vertieft war. Sie füllte eine weitere Tasse, gab zwei Würfel Zucker hinein und nahm sie mit zu Kais Tisch.

»Lust auf Kaffee?«, fragte Elisa.

Kai sah auf und lächelte erfreut. Der Praktikant grinste, griff nach seiner Zigarettenschachtel und verschwand.

»Du errätst meine geheimsten Wünsche, Elisa!« Kai nahm Elisa die Kaffeetasse ab und deutete auf den freien Platz. Er schlürfte genießerisch einen Schluck Kaffee und verdrehte die Augen. »Ich denke nie selbst daran, mir was zu holen, dabei ist ein Kaffee genau das, was ich jetzt brauche!«

»Das freut mich!«

Elisa nahm auch einen Schluck und erwiderte sein Lächeln.

»Ich versuche gerade, die Recherche von Gernot Weiss nachzuvollziehen. Aber mir ist nicht klar, warum er sich erst für die Statine und dann für die PCSK9-Hemmer interessiert hat. Ich hatte gehofft, dass du dazu einen Geistesblitz haben könntest!?«

»Einen durch Koffein ausgelösten Geistesblitz?« Kai lachte und schlürfte weiter Kaffee.

»Gernot hat sich für die Statine interessiert, die seine Mutter eingenommen hatte.«

»Die von Voss Pharma hergestellt wurden?«

»Genau. Ich frage mich, warum er sich plötzlich an Life Science gewandt hat. Deren Studie zu den Statinen ist bereits mehrere Jahre alt.

Und scheint auch soweit anerkannt zu sein, soweit ich das herausgefunden habe.«

»Du bist also auf der Suche nach dem Auslöser für Gernots Themenwechsel?«, fasste Kai zusammen.

»Es muss doch einen Grund haben, dass er sich plötzlich so intensiv mit den PCSK9-Hemmern beschäftigt hat ... Ich wünschte, ich könnte einen Blick auf seine Notizen werfen ...«

Kai legte die Stirn in Falten.

»Der PCSK9-Hemmer von Voss Pharma muss zu diesem Zeitpunkt noch relativ neu auf dem Markt gewesen sein. Vielleicht ist Gernot durch einen Artikel oder Ähnliches darauf aufmerksam geworden. Normalerweise wird die Markteinführung eines neuen Medikaments mit umfangreicher Pressearbeit begleitet.«

»Von Voss Pharma?«

»Voss Pharma hat sicher eine Presseerklärung herausgegeben. Parallel dazu wird normalerweise aber auch versucht, nicht nur im Anzeigenteil von diversen Publikationen aufzutauchen, sondern vor allem im redaktionellen Teil.« Kai drehte sich zurück zu seinem Bildschirm. Er stellte die Kaffeetasse ab und klickte ein paarmal. »Der Pressesprecher von Voss Pharma heißt Robin Pokorny. Den kenne ich nicht.« Kai überlegte und zog schließlich einen Notizblock zu sich. »Ich kann dir die Kontaktdaten von Rebecca Wolf von der PR-Agentur Eichinger geben. Das ist die Agentur, die die Herz-Tage betreut hat. Vielleicht kann Rebecca dir mehr sagen oder einen Kontakt zu Robin Pokorny herstellen.« Er schrieb den Namen auf ein Notizblatt und notierte dahinter eine Telefonnummer, die er aus seinem Handy ablas.

»Von ihr hast du die Tagungsunterlagen bekommen?«

»Ja. Richte ihr schöne Grüße von mir aus.«

Elisa nahm den Zettel und ihre Kaffeetasse. »Das mach ich. Aber zuerst schaue ich mir an, was im Umfeld der Markteinführung zu diesem PCSK9-Hemmer veröffentlicht wurde. Danke für deine Hilfe!«

»Für einen Geistesblitz hat es leider nicht gereicht!«

»Das kam schon nah dran!«

Elisa stand auf und ging zurück zur Stadtredaktion. Von dort sahen ihr Jette und André bereits entgegen; Jette mit eindeutig streitbarem Gesichtsausdruck.

»Siehst du, André? Sie hängt den ganzen Tag bei Konzelmann drüben rum und ich muss alle Artikel schreiben!«, beschwerte sie sich und sah André aus großen blauen Augen an, was André nicht bemerkte. Er sah zu Elisa.

»Was hast du denn die ganze Zeit mit Kai zu besprechen?«, erkundigte er sich. Sein Blick war nicht freundlich, sondern argwöhnisch und fast schon so eisig wie in Elisas Anfangszeit bei der *Morgenzeitung*.

»Ich bin gerade dabei ...«

»Ich finde es wirklich nicht okay, dass ich hier eine Meldung nach der anderen schreibe und sie sitzt rum und trinkt Kaffee«, blökte Jette dazwischen.

»Das stimmt doch gar nicht!«, widersprach Elisa. »Ich habe heute schon viel Text produziert.« Sie wandte sich an André. »Und jetzt habe ich mir überlegt, wie ich mit Gernot Weiss weiterkomme. Ich glaube, dass es Sinn machen könnte, seine Recherchen nachzuvollziehen, um zu verstehen, wer ihn loswerden wollte. Kai hat mir einen neuen Anhaltspunkt verschafft ...«

André sah von Elisa zu Kai, dann wieder zu ihr. Sein Gesichtsausdruck entspannte sich, seine Stimme klang nicht mehr so aggressiv.

»Gernots Recherchen nachzuvollziehen ist ein interessanter Gedanke! Zuerst solltest du aber wegen der Ermittlungen bei der Polizei nachhaken. Und natürlich das Tagesgeschäft nicht vernachlässigen. Wenn die aktuellen Seiten stehen, kannst du dann gern weiter in diese Richtung recherchieren.«

Das bedeutete wohl: nach Redaktionsschluss in Elisas Freizeit ...

Kapitel 41

Henri musterte Dr. Nils Thelen, den COO der Voss Pharma AG, über den Schreibtisch hinweg. Mit seinen vollen rotblonden Haaren, der runden Brille und der leicht schiefen Nase war er ihm vom Vortag, als sie in das Vorstandsmeeting geplatzt waren, nicht in Erinnerung geblieben. Nils Thelen war niemand, der auffiel. Eher der Prototyp eines biederen Anzugträgers, den man ansah und im nächsten Moment auch schon wieder vergessen hatte.

»Was genau sind Ihre Aufgaben als COO?«, fragte Henri, um das Gespräch in Gang zu bringen.

»Ich bin für die Produktentwicklung und die Produktion zuständig.« Nils Thelens Stimme war leise und unauffällig.

»Dann sind Sie verantwortlich für die Entwicklung von Sanivocumab?«

Nils wurde rot und lächelte verlegen.

»Na ja ... natürlich nicht ich allein ... Ich habe sicher den Anstoß dazu gegeben ... äh ... als sich abzeichnete, dass PCSK9-Hemmer eine Möglichkeit bieten, Patienten zu helfen, bei denen Statine nicht ausreichend wirken ...«

»Demnach sind Sie diesbezüglich schon früh in die Forschung eingestiegen?«

Nils wurde wieder rot. Seine Finger huschten unruhig über den Schreibtisch, legten Stifte parallel nebeneinander und richteten Papiere gerade daneben aus.

»Kann man sagen ... ja ... Nur zwei andere Wettbewerber ... äh ... Pharmaunternehmen ... engagieren sich auch noch in diesem Bereich.«

»Ursprünglich galt Voss Pharma eher als Experte für Diabetes-Medikamente, oder?«

»Das ist richtig. Wir bieten diverse Produkte zur Unterstützung von Diabetes-Patienten an. Ja ... man kann wohl guten Gewissens behaupten, dass wir Experten sind!«

Lenz blätterte kurz in seinem Notizbuch.

»Seit 2012 verkaufen Sie auch Herz-Kreislauf-Mittel. Wie kam es zu dieser Verschiebung?«

»Oh, das ist keine Verschiebung!« Nils Thelen wirkte leicht empört. »Das ist eine Erweiterung unseres Angebots. Wie bieten nach wie vor Diabetes-Präparate an und zusätzlich nun auch noch Herz-Kreislauf-Mittel.«

»Weil man ein derart lukratives Marktsegment nicht vernachlässigen sollte?«

»Auch das.« Nils' Finger zuckten erneut über den Tisch, bis er sich offensichtlich dazu zwang, sie ruhigzustellen, indem er die Hände faltete. »Aber natürlich sehen wir auch den ... äh ... großen Bedarf. Es sind so viele Menschen, denen wir mit unseren Produkten das Leben erleichtern!«

Henri wunderte sich, dass über Nils' Kopf kein Heiligenschein aufleuchtete. Mit seinen gefalteten Händen wirkte er wie ein Prediger, als er mit salbungsvoller Stimme fortfuhr: »Gerade Vonulant, unser neuestes Präparat, das aus dem Antikörper Sanivocumab entwickelt wurde, ist das letzte Mittel für viele Betroffene ...«

»Und Vonulant ist Ihre erste Eigenentwicklung im Herz-Kreislauf-Segment, oder? Davor haben Sie Generika produziert?«

»Kann man so sagen ...«

Das Handy von Nils Thelen, das neben dem Festnetzapparat lag, läutete mit einem schrillen Klingeln. Er schaute kurz darauf und sein Blick wurde panisch.

»Entschuldigen Sie, da muss ich rangehen ... das ist meine Frau ... sie ruft sonst nie an ... nicht dass mit den Kindern ...« Kaum dass er abgehoben hatte, redete eine weibliche Stimme aufgeregt auf ihn ein. Nils schien nicht alles zu verstehen, er runzelte die Stirn. »Langsam, Liebling«, sagte er nach einer Weile. »Was genau möchte er wissen? ... Aber ich habe den Plan doch hingefaxt ... ja ... Jetzt beruhig dich doch! Ich werde mich drum kümmern ... aber ich kann jetzt nicht ... die Polizei ist gerade bei mir ... ja ... nein ... ich weiß nicht ... ja, ich rufe ihn nachher an. Ja, ich melde mich dann noch mal.«

Er legte auf und sah sie entschuldigend an.

»Tut mir leid. Wir bauen gerade. Dieser Bauleiter ist vollkommen unorganisiert. Jetzt nervt er meine Frau mit Fragen, die ich ihm längst beantwortet habe.« Er verdrehte die Augen. »Wo waren wir stehengeblieben? Lassen Sie uns weitermachen!«

Im gleichen Moment klingelte Lenz' Handy. Er warf einen Blick aufs Display und stand auf.

»Ich geh kurz raus«, sagte er.

Nils Thelen sah Henri auffordernd an, in Gedanken war er wahrscheinlich schon bei dem Bauleiter, den er anrufen wollte.

»Ich habe im Moment nur noch eine Frage«, meinte Henri. »Wo haben Sie sich am Montagnachmittag um zehn nach drei aufgehalten?«

Nils wurde blass.

»Warum fragen Sie das? Glauben Sie etwa, ich hätte etwas mit dem Tod dieses Journalisten zu tun?«

»Reine Routine«, behauptete Henri und zückte seinen Stift.

»Hm ... da muss ich überlegen ...« Nils blätterte in einem Klappkalender, der auf der rechten Seite des Schreibtischs lag. »Ah ja ... da haben wir es! Am Montagnachmittag hatte ich ein internes Meeting. Von 14 bis 17 Uhr.«

»Hier im Haus?«

Nils nickte.

»Dafür gibt es sicher Zeugen?«

Erneutes Nicken.

»Schreiben Sie mir bitte die Namen aller Teilnehmer des Meetings auf.«

»Wollen Sie mit denen etwa auch sprechen?!?«

»Reine Routine.«

Kapitel 42

Lenz klemmte sich das Handy unters Ohr. Er ging zum Ende des Flurs, damit Lara Türmer ihn durch die offene Tür ihres Büros nicht hören konnte.

»Tanja! Was gibt es?«

»Wolfram Schuller von der Wirtschaftskriminalität hat angerufen, er hat keine Handynummer von euch. Ihr sollt ihn mal zurückrufen. Ist der nicht im gleichen Gebäude wie ihr?«

Tanja diktierte Lenz die Nummer.

»Okay, ich ruf ihn zurück.«

»Warte, ich hab noch was!«

»Ach ja? Was denn?«

»Marius sagt, dass die DNA-Untersuchung bestätigt hat, dass der Tote Gernot Weiss ist.«

»Okay.« Lenz machte sich eine Notiz. »Und was noch? Du hörst dich an, als hättest du noch mehr auf Lager!?«

»Allerdings! Udo Jochum fährt seit neuestem einen Porsche. Und es sieht so aus, als hätte er ihn bar bezahlt.«

»Woher weißt du das denn?!?«

»Der Computer hat ausgespuckt, dass er vor Kurzem geblitzt wurde. Dadurch bin ich auf das teure Auto aufmerksam geworden, von dem ich noch nichts wusste. Habe einen Streifenbeamten hingeschickt, der auf dem Nummernschildhalter den Händler ablesen konnte. Und die Nachfrage bei dem hat ergeben, dass Udo Jochum bar bezahlt hat.«

»Du bist der Wahnsinn, Tanja!«

Sie lachte.

»Ich hab noch mehr!«

»Erzähl!«

»Ich habe bei Life Science nachgehakt wegen der Handwerkerrechnungen. Sie können es sich nicht erklären, doch bis auf die beiden, die sie euch schon als Kopien mitgegeben haben, sind sämtliche Rechnungen verschollen. Angeblich haben sie alles abgesucht, aber nichts gefunden.«

»Auch die andere Rezeptionistin nicht?«

»Ich habe mit Luisa Schürmann gesprochen und gehört, wie sie wiederum mit ihrer Kollegin geredet hat. Die wusste gar nichts von weiteren Rechnungen.«

»Weil sie nicht existieren! Habe ich ja gleich gesagt«, meinte Lenz.

»Selbst wenn wir es nicht beweisen können, liegt die Vermutung nahe, dass sowohl Udo Jochum als auch Life Science Geld bekommen hat ... Dann frage ich jetzt bei Wolfram Schuller nach, ob das Geld etwa von der Voss Pharma AG gespendet wurde.«

»Mach das! Bis später!«

»Danke für die Infos, Tanja. Bis später!«

Lenz legte auf, um direkt Wolframs Nummer zu wählen.

»Lenz hier«, platzte er heraus, als der Kollege abhob. »Habt ihr was gefunden?«

»Gefunden ist wohl zu viel gesagt ...«

»Was heißt das?!«

»Es gibt ein paar Unregelmäßigkeiten, wenn man die Höhe einiger Posten über den Verlauf der letzten Jahre vergleicht. Im letzten Jahr sind sie höher, während sie vorher immer auf dem gleichen Niveau lagen.«

»Da könnte also etwas Geld hin- und hergeschoben worden sein?«

»Es wäre möglich.«

Lenz sah, dass Henri aus dem Büro von Nils Thelen kam. Er winkte ihn zu sich.

»Aber?«

»Das ist nichts, was wir jemals beweisen können. Wir versuchen zwar im Moment, die Posten noch weiter aufzudröseln, doch so kooperativ wie der Controller ist, kannst du davon ausgehen, dass er für alles eine plausible Erklärung haben wird.«

»Es könnte also sein, dass Korruptionsgeld gezahlt wurde, aber wir werden es nicht nachweisen können.«

»So sieht es aus. Tut mir leid.«

»Dann müssen wir weiter nachbohren! Ich bin mir so sicher, dass die hier Dreck am Stecken haben!«

Kapitel 43

Henri hörte sich an, was Lenz von Tanja und Wolfram erfahren hatte, und berichtete ihm von Nils Thelens Alibi.

»Eine einfache Lösung auf dem Silbertablett wäre auch mal schön gewesen«, sagte er. »So bleibt uns nur, eine Menge Fragen zu stellen und zu hoffen, dass sich jemand verplappert. Machen wir bei Carlo Fröhlich, dem CSO, weiter. Sein Büro ist gleich hier vorn.«

Henri klopfte an und öffnete die Tür, als von drinnen ein lautes *Ja, bitte!* zu hören war. Carlo Fröhlich saß an seinem Schreibtisch und sah auf, als sie hereinkamen.

»Oh, die Kriminalpolizei!«

Er stand auf, reichte ihnen die Hand und führte sie zu einem kleinen Besprechungstisch in der Ecke des Büros. Sie setzten sich.

»Ich habe schon gehört, dass Sie mit uns allen einzeln sprechen möchten. Wie kann ich Ihnen helfen?«

Carlo Fröhlich war das Gegenteil von Nils Thelen. Er trug zwar auch einen Anzug, das war es aber schon an Gemeinsamkeiten. Carlo kombinierte dazu eine flippige Krawatte und ausgefallene zweifarbige Lederschuhe. Er wirkte offen und jovial. Seine Aussagen wurden, selbst wenn sie ernst waren, von einem Augenzwinkern begleitet.

»Erklären Sie uns bitte kurz, was Ihr Aufgabengebiet bei Voss Pharma ist«, forderte Henri ihn auf.

»Ich bin für den Vertrieb verantwortlich. Deshalb kann ich Ihnen auch rein gar nichts zu den Herz-Tagen sagen. Ich habe mit Veranstaltungen dieser Art nichts zu tun.«

Carlo musterte Henri.

»Konnte Johannes Ihnen denn nicht weiterhelfen? Johannes Opitz, unser Controller?«

»Doch, er hat uns mit Zahlenmaterial versorgt, das gerade geprüft wird.«

Carlo Fröhlich lachte amüsiert auf.

»Ich bezweifle, dass Sie bei Johannes auch nur den geringsten Rechenfehler finden werden. Er war schon in der Schule ein Erbsenzähler und ich bin mir sicher, dass die Zahlen absolut korrekt sind!«

Henri verzichtete darauf, ihm zu erklären, dass es ihnen weniger darum ging, Johannes Opitz einen Rechenfehler nachzuweisen, als zu beweisen, dass man an irgendeiner Stelle Korruptionsgeld abgezweigt hatte.

»Sie kennen sich seit der Schulzeit?«

»Ja, ist 'ne halbe Ewigkeit her. Ich habe Johannes vor ein paar Jahren in die Firma geholt, weil wir dringend jemanden gesucht haben, der mit Zahlen so pingelig ist wie er.« Carlo lachte wieder. Das Telefon am Schreibtisch klingelte. Er stand auf und sagte, während er hinüberging: »Also, ich glaube, da verschwenden Sie Ihre Zeit, aber tun Sie, was Sie nicht lassen können.«

Carlo Fröhlich meldete sich, hörte dann kurz zu und erwiderte etwas auf Englisch. Er drehte sich weg von ihnen und senkte seine Stimme, obwohl es nur darum zu gehen schien, einen Termin zu vereinbaren. Henri nutzte die Zeit, um sich umzusehen. Im Gegensatz zum Büro von Nils Thelen, in dem alles akkurat weggeräumt war, lagen hier überall Unterlagen herum; stapelweise auf dem Boden, auf zwei weiteren Stühlen, in einem Regal. An den Wänden hingen großformatige Poster, auf denen ein Paraglider und ein Kitesurfer zu sehen waren.

»Tolle Aufnahmen, nicht wahr?«, sagte Carlo, als er zu ihnen zurückkam.

»Sind Sie das etwa auf den Fotos?«

»Klar! Ich liebe alles, was mir einen Adrenalinkick gibt.«

Er deutete auf das rechte Poster.

»Paragliden ist das Größte. Fühlt sich an wie fliegen!«

Carlo Fröhlich setzte sich wieder hin.

»Was genau wollten Sie jetzt eigentlich von mir wissen?«

»Wo Sie sich am Montagnachmittag zwischen drei und halb vier aufgehalten haben.«

»Sie wollen ein Alibi von mir? Warum?«

Warum nicht?

»Reine Routine«, sagten Henri und Lenz gleichzeitig.

»Ach so.« Carlo stand wieder auf. »Da muss ich nachschauen.«

Er ging zum Schreibtisch und warf einen Blick in seinen elektronischen Kalender.

»Ich hatte ein Meeting.«

»Zusammen mit Dr. Thelen?«

Henri blätterte in seinen Notizen. Carlo Fröhlichs Name war in der Auflistung von Nils Thelen nicht vorgekommen.

»Sicher nicht!« Carlo lachte. »Ich saß mit meinen Teamleitern zusammen. Hier im Haus im Raum Bora Bora.«

»Wir brauchen eine Liste mit den Namen aller Teilnehmer des Meetings.«

»Mit allen?!?«

»Wie viele sind es denn?«

»Fünfzehn oder so.«

»Ja, unbedingt eine Liste mit allen Namen.«

Auf dass ihnen nicht so schnell langweilig werden würde.

Kapitel 44

Drei längere Artikel und fünf Kurzmeldungen später konnte Elisa sich endlich wieder ihren Recherchen zu Gernot Weiss' Erkenntnissen widmen. Jette war zu einem überaus wichtigen Interview mit einer angesagten Schauspielerin abgerauscht, Dennis und André saßen am Newsdesk, sodass Elisa sich ganz auf ihre Arbeit konzentrieren konnte.

Die Pressemeldungen, die Voss Pharma zur Zulassung des Antikörpers Sanivocumab und zur Bereitstellung des Medikaments Vonulant herausgegeben hatte, fand Elisa schnell. Im Internetauftritt des Unternehmens gab es einen Bereich für Pressevertreter, wo sämtliche Presseinformationen aufgelistet waren und wo man sich Bildmaterial wie das Logo herunterladen konnte. Als Ansprechpartner war Robin Pokorny angegeben, der den Betrachter von einem Foto freundlich anlächelte. Elisa schätzte ihn auf etwa dreißig. Auf dem Bild wirkte er mit seiner dunklen Brille smart, wenn er ihr für seine Aufgabe auch etwas jung vorkam. Nachdem Elisa sämtliche Informationen auf der Website durchgesehen hatte, folgte sie den Links zu den Sozialen Medien. Es zeigte sich, dass Robin Pokorny auch dort fleißig die Werbetrommel für das Unternehmen rührte. Fast täglich twitterte er ein- oder mehrmals etwas zu aktuellen pharmazeutischen, medizinischen oder gesellschaftspolitischen Themen, was dann auch auf der Facebook-Seite des Unternehmens veröffentlicht wurde. Neugierig gab Elisa Robin Pokornys Namen nun direkt in die Facebook-Suche ein und stieß schnell auf seine private Seite, die größtenteils öffentlich zu sein schien. Er ließ die Welt großzügig an seinem Privatleben teilhaben, Elisa zählte an einem Tag mehr Beiträge als auf der Voss-Pharma-Seite in einer Woche. Zahlreiche Kommentare unter den Beiträgen zeigten, dass Robin auf eine breite Resonanz stieß, vor allem wenn er Fotos von dem rothaarigen Modell postete, mit dem er anscheinend zusammen war. Es ging nie um Weltbewegendes, aber Elisa stellte fest, dass sie sich trotzdem festgelesen hatte und dass sie sich dazu zwingen musste, zu ihrem eigenen Thema zurückzukehren.

Sie versuchte nachzuvollziehen, mit welchem Pressekonzert die Markteinführung von Vonulant begleitet worden war. Voss Pharma selbst hatte mehrere Pressemeldungen veröffentlicht. Dr. Thilo Seibert, der Leiter der Klinischen Forschung der Life Science GmbH hatte Studienabstracts in wissenschaftlichen Magazinen publiziert. Darüber hinaus waren in einem Zeitraum von etwa vier Monaten rund um den

Markteintritt von Vonulant zahlreiche Artikel zum Thema PCSK9-Hemmer in verschiedensten Medien erschienen. In der *Süddeutschen* war ein langes Interview mit Dr. Nils Thelen, dem Leiter der Produktentwicklung, abgedruckt worden. Die *FAZ* hatte die Studienergebnisse in einer Infografik anschaulich aufbereitet. Viele Medien – darunter auch die *Morgenzeitung* – hatten die Pressemeldung der Voss Pharma AG aufgegriffen und daraus eigene Artikel zusammengeschrieben. Daneben stieß Elisa auf eine größere Anzahl von umfangreichen Artikeln in diversen Publikumsmedien wie *Apothekenrundschau, Bleib gesund, Hörzu* und ähnlichen.

Bei den Gesundheitsmagazinen konnte Elisa noch nachvollziehen, dass sie über ein neues Medikament berichteten, aber eine Fernsehzeitschrift? Sie sah sich die Artikel näher an und stolperte bei einem über den Namen der Autorin: Rebecca Wolf.

Elisa sah auf den Zettel, auf dem Kai seinen Kontakt bei der PR-Agentur Eichinger notiert hatte: Rebecca Wolf. Also hatte die Agentur Eichinger sowohl die Herz-Tage betreut als auch die Markteinführung von Vonulant presseseitig begleitet! War das ein erstes Indiz dafür, dass Voss Pharma bei den Herz-Tagen eine größere Rolle als die eines neutralen Sponsors gespielt hatte? Wenn sie es geschafft hatten, ihre eigene PR-Agentur bei den Herz-Tagen zu platzieren?!? Elisa überlegte. Ob Gernot diesen Zusammenhang auch hergestellt hatte? Wieder hätte sie viel dafür gegeben, einen Blick auf seine Unterlagen werfen zu können.

Wie sollte sie vorgehen? Es war sinnlos, Robin Pokorny oder Rebecca Wolf direkt mit ihrem Verdacht zu konfrontieren. Sie würden abstreiten, dass Voss Pharma in irgendeiner Form versucht hatte, Einfluss zu nehmen, dann wäre das Gespräch beendet. Nein – Elisa musste durch die Hintertür kommen, wenn sie etwas erreichen wollte! Sie musste sich dumm stellen und so tun, als wüsste sie nichts über den Zusammenhang zwischen der PR-Agentur und den Herz-Tagen. Als ginge es ihr einzig und allein um Informationen über Gernot Weiss.

Elisa griff nach dem Telefonhörer und wählte die Nummer, die Kai ihr aufgeschrieben hatte.

»PR-Agentur Eichinger, Rebecca Wolf am Apparat«, hörte sie kurz darauf eine freundliche weibliche Stimme.

»Hallo, Frau Wolf. Mein Name ist Elisa Gerlach. Ich schreibe für die *Morgenzeitung* und habe Ihre Nummer von meinem Kollegen Kai Konzelmann bekommen. Er lässt Sie schön grüßen!«

Rebecca lachte. »Danke! Was kann ich für Sie tun? Geht es wieder um die Herz-Tage?«

»Indirekt. Ich bin nicht von der Wissenschaftsredaktion, sondern bei der Stadtredaktion für Kriminalfälle zuständig. Sicher haben Sie von Gernot Weiss gehört, dem Journalisten, der bei den Herz-Tagen ums Leben gekommen ist!?«

»Ja, das ist wirklich schrecklich!«

»Kannten Sie ihn persönlich?«

»Nur telefonisch. Er hat ein paar Mal hier angerufen.« Sie lachte wieder kurz auf. »Ich glaube, das war ein ganz schön komischer Kauz, er konnte einem fast ein bisschen leidtun.«

»Warum?«

»Robin Pokorny, der Pressesprecher von Voss Pharma, ist schon gar nicht mehr drangegangen, wenn er die Nummer von Gernot Weiss auf dem Display gesehen hat. Er war so genervt von den ewig gleichen Fragen, die er gestellt hat.«

»Welche Fragen waren das denn?« Elisa hielt die Luft an, doch Rebecca schien nichts dabei zu finden, ihr Wissen mit einer Kollegin von Kai zu teilen.

»Gernot Weiss hat ein Komplott gewittert. Ihm war aufgefallen, dass wir diverse Medikamente der Voss Pharma AG nicht nur durch Werbung, sondern auch durch redaktionelle Artikel begleiten. Er fand es zum Beispiel verwerflich, dass parallel zur Markteinführung eines neuen Statins in verschiedenen Medien zu lesen war, dass gesunde Ernährung und regelmäßiger Sport allein nicht ausreichen, um den Cholesterinspiegel zu senken.«

Elisa hielt es für klüger, für sich zu behalten, dass sie da ganz einer Meinung war mit Gernot Weiss.

»Dabei ist das unter uns gesagt ein ganz normales Vorgehen«, fuhr Rebecca fort. »Dafür sind wir als PR-Agentur ja da: Um bestimmte Themen und Produkte auch redaktionell zu platzieren. Das muss ich Ihnen als Journalistin sicher nicht erklären.«

Also ich schreibe immer noch für die Leser! Auch wenn es wahrscheinlich lukrativer wäre, mehr schlecht als recht verbrämte Werbebotschaften für irgendwelche Unternehmen oder Personen in die Welt hinauszuposaunen.

Elisa zwang sich dazu, zu Gernot Weiss zurückzukehren. »Interessierte sich Gernot Weiss für die Pressekampagne zu Statinen?«

»Ich glaube, deswegen hatte er sich schon vor Monaten an Robin Pokorny gewandt.«

»Und als er von ihm keine Auskunft mehr bekam, hat er sich bei Ihnen gemeldet?«

»Genau. Wir haben versucht, ihn von seiner Verschwörungstheorie abzubringen, aber ich fürchte, das hat nichts genützt. Ich habe mir seine Tiraden ein paar mal angehört, denn er hat mir leidgetan, aber er hatte sich da wirklich in etwas verrannt.«

»Hat er jemals einen Artikel darüber veröffentlicht, wie die Medikamenteneinführung durch redaktionelle Beiträge gefördert wird?«

»Nicht dass ich wüsste. Er war ja freiberuflicher Journalist, so viel ich weiß. Wirkte ein bisschen wie ein harmloser Spinner.«

»Gernot Weiss scheint sich zuletzt speziell für PCSK9-Hemmer interessiert zu haben. Wissen Sie darüber etwas?«

Rebecca zögerte.

»PCSK9-Hemmer?«, fragte sie gedehnt. »Nein ... darüber habe ich nicht mit ihm gesprochen.«

»Hatten Sie da in letzter Zeit eine vergleichbare Kampagne?«

»Ich ... äh ... also dazu kann ich Ihnen nichts sagen.« Rebecca senkte ihre Stimme. »Wie kommen Sie denn darauf, dass er sich plötzlich für PCSK9-Hemmer interessiert hat?«

»Er wollte bei den Herz-Tagen zu dem Vortrag über Hypercholesterinämie sehr konkrete Fragen stellen, doch er kam nicht dazu, weil er davor getötet wurde.«

»Wirklich?!« Rebecca flüsterte, dann sprach sie plötzlich wieder mit normaler Stimme. »Nein, dazu kann ich Ihnen nichts sagen. Es war nett, mit Ihnen zu reden, aber mein Chef will mich jetzt sprechen. Entschuldigen Sie mich bitte.«

»Ja ... klar ... vielen Dank.« Elisa behielt den Hörer noch am Ohr und bekam deshalb mit, wie eine männliche Stimme Rebecca aus dem Hintergrund anschnauzte: »Mit wem redest du denn da schon wieder? Du sollst doch nicht ...«

Dann hatte Rebecca aufgelegt und Elisa konnte nichts mehr hören. Schade, dass der Chef dazwischen geplatzt war. Aber auch so war das Gespräch mit Rebecca Wolf überaus aufschlussreich gewesen.

Kapitel 45

Henri hatte den Eindruck, dass Melissa Eberhardt ihren Job leidenschaftlicher ausübte als ihre eher kühl wirkenden Vorstandskollegen. Die Marketingleiterin sprach mit großem Enthusiasmus über das Unternehmen und seine Produkte. Das Gespräch mit der Kriminalpolizei war ihr nicht unangenehm, sie referierte ausführlich über ihr Arbeitsgebiet und zeigte ihnen diverse Kostproben aus verschiedenen Werbekampagnen, die gerahmt in ihrem Büro an der Wand hingen. Stolz berichtete sie über die Erfolge, die Voss Pharma in den letzten Jahren erzielt hatte.

Aufmerksam hörte Henri ihr zu und beobachtete Melissa dabei genau. Wenn man ihre Hände ansah, konnte man erkennen, dass sie nicht mehr so jung war, wie sie auf den ersten Blick wirkte, doch sie war eine überaus gepflegte und auch sympathische Erscheinung. Sie hatte ihnen Kaffee und Kekse servieren lassen und nahm sich Zeit für sie. Melissa Eberhardt sprach lebhaft und anschaulich, immer mit einem Lächeln auf dem Mund. Erst als Henri das Gespräch auf den eigentlichen Grund ihres Kommens lenkte, wurde sie ernst.

»Ich verstehe ja, dass Sie einen Schuldigen für den Tod dieses Journalisten suchen, aber ich versichere Ihnen, dass Sie ihn hier nicht finden werden. Bei Voss Pharma geht alles mit rechten Dingen zu, das können Sie mir glauben!«

»Wir müssen bei unseren Ermittlungen alle Möglichkeiten in Erwägung ziehen«, sagte Henri nur. »Wir fragen uns natürlich, ob Gernot Weiss nicht versucht haben könnte, mit Ihnen als Leiterin des Marketings in Kontakt zu treten.«

»Ich habe Ihnen doch schon gesagt, dass ich diesen Mann noch nie gesehen habe. Ich kenne ihn nicht und ich habe auch nie mit ihm telefoniert. Wenn er Journalist war, wird er sich an unsere Pressestelle gewandt haben. Da müssen Sie mit dem Pressesprecher Robin Pokorny reden. Soweit ich weiß, ist er heute außer Haus.«

Henri notierte den Namen.

»Jedenfalls hat Herr Pokorny diesen Journalisten mir gegenüber nie erwähnt. Deshalb kann ich Ihnen dazu nichts erzählen.«

»Dann sagen Sie uns doch bitte, wo Sie sich am Montagnachmittag aufgehalten haben?«, fragte Lenz.

Melissa sah ihn mit schreckgeweiteten Augen an.

»Am Montagnachmittag? Ist das der Zeitpunkt, als der Mann ...«

Lenz nickte.

»Wo waren Sie da?«

»Ich?!?« Ihre Stimme überschlug sich. »Aber ich habe Ihnen doch gesagt, dass ich ihn überhaupt nicht kannte! Warum hätte ich ihn umbringen sollen?«

»Niemand sagt, dass Sie ihn umgebracht haben, Frau Eberhardt«, erklärte Lenz behutsam. »Wir wollen einfach nur wissen, wer sich zu diesem Zeitpunkt wo aufgehalten hat. Das ist alles.«

Sie dachte nach.

»Am Montag ... lassen Sie mich überlegen. Ich hatte den ganzen Vormittag Besprechungen. Am Nachmittag ... genau, jetzt weiß ich es wieder ... am Nachmittag habe ich am Konzept für unsere neue Website gearbeitet.«

»Hier im Büro?«

»Ja, genau hier an diesem Schreibtisch.«

»Gibt es dafür Zeugen?«

»Sicher ... hier kann man ja keine fünf Minuten ungestört arbeiten. Permanent kommt jemand hereingeschneit.«

»Dann schreiben Sie uns doch bitte die Namen der Personen auf, die bezeugen können, dass Sie am Montagnachmittag hier waren.«

Melissa Eberhardt sah unsicher von Lenz zu Henri.

»Ja ... also .... so genau weiß ich das jetzt nicht mehr ... Da muss ich überlegen.«

»Tun Sie das.«

Nach ein paar Minuten hatte Melissa einige Namen auf einem Blatt Papier aufgeschrieben.

»Mit der Reihenfolge bin ich mir nicht sicher«, sagte sie. »Ich meine, mich zu erinnern, dass die alle vorbeigekommen sind, aber wann genau? Das weiß ich ...«

Henris Handy klingelte. Elisas Name stand auf dem Display. Henri gab Lenz ein Zeichen, die Befragung allein fortzusetzen, und ging hinaus. Erst dort nahm er den Anruf an.

»Elisa! Wie schön, dich zu hören!«

»Ich hab ja noch gar nichts gesagt.« Elisa lachte. »Aber ich freue mich auch, *dich* zu hören. Störe ich gerade?«

»Nein, tust du nicht. Was gibt es denn?«

»Aha! Du hast also schon gelernt, dass es interessante Informationen geben könnte, wenn ich anrufe.«

Henri grinste.

»Das habe ich nie bestritten!«

Er war gespannt, wann der Zeitpunkt erreicht war, dass sie dafür im Gegenzug auch Informationen von ihm bekommen wollte. Jetzt anscheinend noch nicht, denn sie erzählte bereitwillig.

»Genau genommen rufe ich wegen zwei Themen an. Erstens solltest du wissen, dass meine Kollegin Jette von ihrer mysteriösen Quelle bei der Polizei erfahren hat, dass es um Korruption in der Pharmabranche geht. Ich konnte heute zwar verhindern, dass sie eine Riesenstory daraus macht, aber ich kann dir nicht mehr garantieren, dass diese

Information geheim bleibt. Du solltest dringend herausfinden, wer die undichte Stelle bei euch ist!«

»Und das ist sicher, dass sie ihre Informationen von einem Polizei-Insider bekommt?«

»Das behauptet sie. Du weißt besser als ich, wer diese Information überhaupt hatte.«

Henri überlegte. Mit wem außerhalb des Teams hatte er darüber gesprochen? War es jemand außerhalb des Teams?

»Ja«, sagte er zögernd. »Ich werde der Sache nachgehen. Wäre toll, wenn du einen Namen aufschnappen könntest.«

»Sie ist immer sehr vorsichtig, wenn sie telefoniert, und geht außer Hörweite. Aber ich halte die Augen und Ohren offen.«

»Danke. Und was ist das zweite Thema?«

»Ich habe gerade mit der PR-Agentur Eichinger gesprochen, mit der Voss Pharma anscheinend regelmäßig zusammenarbeitet. Sie begleiten Produkteinführungen mit Artikeln, die im redaktionellen Teil verschiedenster Medien platziert werden. Zum Beispiel haben sie parallel zur Einführung eines Statins Artikel veröffentlicht, in denen betont wird, dass der Cholesterinspiegel nicht allein mit gesunder Ernährung und Sport gesenkt werden kann. Gernot Weiss scheint darauf im Zusammenhang mit dem Statin, das seiner Mutter verordnet worden war, aufmerksam geworden zu sein. Laut der Dame von der PR-Agentur, Rebecca Wolf, ist das ein gängiges Vorgehen.«

»Aus ihrer Sicht ist das vielleicht ein gängiges Vorgehen, aber wohl kaum aus Sicht des Verbrauchers, der vermutlich nicht erkennt, dass er über eine solche Meinungsmache indirekt zu einem bestimmten Produkt hingelenkt wird.« Auch Henri klang ungehalten.

»Gernot Weiss scheint das ähnlich gesehen zu haben. Er muss deshalb dem Pressesprecher von Voss Pharma ziemlich auf die Nerven gegangen sein.«

»Robin Pokorny?«

»Ja, so heißt der Mann. Kennst du ihn?«

»Noch nicht. Sein Name ist mir nur gerade schon hier bei Voss Pharma untergekommen.«

»Bist du dort? Dann kannst du ihm auf den Zahn fühlen.«

»Leider nicht. Er ist heute nicht im Haus. Aber du bist sicher, dass Gernot Weiss und er sich kannten?«

»Zumindest hat Rebecca Wolf das behauptet. Gernot scheint diesen Robin Pokorny allerdings so genervt zu haben, dass er seine Anrufe nicht mehr angenommen hat. Daraufhin hat er sich an die Agentur

Eichinger gewandt und sich bei Rebecca ausgeheult. Sie hat ihn als komischen, bemitleidenswerten Typ beschrieben.«

»Hat sie noch mehr über ihn gesagt?«

»Sie kann sich auch nicht erklären, warum er thematisch plötzlich von den Statinen zu den PCSK9-Hemmern umgeschwenkt ist. An dieser Stelle wurde unser Gespräch leider unterbrochen. Aber ich dachte, es könnte für euch hilfreich sein zu wissen, dass Gernot bei Voss Pharma zumindest mit dem Pressesprecher in Kontakt war.«

»Das ist sehr hilfreich, da hier bislang alle felsenfest behaupten, dass sie Gernot Weiss weder kannten noch je gesehen hatten. Jetzt können wir wenigstens bei diesem Pokorny konkreter nachhaken ... also nicht jetzt ... aber dann morgen.«

»Was kann ich davon schreiben?«

»Am besten noch nichts zu Gernots Recherchen.« Henri überlegte. »Die DNA-Untersuchung hat zweifelsfrei ergeben, dass es sich bei dem Toten um Gernot Weiss handelt. Das kannst du meinetwegen schreiben. Das haben wir heute Mittag noch nicht im Polizeibericht veröffentlicht, weil wir die Info vorhin erst bekommen haben, das hast du dann auf Nachfrage erfahren.«

»Damit hab ich was Exklusives!« Elisa gluckste. »Das wird schon reichen, um meinen Chef erst mal zufriedenzustellen!«

»Prima, dann sind alle glücklich!«

»Okay ... dann ...« Elisa machte Anstalten, das Telefonat zu beenden. Vermutlich wollte sie die neue Information schnell weitergeben.

»Elisa, hast du heute Abend schon was vor?«, platzte Henri heraus. »Mein Bruder ist mit seiner Freundin da ...«

»Ich weiß, ich hatte gestern das Vergnügen, ihn kennenzulernen.«

»Das hat Sönke mir erzählt. Er ist sehr begeistert von dir.«

»Wirklich?«

»Wirklich! Wir wollen heute Abend eine Runde Cluedo spielen. Wie in alten Zeiten. Hast du Lust mitzuspielen?«

»Cluedo. Ist das nicht dieses Detektivspiel?«

»Das ist wahrscheinlich einer der Grundsteine für meine Berufswahl«, meinte Henri lachend. »Wir haben früher endlos Cluedo gespielt. Sönke hat uns gestern überredet, heute eine Runde zu spielen. Ich glaube, er würde sich sehr freuen, wenn du mitspielst. Hast du Lust? So gegen acht?«

»Würdest *du* dich auch freuen, Henri?«

»Sehr. Ich hätte euch gestern schon gern einander vorgestellt.«

»Aber da war ich nicht da.«

»Genau.«

»Also heute.«

»Das heißt, du bist dabei?«

»Klar, wenn ich schon mal die Chance habe, Tiger leibhaftig kennenzulernen!«

»Du bist so witzig, Elisa!«, meinte Henri mit ironischem Unterton, musste aber schmunzeln.

»Also dann bis später, Bärchen!«

Henri hörte kurz noch ihr Lachen, dann hatte sie aufgelegt.

»Warum grinst du denn so?«, fragte Lenz, der auf einmal neben ihm stand.

»Ich grins' doch nicht!«

»Doch, Henri, das tust du.« Lenz lachte. Dann deutete er rückwärts mit dem Kopf zu Melissa Eberhardts Büro und wedelte mit einem Blatt Papier. »Aber das Lachen wird dir gleich vergehen, wir haben hier nämlich noch ein weiteres schwammiges Alibi, dessen Überprüfung uns einen Haufen Zeit kosten wird.«

Kapitel 46

Elisa kam zu dem Schluss, dass Henri früh genug zu Hause gewesen war, um noch laufen gehen zu können. Seine Turnschuhe lagen im Hausflur und er roch frisch geduscht, als er ihr die Wohnungstür öffnete. Er lächelte, als er Elisa sah.

»Ich wollte dich gerade abholen! Wir spielen im Garten, es ist noch schön warm draußen.«

»Von oben habe ich euch gesehen.«

Elisa hatte sich schnell ein Omelett gemacht, als sie aus der Redaktion heimgekommen war. Jetzt war sie froh, dass die Zeit danach noch für eine Dusche gereicht hatte. Tagsüber war es sommerlich heiß gewesen, nach dem Heimradeln hatte Elisa sich verschwitzt und müde gefühlt. Die Dusche hatte sie wieder zum Leben erweckt.

»Komm rein.« Henri trat einen Schritt zur Seite. »Konntest du deinen Chefredakteur mit der neuen Info erfreuen?«

»Ja, er ist immer happy, wenn wir was Exklusives abdrucken können.«

André hatte Elisa gelobt, als sie mit ihrer Mini-Neuigkeit angekommen war. Zusammen mit Wolf Borowsky hatte sie auf der ersten Seite noch eine Kurzmeldung reingequetscht. Als ob die offizielle Bestätigung von Gernots Identität einen großen Unterschied machte. Zu diesem Zeitpunkt war niemand mehr davon ausgegangen, dass der Tote jemand anderes gewesen sein könnte.

»Wie bist du eigentlich an diese PR-Agentur gekommen?«, wollte Henri wissen. Er schloss die Wohnungstür hinter Elisa und machte eine Geste zum Garten hin.

»Ein Kollege aus dem Wissenschaftsressort hat mir den Kontakt vermittelt.« Elisa zögerte. »Ich versuche, Gernots Recherche nachzuvollziehen. Ihr habt nicht zufällig in seinen Unterlagen eine Erklärung dafür gefunden, warum er sich von den Statinen plötzlich den PCSK9-Hemmern zugewandt hat?«

Henri schüttelte den Kopf.

»Das Problem ist, dass Gernots Unterlagen nur aus einem chaotischen Haufen Notizzettel bestehen. Als überzeugter Umweltaktivist hat er vermieden, übermäßig Papier zu verschwenden. Er scheint alles ausschließlich in seinem Notebook dokumentiert zu haben und dieses Notebook ist leider weg.«

»Schade. Es wäre so hilfreich, wenn es Aufzeichnungen gäbe ...«

»Das glaube ich auch.«

Henri legte seine Hand auf Elisas Rücken und schob sie sanft zur Terrassentür.

»Lass uns jetzt nicht mehr von Gernot reden.«

»Ist gut.« Elisa hätte noch die eine oder andere Frage, aber Henri schien in diesem Moment andere Prioritäten zu haben. Er sah zu seiner Familie, die sich unter der Pergola einrichtete. Sönke war dabei, die Spielutensilien aus einer sichtbar alten und oft benutzten Cluedo-Schachtel auszupacken. Karen versuchte, zwischen Spielbrett und Karten Platz für Gläser und Schüsseln mit Knabberzeug zu finden. Merle hatte es sich auf einem der Liegestühle auf dem Rasen bequem gemacht und tippte auf ihrem Handy. Sie trug einen knallroten Kaftan, dessen glänzenden Seidenstoff sie um sich herum drapiert hatte.

»Guten Abend«, sagte Elisa laut.

Merle sah nur kurz hoch und sagte *Hi*. Sönke kam dagegen freudestrahlend auf Elisa zu und umarmte sie kurzerhand.

»Cool, dass du mitspielst, Elisa. Merle hat nämlich keine Lust und zu dritt macht es nicht so viel Spaß wie zu viert.«

»Mir geht's eben nicht gut«, verteidigte sich Merle und strich über ihren Bauch. Sönke verdrehte die Augen, ohne dass sie es sehen konnte. Er griff nach Elisas Hand und zog sie zum Tisch.

»Hallo, Elisa!« Auch Karen schien sich zu freuen, sie zu sehen. »Schön, dass Sie dabei sind!«

Sönke lachte laut.

»Mama, sagst du wirklich *Sie* zu Elisa? Das kann nicht dein Ernst sein!? Mit Merle duzt du dich doch auch!«

Elisa fand, dass das nicht das Gleiche war, schließlich war Merle die Freundin ihres Sohnes und Elisa ihre Mieterin, aber Karen stimmte Sönke sofort zu.

»Natürlich!«, rief sie. »Wir müssen Brüderschaft trinken, Elisa! Bärchen, hast du den Wein schon hier draußen?«

»Mama, kannst du nicht endlich mal mit diesem albernen Kosenamen aufhören. Ich bin nicht mehr fünf.«

»Aber das bin ich so gewohnt ... ich weiß nicht, ob ich das jemals ändern kann ...«

»Versuch es mal mit *Henri* und *Sönke*«, schlug Henris Bruder vor. »Diese Namen hast du uns damals gegeben, weißt du noch?«

Henri füllte erst zwei Gläser für Karen und Elisa, dann zwei weitere für Sönke und sich selbst. Er sah fragend zu Merle.

»Für Merle keinen Wein«, meinte Sönke. Seine Freundin warf ihm einen bösen Blick zu, sagte aber nichts.

Karen und Elisa stießen miteinander an und tranken mit feierlicher Miene einen Schluck.

»Das war längst überfällig, dass wir *du* sagen«, meinte Karen. »Ich bin so froh, dich als Mieterin zu haben, Elisa. Bei deinen Vorgängerinnen hatte ich nie so ein gutes Gefühl, ihnen das Haus zu überlassen, wenn ich weg war. Aber diesmal konnte ich ganz beruhigt in den Urlaub fahren.«

Elisa erwiderte Karens Lächeln.

»Das freut mich. Ich fühle mich hier bei euch auch sehr wohl!«

»Ich hatte ja befürchtet, dass du gleich wieder ausziehst, als Bärchen anfangs so garstig zu dir war. Zum Glück hat sich das jetzt gebessert!«

Sie sah ihren Sohn mahnend an, Sönke feixte im Hintergrund.

»Mama!« Henri stöhnte. Er dirigierte Elisa auf den Platz neben seinem eigenen. »Lasst uns mit dem Spiel anfangen.«

Sie setzten sich. Da es lange her war, dass Elisa Cluedo gespielt hatte, mussten die Wielands ihr die Spielregeln noch mal erklären. Es dauerte nicht lange, dann war ihr das Spiel wieder geläufig und sie fand es unterhaltsamer, als sie es in Erinnerung gehabt hatte. Gleichwohl waren ihr die anderen beim Kombinieren meilenweit voraus. Sie quittierten jeden geäußerten Verdacht mit tiefsinnigen Ohs und Ahas, während

Elisa noch vollkommen im Dunkeln tappte, wer der Mörder sein könnte.

»Ich verdächtige Fräulein Gloria, das Opfer im Wintergarten mit dem Kerzenleuchter umgebracht zu haben!«, sagte Henri voller Überzeugung und beugte sich zu Elisa. Sie drehte ihre Karten von ihm weg.

»Hey, nicht schummeln.« Sie zog die Spielkarte, auf der Fräulein Gloria abgebildet war, heraus und hielt sie Henri hin. Er umfasste ihre Hand und drehte sie wiederum von Sönke weg, der verdächtig über den Tisch linste. Elisa lachte. »Ihr schummelt wirklich alle!«

Sönke machte ein unschuldiges Gesicht, während Henri etwas auf seinem Notizblatt aufschrieb.

»*Fräulein Gloria* ist immer Annas Lieblingskarte«, sagte Karen. »Wie schade, dass sie heute nicht da ist. Habt ihr was von ihr gehört?«

Henri schüttelte den Kopf, während Elisa ihr Smartphone aus der Hosentasche zog.

»Sie hat mir am Nachmittag ein Foto geschickt von einem riesigen Eisbecher, den sie verdrückt hat. Das müsst ihr euch unbedingt anschauen!«

»Sie hat *dir* geschrieben?« Henri sah Elisa verwundert an.

»Vermutlich, weil sie weiß, dass *ich* ihr antworte.«

Anna hatte sich bei Elisa beschwert, dass Henri ihr oft nicht antwortete, wenn er in akute Ermittlungen eingebunden war. Das schien auch diesmal zuzutreffen. Henri warf einen schnellen Blick auf das Foto des Eisbechers, dann nahm er sein Handy und tippte eine kurze Nachricht. Wenig später kam Annas Antwort. Henri hielt Elisa wortlos sein Smartphone hin.

Mir geht's gut, Oma freut sich mächtig über meine Hilfe. Sollte wohl öfter zu ihr kommen ... Hat Elisa dir das Foto gezeigt? Grüß sie schön von mir!

Elisa lächelte.

»Wow, vier ganze Sätze. Sie scheint sich sehr über deine Nachricht zu freuen.«

Henri schrieb erneut, diesmal länger. Die anderen spielten weiter. Es war ein lustiger Abend. Elisa fand Sönke überaus unterhaltsam. Er war offener und lebhafter als sein Bruder, sein Lachen war ansteckend und es dauerte nicht lange, bis er auch Elisa in seine Frotzeleien einbezog. Merle blieb dagegen teilnahmslos. Sie lag immer noch auf dem Liegestuhl und beschäftigte sich mit ihrem Smartphone.

Während Sönke sich über Karens angebliche Ähnlichkeit mit der Spielfigur der Frau Weiss lustig machte, holte Henri zum finalen

Verdacht aus: »Ich bin mir jetzt ganz sicher, dass die Baronin von Porz das Opfer im Wintergarten mit dem Seil erdrosselt hat.«

Keiner konnte Henri eine der drei genannten Spielkarten zeigen. Er griff nach dem Umschlag und zog die drei beiseitegelegten Karten heraus: die Baronin von Porz, der Wintergarten und das Seil.

»Das ist nicht fair!«, rief Sönke lachend. »Als Kriminalkommissar solltest du weniger Informationen bekommen als wir anderen.«

»Sönke war immer schon ein schlechter Verlierer«, erklärte Henri Elisa. »Noch ein Schluck Wein?«

Er schenkte bereits nach.

»Ein kleiner Schluck bitte nur.«

Als Elisa heruntergekommen war, hatten Jeans und T-Shirt vollkommen ausgereicht, doch inzwischen war es dunkel und deutlich kühler. Karen hatte längst ein paar Lampen und Kerzen angezündet. Es war gemütlich, Elisa wäre gern noch geblieben, doch sie fröstelte. Henri sah sie aufmerksam an.

»Ist dir kalt? Ich hol dir einen Pulli.«

Bevor Elisa ihn daran hindern konnte, lief Henri mit ein paar großen Schritten über den Rasen zur Treppe. Merle stand ebenfalls auf und dehnte sich übertrieben. In ihrem leuchtend roten Kaftan sah sie aus, als sei sie einem Bollywood-Film entsprungen. Lediglich ihre blasse Stadtpflanzenhaut passte nicht ins Bild.

»Mir wird auch kalt. Ich gehe rein.«

»Soll ich dir einen Pulli holen?«, bot Sönke an.

»Nein, danke, mir ist das Bett lieber.«

Sie gab ihm einen Kuss, winkte Karen und Elisa zu und ging dann zum Haus.

»Gute Nacht!«, sagte sie zu Henri, der mit einem Pulli in der Hand herauskam.

Elisa schlüpfte dankbar hinein. Der Pulli roch nach Henris Aftershave oder Duschgel mit der Zitrusnote.

»Besser?« Er sah sie prüfend an.

Elisa nickte. »Danke.«

»Noch eine Runde?«, fragte Sönke und deutete auf das Spiel.

Karen schüttelte den Kopf.

»Ich bin müde. Ich muss auch ins Bett, will nur noch warten, bis Merle im Bad fertig ist.«

Sie packten alles, was zum Spiel gehörte, zurück in die Cluedo-Schachtel. Karen machte Anstalten, die leeren Gläser und die Schüsseln mit den Knabbereien auf das Tablett zu stellen.

»Sei nicht so ungemütlich, Mama«, meinte Sönke. »Wir räumen schon alles weg, wenn wir reingehen.«

»In Ordnung. Gute Nacht!« Karen ging ins Haus.

»Wir bleiben noch ein bisschen draußen, oder?« Sönke sah Henri an. Kurz glitt sein Blick zu Elisa, als wolle er seinen Bruder fragen, ob er störe, doch Henri war mit Einpacken beschäftigt und merkte davon nichts.

»Klar, wir trinken noch in Ruhe den Wein aus.« Henri verteilte den Rest auf die drei Gläser. »So oft ist mein kleiner Bruder ja leider nicht zu Gast.«

»Morgen fahren wir schon weiter nach Venedig.«

»Venedig muss toll sein«, meinte Elisa. »Da möchte ich auch mal hin.«

»Ich kenne es noch nicht.« Sönke sah zu Henri. »Du warst mit Claire dort, oder?«

Henri verzog das Gesicht. Seine Erinnerungen schienen nicht die besten zu sein.

»Claire hat es nicht gefallen. Ihr war es zu schmutzig, zu voll, zu alles Mögliche ...«

Elisa hätte gern mehr über Henris und Claires Venedig-Aufenthalt erfahren, doch in diesem Moment klingelte ihr Telefon. Es war Lena.

»Ich fürchte, da muss ich drangehen.«

»Die Redaktion?«

»Nein ... eine Freundin.« Elisa hob ab. »Lena?«

Am anderen Ende war herzzerreißendes Schluchzen zu hören, so laut, dass selbst Sönke von der gegenüberliegenden Tischseite besorgt zu Elisa herübersah.

»Lena? Was ist los?«

»Er ist so ein Arsch!«, schluchzte Lena.

»Wolf?«

»Wer denn sonst?!? Er hat gesagt, er will sich heute noch mal mit mir treffen und mit mir reden. Über den Familienurlaub. Und dass das alles nichts bedeutet!« Lena schnappte nach Luft. »Und dann kommt er nicht! Ich hab eine Stunde auf ihn gewartet!«

»Wo bist du?«

»In Schwabing. Ich bin jetzt aus der Kneipe raus, die haben mich alle schon blöd angeschaut.« Lena brach von Neuem in Tränen aus. »Kann ich zu dir kommen?«, schluchzte sie. »Ich mag jetzt nicht allein zu Hause rumhocken. Und meine Eltern ...«

»Klar, komm her! Kannst du noch fahren?«

»Ich habe nichts getrunken. Bis jetzt.«

»Du kannst hier übernachten.« Das Bett war groß genug für zwei.

»Danke, Elisa. Du bist super!«

Lena legte auf.

»Soll ich noch 'ne Flasche Wein holen?«, fragte Henri hilfsbereit. Er und Sönke hatten wahrscheinlich jedes einzelne Wort von Lena gehört.

»Ich fürchte, Lena ist jetzt nicht in der Stimmung für Gesellschaft.«

»Schade.« Henri sah enttäuscht aus, lächelte Elisa aber trotzdem an. »Ihr könnt den Wein auch zu zweit trinken. Sie hat sich so angehört, als ob sie welchen brauchen könnte.«

»Da hast du recht.«

»Also, ich hole zwei Flaschen aus dem Keller. Eine für euch und eine für uns. Und falls es ihr besser geht, kommt ihr einfach noch in den Garten runter.«

»Das ist lieb, danke, Henri.« Sie wandte sich an Sönke. »Ich sollte kurz oben aufräumen, bevor Lena kommt. Falls wir uns nicht mehr sehen, wünsche ich euch jetzt schon viel Spaß in Venedig!«

Sie verabschiedeten sich und Elisa folgte Henri ins Haus. Er kam schnell mit zwei Weinflaschen aus dem Keller zurück und reichte Elisa eine davon.

»Ich hoffe, wir sehen uns noch«, sagte er.

»Das hoffe ich auch.« Elisa schlüpfte aus Henris Pulli und gab ihn ihm. »Vielen Dank.«

»Du glaubst nicht wirklich, dass ihr noch mal rauskommt, oder?«, fragte Henri.

»Ich weiß es nicht. Das hängt von Lena ab.«

»Sehen wir uns dann morgen? Nur wir beide? Zu zweit? Am Abend?«

Elisa sah Henri fragend an. Sein Blick war eindringlich. Keine Spur mehr von der Distanziertheit, die er nach seinem Elba-Urlaub an den Tag gelegt hatte.

»Okay ...«, sagte Elisa zögernd.

»Ich freu mich jetzt schon.«

Henri küsste Elisa zum Abschied leicht auf die Wange. Sie musterte ihn.

»Herr Kommissar, Sie senden sehr widersprüchliche Signale.«

»Du machst es mir schwer, Elisa.«

Sie küsste ihn auf die andere Wange.

»Nein, das tue ich nicht. Überhaupt nicht.«

Sie spürte seinen Blick im Rücken, als sie die Treppe hinaufging.

Kapitel 47

Melissa wischte den roten Lippenstift wieder weg. *Irresistibly Red* war vielleicht doch etwas zu grell fürs Büro. Sie suchte in ihren Schminkutensilien nach einer anderen Farbe. Orlando strich um Melissas Beine. Sie bückte sich, um ihm kurz über den Kopf zu streichen.

»Na mein Guter, hast du schon fertig gefrühstückt?«

Orlando hatte sich auf sein Futter gestürzt, als sei er am Verhungern. Melissa hatte nur schnell einen Kaffee getrunken. Am Morgen brachte sie einfach noch nichts runter. Außerdem wollte sie die Zeit lieber dafür nutzen, sich sorgfältig zurechtzumachen.

»Wie wäre es mit *Burgundy*?«

Sie trug den weinroten Lippenstift auf, presste die Lippen fest aufeinander und musterte sich zufrieden im Spiegel. Das sah klassisch elegant aus, nicht so aufdringlich wie die leuchtendrote Farbe.

»So kann ich Gerald gut ansprechen oder was meinst du, Orlando?«

Sie sah hinunter zu ihren Füßen, doch der Kater war nicht länger an einem Gespräch interessiert, wenn sie ihn nicht streichelte. Er stolzierte aus dem Bad und ließ sie allein mit ihren Überlegungen. Also wandte Melissa sich an ihr Spiegelbild und setzte die Unterhaltung stillschweigend in ihrem Kopf fort.

Ich denke, ich sollte ihm deutlicher zeigen, dass ich auch bereit bin für mehr. Ein verheirateter Mann verhält sich einfach nicht so wie er. Die ganzen Komplimente, die er mir macht. Die Blicke, die er mir zuwirft. Die viele Zeit, die er im Büro verbringt anstatt zu Hause. Er hat schon ein paarmal angedeutet, dass er und seine Frau sich auseinandergelebt haben und nur noch getrennten Aktivitäten nachgehen. Seine Ehe ist tot.

Melissa spitzte die Lippen zu einem Kuss und zwinkerte sich im Spiegel zu. Sie steckte den Lippenstift in ihre Handtasche, schlüpfte in die hochhackigen Pumps, hängte sich die Sporttasche über die Schulter und verließ die Wohnung. Sie hatte es nicht weit bis zu Voss Pharma, mit dem Auto brauchte sie meistens nicht länger als eine Viertelstunde. Kaum genug Zeit, um sich ihre Worte für Gerald zurechtzulegen.

Natürlich will ich nicht, dass er sich mit mir einlässt, weil er in meiner Schuld steht. Auf keinen Fall darf ich diesen Zusammenhang herstellen. Wenn er selbst darauf kommt – umso besser! Aber er darf nicht das Gefühl haben, dass ich ihn damit erpresse. Er soll sich freien und leichten Herzens auf eine Beziehung mit mir einlassen. Melissa lächelte. *Das ist es, was ich will. Und nach all den Zeichen, die er mir gegeben hat, denke ich, das ist auch das, was er will ...*

Doch wie sollte sie beginnen? Was sollte sie zu ihm sagen? Melissa fühlte sich so gut wie lange nicht mehr. Am besten ging sie sofort zu ihm ins Büro und packte den Stier bei den Hörnern, bevor sie der Mut wieder verließ. Melissa wusste, dass er an diesem Morgen keine fixen Termine hatte. Sie konnte die Entwürfe für die neue Website als Vorwand nehmen. Sie konnte behaupten, dass sie nicht ganz sicher war, ob der Aufbau übersichtlich genug war, und dass sie deshalb seine Meinung hören wollte, bevor sie weiter ins Detail ging. Ja ... das war gut! Der Aufbau der neuen Website war perfekt und die Texte, die Melissa bislang geschrieben hatte, waren überzeugend. Sie wusste schließlich, was sie tat. Gerald würde sie bestimmt wieder loben. Dann konnte sie ihm signalisieren, dass sie sich extra viel Mühe gegeben hatte, weil sie *ihn* damit erfreuen wollte ... Okay, das war vielleicht etwas übertrieben, aber letztendlich tat sie alles, was sie für Voss Pharma tat, eigentlich für Gerald ... Warum sollte er das nicht wissen?

Melissa bog auf das Firmengelände. Schon von der Straße erkannte sie Geralds Mercedes vor der Einfahrt zur Tiefgarage. Melissa wollte beschleunigen, als sie sah, dass Gerald nicht allein im Auto war. Auf dem Beifahrersitz saß eine Person, die sich zu ihm hinüberbeugte. Die ihn ... küsste?!? Melissa schloss die Augen und schüttelte den Kopf. Nein, das konnte nicht wahr sein! Sie öffnete die Augen und sah erneut hinüber. Das war kein kurzer Abschiedskuss, sondern ein feuriger, langanhaltender Kuss, bei dem Gerald mit seinen Händen in den Haaren der Frau wühlte. Wer war das? Melissa konnte nicht erkennen, wer bei Gerald im Auto saß. Hinter ihr hupte jemand, sie stand immer noch mitten in der Einfahrt von der Straße. Gerald und seine Begleiterin schienen den Hupton ebenfalls gehört zu haben, sie fuhren auseinander, gleich darauf öffnete sich die Beifahrertür. Lara Türmer stieg aus dem Wagen und huschte zum Eingang. Lara! Diese kleine Schlampe! Melissa war fassungslos.

Lief da schon länger etwas zwischen den beiden? Ob Lara sich bereits bei der Urlaubsvertretung an Gerald herangemacht hatte und deshalb den Job bekommen hatte?

Hinter Melissa hupte es wieder, diesmal lauter und länger. Sie fuhr los, rollte langsam zur Tiefgarageneinfahrt hinüber, wo Geralds Mercedes gerade verschwand. Sie bog Richtung Garage ab und registrierte erleichtert, dass das Auto hinter ihr auf den Besucherparkplatz zuhielt. So konnte sie noch etwas Zeit verstreichen lassen, bis sie selbst hinunterfuhr. Auf keinen Fall wollte sie Gerald jetzt begegnen. Am liebsten würde sie ihn nie wieder sehen!

Die Gedanken fuhren in Melissas Kopf Karussell. Sie müsste kündigen, um ihm nie wieder zu begegnen! Aber seinetwegen den Job aufgeben? Nicht nachdem sie so hart dafür gearbeitet hatte, um dahin zu gelangen, wo sie jetzt war! Keine ihrer alten Freundinnen hatte einen derartigen Job ergattert. Viele hatten sich für Familie und eine Teilzeitstelle entschieden, nur Melissa hatte richtig Karriere gemacht. Wenn sie kündigte, was blieb ihr dann? Gerald war es nicht wert, dass sie das Wichtigste in ihrem Leben hinwarf.

Welch ein Glück, dass sie die beiden zusammen gesehen hatte, bevor sie sich komplett lächerlich gemacht hätte! Ja, Gerald war seiner Ehe überdrüssig geworden, Melissa hatte sein verändertes Verhalten richtig gedeutet. Doch er hatte sich nicht *ihr* zugewandt, sondern der jungen Lara mit dem frischen, üppigen Körper und der süßen Freundlichkeit. Melissa hatte er auch Komplimente gemacht, aber nicht, um sie ins Bett zu bekommen. Er hatte sie damit nur angespornt, sich für ihn und das Unternehmen reinzuhängen. Seine Rechnung war aufgegangen. Aber jetzt? Was sollte sie jetzt tun?

Melissa wusste es nicht. Sie wusste nur, dass sie es Gerald heimzahlen wollte. Ihm musste klargewesen sein, dass er in ihr Hoffnungen geweckt hatte. Vermutlich hatte er sich über sie totgelacht, darüber dass sie so treu zu ihm hielt und für ihn die Kastanien aus dem Feuer holte. Nein, er würde nicht mehr über sie lachen! Er konnte selbst zusehen, wie er den Karren aus dem Dreck gezogen bekam ...

Kapitel 48

Obwohl Henri und Sönke am Vorabend noch lange im Garten gesessen hatten – Elisa und ihre Freundin waren nicht mehr aufgetaucht –, stand Henri früh auf. Er wollte vor der Morgenbesprechung Arnie von der Kriminaltechnik anrufen und sich nach Gernots Notizen erkundigen. Elisa hatte recht, es war durchaus möglich, dass darin der Schlüssel zu seinen Recherchen zu finden war.

Sönke und Merle würden später mit Karen ausgiebig frühstücken, bevor sie Richtung Venedig weiterfuhren. Henri aß schnell ein Müsli zu seinem Kaffee und blätterte dabei die *Morgenzeitung* durch. Elisa hatte das Ergebnis der DNA-Analyse sogar noch mit einer kurzen Meldung auf der ersten Seite untergebracht. Im München-Teil hatte sie die Informationen aus der offiziellen Pressemitteilung in einem eher überschaubaren Artikel verarbeitet. Kein Wunder, dass ihr Chef mehr haben wollte.

Als Henri aus dem Haus ging, registrierte er, dass hinter Sönkes rotem Golf ein schwarzer Mini stand. Wahrscheinlich gehörte er Elisas Freundin. Als Henri und sein Bruder reingegangen waren, hatte bei Elisa noch Licht gebrannt. Vermutlich waren die beiden Frauen erst spät ins Bett gegangen.

Henri rief bereits aus dem Auto bei Arnie an. Der Kollege war Frühaufsteher und grundsätzlich frühmorgens am besten zu erreichen, bevor er sich zu einer Tatortuntersuchung auf den Weg machte. An diesem Morgen ging Arnie jedoch nicht sofort ans Telefon. Erst als Henri schon fast im Büro war, rief er zurück.

»Henri, was kann ich für dich tun?«, fragte er.

»Guten Morgen, Arnie!«

Arnie schnaubte bloß.

»Also?«

»Ich würde gern wissen, ob ihr aus den Unterlagen von Gernot Weiss schlau geworden seid. Habt ihr einen Hinweis darauf gefunden, an was er konkret gearbeitet hat?«

»Falls du an Ausdrucke oder Ähnliches denkst, muss ich dich enttäuschen. Der Mann scheint alles direkt in seinem Notebook festgehalten zu haben. Wir haben weder einen Notizblock noch ausführlichere Materialsammlungen gefunden, das hab ich dir ja schon geschrieben. Das einzige, was in seiner Wohnung massenhaft vorhanden war, sind Post-its, auf denen er Stichworte notiert hat. Die Dinger sind nicht datiert, also ist schwer zu sagen, ob er aktuell mit dem entsprechenden Thema beschäftigt war oder ob das ewig her ist. Okay ... manche Zettel sehen so aus, als hätten sie schon eine ganze Zeit in seinem Chaos herumgelegen, von wegen Eselsohren und Flecken und so. Aber generell lässt sich schwer beurteilen, was aktuelles Arbeitsmaterial war und was älteren Datums.«

»Da lagen doch überall riesige Papierstapel. War nichts dabei, was irgendwelche Rückschlüsse auf seine Arbeit zulässt?« Henri bog in die Tiefgarage ein.

»Die Zeitungsstapel sind lediglich die Belegexemplare, die Gernot Weiss in den Jahren seiner freiberuflichen Tätigkeit bekommen hat. Wir haben das alles durchgeschaut und ausgewertet. Er hat fleißig veröffentlicht – hauptsächlich zu Umweltthemen – und jedes Mal nicht nur einen Beleg des Artikels erhalten, sondern immer gleich die ganze Ausgabe der Zeitung oder des Magazins.«

»Könnt ihr mir bitte Kopien der Zettel zukommen lassen, auf denen er medizinische Themen notiert hat?«

Arnie knurrte.

»Medizinische Themen.« Offenbar machte er sich eine Notiz. »Ich glaub, das waren nicht viele, aber ich schaue die Zettel noch mal durch.«

Henri fand einen Parkplatz in der Nähe des Aufzugs.

»Super! Wir tun uns nämlich schwer, Gernots Recherche nachzuvollziehen und wenn in den Zetteln nur der geringste Hinweis steckt ...«

»Hab schon verstanden. Ich mail dir die Kopien!«

»Danke!«

Henri legte auf, stieg aus dem Auto und fuhr mit dem Aufzug hoch in den Trakt der Mordkommission. Es waren erst wenige Kollegen da. Henri nutzte die Zeit bis zur Morgenbesprechung, indem er die Befragungen, die sie am Vortag bei Voss Pharma durchgeführt hatten, dokumentierte. Nach und nach trudelten die anderen ein.

Als Henri Marius auf dem Flur vorbeilaufen sah, rief er ihn herein.

»Marius, kommst du bitte mal?«

Der Kollege steckte seinen dreieckigen Kopf durch die Tür.

»Was ist? Kann ich mir nicht noch 'nen Kaffee holen?«

»Doch, sicher. Ich wollte dich nur kurz fragen, ob du eine Jette Jasmund kennst?«

Marius' Gesicht war ein einziges Fragezeichen. Der Name löste keinerlei verräterische Reaktion aus, er schien Jette wirklich nicht zu kennen.

»Nee. Wer ist das?«

»Eine Journalistin.«

Marius überlegte.

»Der Name sagt mir nichts. Sollte er?«

Henri winkte ab.

»War nur so 'ne Frage. Hol' dir ruhig noch deinen Kaffee zur Besprechung.«

Marius verschwand, gleich darauf kam Lenz herein. Nachdem sich alle mit Kaffee versorgt hatten, trafen sie sich zur Morgenbesprechung wie immer im Büro von Henri und Lenz. Sie brachten sich gegenseitig auf den neuesten Stand.

»Wir haben heute mehrere Alibis zu überprüfen«, fasste Henri zusammen und sah dabei Tanja und Marius an. »Die Vorstände von

Voss Pharma haben eine Menge Zeugen angegeben. Ich möchte, dass ihr denen auf den Zahn fühlt. Und auch noch mal bei Thilo und Egon Seibert von Life Science nachhakt, wo sie sich zur Tatzeit aufgehalten haben.«

»Udo Jochum ist wohl der Einzige, der ein einwandfreies Alibi hat«, meinte Tanja. »Er hat zur Tatzeit vor den Teilnehmern der Herz-Tage gesprochen. Er kann nicht derjenige gewesen sein, der Gernot Weiss von der Dachterrasse gestoßen hat.«

Henri nickte.

»Lenz und ich fahren noch mal zu Voss Pharma. Ich habe erfahren, dass Gernot Weiss Kontakt zum Pressesprecher hatte.« Henri sah auf seine Notizen. »Er heißt Robin Pokorny. Gestern war er nicht im Haus, wir wollen ihn uns jetzt gleich vornehmen.«

»Gernot Weiss hat mit dem Pressesprecher von Voss Pharma geredet?!?« Marius sah Henri erstaunt an. »Da haben wir doch den Berührungspunkt, den wir gesucht haben.«

»Ich weiß nur, *dass* sie miteinander gesprochen haben, nicht, *über was* sie gesprochen haben.« Henri stand auf und nickte Lenz zu. »Hören wir uns also an, was der Pressesprecher zu sagen hat.«

Kapitel 49

Elisa breitete die Artikel, die sie zur Markteinführung von Vonulant zusammengetragen hatte, vor sich auf dem Tisch aus und versuchte, sie in der richtigen zeitlichen Reihenfolge anzuordnen. Noch vor der eigentlichen Markteinführung waren vereinzelt Berichte erschienen, in denen PCSK9-Hemmer als neue Wunderwaffe angepriesen wurden für Patienten, bei denen Statine keine Wirkung zeigten. Als Sanivocumab als Wirkstoff zugelassen wurde und Voss Pharma den Antikörper unter dem Namen Vonulant einführte, mehrten sich die Artikel, in denen Vonulant direkt benannt wurde, stets als Beispiel für einen von mehreren auf dem Markt befindlichen PCSK9-Hemmern. Es gab Experten-Veröffentlichungen in medizinischen Fachblättern, unter anderem von Professor Udo Jochum, daneben aber auch Berichte in Zeitungen und Zeitschriften, deren Verfasser nicht namentlich genannt wurden. Manchmal waren Richard Eichinger oder Rebecca Wolf als Autor angegeben. Vermutlich hatten sie auch einen Großteil der Artikel lanciert, bei denen nicht klar war, wer den Text geschrieben hatte.

Jette stöhnte auf der anderen Tischseite theatralisch auf. Da Dennis am Newsdesk saß, fühlte Elisa sich angesprochen.

»Was ist denn los?«

»Die Fotos, die Lena gestern bei meinem Interview gemacht hat, sind unbrauchbar, das ist los!« Sie deutete auf ihren Bildschirm. »Schau dir das doch mal an! Die sind total unscharf, da kann man gar nichts erkennen.«

Elisa ging um die Tische herum auf Jettes Seite und sah sich die Bilder an. Lena musste die Fotos nachbearbeitet haben. Die Schauspielerin, die sie in einem Hotelzimmer oder Ähnlichem aufgenommen hatte, wirkte deutlich weichgezeichnet und sah erheblich jünger aus, als sie in Wirklichkeit war.

»Glaubt Lena, dass sie der blöden Kuh einen Gefallen tut, wenn sie sie so verjüngt? Die beiden haben sich ja gut verstanden, aber das geht eindeutig zu weit!«

Jette schien sich mit der Schauspielerin nicht so gut verstanden zu haben. Sie griff nach dem Telefonhörer.

»Das hier kann man doch nehmen«, meinte Elisa eilig. Sie wusste, dass Lena keinen gesteigerten Wert darauf legte, die Redaktion zu betreten. Das wollte sie erst wieder tun, wenn Wolf Borowsky in seinen Familienurlaub aufgebrochen war.

»Findest du?« Jette sah Elisa zweifelnd an, dann schüttelte sie energisch den Kopf. »So geht es einfach nicht!«

Sie wählte die Durchwahl der Bildredaktion und bellte *Schick mir Lena hoch!* in den Hörer.

»Was hast du denn mit diesem Foto für ein Problem?«, fragte Elisa Jette, als sie aufgelegt hatte.

»Das ist einfach keine gute Qualität.«

Vermutlich tat sich Jette mit dem Text schwer und wollte ein Foto haben, das sie beliebig vergrößern konnten. Sie kümmerte sich nicht länger um Elisa und widmete sich wieder ihrer Tastatur. Es dauerte ein paar Minuten bis Lena auftauchte. Sie trug eine Sonnenbrille, da ihre Augen morgens beim Aufwachen dick geschwollen gewesen waren und es auch nicht dadurch besser geworden war, dass sie erneut angefangen hatte zu weinen, sobald sie an Wolf gedacht hatte. Lena vermied es, zum Newsdesk hinüberzusehen. Sie ging zu Jette.

»Du wolltest mich sprechen?«

Jette sah hoch und runzelte die Stirn.

»Warum trägst du hier drinnen eine Sonnenbrille?«

»Warum nicht?«, fragte Lena knapp zurück. »Also, was willst du von mir?«

»Ich will mit dir über diese furchtbar schlechten Bilder von gestern sprechen. Was soll denn das ganze Weichzeichner-Zeug?«

»Na ja ... ich fand, dass das Licht dort etwas gemein war ... deshalb hab ich ein bisschen abgesoftet.«

»Abgesoftet! Hör mal, das geht so nicht! Die Alte schaut so aus, dann drucken wir das auch so«, rief Jette.

»Nur weil du sie nicht leiden kannst!«

Lena wurde lauter. Dennis drehte sich bereits von seinem Platz am Newsdesk zu ihnen um. Elisa sah, dass auch Wolf aufschaute. Er wandte schnell den Blick ab, als er Lena erkannte.

»Und nur weil du sie gut leiden kannst, müssen wir sie jetzt aufhübschen oder was?«, keifte Jette.

»Bei deinen Bussi-Bussi-Freundinnen stört es dich auch nicht, wenn ich ein paar Fältchen retuschiere ...«

»Papperlapapp!«, unterbrach Jette Lena. »Du schickst mir jetzt die unbearbeiteten Original-Aufnahmen und davon suche ich dann ein Foto aus! Aber flott bitte, ich habe nicht den ganzen Tag Zeit für so einen Mist!«

Elisa sah, dass Lenas Mundwinkel zuckten. Sie stand kurz davor, wieder loszuheulen. Sie musste auf der Stelle raus aus der Redaktion.

»Kannst du vielleicht mal deinen Tonfall überdenken?«, fuhr Elisa Jette an. »Lena und ich gehen jetzt einen Kaffee trinken und dann bekommst du deine Bilder!«

Sie schob Lena Richtung Tür. Jette sah ihnen hinterher

»Ach! Seid ihr jetzt beste Freundinnen oder was?«

»Du hast es erfasst!«, rief Elisa über die Schulter zurück. Sie zog die schwere Redaktionstür auf und ging hinter Lena hinaus.

»Ich hoffe, ihr habt in der Bildredaktion auch guten Kaffee.«

»Haben wir.« Lena drückte Elisas Arm. »Danke. Es macht mich echt fertig, Wolf nur zu sehen!«

»Das glaube ich dir! Aber Jette ist die letzte Person, vor der du dir das anmerken lassen solltest!«

Kapitel 50

Henri musterte Robin Pokorny, den Pressesprecher der Voss Pharma AG. Mit seiner auffälligen Brille und dem an den Schultern etwas zu breit geschnittenen Anzug sah er wie ein Kind aus, das *Büro* spielt. Er war sicher noch keine Dreißig, gab sich aber alle Mühe, ernsthaft und seriös zu wirken. Er hatte die Fingerspitzen aneinandergelegt und bildete mit den Händen ein Dreieck, das er beim Reden vor seinem Körper auf und ab bewegte.

Er war überrascht gewesen, als die Polizei plötzlich vor seiner Bürotür stand, hatte Henri und Lenz aber sofort hereingebeten und ihnen einen Kaffee angeboten. Bereitwillig erzählte er ihnen, dass er sich während der Herz-Tage im *Pistorius* aufgehalten hatte.

»Was war Ihre Aufgabe bei der Veranstaltung?«, erkundigte sich Henri. »Ich dachte, Voss Pharma wäre dort nur als Sponsor aufgetreten?«

»Das ist richtig.« Robin rückte seine Brille zurecht, legte dann aber seine Fingerspitzen wieder aneinander. »Natürlich stand ich den Teilnehmern in den Pausen in der Industrieausstellung als Ansprechpartner unseres Unternehmens zur Verfügung. Wenn jemand Fragen hatte ... Doch das war nicht der Hauptgrund für meine Anwesenheit.« Er machte eine kurze Pause. »Ich habe die Veranstaltung genutzt, um mir selbst einen umfassenden Einblick in das Thema Herz-Kreislauf-Erkrankungen zu verschaffen. Ich bin erst seit Anfang des Jahres bei Voss Pharma und hatte vorher keinerlei Berührungspunkte zu medizinischen oder pharmazeutischen Fragen. Melissa Eberhardt, unsere Marketing-Leiterin, hat mir vorgeschlagen, an den Herz-Tagen teilzunehmen. Sie meinte, wenn schon mal alle Experten zum Thema zusammenkämen, dann könnte ich davon profitieren und sozusagen in zwei Tagen ein Kurzstudium absolvieren.« Er hielt kurz inne. »Ich muss sagen, dass der Plan voll aufgegangen ist. Ich habe wahnsinnig viel gelernt! Was vorher abstrakte Begriffe für mich waren, davon habe ich nun eine konkrete Vorstellung. Es fällt mir jetzt erheblich leichter, Pressetexte und Ähnliches zu schreiben.«

Sein Smartphone, das auf dem Schreibtisch vor ihm lag, summte. Robin warf einen kurzen Blick darauf, sah jedoch gleich wieder zu Henri und Lenz.

»Können wir daraus schließen, dass Sie sich am Montag die meiste Zeit im Vortragssaal aufgehalten haben?«, hakte Henri ein.

»Die ganze Zeit«, beteuerte Robin Pokorny. »Die ganze Zeit! Ich habe während der Vorträge seitenweise Notizen gemacht, am Abend hat mir regelrecht die Hand wehgetan.«

»Und in den Pausen?«, fragte Lenz nach. »In den Pausen haben Sie den Vortragssaal schon mal verlassen, oder?«

»Weiter als zur Toilette und zur Industrieausstellung bin ich dabei allerdings nicht gekommen.« Robin lachte. »Beides war direkt im

Foyer ... na ja, zum Mittagessen, da bin ich natürlich ins Restaurant, aber ansonsten war ich immer im Vortragssaal.«

»Saßen Sie während der ganzen zwei Tage auf dem gleichen Platz? Gibt es jemanden, der Ihre Anwesenheit dort bezeugen kann?«

»Warum fragen Sie das?« Robin sah Henri irritiert an. »Ja, ich hatte während der ganzen Zeit den gleichen Platz. Neben mir saß ein Arzt aus dem Fränkischen. Wir haben uns ein bisschen unterhalten, aber ich kann Ihnen nicht sagen, wie er hieß. Warum brauche ich einen Zeugen für meine Anwesenheit?« Plötzlich traten seine Augen nach vorn. »Sie glauben doch nicht etwa, dass ich etwas mit dem Mord zu tun habe, der sich am Montag im *Pistorius* ereignet hat?« Seine Stimme überschlug sich. »Ich kann Ihnen versichern, dass das nicht der Fall ist! Ich saß mit den anderen Teilnehmern im Vortragssaal, als das passiert ist. Die Veranstaltung wurde fortgesetzt, wir haben erst später von dem Unglücksfall erfahren. Als der letzte Vortrag gehalten worden war und wir aus dem Saal kamen, haben wir die Polizisten gesehen und die Sanitäter und die Absperrungen und die ganzen Leute ... Es war ein riesiges Durcheinander! Und erst da haben wir erfahren, dass jemand ums Leben gekommen ist.«

»Wissen Sie denn, wer da ums Leben gekommen ist?«

Robin zögerte.

»In der Zeitung stand ... ein Journalist ...?«

»Das ist richtig.«

Henri legte das Foto von Gernot Weiss vor Robin Pokorny auf den Tisch. Robins Blick wanderte unsicher über das Bild; er überlegte.

»Wer ist das?«, fragte er schließlich.

»Herr Pokorny, wir wissen, dass Sie Gernot Weiss kannten. Sie tun sich keinen Gefallen, wenn Sie uns anlügen.«

»Oh ... ich lüge nicht!«, beeilte sich Robin zu versichern. »Ich wusste nicht, wie Gernot Weiss aussieht. Ich hatte noch nie persönlich mit ihm zu tun. Nur am Telefon.« Robin sah erneut auf das Foto. »Dann ist er also derjenige, der umkam. Das war mir nicht klar.«

Gernots Name hatte zwar auch in der Zeitung gestanden, doch Henri sah keinen Sinn darin, ihn darauf hinzuweisen. Interessanter war herauszufinden, warum Robin leugnete, von Gernots Tod gewusst zu haben.

»Woher wissen Sie, dass Gernot Weiss mich kannte?«, fragte Robin. Er versuchte, durch das Aneinanderlegen der Fingerspitzen wieder in seine ursprüngliche souveräne Haltung zu kommen, doch Henri hatte den Eindruck, dass Robins Finger leicht zitterten.

»Erzählen Sie uns, wie Ihr Kontakt zu Gernot Weiss zustande kam«, forderte er Robin auf.

Robin dachte eine Weile nach, bevor er antwortete.

»Er hat mich vor geraumer Zeit angerufen.«

»Geht es etwas genauer?«, fragte Lenz.

»Ich schätze, sein erster Anruf war im Frühjahr.«

»Also bereits vor einigen Monaten.«

Robin Pokorny nickte.

»Er hat merkwürdige Fragen zu einem unserer Statine gestellt. Genauer gesagt zu unseren Marketingaktivitäten zu diesem Statin ... Ich erinnere mich nicht mehr im Detail daran, was er von sich gegeben hat ... Er schien Probleme damit zu haben, dass wir nicht nur Werbung geschaltet haben, sondern das Thema Statine auch mit redaktionellen Beiträgen begleitet haben. Ich habe ihm erklärt, dass das ein ganz normales Vorgehen ist, doch davon wollte er nichts hören. Er hat mich immer wieder angerufen und ein offizielles Statement von mir verlangt.«

»Das Sie ihm nicht geben wollten?«

»Ich habe ihm gesagt, dass wir dazu keinen Kommentar abgeben, aber der Typ war wirklich penetrant. Ein richtiger Spinner. Irgendwann bin ich nicht mehr drangegangen, wenn ich seinen Namen auf dem Display gesehen habe.«

»Wissen Sie, an wen er sich dann gewandt hat?«

Robin zuckte mit den Achseln.

»Keine Ahnung.«

»Wann haben Sie das letzte Mal mit ihm gesprochen?«

»Das ist schon ewig her. An einen genauen Termin kann ich mich nicht erinnern ...«

Robin Pokorny wurde abrupt unterbrochen, als die Tür seines Büros ohne Vorwarnung aufgerissen wurde. Melissa Eberhardt stand auf der Türschwelle und sah Henri und Lenz mit triumphierendem Blick an.

»Hier sind Sie! Seit ich erfahren habe, dass Sie im Haus sind, habe ich Sie überall gesucht! Ich muss Sie dringend sprechen!«

»Was ist denn los, Frau Eberhardt?«, erkundigte sich Robin.

»Nichts, was Sie betrifft«, sagte Melissa von oben herab zu ihm und bedeutete Henri und Lenz, ihr zu folgen. Sie wechselten einen kurzen Blick. Aus Robin Pokorny war im Moment nicht mehr herauszuholen.

»Wir kommen gleich zu Ihnen, Frau Eberhardt«, erwiderte Henri und wandte sich an Robin. »Versuchen Sie bitte herauszufinden, neben wem Sie bei den Herz-Tagen saßen. Wir brauchen diese Angabe routinemäßig von jedem Betroffenen. Sie haben doch sicher Zugriff auf die Teilnehmerliste. Vielleicht macht es bei einem bestimmten Namen plötzlich *Klick*.«

Robin sah Henri zweifelnd an.

»Ich kann es ja mal versuchen ...«

Sie verabschiedeten sich von ihm und folgten Melissa Eberhardt in ihr Büro.

»Bitte nehmen Sie Platz!«

Ihre Augen leuchteten, Melissa wirkte aufgeregt.

»Ich konnte letzte Nacht kaum schlafen«, sagte sie. »Die ganze Zeit ist mir unser Gespräch von gestern durch den Kopf gegangen. Mir ist nämlich etwas eingefallen. Ich weiß nicht, ob es mit dem Mord zu tun hat. Aber ich denke, Sie sollten es wissen ...« Melissa fuhr sich mit der Zunge über die Lippen. Henri hätte sie am liebsten angestoßen, um ihre Worte zu beschleunigen, doch Melissa spannte sie auf die Folter. Sie lehnte sich in ihrem Stuhl zurück und holte tief Luft. »Es gab ein paar Unregelmäßigkeiten bei der Studie, die vor der Zulassung von Sanivocumab durchgeführt wurde.«

»Unregelmäßigkeiten? Was heißt das?«

»In der ersten Testphase hatte die Studie dem Wirkstoff eine extrem gute Wirksamkeit bescheinigt. Die Werte der Patienten waren hervorragend, nur wenige hatten Nebenwirkungen und selbst die waren nicht gravierend. In der zweiten Testphase hat sich die positive Wirkung über einen längeren Zeitraum allerdings nicht bestätigt. Im Durchschnitt hatten die Patienten der Testgruppe keine besseren Werte als die der Vergleichsgruppe.«

»Wie haben Sie trotz dieses Ergebnisses die Zulassung des Medikaments bekommen?«

»Dr. Haberlander hat das geregelt. Der Vater des Studienleiters ist ein alter Freund von ihm.«

»Das heißt, die Studie wurde gefälscht und Sie haben das alle mitgetragen?«, fragte Henri ungläubig. Warum rückte Melissa Eberhardt auf einmal damit heraus?

»Dr. Haberlander hat uns zum Stillschweigen verdonnert.« Sie sah verlegen zur Seite. »Ich konnte das mit meinem Gewissen vereinbaren, weil ich wusste, dass dadurch niemand zu Schaden kam. Im Gegenteil, die Ergebnisse der ersten Testphase haben ja bei allen Patienten eine deutliche Besserung der Werte bestätigt. Und danach ging es ihnen schließlich nicht schlechter damit. Wir setzen die Studie fort und werden weitere Daten erhalten. Ich bin optimistisch, dass sich dabei der positive Effekt von Sanivocumab auch bei längerer Einnahmedauer bestätigen wird!« Sie lächelte, runzelte dann aber die Stirn. »Was ich allerdings nicht mit meinem Gewissen vereinbaren kann, ist der Tod eines Menschen! Ich habe keine Ahnung, ob dieser Journalist irgendwie Kenntnis von Dr. Haberlanders Machenschaften bekommen hat und ob er deshalb umgebracht wurde. Wenn das der Fall sein sollte, will ich nichts damit zu tun haben!«

»Sie meinen, Gernot Weiss könnte erfahren haben, dass die Studie gefälscht worden ist?« Lenz sah Melissa ungläubig an. »Und er wurde zum Schweigen gebracht, bevor er Beweise für die Fälschung veröffentlichen konnte?«

»Ich weiß es nicht!«

Sie hob die Schultern und ließ sie langsam wieder fallen.

»Ich weiß nur, dass Dr. Haberlander absolutes Stillschweigen eingefordert hat. Eigentlich kann ich mir nicht vorstellen, dass die Information weitergegeben worden ist, aber mir ist längst nicht mehr klar, wer hier welche Interessen verfolgt.«

»Wer wusste davon, dass die Studie gefälscht wurde?«

Melissa Eberhardt zählte an den Fingern ab.

»Dr. Thelen, Carlo Fröhlich, Johannes Opitz und ich. Und Dr. Haberlander selbst natürlich.«

»Der Vorstand. Und das Controlling. Um die Zahlen anzupassen. Wir können dann wohl mit Sicherheit davon ausgehen, dass Bestechungsgelder geflossen sind.«

Melissa zuckte ungerührt die Achseln.

»Davon weiß ich nichts.«

»Warum haben Sie uns nicht schon gestern von Ihrem Verdacht erzählt, dass Gernot Weiss wegen seines Wissens über die gefälschte Studie zum Schweigen gebracht worden ist?«

Melissa wich Henris Blick aus und zupfte eine Fluse vom Revers ihres Blazers.

»Mir ist der Gedanke erst in der Nacht gekommen«, sagte sie. »Plötzlich hatte ich die Szene wieder vor Augen, wie Dr. Haberlander uns aufgefordert hat, Mitwisser zum Schweigen zu bringen.«

»Das hat er so formuliert?!?«

»Vielleicht nicht so krass ...«, wich sie aus. »Ich erinnere mich nicht mehr genau ... Das ist ja bereits einige Monate her.«

»Ihnen ist aber schon klar, dass Sie mit dieser Aussage Ihre Kollegen schwer belasten und dass diese Affäre negative Auswirkungen für das ganze Unternehmen haben kann?«

Sie sah Henri nun direkt an und er konnte in ihren Augen sehen, wie es in ihr brodelte.

»Ja, das ist mir vollkommen klar. Aber ich bin nicht länger bereit, mein Gewissen zu belasten für ... für nichts!«

Kapitel 51

Nachdem Elisa Dennis' aktuelle Aufträge abgearbeitet hatte, wandte sie sich wieder den Unterlagen zu, die sie gesammelt hatte, um die PR-Kampagne zur Einführung von Sanivocumab nachzuvollziehen. Sie begann, die Artikel in chronologischer Reihenfolge aufzulisten, und war so in ihre Arbeit vertieft, dass sie nicht bemerkte, wie André sich ihrem Schreibtisch näherte. Bis er sich über ihre Schulter beugte und sie seinen typischen Minzgeruch wahrnahm.

»Was machst du da?«

»Ich versuche, Gernot Weiss' Recherchen nachzuvollziehen.«

Sie erklärte ihm, was sie bislang herausgefunden hatte.

»Hier habe ich direkte Werbe- und PR-Maßnahmen aufgelistet, die erkennbar von Voss Pharma zur Einführung ihres PCSK9-Hemmers initiiert worden sind. In der zweiten Spalte siehst du, was daraus geworden ist: Das sind alle Veröffentlichungen zu diesem Thema, die ich auftreiben konnte.«

André pfiff durch die Zähne.

»Das ist eine ganze Menge!«

»Bei denen, die rot gekennzeichnet sind, ist auf den ersten Blick nicht zu erkennen, wer als Verfasser hinter der Veröffentlichung steckt. Es sieht aus, als handele es sich um vollkommen neutrale Beiträge. Dabei senden sie alle die gleiche Botschaft aus: Wer eine Herz-Kreislauf-Erkrankung hat, sollte tunlichst seinen Cholesterin-Spiegel senken. Allein mit Sport und gesunder Bewegung ist das kaum zu schaffen, also sind mindestens Statine zu empfehlen. In Fällen, in denen die nicht helfen, wird zu einem der neuartigen PCSK9-Hemmer geraten, zum Beispiel Vonulant von Voss Pharma.«

»Krass!« André sah Elisa ungläubig an. In seinem Kopf arbeitete es sichtbar. »Du bringst das ziemlich gut auf den Punkt!«

»Ich habe mich in Gernot hineingedacht und möglichst viel zu dem Thema gesammelt.«

»Bescheiden wie immer!« André berührte kurz Elisas Arm. »Das ehrt dich! Aber ich glaube, wir wissen beide, was für einem Hammer du hier auf der Spur bist! Das Problem ist nur ...«

Er stockte und sah auf Elisas Liste auf dem Bildschirm.

»Ja? Was ist das Problem?«

»Das Problem ist, dass die Story zwar für erhebliche Aufregung sorgen kann. Dass wir letztendlich aber einen Rechtsstreit am Hals haben werden, wenn wir Voss Pharma oder deren PR-Agentur vorwerfen, die Verbraucher mit einem solchen Vorgehen zu manipulieren. Für sich genommen ist keine der Veröffentlichungen illegal ...«

»Aber man muss doch die Summe der Artikel sehen!«

»Damit werden wir nicht durchkommen, Elisa. Voss Pharma steht es frei, Artikel zu jedem beliebigen Thema zu veröffentlichen. Wir müssen schon etwas mehr in der Hand haben, wenn wir uns auf so etwas einlassen wollen. Wir müssten entweder wissen, was Gernot Weiss herausgefunden hat ...«

»... oder wir müssen herausfinden, warum er ermordet wurde und wer es getan hat«, beendete Elisa Andrés Satz.

Er nickte.

»Ansonsten macht eine Veröffentlichung keinen Sinn.«

Kapitel 52

Henri befürchtete, dass die Ader, die auf Gerald Haberlanders Stirn anschwoll, als er anfing loszubrüllen, demnächst platzen würde.

»Die muss ja komplett verrückt sein! Wie kommt sie darauf, so etwas zu behaupten?!? Ich habe nichts dergleichen gesagt! Mitwisser zum Schweigen zu bringen! Solche Begriffe würde ich niemals in den Mund nehmen!« Gerald war aufgesprungen und fuchtelte mit den Händen in der Luft herum. Sein Blick spiegelte seine ganze Entrüstung. »Außerdem: Was meint sie denn damit? Mitwisser von was?!? Bei der Studie wurde nichts gemauschelt! Ich habe lediglich mit Egon und Thilo Seibert gesprochen, weil wir uns rückversichern wollten, dass die Testbedingungen in Phase 2 mit denen von Phase 1 identisch waren. Ich habe ganz sicher keinen Einfluss auf die Studienergebnisse genommen!«

Gerald Haberlander baute sich vor Henri und Lenz auf.

»Frau Eberhardt muss da etwas grundlegend falsch verstanden haben!

Anders ist das nicht zu erklären! Sie glauben doch nicht etwa, was diese hysterische Kuh zusammenfantasiert?«

»Wir müssen jedem einzelnen Hinweis nachgehen«, meinte Henri. »Können wir in Ruhe darüber sprechen?«

Gerald fuhr sich mit beiden Händen übers Gesicht und trat den Rückzug hinter seinen Schreibtisch an.

»Ja, natürlich ... entschuldigen Sie meinen Ausbruch ... aber solche ungerechtfertigten Vorwürfe regen mich auf! Es ist mir ein Rätsel, wie Melissa dazu kommt, mich so zu verleumden!«

»Sie bestreiten also, dass Sie auf Ihren Freund Egon Seibert eingewirkt haben, damit die Testergebnisse auch in der zweiten Studienphase die Wirksamkeit des Medikaments bestätigten, sodass Sie die Zulassung dafür bekamen?«

»Natürlich bestreite ich das!« Gerald Haberlander ließ seine geballte Faust auf den Tisch krachen. »Weil es nicht stimmt! Ich habe Egon und Thilo Seibert lediglich darum gebeten, die Testbedingungen zu überprüfen. Ich weiß nicht mal, ob es daraufhin irgendwelche Anpassungen gab. Ich weiß nur, dass auch die zweite Testphase die gute Wirksamkeit von Sanivocumab bestätigt hat.«

»Melissa Eberhardt hat uns von einem Vorstandsmeeting berichtet, bei dem Sie die Anwesenden dazu aufgefordert haben sollen, absolutes Stillschweigen über die ganze Sache zu bewahren.«

Gerald sah Henri nachdenklich an.

»Es mag sein, dass ich etwas in diese Richtung gesagt habe! Das heißt aber noch lange nicht ... Es ging nur darum, die Testbedingungen zu überprüfen, wirklich! Man muss heute so vorsichtig sein mit dem, was man kommuniziert. Ich wollte vermeiden, dass irgendjemand etwas falsch versteht und wir dann so ein Theater haben wie jetzt. Sie können mit den anderen Vorstandskollegen sprechen. Die werden Ihnen bestätigen, dass meine Aussage vollkommen harmlos war und dass Melissa Eberhardt gerade die Fantasie durchgeht!«

»Wir reden natürlich auch gleich noch mit Ihren Kollegen. Außerdem sind wir hier, um Ihre Alibis zu überprüfen. Auf diese Weise lässt sich am schnellsten feststellen, wer überhaupt Gelegenheit gehabt hätte, Gernot Weiss zu töten.«

Gerald zuckte mit den Achseln.

»Wenn Sie meinen, dass Ihnen das weiterhilft!«

»Für die Befragungen benötigen wir Zugang zu den Büros der betreffenden Mitarbeiter.«

»Wenden Sie sich an Frau Türmer. Sie kann Ihnen einen

Besprechungsraum geben und die Leute zu Ihnen schicken. Selbst wenn ich diese Überprüfung für vollkommen überflüssig halte! Aber ich will mir nicht nachsagen lassen, dass wir nicht mit der Polizei kooperieren, um diesen schrecklichen Mord aufzuklären!«

Henri stand auf und gab Lenz einen Wink.

»Kannst du dich darum kümmern? Dann rede ich schon mal mit Dr. Haberlanders Kollegen.«

»Klar, mach ich.«

Henri durchquerte das Vorzimmer und entschied sich als Erstes für Carlo Fröhlich, dessen Büro schräg gegenüber auf der anderen Seite des Flurs lag. Er klopfte, wartete eine Höflichkeitsmillisekunde und ging hinein. Carlo hatte das Telefon am Ohr, doch er nickte Henri freundlich zu und bedeutete ihm hereinzukommen und Platz zu nehmen.

»Verstehe«, sagte er und dann noch mal: »Verstehe. Ja, mach ich.«

Er legte auf und beugte sich über den Schreibtisch zu Henri. »Die Polizei, mein Freund und Helfer! Was kann ich heute für Sie tun?«

»Wir haben von einer Vorstandssitzung erfahren, in der man Sie aufgefordert haben soll, Stillschweigen über ein Eingreifen des Vorstands bei der zweiten Testphase der Sanivocumab-Studie zu bewahren.«

Carlo Fröhlich sah Henri entgeistert an.

»Wer hat Ihnen denn diesen Schwachsinn aufgetischt?«

»Es stimmt also nicht?«

»Natürlich nicht! Der Vorstand würde sich niemals in die Studie eines unabhängigen Auftragsforschungsinstituts einmischen. Wir sind ja auf deren neutrales Urteil angewiesen, wenn wir die Zulassung für ein Medikament bekommen wollen. Wer auch immer so etwas behauptet, hat Ihnen einen riesigen Bären aufgebunden.«

Dr. Nils Thelen regte sich ähnlich auf wie Carlo Fröhlich und versicherte ebenfalls, dass es niemals eine derartige Absprache gegeben habe. Lara Türmer führte Henri zu Lenz in ein kleines Besprechungszimmer. Dort konnten sie die Mitarbeiter befragen, mit denen die Vorstände angeblich am Montagnachmittag in diversen Meetings zusammengesessen hatten, während bei den Herz-Tagen Gernot Weiss ermordet wurde. Es dauerte lange – mehrere Stunden –, bis sie sämtliche Angaben überprüft hatten. Netterweise brachte Lara ihnen zwischendurch ein paar Sandwiches. Danach war Henri zwar nicht satt, aber wenigstens hatte er etwas im Bauch. Er schrieb eine Nachricht an Elisa.

Wollen wir heute Abend essen gehen? Die Sandwiches, die ich gerade hatte, waren absolut unbefriedigend.

Es dauerte nicht lange, bis sie antwortete.

Ich kann uns was Leckeres kochen, habe mich schließlich schon oft genug bei euch durchgeschnorrt ;-) Magst du Fisch?

Sehr!, schrieb Henri zurück. Die Aussicht, Elisa nicht in einem Restaurant zu treffen, sondern zu Hause mit ihr allein zu sein, war verlockend. *Das klingt toll ... aber mach dir bloß keinen Stress!*

Mir schwebt was Typisches aus meiner Heimat vor!

Hast du Heimweh?

Nein!!! Wie kommst du darauf? Überhaupt nicht!

Henri hätte gern weiter nachgehakt, doch Lenz brachte schon den nächsten Voss-Pharma-Mitarbeiter zur Befragung herein.

Die Zeugen bestätigten, dass sich sowohl Dr. Gerald Haberlander als auch Dr. Nils Thelen und Carlo Fröhlich durchgängig bei Voss Pharma aufgehalten hatten.

»Selbst wenn sie hier waren, könnten sie jemand anderen zu den Herz-Tagen geschickt haben«, meinte Lenz, als sie für einen Moment allein im Besprechungsraum waren.

»Es ist auch denkbar, dass man den Mitarbeitern nahegelegt hat, die Anwesenheit der Vorstände hier im Büro zu bestätigen. Gegen eine kleine Gratifikation oder Ähnliches.«

»Kam dir eine der Aussagen nicht glaubwürdig vor?«

Henri zuckte mit den Achseln.

»Im Moment habe ich das Gefühl, dass die uns hier immer einen Schritt voraus sind. Und das gefällt mir nicht.«

Kapitel 53

Lenz war fast erleichtert, als er das Brummen seines Handys vernahm. Diese Befragungen waren zu nervig. Er war froh über die Gelegenheit, kurz den Raum zu verlassen. Es war Tanja.

»Seid ihr noch bei Voss Pharma?«, fragte sie.

Lenz stöhnte.

»Jep. Aber langsam ist ein Ende absehbar.«

Tanja lachte.

»Ihr Armen! Leider sind meine Neuigkeiten auch nicht dazu geeignet, dich aufzuheitern. Thilo und Egon Seibert geben sich gegenseitig ein

Alibi für Montagnachmittag. Angeblich saßen sie zusammen in Thilo Seiberts Büro und sind die Geschäftszahlen durchgegangen.«

»Die beiden allein oder mit weiteren Mitarbeitern?«

»Die beiden allein. Und bevor du fragst: Die Rezeptionistin will sich nicht festlegen, ob einer in dieser Zeit das Büro verlassen hat. Oder beide.«

»Sie können also zusammengesessen haben, sie können aber auch genausogut ins *Pistorius* gefahren sein und Gernot Weiss von der Dachterrasse geschubst haben.«

»Marius und ich kommen gerade von dort. Wir haben Fotos von Seibert junior und senior herumgezeigt, doch niemand vom Personal hat sie wiedererkannt. Was nicht bedeuten muss, dass sie nicht da waren ...«

»Mit den Alibis der Vorstände von Voss Pharma verhält es sich ähnlich. Die Mitarbeiter bestätigen zwar, dass sie sich hier im Büro aufgehalten haben, aber wir wissen nicht, ob das *wirklich* der Fall war.«

»Du meinst, sie haben den Mitarbeitern nahegelegt, etwas Falsches auszusagen?!?«

Lenz zuckte mit den Achseln, merkte dann aber, dass Tanja ihn nicht sehen konnte.

»Henri und ich sind uns sicher, dass an der Aussage von Melissa Eberhardt was dran ist.« Lenz hatte Tanja vorher schon angerufen, um ihr davon zu erzählen. »Hier ist was oberfaul, doch der Vorstand scheint nicht schlecht darin zu sein, alles unter den Tisch zu kehren.«

»Wie machen wir weiter?«, fragte Tanja.

»Wenn wir mit den Befragungen fertig sind, kommen wir zurück ins Büro. Wäre gut, wenn wir uns alle noch mal zusammensetzen könnten. Musst du heim?«

»Nein! Ich kann heute lange bleiben. Die Kinder sind bei meiner Schwiegermutter.«

»Gefällt es ihnen da?« Lenz hatte keine Eile, das Gespräch zu beenden. Henri konnte die Befragung auch allein durchführen.

»Sie dürfen endlos fernsehen. Also ja ... ihnen gefällt es da gut.«

»Wie ist es mit deiner Schwiegermutter? Könnte sie nicht öfter die Kinder nehmen?«

»Damit ich nicht so oft fehle?«, fragte Tanja spitz.

»Nein, damit du nicht so viel Stress hast. Ich finde es super, wie du das alles wuppst mit der Arbeit und deiner Familie. Aber ich würde dir wünschen, dass es für dich nicht immer so schwierig ist, die Kinderbetreuung zu organisieren.«

»Oh ... ach so ... ja ... das wäre schön ... Leider ist meine Schwiegermutter ähnlich unzuverlässig wie mein Ex-Mann. Wenn ich mit ihr ausmache, dass sie die Kinder nimmt, sagt sie oft in letzter Minute ab. Ich frage sie schon gar nicht mehr, weil mich das letztendlich noch mehr stresst ...«

»Aber heute klappt es doch!?«

»Weil Marco sie gefragt hat und nicht ich. Wenn sie sie ihm nicht abgenommen hätte, hätte er sich um sie kümmern müssen. Er wird seiner Mama schon ordentlich was vorgeheult haben, warum das nicht geht.«

»Verstehe ...« Die Tür des Besprechungsraums ging auf und der Mitarbeiter, mit dem Henri gesprochen hatte, kam heraus. Lenz nickte ihm zu, als er an ihm vorbeiging. »Tanja, ich muss zurück zu Henri. Wir sehen uns nachher im Büro.«

»Ist gut. Bis dann!«

Kapitel 54

Henri fluchte innerlich, als sie sich in den Feierabendverkehr auf dem Ring einfädelten. Es würde sie doppelt so viel Zeit kosten zum Büro zu kommen wie unter normalen Umständen. Lenz spielte am Radio herum, bis er einen Sender fand, auf dem Musik lief.

»Ich frage mich schon den ganzen Nachmittag, warum Melissa Eberhardt uns heute plötzlich die Geschichte mit der manipulierten Studie aufgetischt hat«, meinte Henri nach einer Weile. »Ich habe ihr das Gerede von ihrem schlechten Gewissen nicht abgenommen. Sie ist eine knallharte Geschäftsfrau, sonst wäre sie nicht im Vorstand des Unternehmens.«

»Knallharte Geschäftsfrau heißt ja nicht, dass man einen Mord einfach so abhaken kann. Sie scheint erkannt zu haben, dass ein Zusammenhang zwischen dem Schweigegebot und dem Mord bestehen muss. Damit will sie nichts zu tun haben – knallharte Geschäftsfrau hin oder her.«

»Als wir vorgestern in das Vorstandsmeeting geplatzt sind und von dem Mord berichtet haben, hatte ich nicht den Eindruck, dass Melissa davon besonders beeindruckt war. Sie wirkte locker und unbefangen.« Henri sah kurz zu Lenz hinüber. »Ich verstehe einfach nicht, warum sie plötzlich das Schweigen, zu dem sie wie die anderen Vorstände verdonnert worden ist, gebrochen hat. Ihr muss doch klar gewesen sein, dass sie damit nicht nur ihre Kollegen schwer belastet, sondern auch dem Unternehmen erheblich schadet. Sollte sich bestätigen, dass Voss Pharma eine Studie manipuliert hat, dann wird die Hölle los sein. Die Medien werden darüber herfallen und der Aktienkurs der Voss Pharma AG wird ins Bodenlose fallen.«

Lenz grinste.

»Wirst du Elisa einen Tipp geben?«

»Nicht, solange es keine Beweise gibt.« Henri beschleunigte nach einer roten Ampel. Nun floss der Verkehr schneller. »Melissa kann nicht so naiv sein zu glauben, dass ihre Aussage keine Folgen haben wird. Warum hat sie das getan?«

»Das ist eine gute Frage.« Lenz drehte das Radio leiser und blätterte gedankenverloren in seinem Notizblock. »Selbst wenn man annimmt, dass es ihr in erster Linie darum ging, die anderen in die Pfanne zu hauen, muss ihr klargewesen sein, dass sie sich damit auch selbst schadet ... es sei denn ...«

»Ja?« Henri sah Lenz an, dass ihm ein neuer Gedanke gekommen war. »Es sei denn was?«

»Es sei denn, sie hat die Aufmerksamkeit auf die anderen gelenkt, um sich selbst aus der Schusslinie zu bringen.« Jetzt blätterte Lenz gezielt in seinen Notizen. »Sie hat angegeben, dass sie am Montagnachmittag am Konzept für die neue Website gearbeitet hat. Allein in ihrem Büro. Ein paar Mitarbeiter konnten das zwar bestätigen, aber zeitlich wollte sich keiner festlegen. Genau genommen ist Melissas Alibi noch schwächer als das der anderen.«

Lenz sah Henri erwartungsvoll an. Er überlegte.

»Das klingt tatsächlich verdächtig«, sagte er langsam. »Besonders schlau wäre es aber trotzdem nicht ... Wir hätten niemals von einer Manipulation oder dem Schweigegebot erfahren, wenn Melissa uns nicht davon erzählt hätte. Erst dadurch hat sie uns ein plausibles Mordmotiv geliefert ... für jedes Mitglied des Vorstands ... also auch für sich.«

Henri bog vom Ring ab. Die Mordkommission war in einer Außenstelle des Polizeipräsidiums in der Hansastraße untergebracht.

»Setzen wir uns gleich mit Tanja und Marius zusammen?«

»Ich muss erst noch kurz meine Mails checken. Ich habe vorhin gesehen, dass Romans Chef mir geschrieben hat. Vermutlich will er, dass ich ihn auf dem Laufenden halte.«

Polizeioberrat Roman Richter, Henris direkter Vorgesetzter, war derzeit im Urlaub. Normalerweise hielt er die Ermittlungen dadurch auf, dass er es nie schaffte, an den frühen Morgenbesprechungen teilzunehmen, dann aber von Henri in den unpassendsten Momenten verlangte, ihm ausführlich Bericht zu erstatten.

»Vermisst du Roman?« Lenz grinste.

»Kein bisschen. Ich hoffe nur, sein Chef fängt nicht auch an, mich stundenlang vollzutexten.«

Henri lenkte den Wagen in die Tiefgarage.

»Ich hol mir noch schnell was aus der Cafeteria«, meinte Lenz. »Soll ich dir was mitbringen?«

»Nur eine Kleinigkeit.«

Henri dachte an das Essen, das Elisa kochen wollte. Vielleicht sollte er ihr Bescheid geben, dass es später werden konnte, bis er aus dem Büro kam? Nachdem Lenz aus dem Aufzug gestiegen war, zog er sein Handy hervor und wählte ihre Nummer. Kein Netz. Er musste warten, bis er in seinem Büro war. Dort startete er parallel den Computer, während er darauf wartete, dass Elisa abhob.

»Hallo, Henri«, sagte sie mit erfreuter Stimme. »Wie geht es dir?«

»Ist gerade viel los. Ich wollte nur kurz hören, wann du mich nachher erwartest.«

»Da bin ich flexibel. Hast du noch zu tun? Wird es bei dir später?«

Henri überflog die Nachrichten in seinem Mail-Posteingang. Er öffnete die Mail von Romans Chef und las, dass er ihn telefonisch sprechen wollte. Immerhin, er würde wegen des Gesprächs nicht noch mehr Zeit vergeuden müssen, indem er ins Präsidium fuhr.

»Ich weiß es nicht. Ich muss ein Telefonat erledigen, das länger dauern kann, und dann setzen wir uns zur Besprechung zusammen. Das ist alles schwer kalkulierbar.«

»Kein Problem. Gib mir einfach Bescheid, wenn du abschätzen kannst, wann du loskommst.«

»Du bist super, Elisa!« Henris Blick blieb an einer Mail von Arnie hängen. *Notizen Gernot Weiss* stand im Betreff. Er öffnete die Mail und sah, dass Arnie Kopien der Post-its von Gernot angehängt hatte. »Also mir fällt da nichts ins Auge, versuch selbst, daraus schlau zu werden«, hatte er dazu geschrieben.

»Karen hat dich gut erzogen, dass du dich rechtzeitig meldest, wenn es später wird.«

Das war eher Claire gewesen, dachte Henri. Karen war in diesem Punkt weitaus unempfindlicher.

»Beim Essen hört der Spaß auf!«, meinte Henri todernst.

Elisa gluckste.

»Du hörst dich wirklich schon sehr hungrig an.«

»Das bin ich.«

»Gut zu wissen, dann koche ich mehr.«

»Elisa ...«

»Ja?«

»Du hast dich doch für Gernot Weiss' Notizen interessiert?«

»Ja?«

»Ich hab gerade eine Mail von der Spurensicherung bekommen. Sie haben die ganzen losen Notizzettel von Gernot ausgewertet. Es sieht nicht so aus, als ließe sich daraus etwas ableiten.«

»Okay ... trotzdem danke, dass du mir das sagst.«

Hätte sie weitergebohrt, hätte Henri ihr von Melissas überraschender Aussage erzählt, doch Elisa schien sich große Mühe zu geben, ihn nicht zu bedrängen. So lange sie selbst noch in der Luft hingen, war es sicher auch nicht ratsam, mit ihr darüber zu sprechen. Aber vielleicht konnte Elisa ihm dabei behilflich sein, mehr über Melissa zu erfahren.

»Du hast doch gestern mit jemandem von dieser PR-Agentur gesprochen?«, fragte Henri.

»Ja, das ist richtig. Mit Rebecca Wolf.«

»Sie hat dir gesagt, dass Gernot Weiss Kontakt zu Robin Pokorny, dem Pressesprecher von Voss Pharma, gehabt hat. Sie hat nicht auch zufällig erwähnt, mit wem er bei Voss Pharma noch gesprochen haben könnte?«

Elisa überlegte.

»Nein, dazu hat sie nichts gesagt. Soll ich sie anrufen?«

Henri zögerte. Elisa verstand.

»Oder möchtest du lieber ihre Kontaktdaten?«

»Das wäre besser, denke ich.«

Elisa raschelte mit Papieren, dann diktierte sie Henri eine Nummer, die er auf einem Zettel notierte. *Rebecca Wolf* schrieb er dazu.

»Und wie heißt die Agentur?«

»Eichinger. Richard Eichinger ist der Inhaber.«

Henri schrieb auch diese Information auf.

»Danke!«

»Nichts zu danken!« Elisa holte hörbar Luft. »Im Polizeibericht stand nichts Neues. Demnach sind eure neusten Erkenntnisse noch nicht veröffentlichungsreif?«

»So ist es. Wir gehen unterschiedlichen Anhaltspunkten nach und überprüfen Alibis, das ist ganz normale Ermittlungsroutine.«

Lenz kam mit einem Teller Sandwiches aus der Cafeteria herein. Henri verzog das Gesicht. Schon wieder Sandwiches!

»Wenn ihr Alibis überprüft, dann müsst ihr aber doch jemanden konkret verdächtigen?«, hakte Elisa nach.

»Wir tun das, um Personen zweifelsfrei auszuschließen.« Es war besser, das Gespräch zu beenden, bevor er sich in weiteren Erklärungen verhedderte. »Tut mir leid, Elisa, mehr kann ich dir wirklich nicht sagen.«

»Ist gut«, lenkte sie sofort ein. »Ich freue mich, wenn wir uns nachher sehen. Gib mir einfach kurz Bescheid, sobald du mehr weißt.«

»Mach ich. Ich freu mich auch!«

Henri legte auf.

»Magst du?« Lenz hielt ihm den Teller hin.

»Eins vielleicht.«

Henri nahm ein Sandwich und reichte Lenz den Zettel, auf dem er Rebecca Wolfs Nummer notiert hatte.

»Ich muss mich jetzt bei Romans Chef melden. Kannst du inzwischen bei Rebecca Wolf von der PR-Agentur Eichinger anrufen? Sie hat Elisa gestern erzählt, dass Gernot Kontakt zu Robin Pokorny hatte. Es würde mich interessieren, ob er auch Kontakt zu Melissa Eberhardt hatte. Als Marketingvorstand scheint sie ja einen Blick auf die Presseaktivitäten zu haben, wenn ich das richtig verstanden habe. Vielleicht weiß diese Rebecca Wolf mehr über Melissas Rolle und einen möglichen Kontakt zu Gernot Weiss.«

Sie steckten sich das letzte Stück ihres Sandwiches in den Mund und griffen synchron zum Telefon.

Kapitel 55

Enttäuscht schob Elisa die Artikel, die sie auf ihrem Schreibtisch ausgebreitet hatte, zusammen. Sie war sich ziemlich sicher, dass sie mit dem, was sie bisher herausgefunden hatte, auf der gleichen Spur war wie Gernot Weiss. Er hatte sich zunächst – ausgehend von den Erfahrungen mit seiner Mutter – mit den Statinen beschäftigt, hatte die Pressekampagne aufgedeckt und musste schließlich auf irgendetwas gestoßen sein, was ihn zum Thema PCSK9-Hemmer gebracht hatte. Auf was war er gestoßen? Erst wenn Elisa das herausfand, konnte sie ihre eigenen Erkenntnisse veröffentlichen.

Seufzend legte sie den Papierstapel in die Schublade ihres Rollcontainers und packte ihre Sachen zusammen. Auch André schickte sich gerade an, die Redaktion zu verlassen. Er blieb neben Elisas Schreibtisch stehen.

»Sei nicht traurig wegen des Artikels!«, sagte er. »Ich kann verstehen, dass du dich ärgerst, dass wir ihn nicht veröffentlichen können, nachdem du so viel Zeit reingesteckt hast, aber vielleicht ergibt sich noch eine Möglichkeit, wenn der Tod von Gernot Weiss aufgeklärt ist.«

»Es geht mir nicht um die Zeit, die ich reingesteckt habe«, meinte Elisa. »Ich finde das Vorgehen von Voss Pharma einfach nicht in Ordnung und würde die Leute gern wissen lassen, dass und wie sie manipuliert werden. Vermutlich ist Voss Pharma nicht das einzige Unternehmen, das so vorgeht. Als Verbraucher muss man wirklich wachsam sein und nicht alles glauben, was irgendwo geschrieben steht. Viele Menschen haben keinen Schimmer davon, wie sie im Grunde betrogen werden. Ich würde gern dazu beitragen, dass die Leute zumindest die Gefahr erkennen. Man bekommt täglich so viele Informationen über so viele unterschiedliche Kanäle, dass man genau hinschauen sollte, von wem eine Information kommt und ob nicht in Wirklichkeit ein Unternehmen mit konkretem Verkaufsinteresse dahintersteckt.«

André lächelte. Er strich beruhigend über Elisas Arm und zog sie schließlich kurz an sich.

»Ich finde es toll, wie du dich engagierst!« Er streichelte über ihren Rücken. »Aber letztendlich sind wir doch nur Rädchen im Getriebe. Selbst wenn wir einen Artikel veröffentlichen und eine kleine Welle lostreten, ist das nach kurzer Zeit wieder vergessen. Du solltest so was nicht so persönlich nehmen!«

Elisa machte sich los, Andrés Umarmung war ihr unangenehm.

»Ich fürchte, das kann ich nicht! Schließlich ist das ein Thema, das jeden betrifft! Wie soll ich das nicht persönlich nehmen?«

André ging überhaupt nicht auf Elisas Worte ein, sondern umfasste ihre Hand.

»Du bist wirklich süß, Elisa, weißt du das? Hast du nicht zufällig Lust, mich heute Abend zu einer Dinnerparty unseres Verlegers zu begleiten? Ich finde, es wird allerhöchste Zeit, dass ihr euch kennenlernt. Er hat sicher nichts dagegen, wenn ich dich mitbringe. Und ich würde mich sehr freuen, den Abend in deiner zauberhaften Gesellschaft zu verbringen.«

Er fuhr mit dem Daumen zart über ihren Handrücken und sah sie erwartungsvoll an.

»Oh ... ich ... ich habe vorhin eingekauft, weil ich heute Abend selbst kochen will ...«

»Das kannst du doch morgen auch noch machen!« André zeigte sein überzeugendstes Lächeln, seine grauen Augen leuchteten warm und einladend.

»Nein ... es tut mir leid, es geht nicht. Ich bekomme Besuch ...«

»Ach so.« Andrés Lächeln erstarb. »Wenn das so ist ...«

In seinen Worten klang eine Frage mit, doch Elisa würde ihm nicht sagen, dass Henri der Besuch war. Wenn André erfuhr, dass Elisa wieder mehr Kontakt mit dem Kriminalkommissar hatte, würde er bei jedem einzelnen Fall erwarten, dass sie Henri auf die Pelle rückte.

»Natürlich würde ich den Verleger sehr gern kennenlernen, aber heute geht es leider nicht.«

André nickte.

»Ich werde dich erwähnen, dann stehst du beim nächsten Mal auch auf der Einladungsliste.«

»Gibt er so oft Dinnerpartys?«

»Eher seine Frau. Sie engagiert sich für viele karitative Organisationen und sammelt deshalb immer wieder wichtige und vor allem betuchte Leute um sich.«

»So wie dich?«

Jetzt lachte André.

»Schön wäre es! Ich kann nur kommen, weil er auch ein paar Slots auf der Einladungsliste vergeben darf und sich mit den anderen Leuten langweilt. So nutzen wir diese Abende zur Strategieplanung für die Zeitung.« Wieder strich er über ihren Arm. »Er war sehr angetan von den Serien, die du vorgeschlagen hast. Und er ist ein großer Fan deiner Porträts. Du solltest also wirklich die nächste Chance nutzen, ihn persönlich kennenzulernen.«

»Das werde ich tun«, versprach Elisa. Sie griff nach ihrer Tasche und entfernte sich dabei ein Stück von André. »Ich wünsche dir heute einen schönen Abend.«

»Danke. Ich werde dich vermissen.«

»Dazu wirst du gar keine Zeit haben«, meinte Elisa und ging weiter auf Abstand. Sie ignorierte seinen innigen Ton. »Wahrscheinlich wirst du den ganzen Abend von bezaubernden It-Girls umgarnt und ihr kommt überhaupt nicht dazu, über Geschäftliches und die Zeitung zu sprechen.«

Sie entfernte sich ein paar Schritte und wandte sich in Richtung Redaktionsküche, wo sie im Kühlschrank die Lebensmittel untergebracht hatte, die sie schnell besorgt hatte, nachdem sie mit Henri ausgemacht hatte, dass sie am Abend kochen würde.

»Von It-Girls kann nicht die Rede sein«, knurrte André. »Bestenfalls It-Ladies. Will heißen, weit über sechzig!«

»Wenn jemand Interessantes dabei ist, dann frag sie doch, ob ich sie für ein Porträt interviewen darf!«

»Kannst du irgendwann mal aufhören, an die Arbeit zu denken, Elisa?«

Kopfschüttelnd winkte sie ihm zum Abschied zu.

»Das fällt mir sehr schwer!«

»Als dein Chef finde ich das ja toll, aber jetzt ist eindeutig Wochenende!«

»Stimmt! Also, ich wünsch dir viel Spaß!«

»Dir auch!«

Elisa spürte, dass André ihr nachsah, als sie die Redaktion zur Küche durchquerte. Sie holte die Tüten, die sie mit einem Totenkopf markiert hatte, aus dem Kühlschrank. Alles war noch da, niemand hatte gewagt, etwas davon zu nehmen. Elisa wartete, bis sie die große Redaktionstür hinter dem Chefredakteur zufallen hörte. Sie ließ ihm einen kleinen Vorsprung, erst dann ging sie selbst hinaus. Auch wenn André sich einiges auf seine Geduld einbildete, seine Avancen wurden immer deutlicher. Und Elisa hatte das unbestimmte Gefühl, dass er ihre Zurückweisung nicht viel länger akzeptieren würde. Also war das Beste, was sie tun konnte, ihm aus dem Weg zu gehen und Situationen, die eine gewisse Vertraulichkeit förderten, zu vermeiden. Schließlich fühlte sie sich inzwischen – trotz Jette – wohl bei der *Morgenzeitung* und hatte nicht die Absicht, ihren Job erneut zu wechseln.

Kapitel 56

Lenz wählte die Nummer von Rebecca Wolf. Henri hatte sich zum Telefonieren auf seinem Bürostuhl abgewandt, sodass er Lenz den Rücken zukehrte. Auch Lenz drehte sich weg, so konnte er sich besser auf das Gespräch konzentrieren.

Rebecca Wolf klang atemlos, als sie sich meldete.

»Wo habe ich Sie denn hergeholt?«, erkundigte Lenz sich lachend.

»Ich war gerade auf dem Weg nach draußen«, sagte sie. »Ins Wochenende ...«

»Ich will Sie nicht lange aufhalten! Mein Name ist Lorenz Albrecht, ich bin von der Kriminalpolizei, wir untersuchen den Mord an Gernot Weiss ...«

»Oh ...«

»Ich habe nur ein, zwei kurze Fragen.«

»Kein Problem.« Lenz hörte, dass etwas klirrte, möglicherweise ein Schlüsselbund. Vermutlich hatte sie ihre Sachen neben dem Telefon abgelegt.

»Wir haben erfahren, dass Sie an der Pressekampagne von Voss Pharma zu verschiedenen Medikamenten mitgewirkt haben.«

»Das ist richtig«, bestätigte Rebecca.

»Hat sich Gernot Weiss in diesem Zusammenhang bei Ihnen gemeldet?«

»Ja, das hat er. Zuerst scheint er Kontakt zum Pressesprecher von Voss Pharma gehabt zu haben, zu Robin Pokorny. Den muss er aber mit seinen Fragen so genervt haben, dass er sich für Gernot Weiss hat verleugnen lassen. Deshalb hat er sich dann an uns gewandt.«

»Wissen Sie, ob er davor noch mit jemand anderem bei Voss Pharma Kontakt hatte? Vielleicht mit Melissa Eberhardt? Sie ist ja als Marketingvorstand bestimmt auch für Kommunikationsfragen mit zuständig.«

»Melissa Eberhardt? Sie ist nicht nur ›mit zuständig‹! Sie ist diejenige, die mit uns die Kampagne entwickelt hat!«

»Nicht Robin Pokorny?«

»Der Pressesprecher ist dort eher das ... hm ... sagen wir, das ausführende Organ. Die ganze Kommunikations*strategie* ist dagegen auf Melissa Eberhardts Mist gewachsen. Sie war der Ansicht, dass Robin Pokorny weder die Erfahrung noch den Weitblick hat, so etwas inhaltlich zu durchdenken. Er ist wirklich gut darin, über die sozialen Medien zu kommunizieren. Aber ihm fehlt häufig der Blick für das Große und Ganze ... Zumindest waren das Melissas Worte.«

»Demnach haben Sie viel enger mit ihr als mit Robin Pokorny zusammengearbeitet?«

»Das stimmt.«

»Können Sie mir sagen, ob Gernot Weiss auch mit Melissa Eberhardt direkt Kontakt hatte?«

»Nein.«

»Nein, das können Sie mir nicht sagen, oder nein, er hatte keinen Kontakt?«

»Ich kann es Ihnen nicht sagen. Melissa hat nichts dergleichen erwähnt. Wenn man bedenkt, wie penetrant Gernot Weiss sein konnte, würde ich daraus schließen, dass sie keinen Kontakt hatten. Aber nein: Ich weiß es nicht. Mit mir hat Melissa nicht darüber gesprochen.«

»Was können Sie mir sonst über Melissa Eberhardt sagen?«

»Über Melissa?«, echote Rebecca gedehnt. »Sie ist eine überaus kompetente und erfahrene Marketingfrau. Sie ist sehr strukturiert und effizient. Probleme schiebt sie nicht lange vor sich her, sondern schafft sie umgehend aus der Welt, um sich auf das zu konzentrieren, was wichtig ist.«

»Wie schätzen Sie ihre Position im Vorstand der Voss Pharma AG ein?«

»Wie meinen Sie das? Als einzige Frau oder wie soll ich Ihre Frage verstehen?«

»Uns ist nicht klar, wie Melissa Eberhardts Verhältnis zu ihren Vorstandskollegen ist. Vielleicht können Sie mir dazu etwas sagen?«

»Mein Eindruck war immer, dass Melissa sehr geschätzt wird aufgrund ihrer hervorragenden Arbeit. Nach allem, was sie uns erzählt hat, würde ich meinen, dass die anderen sie respektieren, weil sie einfach gut ist.«

»Und umgekehrt? Hat Melissa sich über einen der Kollegen näher geäußert?«

Rebecca zögerte. Sie senkte die Stimme, als sie antwortete.

»Ich habe seit einer Weile den Eindruck, dass Melissa ein bisschen in Gerald Haberlander, den Vorstandsvorsitzenden, verknallt ist. Sie erwähnt oft seinen Namen und wird dabei manchmal rot. Aber so viel ich weiß, ist er verheiratet. Das ist vermutlich nur eine einseitige Schwärmerei.«

Melissa verknallt in Gerald Haberlander? Lenz drehte sich zu Henri und sah ihn alarmiert an, doch sein Kollege kehrte ihm immer noch den Rücken zu.

»Tatsächlich?«, brachte Lenz heraus.

»Ich weiß nicht, ob da wirklich was ist zwischen den beiden«, ruderte Rebecca zurück. »Es war nur so ein Eindruck.«

»Verstehe.« Lenz fuhr sich mit der Hand durch die Haare. »Ich würde Ihnen gern meine Telefonnummer geben. Für den Fall, dass Ihnen noch etwas zu Melissa Eberhardt oder Gernot Weiss einfällt.«

Lenz diktierte Rebecca die Nummer und notierte sich ihre Mobilfunknummer. Dann hatte er es eilig, das Gespräch zu beenden, um Henri von dieser brandheißen neuen Information zu erzählen.

Kapitel 57

Aus dem Augenwinkel sah Henri, dass Lenz wild gestikulierte, um seine Aufmerksamkeit auf sich zu ziehen. Er nickte ihm zu und deutete auf das Telefon an seinem Ohr. Romans Chef war keineswegs so redselig wie Roman. Es hatte ihm vollauf gereicht, von Henri eine kurze Zusammenfassung zum Ermittlungsstand zu bekommen. Doch dann hatte er die Gelegenheit genutzt, um noch ein bisschen über kürzlich zurückliegende Fälle zu plaudern. Henri hatte den Eindruck, dass er ihn über Roman und dessen Beitrag zu den jeweiligen Ermittlungen aushorchen wollte. So höflich wie möglich beendete Henri das Gespräch und legte auf.

»Melissa Eberhardt ist in Gerald Haberlander verknallt!«, platzte Lenz heraus.

»Melissa Eberhardt in Gerald Haberlander? Woher weißt du das?«

»Das hat mir Rebecca Wolf erzählt. Sie hat den Eindruck, dass Melissa seit einiger Zeit etwas für Gerald empfindet. Sie glaubt allerdings, dass es sich um eine einseitige Schwärmerei handelt, da Gerald verheiratet ist.«

»Und in Wirklichkeit macht er mit seiner Assistentin rum!« Henri überlegte. »Davon weiß Melissa wahrscheinlich nichts. Es sieht ja so aus, als ob Gerald und Lara ihre Affäre erfolgreich geheimhalten.«

»Es sei denn, Melissa hat jetzt Wind davon bekommen«, wandte Lenz ein, »und versucht deshalb, Gerald Haberlander in die Pfanne zu hauen.«

Henri sah Lenz an. Er entwickelte den Gedanken weiter.

»Wenn das der Fall ist, dann wissen wir nicht, ob sie über die gefälschten Studienergebnisse und Geralds Schweigegebot gesprochen hat, um ihm einfach nur Unannehmlichkeiten zu bescheren. Oder weil sie weiß, dass er persönlich in den Mord verwickelt ist.«

»Oder weil sie von sich selbst ablenken möchte«, beharrte Lenz. »Diese Möglichkeit sollten wir meiner Meinung nach nicht vernachlässigen.«

Henri nickte. »Lass uns gemeinsam mit den anderen noch mal jedes einzelne Alibi durchgehen.«

»Ich hole sie.«

Lenz kam kurz darauf mit Tanja und Marius zurück, die ihre Bürostühle mitbrachten und zu den Querseiten von Henris und Lenz' Schreibtischen schoben. Anscheinend gingen sie davon aus, dass sie länger zusammensitzen würden.

Henri und Lenz fassten für Tanja und Marius zusammen, was sie inzwischen erfahren hatten. Während Lenz noch sprach, stand Henri auf und trat an die große weiße Tafel, die an der Wand neben der Tür hing. Er schob die Papiere, die sie bislang mit Magneten daran befestigt hatten, an den Rand. Nur das Foto von Gernot Weiss blieb in der Mitte der Tafel hängen. Um das Bild herum schrieb Henri die Namen der Personen, die sie bis jetzt vernommen hatten: die Vorstandsmitglieder der Voss Pharma AG Dr. Gerald Haberlander, Dr. Nils Thelen, Carlo Fröhlich und Melissa Eberhardt, der Pressesprecher Robin Pokorny, Dr. Thilo Seibert und Dr. Egon Seibert von der Life Science GmbH, Professor Udo Jochum und Professor Kilian Loose.

Tanja musste Henri beim Schreiben beobachtet haben, denn kaum war Lenz fertig mit seiner Zusammenfassung, bezog sie sich auf Henris Tafelbild.

»Ich denke, die beiden Professoren können wir gleich wieder streichen. Beide waren zur Tatzeit nachweislich im Vortragssaal. Sie können Gernot Weiss nicht umgebracht haben.«

Henri klammerte die Namen ein.

»Was ist mit den Seiberts?«

»Sie geben sich gegenseitig ein Alibi und behaupten, sich zusammen in ihren Büroräumen aufgehalten zu haben.«

»Kein überzeugendes Alibi, so lange das niemand anderes bestätigt.«

»Im Gegenteil!«, meinte Marius. »Die beiden sind ausgesprochen verdächtig, denn sie hatten ein wirklich starkes Motiv, Gernot Weiss aus dem Weg zu schaffen, wenn sie wussten, dass er dabei war, Mauscheleien bei einer Studie von Life Science aufzudecken. Sollte bekannt werden, dass zwischen Voss Pharma und Life Science Bestechungsgelder geflossen sind, können die ihren Laden doch sofort dichtmachen! Kein Mensch würde noch eine Studie von Life Science ernstnehmen. Von wegen neutrales Auftragsforschungsinstitut.«

Henri deutete mit dem Stift auf den nächsten Namen.

»Was ist mit Robin Pokorny, dem Pressesprecher von Voss Pharma? Laut Melissa Eberhardt war er bei dem Vorstandsmeeting, bei dem über die Manipulation der Studie gesprochen wurde, nicht dabei. Und er scheint auch sonst nur begrenzt in die wirklich wichtigen Vorgänge eingebunden zu sein.«

»Allerdings hat er sich zur Tatzeit im *Pistorius* aufgehalten!«, meinte Lenz. »Er gibt zwar an, dass er im Vortragssaal war, aber das kann niemand bestätigen.«

»Selbst wenn er anfangs nicht in die Mauscheleien verwickelt war, ist es möglich, dass er zu einem späteren Zeitpunkt davon erfahren hat.«

»Dann fragt sich nur, ob er eigenmächtig die Initiative ergriffen hat oder ob er ins *Pistorius* geschickt wurde, um die Drecksarbeit zu erledigen?«

»Ob er im Auftrag gehandelt hat oder nicht? Möglich dass er sich mit einer solchen Tat unentbehrlich machen wollte. Dass er damit in den engeren Kreis der Entscheider der Voss Pharma AG aufgerückt wäre«, meinte Tanja.

»Also haben wir auch bei Robin Pokorny Möglichkeit und Motiv«, fasste Henri zusammen. »Was ist mit den Vorstandsmitgliedern? Lenz und ich haben festgestellt, dass keiner von ihnen ein wirklich belastbares Alibi hat, wenn man davon ausgeht, dass das mit der Korruption in der ganzen Firma funktioniert und Mitarbeiter mit Geld zu einer Falschaussage gebracht wurden. Dann hätte jeder der Vorstände das Unternehmen verlassen und ins *Pistorius* fahren können.«

»Das stelle ich mir heikel vor, so auf die Aussagen der Mitarbeiter angewiesen zu sein. Wie willst du sicher sein, dass alle bereit sind, für dich zu lügen?«, wandte Tanja ein.

»Indem du von vornherein nur die Mitarbeiter aussuchst, von denen du weißt, dass sie mitspielen?«, schlug Marius vor.

»Vielleicht ist es einfach eine Frage des Preises«, meinte Lenz. »Ich denke, jeder Mensch hat seinen Preis. Das muss nicht unbedingt Geld sein. Das kann eine Beförderung sein, die Aufnahme in einen erlauchten Kreis, die persönliche Wertschätzung durch eine bestimmte Person und Ähnliches? Wenn du weißt, an welcher Stelle du jemanden packen musst, dann kannst du ihn auch für so eine Sache gewinnen.«

Henri sah Lenz nachdenklich an.

Was ist mein Preis? Geld, Karriere und Ruhm auf jeden Fall nicht!

»Grundsätzlich können wir davon ausgehen, dass bei den Vorstandsmitgliedern Geld ein wichtiges Motiv ist«, sagte Tanja. »Sie sind bestimmt alle mit Aktien am Unternehmen beteiligt und werden kein Interesse daran haben, dass der Aktienkurs fällt.«

»Nils Thelen ist außerdem dabei, ein Haus für seine Familie zu bauen«, warf Lenz ein. »Für ihn ist dieser finanzielle Aspekt sicher besonders wichtig.«

»Carlo Fröhlich scheint auch nicht gerade ein Asketenleben zu führen«, ergänzte Henri. »Er hat ziemlich kostspielige Hobbys und genießt das Leben.«

Tanja blätterte in ihren Notizen.

»Gerald Haberlander spielt Golf und macht Kreuzfahrten.«

»Ich kenne mich nicht so damit aus, doch Melissa Eberhardts Klamotten und Klunker sahen auch nicht gerade billig aus oder was meinst du, Henri?«

»Das mag sein. Aber nur, weil die Herrschaften gern Geld ausgeben, können wir ihnen nicht unterstellen, dass sie einen Mord begehen.«

»Es reicht ja schon, wenn das Geld für einen einzigen von ihnen Motiv genug ist.«

»Was haben wir noch?« Tanja legte den Kopf schief, um an Henri vorbei zur Tafel zu schauen. »Ich schätze, bei Gerald Haberlander ist nicht nur das Geld, sondern auch der Ruf des Unternehmens von entscheidender Bedeutung. In seiner Position wird er alles daran setzen, diesen Ruf zu schützen.«

Henri nickte.

»Wenn wir davon ausgehen, dass sein Alibi wertlos ist, da Lara alles bestätigen wird, was er ihr sagt, könnte er den Mord entweder selbst begangen oder jemanden damit beauftragt haben.« Er zeigte auf den nächsten Namen. »Und dann haben wir da noch Melissa. Die vielleicht verliebt genug ist, um ihn und sein Unternehmen schützen zu wollen.«

»Also haben alle ein Motiv und wir können bei niemandem ausschließen, dass er etwas mit dem Mord zu tun hat«, schlussfolgerte Tanja.

»Ich habe das Gefühl, im Moment drehen wir uns im Kreis.« Henri sah auf die Uhr. »Lasst uns drüber schlafen ...«

»Du meinst, im Traum ergibt sich ein neuer Anhaltspunkt?« Lenz schmunzelte. »Schön wäre es!«

»Kennt ihr den schon?« Das war natürlich Marius. »›Herr Doktor, ich rede im Schlaf.‹ ›Ist denn das so schlimm?‹ ›Ja, das ganze Büro lacht schon darüber!‹«

Er schüttete sich aus vor Lachen, die anderen lächelten müde. Tanja stand auf und schob ihren Stuhl zur Tür.

»Dann solltest du vielleicht aufzeichnen, was du heute Nacht von dir gibst, Marius«, sagte sie. »Es könnte relevant sein für unsere Ermittlungen.«

Lenz folgte Tanja und Marius auf den Flur hinaus und Henri hörte, wie er Tanja beiläufig fragte, ob er sie mitnehmen könne. Henri griff zum Handy und wählte Elisas Nummer.

Kapitel 58

Obwohl Henri sich angekündigt hatte, zuckte Elisa zusammen, als er an ihre Wohnungstür klopfte.

»Die Tür ist offen!«

Henri kam herein, Elisa drehte sich zu ihm und begrüßte ihn mit einem Lächeln, dann wandte sie sich wieder dem Salat zu.

»Hungrig?«, fragte sie.

»Sehr!« Henri warf über ihre Schulter einen Blick auf den Herd. »Es riecht gut!«

»Ist auch gleich fertig.« Elisa verteilte den Salat in kleine Schüsseln. »Könntest du den Wein aus dem Kühlschrank holen und öffnen?«

»Sicher!« Henri nahm die Flasche aus dem Kühlschrank. »Wie geht es deiner Freundin? Wir haben bedauert, dass ihr gestern nicht mehr heruntergekommen seid.«

»Lena ging es nicht gut. Du hast es ja gehört, sie wurde sitzengelassen. Ihr war wirklich nicht nach männlicher Gesellschaft. Heute ist sie mit ihren Eltern bei ihrer Tante zum Geburtstag eingeladen. Ich glaube, es wird ihr guttun, wenn sie etwas abgelenkt ist.«

»Verstehe. Soll ich den Tisch decken?« Henri deutete zu Elisas großem Tisch, auf dem nur die Zeitung und ihr Handy lagen.

»Ich habe draußen auf der Dachterrasse alles vorbereitet. Ist zwar ein bisschen eng, aber solange es noch warm genug zum Draußensitzen ist ...« Elisa trug die Salatschüsseln hinaus. »Eigentlich hätten wir Karen auch einladen sollen, oder?«

Henri schüttelte den Kopf.

»Sie ist mit ihren Freundinnen unterwegs. Beim Bowling, glaube ich. Außerdem möchte ich echt nicht immer meine Mutter dabei haben, wenn wir zusammen sind. Ich freue mich, dass ich dich heute mal ganz für mich allein hab, Elisa.«

Elisa konzentrierte sich darauf, das Essen auf den Tellern anzurichten, doch sie konnte Henri, der hinter ihr mit der Weinflasche hantierte, spüren.

»Elisa?«

Sie drehte sich zu ihm und stellte fest, dass er sie erwartungsvoll ansah. Sanft sagte sie: »Das Essen ist fertig!«

Henri lächelte.

»Okay, Essen ist auch toll!«

Elisa trug die Teller hinaus, Henri folgte ihr mit der Flasche und goss den Wein in die Gläser, die mit dem Besteck, Servietten und einem Blumensträußchen schon auf dem kleinen Terrassentisch bereitstanden. Mangels Platz auf dem Tisch stellte Henri den Wein zurück in den Kühlschrank. Es war wirklich eng, vor allem, als Henri und Elisa ihre langen Beine unter dem Tischchen sortierten, doch es ging.

»Voilà, Finkenwerder Speckscholle mit extravielen Bratkartoffeln für den großen Hunger«, sagte Elisa. »Lass es dir schmecken!«

Das ließ Henri sich nicht zweimal sagen. Nach einem knappen *Danke* wickelte er eilig das Besteck aus und machte sich über den Fisch her.

»Sehr lecker!«, meinte er zwischen zwei Bissen. »Das schmeckt hervorragend!«

Elisa schmunzelte und breitete eine Serviette auf ihrem weißen Sommerkleid aus.

»Freut mich. Das Rezept ist ein Klassiker von unserem Koch im Hotelrestaurant. Ich habe eine Menge Zeit in seiner Küche verbracht.«

»Musstet ihr viel im Hotel mithelfen?«

Elisa überlegte, während sie zu essen begann.

»Schon ... Aber meine Eltern waren so schlau, jeden von uns Kindern genau dort einzusetzen, wo unsere Stärken lagen und wo wir am meisten Spaß hatten.«

»Bei vier Kindern hatten sie ja eine große Auswahl.«

»Das stimmt.« Elisa lächelte beim Gedanken an ihre Geschwister. »Sasha war perfekt an der Rezeption, um die Gäste mit ihrer offenen und lustigen Art in Empfang zu nehmen. Jaspers Stärke war der Service im Restaurant. Er ist sehr aufmerksam und hat immer einen Haufen Trinkgeld bekommen. Und Mattis ist ein Organisationstalent. Er hat sich um die Buchungen und den ganzen Bürokram gekümmert.«

»Und du warst in der Küche?«

»Am liebsten in der Küche. Manchmal auch im Zimmerservice. Ich fand es immer spannend, einen Blick in das Leben von anderen Leuten zu werfen. Zu sehen, was sie anziehen, was sie lesen, mit was sie sich pflegen. Man erfährt eine ganze Menge über jemanden, wenn man sieht, wie er sein Zimmer zurücklässt.«

»Du warst also immer schon neugierig und hast deine Nase gern in die Angelegenheiten von anderen Personen gesteckt?«

Sie lachten.

»Kann sein.«

»Heute bin ich auf jeden Fall sehr froh, dass du genug Zeit in der Hotelküche verbracht hast, um ein solches Essen zu zaubern!«, meinte Henri augenzwinkernd und aß genüsslich weiter.

»Kannst du eigentlich kochen?«, erkundigte sich Elisa. Bisher hatte sie ihn nur beim Grillen erlebt.

»Natürlich! Du kennst doch meine Mutter und weißt, wie wichtig dieses Thema für sie ist. Sie hat nicht lockergelassen, bis Sönke und ich auch in der Lage waren, etwas Anständiges zu kochen. Nicht, dass es nötig gewesen wäre, solange wir hier gewohnt haben. Aber später war ich froh, als es Claire häufig so schlecht ging, dass sie sich nicht darum kümmern konnte.«

»Ihr ging es schlecht?«

»Sie war nach Annas Geburt regelrecht depressiv. Sie lag tagelang nur im Bett. Zum Glück haben sich ihre Eltern damals um Anna gekümmert.«

»Aber du hattest alles andere zu regeln? Deinen Job? Einkaufen? Kochen?«

»Das ist lange her.«

Henri wischte mit einer ungeduldigen Handbewegung das Thema weg. Lächelnd sah er Elisa an.

»Beim nächsten Mal koche ich für dich.« Er hob sein Glas. »Vielen Dank für die Einladung!«

Sie stießen an und tranken einen Schluck von dem kühlen Riesling, den der Fischhändler Elisa zur Scholle empfohlen hatte. Henri griff danach sofort wieder zu seiner Gabel.

»Bist du heute gar nicht zum Essen gekommen?«, fragte Elisa lachend und sah erstaunt zu, mit welcher Geschwindigkeit Henri die Scholle in sich hineinschaufelte. Er hielt inne und wurde langsamer.

»Ich hatte nur ein paar Sandwiches. Das macht auf Dauer nicht glücklich.«

»Nicht mal Zeit für die Kantine? ... Nein, lass«, unterbrach sie sich selbst. »Du musst mir nichts erzählen! Ich will nicht, dass du denkst, ich horche dich aus.«

»Ich glaube nicht, dass sich aus meinen Essgepflogenheiten allzu tiefschürfende Schlussfolgerungen auf den aktuellen Ermittlungsstand ziehen lassen«, meinte Henri lachend. »Außerdem hast du mir eindrucksvoll bewiesen, dass nichts von dem, was wir vertraulich besprechen, in der Zeitung abgedruckt wird.«

»Habe ich das?« Elisa lächelte.

Henri hatte also wahrgenommen, dass sie Informationen zurückhalten konnte.

»Hast du«, erwiderte er vollkommen ernst und sah sie mit zerknirschtem Gesichtsausdruck an. »Es tut mir leid, dass ich jemals daran gezweifelt habe.«

»Das sollte dir auch leidtun!« Sie hob das Messer drohend in die Höhe, ließ ihre Stimme dann aber butterweich schnurren: »Zum Beweis deines Vertrauens könntest du mir ja doch ein bisschen was von den Ermittlungen erzählen ... Natürlich nicht für die Zeitung, sondern ganz privat ... Damit ich eine Vorstellung davon bekomme, wie dein Tag war.«

Sie klimperte mit den Wimpern und Henri musste lachen.

»Du hast es echt faustdick hinter den Ohren, Elisa! Aber weil du derart lecker gekocht hast, will ich nicht so sein.« Er schob sich die nächste Gabel in den Mund und überlegte kurz, was er ihr sagen konnte. »Wir haben inzwischen jede Menge Verdächtige, die alle ein großes Interesse daran gehabt haben müssen, Gernot Weiss zum Schweigen zu bringen.«

»Er hat etwas über diese PCSK9-Hemmer herausgefunden, was nicht an die Öffentlichkeit sollte, kann das sein?«

Henri musterte Elisa und zog dabei eine Augenbraue weit nach oben.

»So ungefähr.« Zu diesem Thema wollte er sich anscheinend nicht näher äußern. »Wir waren den ganzen Tag damit beschäftigt, die Alibis der Verdächtigen zu überprüfen.«

»Und es hat sich herausgestellt, dass sie alle eins haben?«

»Hm ... eher, dass keiner von ihnen ein belastbares Alibi hat. Sie haben Zeugen benannt, die ihre Anwesenheit an einem anderen Ort als dem *Pistorius* bestätigen, aber wir wissen nicht, ob diese Zeugen nicht auch manipuliert wurden.«

»Und ob einer von ihnen der Mörder ist, der eben doch im *Pistorius* war?«

Henri nickte und aß weiter.

»Warum dreht ihr den Spieß nicht um und befragt die Leute im *Pistorius* mit Fotos von allen Verdächtigen?«, fragte Elisa. »So leicht kommt man dort nicht vollkommen unbemerkt rein. Vielleicht hat jemand den Mörder gesehen?«

»Wir haben die Leute im *Pistorius* nach zwei der Verdächtigen befragt.«

Henri ließ die Gabel sinken und sah Elisa nachdenklich an.

»Das sollten wir auch mit Fotos von den anderen tun! Das ist eine gute Idee!«

»So groß wie das *Pistorius* ist, kann das zeitaufwändig sein, aber vielleicht habt ihr Glück. Ihr solltet euch eine Liste geben lassen, wer zur Tatzeit Dienst hatte, denn die Leute, die ihr dort antrefft, waren nicht zwangsläufig auch am Montag im Haus.«

Henri nickte zustimmend.

»Du hast recht! Ich glaube, meine Kollegen haben bei ihrer Befragung nicht bedacht, dass es im Hotel unterschiedliche Schichten gibt, die von Tag zu Tag wechseln können. Das ist ein wichtiger Punkt, Elisa.«

»Siehst du, es hat sogar einen Nutzen für dich, wenn du mit mir über deine Ermittlungen sprichst«, meinte sie augenzwinkernd.

»Absolut! Du bist ziemlich gut im Kombinieren!«

Henri schob den Rest seines Essens mit dem Besteck zusammen und aß die letzte Gabel mit Genuss.

»Möchtest du einen Nachschlag?«, fragte Elisa. »Ich hätte noch Bratkartoffeln und Speck, nur der Fisch ist aus.«

»Auch auf die Gefahr hin, dass du mich für verfressen hältst: Sehr gern!«

Elisa wollte aufstehen, doch Henri war schneller.

»Ich kann mich selbst bedienen.«

Er ging hinein und kam kurz darauf mit Elisas Pfanne zurück.

»Du auch noch?«

Sie schüttelte den Kopf. Henri leerte die übrigen Bratkartoffeln auf seinen Teller und stellte die Pfanne drinnen wieder ab. Mit Begeisterung aß er weiter.

»Seit gestern zerbreche ich mir den Kopf darüber, von wem deine Kollegin Jette ihre Informationen bekommt«, sagte Henri. »Ich hatte erst Marius, einen meiner Kollegen, im Verdacht, aber er hat mir glaubhaft vermittelt, dass er sie nicht kennt.«

»Mit wem hast du sonst darüber gesprochen, dass es sich um einen Korruptionsfall handeln könnte?«

»Außerhalb meines Teams?«

Henri sah Elisa fragend an.

»Ich weiß es nicht.«

»Ich hatte die Idee, bei Jette die Wahlwiederholung zu drücken, wenn sie das nächste Mal mit ihrem Informanten telefoniert hat, aber sie benutzt immer ihr Handy. Und das lässt sie nie auf ihrem Tisch liegen. Sie nimmt es sogar mit, wenn sie zur Toilette geht.«

»Vielleicht könntest du mich anrufen, wenn du den Eindruck hast, dass sie mit ihrer geheimen Quelle telefoniert. Dann könnte ich zumindest ausschließen, dass es jemand aus meinem Team ist. Sofern wir gerade alle im Büro sind und keiner telefoniert.«

»Dann hast du deinen Kollegen Marius doch noch nicht ganz von der Liste gestrichen?«

»Ich kann nicht in ihn reinschauen. Er ist ein komischer Typ.«

»Wenn es der ist, den ich in der Spielbank gesehen habe, würde es mich wundern, dass Jette sich mit so einem schmuddeligen Kerl einlässt. Aber wer weiß?« Elisa hatte eine Idee. »Du könntest gezielt eine Falschinformation bei einzelnen Personen platzieren. Wenn Jette dann damit ankommt, kannst du zurückverfolgen, wem du die Information gegeben hast.«

Henri sah von seinem Teller hoch.

»Dafür muss mir nur etwas einfallen, was einerseits glaubhaft ist und andererseits keinen Schaden anrichtet ...« Für einen Moment verlor sich Henris Blick nachdenklich in der Ferne über Elisas Schulter, doch dann schien er wieder zurück ins Hier und Jetzt zu kommen. »Ich werde darüber nachdenken.«

»Tu das!«

Elisa war mit dem Essen fertig, während Henri mit unverminderter Geschwindigkeit weiteraß.

»Ich hätte mehr kochen sollen«, meinte sie leicht besorgt.

Henri schüttelte den Kopf.

»Ich esse nur noch, weil es so gut schmeckt. Satt bin ich längst!«, versicherte er.

»Dann bin ich ja beruhigt!«, spottete Elisa.

»Kannst du sein! Anna hat mir übrigens geschrieben, dass sie ein paar Tage länger bei ihren Großeltern bleiben möchte«, erzählte Henri. Als Elisa nicht sofort antwortete, sah er zu ihr. »Das weißt du wahrscheinlich längst.«

Elisa lächelte.

»Anna hat so was angedeutet, ja. Sie scheint sich gut mir ihrer Großmutter zu verstehen.«

Henri nickte.

»Claires Mutter ist an sich eine patente Frau. Ich glaube, sie hat sich selbst darüber gewundert, dass sie so eine lebensuntüchtige Tochter hatte. Prinzipiell ist ihre Enkelin eher auf ihrer Wellenlänge.«

»Lebensuntüchtig? ... Würdest du Claire so beschreiben?«, hakte Elisa nach. Sie konnte sich immer noch kein richtiges Bild von Henris Beziehung zu seiner Frau machen.

»Claire war eine Prinzessin ...«, begann Henri, brach dann aber ab und und sah Elisa wieder an. »Eigentlich möchte ich nicht über Claire sprechen. Sie ist Vergangenheit.«

Henri schob sich rasch die letzten Bissen in den Mund und legte das Besteck zusammen.

»Magst du noch Wein?«

Elisa nickte. Henri sprang auf.

»Ich hole die Flasche.«

Elisa stapelte die Teller und Salatschüsseln aufeinander und folgte ihm. Sie stellte das Geschirr in der Spüle ab und drehte sich zu Henri, der mit der Weinflasche in der Hand vor dem Kühlschrank stand.

»Elisa!«, sagte er und griff mit seiner freien Hand nach ihrer. »Ich möchte nicht mehr in der Vergangenheit leben, sondern in der Gegenwart. Ich wünsche mir so sehr, dass du mein Leben mit mir teilst. Ich war ein Idiot, dass ich dir nicht vertraut habe. Dass ich auf Distanz gegangen bin, weil ich befürchtet habe, es würde mit unseren Jobs zu kompliziert werden. Inzwischen habe ich begriffen, dass du mir wichtiger bist als all das. Ich möchte nicht nur mit dir befreundet sein, sondern mehr ... wenn du das auch noch willst ...?«

Elisa konnte nur nicken, seine Ernsthaftigkeit rührte sie und schnürte ihr die Kehle zu. Henri stellte die Weinflasche neben die Spüle, umfasste ihr Gesicht mit beiden Händen und zog sie zu sich. Zuerst küsste er sie ganz sanft, doch als Elisa ihre Lippen öffnete und ihm entgegenkam, wurde Henris Kuss intensiver. Er hatte sie schon einmal geküsst – als sie auf dem Kocherlball miteinander getanzt hatten –, aber jetzt fühlte es sich anders an.

»Halleluja«, sagte Henri leise, als er nach einer Weile von ihr abließ. »Ich wusste nicht, ob ich es endgültig vergeigt hatte. Du wirktest nicht mehr besonders interessiert ...«

Elisa lächelte.

»Ich wollte dir zeigen, dass ich mich nicht an dich ranschmeiße, um an polizeiinterne Informationen zu kommen.«

»Deshalb bist du mir generell ausgewichen?«

»Es fiel mir schwer, meine Gefühle zu ignorieren, aber ich wollte auf keinen Fall, dass du den Eindruck hast, meinetwegen unter Druck zu stehen.«

Henri strich über Elisas Wangen.

»Ich glaube, du bist so ziemlich die einzige Person in meinem Leben, die mir *nicht* das Gefühl vermittelt, unter Druck zu stehen.«

Er küsste sie wieder. Elisa legte die Arme um seinen Körper und erwiderte seinen Kuss; erst sanft und spielerisch, dann immer ungestümer, bis sie sich voneinander trennten, um Luft zu holen.

»Ich bin wirklich blöd ...«, stellte Henri fest. »Das hätten wir die ganze Zeit schon haben können. Wenn ich daran denke, wie ich auf Elba krampfhaft versucht habe, dich mir aus dem Kopf zu schlagen!«

»Hast du das?«

»Ich hab mir eingeredet, es sei besser so. Allerdings war ich nicht besonders erfolgreich damit. Als ich dich im *Pistorius* wiedergesehen habe, hast du meine Vorsätze innerhalb von Sekunden über den Haufen geworfen.«

Elisa lächelte.

»Das hat man dir nicht angemerkt. Im Gegenteil! Du warst distanziert und abweisend wie zu deinen besten Zeiten! Zum Glück hast du das nicht lange durchgehalten.«

»Keine Sorge. So dämlich werde ich mich nie wieder anstellen. Nachdem auch du jetzt alle Bedenken über Bord geworfen hast, werde ich bestimmt keinen Rückzieher mehr machen.«

Elisa lehnte sich in Henris Arm zurück und sah ihn nachdenklich an.

»Ich dachte wirklich, ich sei noch nicht bereit für eine neue Beziehung, nachdem Carsten mich betrogen hatte. Dabei ist das kompletter Unsinn! Ich bin mehr als bereit, denn es geht einzig und allein um dich und mich. Und das fühlt sich so richtig an wie nichts anderes jemals zuvor!«

Henri sah Elisa fragend an. Dachte er jetzt wieder an Claire? Elisa verwünschte sich selbst für ihre Worte und hätte sie gern zurückgenommen. Doch dann bemerkte sie, wie Henris Blick sich veränderte. Er zog sie an sich.

»Das geht mir genauso«, sagte er leise in ihr Ohr. »Bei mir hat es sich noch nie wirklich richtig angefühlt. Mit dir ist es das erste Mal!«

Elisa spürte Henris Herzschlag an seiner Schläfe. Seine Hände strichen sanft über ihren Rücken. Elisa drückte sich an ihn.

»Henri?«

»Ja?«

»Ich glaube, wir haben jetzt lange genug aufeinander gewartet. Meinst du nicht?«

Henri sah sie fragend an. Dann hob er sie wortlos hoch und trug sie in den Schlafbereich. Elisa klammerte sich mit den Beinen um seine Hüfte und schmiegte ihren Kopf in seine Halsbeuge. Dort war Henris Zitrusduft besonders intensiv. Er setzte sie behutsam auf dem Bett ab und beugte sich über sie, um sie zu küssen.

Kapitel 59

Chantal klopfte an die Tür, wartete ein paar Sekunden, dann öffnete sie mit der Schlüsselkarte die Tür.

»Zimmerservice!«, rief sie sicherheitshalber, bevor sie den Raum betrat, aber es war niemand da. Chantal stöhnte, als sie sich umsah. Das Bettzeug hing über einem der Sessel, auf dem Laken waren rote Flecken zu sehen und auf dem Boden lag ein Handtuch, das getränkt war von einer ebenfalls roten Flüssigkeit, die sich auf dem Teppich darunter ausbreitete. Chantal riss das triefende Handtuch hoch und warf es ins Waschbecken. Im Bad roch es nach einer Mischung aus Erbrochenem, Urin und Nagellack, rote Flecken zierten auch hier den Boden und den Rand der Badewanne. Überall lagen lange dunkle Haare.

»Scheiße!«, rief Chantal. Warum musste sie immer so ein Pech haben?

»Schlimm?« Carolina, die das Zimmer gegenüber herrichtete, musste Chantal durch die offenen Türen gehört haben. Sie steckte den Kopf herein. »Oh ... sehr schlimm«, stellte sie fest. »Was ist das?«

Sie deutete auf die roten Flecken. Chantal zog sich Putzhandschuhe an und fuhr mit dem Finger über einen der hellroten Flecken auf dem Badewannenrand. Er ließ sich nicht wegwischen.

»Getrockneter Nagellack.« Sie schnupperte an dem Handtuch. »Und Rotwein.«

»Was für eine Mischung!« Carolina zeigte lachend auf den Papierkorb, in dem fein säuberlich eine Weinflasche entsorgt worden war. »Ich nehme an, die Person hat erst die Flasche leer getrunken und dann noch versucht, sich die Nägel zu lackieren. Ist nicht gut gegangen!«

Chantal sah zum Bett hinüber. Die Flecken auf dem Laken stammten offensichtlich auch von dem hellroten Nagellack.

»Die blöde Schlampe hat sich besoffen im Bett die Nägel lackiert und die Weinflasche auf dem Teppich umgestoßen. Wie bescheuert kann man denn sein?«

Carolina zuckte mit den Achseln und ging über den Flur zurück in den anderen Raum. Chantal sah sich noch mal um. Dieses Zimmer war nicht mal das schlimmste, das ihr je untergekommen war, aber es kam auf jeden Fall in die Top Twenty. Sie würde ewig brauchen, bis sie den Nagellack mit dem normalen Putzmittel weg hatte, denn Nagellackentferner war in ihrem Putzwagen nicht vorhanden.

Chantal zog das Bett ab und sammelte die herumliegenden Handtücher ein. Das mit Wein vollgesogene wrang sie aus und steckte es in eine separate Plastiktüte, damit nicht auch noch die anderen Wäschestücke Weinflecken bekamen. Als sie zurück ins Bad kam, sah Chantal, dass die Frau, die hier gewohnt hatte, sich offensichtlich übergeben hatte, dass aber nicht alles in der Toilette gelandet war. Sie hatte es geschafft, daneben zu kotzen. Neben der Schüssel stank ein nicht gerade kleines Häuflein vor sich hin. Chantal würgte. Ok, das Zimmer kam doch in die Top Ten. Zu Hause würden die Leute nie so eine Sauerei machen. Warum war es ihnen nicht peinlich, im Hotel einen Schweinestall zu hinterlassen?

Chantal beseitigte zuerst die Kotze, um den ekelhaften Gestank loszuwerden.

»Nicht mehr lange ... nicht mehr lange ...«, murmelte sie vor sich hin. Sobald sie ans *Vintage* dachte, ging es ihr besser. Sie hatte ausgerechnet, dass sie noch gute zwei Monate im *Pistorius* durchhalten musste. Wenn sie in dieser Zeit sparte und möglichst wenig ausgab, würde sie das Geld für Lola Ende Oktober beisammenhaben. Lola war mit dem Termin einverstanden gewesen. Sie hatte fast etwas erstaunt gewirkt. Als hätte sie nicht geglaubt, dass Chantal wirklich so viel Geld auftreiben konnte.

Ewig musste Chantal rubbeln, um die Nagellackflecken im Bad wegzubekommen. Dann nahm sie sich den Rotwein im Teppich vor. Das meiste ging weg, doch es blieb ein Schatten zurück, der sich einfach nicht entfernen ließ, so sehr Chantal sich auch abmühte. Sie rieb, bis ihr die Finger wehtaten. Nachdem sie mit dem restlichen Zimmer fertig war, versuchte sie es noch einmal, aber es war nichts zu machen. Egal! Sie hatte bereits viel zu viel Zeit mit diesem Zimmer verloren!

Chantal ging hinaus auf den Flur und hörte Stimmen. Carolina war inzwischen schon beim nächsten Raum, dessen Tür weit offen stand. Sicher war Rhaya bei ihr, die sich als Kontrolleurin aufspielte, seit Monika Huber, die Hausdame, krank war. Chantal schob den Putzwagen ein Stück weiter, da kam Rhaya hinaus auf den Flur.

»Alles klar, Chantal?«, sagte sie. »Carolina hat gesagt, dass dein Zimmer heftig verwüstet war!?«

»Passt schon.«

Chantal wollte am nächsten Zimmer klopfen, doch Rhaya ging zu dem anderen Raum hinüber und öffnete die Tür. Das war ja klar gewesen! Chantal verdrehte die Augen. Rhayas Kommentar ließ nicht lange auf sich warten.

»Chantal, so geht das nicht!« Sie kam zurück auf den Flur. »Der Fleck auf dem Teppichboden fällt total auf, wenn man reinkommt.«

»Der geht nicht besser weg!«

»Und deshalb lässt du es einfach so? Das kann doch nicht sein! Hast du es denn mit dem Spezialreiniger versucht?«

»In dem Putzwagen ist keiner.«

»Dann musst du eben in den Keller laufen und eine neue Flasche holen!«

»Ey, weißt du, wie lange ich jetzt an dem Scheiß rumgerubbelt hab?!« Langsam wurde Chantal wütend. Warum konnte diese Schlampe sie nicht einfach in Ruhe lassen?

»Nur weil du zu faul warst, in den Keller zu gehen.« Rhaya blieb ganz ruhig. »Chantal, deine Arbeitseinstellung ist echt nicht in Ordnung!«

Was bildete die sich ein?

Chantal baute sich vor der zierlichen Rhaya auf. Sie wurde laut.

»Was geht dich das eigentlich an? Du hast mir gar nichts zu sagen! Du spielst dich hier auf wie die Chefin, aber das bist du nicht!«

»Ich vertrete Frau Huber, während sie ...«

»Du kannst mich mal! Überhaupt könnt ihr alle mich mal! Ich habe es so satt! Ich habe keine Lust mehr, hinter solchen Schweinen herzuputzen ...«

Carolina kam zu ihnen auf den Flur.

»Pst! Die Gäste!«

Sie deutete auf das *Bitte-nicht-stören-Schild* an der nächsten Tür.

»Die Gäste können mich mal!«, kreischte Chantal. »Ich habe keine Lust mehr, ihre Kotze wegzuwischen. Und ich habe keine Lust mehr, mir die Finger wund zu rubbeln wegen Nagellack- und Weinflecken! Mir reicht es! Ich habe es sowieso nicht mehr nötig, mir das hier anzutun! Ich kündige!«

Sie sah Rhaya triumphierend an, drehte sich um und ging zum Treppenhaus, ohne sie eines weiteren Blickes zu würdigen! Nie wieder würde sie hinter jemandem herputzen! Plötzlich fühlte Chantal sich ganz frei! Sie hätte längst kündigen sollen, dieser Job war einfach nichts für sie! Sie rannte die Treppenstufen hinunter. Im Personalraum riss sie sich die Uniform vom Körper und ließ sie auf den Boden fallen. Sollte doch jemand anders hinter ihr aufräumen!

Chantal zog ihre eigene Kleidung an und nahm ihre Tasche aus dem Spind. Auch wenn ihr das Gehalt der nächsten zwei Monate fehlte, sie war nicht bereit, das *Vintage* dafür aufzugeben. Und sie hatte schon eine Idee, wer ihr das fehlende Geld geben würde! Beim letzten Mal hatte sie die Kohle für einen lächerlichen Tipp bekommen. Diesmal war ihr Wissen doch eigentlich noch viel mehr wert! Chantal nahm ihr Handy aus der Tasche, suchte die Nummer, die in ihrer Anrufliste abgespeichert war, und wählte.

Kapitel 60

Obwohl es Samstag war, wachte Henri um sechs auf. Seine innere Uhr weckte ihn zur Morgenbesprechung. Er brauchte einen Moment, um zu sich zu kommen. So tief hatte er seit Ewigkeiten nicht mehr geschlafen. Kein verstörender Traum hatte ihn zwischendurch geweckt, Henri fühlte sich frisch und ausgeruht, auch wenn sie nicht lange geschlafen hatten.

Elisa lag in Henris Arm, sie hatte ein Bein um ihn geschlungen, ihr Kopf ruhte auf seiner Schulter, ihr Arm lag auf seiner Brust. Henri war versucht, sie zu küssen, doch er wollte sie nicht wecken. Es sah aus, als ob sie lächelte. Vermutlich hatte sie einen schönen Traum.

Vorsichtig schob er Elisa auf das Kissen und schälte sich unter ihr hervor. Sie rollte sich im Schlaf zusammen, Henri konnte aufstehen, ohne sie zu wecken. Er schlüpfte in seine Kleidung und Schuhe, doch dann brachte er es nicht fertig, sich einfach hinauszuschleichen. Sollte er ihr eine Nachricht hinterlassen?

Nein ... Henri wollte mit ihr sprechen ... wenigstens kurz ...

Er setzte sich auf die Bettkante, beugte sich über Elisa und küsste sie sanft auf die Wange. Sie schlug die Augen auf und lächelte, als sie ihn sah.

»Guten Morgen!«

»Guten Morgen!« Elisa blinzelte. Sie bemerkte, dass Henri angezogen war. »Musst du weg?«

»Wir haben Morgenbesprechung.«

»Am Samstag?«

»Bei laufenden Ermittlungen gibt es selten ein Wochenende. Tut mir leid, dass ich dich geweckt habe, aber ich wollte nicht einfach so verschwinden ...«

»Das ist schön.« Sie streckte ihm das Gesicht zum Kuss entgegen. »Die ganze Nacht war wunderschön.«

»Überwältigend.« Henri küsste sie. »Ich habe seit Jahren nicht mehr so gut geschlafen wie mit dir im Arm.«

Elisa lachte.

»Ich bin also die beste Schlaftablette, die man sich denken kann, ja? Das ist mal ein Kompliment!«

»Ich schätze, das ist das größte Kompliment, das *ich* einer Frau machen kann!« Henri musterte Elisa. »Du bist der Wahnsinn, weißt du das? Das absolute Gegenteil einer Schlaftablette!«

Elisa hatte Henri in dieser Nacht mehrmals überrascht. Nicht dass er sich vorher viele Gedanken darüber gemacht hatte, doch er hatte nicht erwartet, dass sie eine derart sinnliche Frau war, die sich mit Herz und Körper ganz und gar hingab. Henri küsste sie wieder und zog sie an sich.

»Meine Lippen sind geschwollen«, meinte Elisa nach einer Weile.

»Von meinem Bart, oder?« Henri ließ schuldbewusst von ihr ab. Ihre Lippen waren tatsächlich gerötet und dicker als sonst. »Ich hab ihn mir nach Claires Tod stehen lassen, sie hatte immer etwas gegen einen Bart. Wenn du willst, rasiere ich ihn ab.«

»Nein! Mir gefällt dein Bart. Ich hätte was gegen einen langen Vollbart, aber so dezent – das passt zu dir.« Sie fuhr mit dem Finger über seine Lippen und strich dann über das Barthaar auf der Wange. »Ich fühle mich gern mal wie Brigitte Bardot, so ganz ohne aufspritzen!«

»Steht dir auch irgendwie!«

Henri küsste sie, diesmal sanft und vorsichtig.

»Ich muss jetzt los. Was hast du heute vor?«

»Ich treffe mich mit Maja Johansson im *Pistorius* zum Frühstück. Sie reist nachher ab und hat gefragt, ob wir uns noch mal sehen. Da ich gestern keine Zeit hatte, haben wir uns zum Frühstück verabredet.«

»Dann wünsch ich dir viel Spaß.«

Henri stand auf.

»Danke.«

»Sehen wir uns später? Auch wenn ich jetzt noch nicht weiß, wann *später* sein wird?«

Elisa lächelte.

»Melde dich, wenn du es weißt.«

Henri drückte ihr einen letzten Kuss auf den Mund. Es war wirklich schwer, Elisa zu verlassen. Er ging so leise wie möglich die Treppe hinunter und schlich sich unten in der Wohnung ins Bad. Das war nicht der Moment, Karen zu erklären, warum er um diese Uhrzeit aus Elisas Wohnung kam. Henri putzte sich die Zähne, duschte, schlüpfte in ein frisches Hemd und zog sein Waffenholster über, das er am Abend nur schnell auf dem Bett abgelegt hatte, als er zu Elisa wollte. Er war froh, dass Karen nicht auftauchte, auch nicht, als er sich eilig ein Müsli zum Frühstück reinschob. Wahrscheinlich war es mit ihren Freundinnen spät geworden. Nur Luna tauchte auf und rieb ihren Kopf an Henris Beinen. Er ließ sie kurz raus, dann fuhr er auf direktem Weg ins Büro. Die anderen waren schon da und warteten auf ihn. Henri startete den PC.

»Soll ich dir 'nen Kaffee mitbringen?«, bot Lenz an.

»Das wäre super!«

Im Mailpostfach waren keine neuen Nachrichten. Henri ignorierte Lenz' fragenden Blick, als er die dampfende Tasse vor ihm auf dem Tisch abstellte.

»Danke. Hat einer von euch was Neues?«

»Seit gestern nicht, nein.« Tanja sah Marius grinsend an. »Außer bei euch hat sich im Schlaf ein neuer Anhaltspunkt ergeben?«

Lenz und Marius schüttelten beide den Kopf, Marius zog eine Grimasse.

»Ich habe mir zwei Dinge überlegt«, meinte Henri und nahm einen Schluck Kaffee. »Ihr habt doch im *Pistorius* die Fotos von Thilo und Egon Seibert herumgezeigt?«

Tanja nickte.

»Leider ohne Erfolg.«

»Wir sollten das Gleiche mit den Fotos der Vorstände der Voss Pharma AG tun! Nachdem wir nicht beweisen können, dass ihre Alibis nicht wasserdicht sind, können wir damit vielleicht bestätigen, dass sie stattdessen im *Pistorius* waren. Zumindest einer von ihnen.«

Tanja nickte.

»Das ist eine gute Idee. Wenn einer von ihnen dort gesehen wurde, dann können wir das Alibi widerlegen. Fotos von den Vorständen sind auf der Website, glaube ich. Die können wir ausdrucken und herumzeigen.«

»Ich möchte, dass ihr das zu dritt macht, damit ihr so viele Leute wie möglich vom *Pistorius*-Personal befragt. Und zwar nicht nur die, die jetzt gerade dort arbeiten, sondern auch die, die am Montag zur Tatzeit im Hotel waren. Lasst euch die Schichtpläne geben und stellt sicher, dass ihr wirklich mit jedem sprecht.«

»Und was machst du?«, fragte Lenz. »Das hört sich nicht so an, als ob du mitkommen willst.«

»Ich würde mit Gerald Haberlander gern noch mal wegen Melissa Eberhardts Aussage sprechen. Mir ist einfach nicht klar, was sie damit bezweckt. Und ich möchte wissen, wie er selbst zu Melissa steht.«

»Ob er überhaupt etwas von deren Schwärmerei mitbekommen hat?«

»Auch das. Ich fürchte, am Samstag werde ich ihn nicht in seinem Büro erreichen. Haben wir private Kontaktdaten von ihm?«

»Nur eine Adresse. Ich schreib sie dir raus.«

Tanja stand auf und ging in ihr Büro hinüber. Lenz und Marius kümmerten sich um die Ausdrucke der Fotos. Henri sah seine Notizen durch, doch er konnte keine weiteren Kontaktdaten von Gerald Haberlander finden als seine Büronummer und -adresse. Während die anderen sich auf den Weg ins *Pistorius* machten, wählte Henri die Nummer der Voss Pharma AG, hörte jedoch nur eine Ansage, dass er außerhalb der Öffnungszeiten anrief.

Henri schlug im Telefonbuch die Privatnummer von Gerald Haberlander nach, fand aber keinen Eintrag. Er warf einen Blick auf den Zettel, auf dem Tanja die Adresse notiert hatte. Es blieb ihm also nichts anderes übrig, als nach Taufkirchen zu fahren.

Kapitel 61

Lenz sah hinüber zu Tanja, die neben ihm auf dem Beifahrersitz saß.

»Hattest du auch den Eindruck, dass Henri heute Morgen irgendwie anders war als sonst?«

Tanja sah ihn verwundert an.

»Nein, ist mir nicht aufgefallen. Was meinst du?«

»Es wirkte, als wäre er nicht ganz bei der Sache ...«

Tanja zuckte mit den Schultern. Sie sortierte die Fotos, die sie mitgenommen hatten, auf ihrem Schoß in drei gleiche Stapel.

»Mist!«, sagte sie, als sie auf den Parkplatz des *Pistorius* abbogen und die Bilder zusammenrutschten. »Vielleicht hatte er einen netten Abend mit dieser Elisa. Ich hatte gestern den Eindruck, dass er es eilig hatte, nach Hause zu kommen.«

»Meinst du?«

Lenz stellte den Wagen auf einem freien Platz ab, Marius parkte sein Motorrad direkt daneben und befestigte den Helm am Lenker. Tanja klaubte die Fotos zusammen und stieg aus. Sie verteilte die Fotostapel.

»Ich fang gleich mal beim Portier an«, meinte Marius und deutete auf den Mann, der an der Auffahrt stand und trotz der sommerlichen Temperaturen einen Uniformmantel trug.

»Lasst den Leuten genug Zeit, die Fotos anzuschauen«, sagte Lenz.

»Und notiert euch die Namen.«

»Auf die Idee wär ich nie gekommen«, knurrte Marius und ging auf den Portier zu. Lenz und Tanja betraten das Hotel durch den Haupteingang.

»Übernimmst du den Concierge?«, fragte Lenz. »Dann gehe ich zur Rezeption, die Damen kenne ich ja schon.«

Tanja nickte und bog in der Mitte der Halle nach links zum Pult des Concierge ab. Lenz steuerte auf die Rezeption zu, wo gerade nicht viel los war. Er nickte Leonie Ehrhard und Tessa Tomaszewski zu und wartete, bis der Gast, der vor ihm stand, fertig ausgecheckt hatte und sich entfernte, dann breitete er die Aufnahmen auf dem Tresen aus.

»Guten Morgen, die Damen! Heute möchte ich Sie bitten, sich ein paar neue Fotos anzusehen. Haben Sie eine oder mehrere dieser Personen schon mal hier im Hotel gesehen?«

Tessa warf einen schnellen Blick darauf und schüttelte den Kopf.

»Nein, ich glaube nicht.«

Die blonde Leonie sah etwas länger hin.

»Hm ... hier im Hotel sehen wir tagtäglich so viele Leute. Ich kann mich an diese Personen nicht erinnern, aber ich fürchte, das heißt nicht, dass sie nicht hier waren.«

»Wäre es denn möglich, dass jemand das Hotel betritt und zu den Aufzügen gelangt, ohne dass Sie das mitbekommen?«

Beide nickten.

»Natürlich!«, sagte Tessa. »Wir konzentrieren uns ja auf die Gäste, die hier zu uns an die Rezeption kommen. Und wenn niemand hier am Schalter ist, schauen wir eher in den Computer. Wir haben ja keine Zeit, herumzustehen und Löcher in die Luft zu starren oder zu beobachten, wer durch die Halle zu den Aufzügen geht!«

»Das bekommen wir nicht mit!«, pflichtete Leonie ihr bei. »Ist denn einer von denen« – sie deutete auf die Fotos – »der Mörder, der sich heimlich reingeschlichen hat? War es keiner der Teilnehmer der Herz-Tage?«

»Das wissen wir noch nicht«, antwortete Lenz. »Auf welchem Weg kommt man von hier direkt auf die Dachterrasse?«

»Entweder mit dem Aufzug oder durch das Treppenhaus. Der Eingang zum Treppenhaus liegt dort drüben, neben den Aufzügen.«

»Wir müssten wissen, wer am Montag Dienst gehabt hat und sich hier unten in der Halle, im Dachgeschoss und in der Etage, auf der Gernot Weiss sein Zimmer hatte, aufgehalten hat«, sagte Lenz zu den Rezeptionistinnen.

»Ich glaube, da sollten Sie mit unserem Juniorchef sprechen!«, meinte Tessa und winkte einem jungen Mann zu, der gerade aus Richtung des Restaurants kam. »Herr Pistorius, können Sie bitte mal kommen?«

Tessa und Leonie strahlten den jungen Mann an, als hätte ihr Lieblingsstar die Hotelhalle betreten. Er schien das nicht zu bemerken. Tessa stellte ihnen Paul Pistorius vor, Lenz hätte schwören können, dass ihre Stimme dabei viel heller und melodiöser klang als vorher. Er erklärte Paul, worum es ging, und ließ ihn auch gleich einen Blick auf die Fotos werfen.

»Ja, ich war am Montag hier im Haus«, bestätigte er. »Ich habe mich darum gekümmert, dass bei der Veranstaltung alles glatt lief, aber ob diese Personen im Hotel waren, das kann ich Ihnen beim besten Willen nicht sagen.«

Er betrachtete die Fotos genau.

»Tut mir leid. Keiner von denen kommt mir bekannt vor.«

»Stellen Sie uns doch bitte die Dienstpläne vom Montag zur Verfügung, damit wir mit allen sprechen können, die den Mörder potenziell gesehen haben könnten.«

»Selbstverständlich. Ich kümmere mich sofort darum. Bitte nehmen Sie einen Moment Platz.«

Paul durchquerte mit schnellen Schritten die Halle und verschwand auf der großen Treppe nach oben. Tessa und Leonie gafften ihm hinterher. *Ob ich auch so albern aussehe, wenn ich die Kassiererin in der Cafeteria anschaue?*, fragte sich Lenz. Er ließ sich in eines der tiefen Sofas in der Mitte der Halle sinken. Bald darauf kamen Tanja und Marius zu ihm. Beide hatten eine Menge Geschichten gehört, aber weder der Portier Vinzenz Ertl noch der Concierge Luigi Conti hatte einen der Vorstände auf den Fotos erkannt.

Es dauerte nicht lange, dann kam Paul Pistorius über die große Treppe zurück in die Halle. Er war in Begleitung eines älteren Mannes, der einen dreiteiligen Anzug in einem hellen Beigeton trug.

»Ludwig Pistorius«, stellte der Mann sich selbst vor und gab ihnen die Hand. »Mein Sohn hat mir gesagt, dass die Polizei noch mal im Haus ist und dass Sie mit dem Personal reden wollen.«

»Wir hoffen, dass jemand den Täter hier im Hotel gesehen hat. Gibt es einen Hintereingang, durch den man unbemerkt hineingelangen könnte oder muss jeder durch die Halle?«

»Für den Hintereingang benötigt man eine Zutrittskarte, die nur die Hotelangestellten haben«, erklärte Ludwig. »Alle Gäste und sonstigen Besucher müssen das Hotel durch den Haupteingang betreten und somit durch die Halle gehen. Haben Sie schon mit Vinzenz, unserem Portier gesprochen?«

Marius nickte.

»Er kann sich an niemanden erinnern.«

»Vinzenz ist zwar nicht mehr der Jüngste, aber normalerweise hat er ein gutes Personengedächtnis«, warf Paul ein.

»Hilft er einer anderen Person aus einem Taxi oder Auto heraus, bekommt er nicht unbedingt mit, wenn jemand hinter ihm durch die Tür hineinhuscht«, sagte Ludwig.

»Wahrscheinlich nicht«, gab Paul zu. Er überreichte Lenz eine mehrseitige Liste. »Das ist der Dienstplan vom Montag. Die Küche und der Restaurantbereich sind für Sie sicher nicht interessant. Es ist eher die Frage, wer auf den Etagen Dienst hatte. Ich habe bereits Rhaya Mousavi angefordert. Sie vertritt zurzeit unsere Hausdame, die krank ist. Sie weiß Bescheid, wer vom Zimmerservice wo eingesetzt war.«

»Zeigen Sie die Fotos doch auch unserer Bankettleiterin. Frau Hoppe ist einer der Personen vielleicht im Umfeld der Veranstaltung begegnet«, schlug Ludwig vor.

»Wo finde ich diese Frau Hoppe?«, erkundigte sich Marius.

»Sie war vorhin im Restaurant«, sagte Paul.

»Kommen Sie, ich bringe Sie zu ihr«, bot Ludwig an.

Marius folgte ihm.

»Die Zimmerkellner könnten noch interessant sein.« Paul deutete auf einen der Zettel und nahm Lenz die Papiere schließlich wieder aus der Hand. »Lukas hatte am Montagnachmittag Dienst. Den habe ich vorhin in der Küche gesehen ...«

Eine zierliche junge Frau in Zimmermädchenuniform trat zu ihnen. Sie hatte dunkle Haare und südländische Gesichtszüge. Auf den ersten Blick wirkte sie schüchtern, doch ihre Stimme klang laut und deutlich und ihre dunklen Augen waren fest auf Paul gerichtet.

»Sie haben mich rufen lassen?«

»Rhaya, das ging schnell!« Er nickte ihr zu und stellte sie Lenz und Marius vor. »Rhaya Mousavi, unsere stellvertretende Hausdame. Die Kommissare wollen wissen, wer am Montagnachmittag im obersten Geschoss und in der Etage, wo der Tote sein Zimmer hatte, gearbeitet hat.«

»Da das Notebook aus dem Raum verschwunden war, gehen wir davon aus, dass der Täter sich auch dort oben aufgehalten und Zutritt zum Zimmer verschafft haben muss«, erklärte Lenz.

»Am Nachmittag?« Rhaya überlegte. »Wir versuchen normalerweise, bis 14 Uhr mit dem Zimmerservice durch zu sein, aber bei den Herz-Tagen war das Hotel komplett ausgebucht. Wir mussten wirklich alle Zimmer machen, da waren einige von uns auch länger da.«

»Haben Sie diese Personen vielleicht selbst gesehen?« Tanja hielt Rhaya die Fotos hin. Sie blätterte sie aufmerksam durch und schüttelte den Kopf.

»Nein, ich war nur kurz zur Kontrolle in den beiden Stockwerken. Da ist mir keiner von denen begegnet.«

Sie sah sich die Liste, die Paul ihr hinhielt, genauer an.

»Im obersten Geschoss, wo man auch auf die Dachterrasse kommt, waren wir definitiv schon um elf fertig. Da sind weniger Zimmer und ich weiß, dass ich die betreffenden Kolleginnen gegen elf bereits ein Stockwerk weiter unten gesehen habe.« Sie fuhr mit dem Finger über die Liste. »In der Etage von Gernot Weiss haben Carolina, Chantal und Biggi gearbeitet. Von denen ist im Moment allerdings niemand im Haus. Biggi hat heute keinen Dienst. Chantal ist weg und Carolina ist gerade gegangen, weil sie einen Friseurtermin hat.« Rhaya sah Paul entschuldigend an und rechtfertigte sich. »Ich habe es ihr erlaubt, weil Carolina in dieser Woche so viele Überstunden gemacht hat.«

Er winkte ab.

»Ist schon okay.«

Rhaya wandte sich wieder an Lenz und Tanja.

»Wenn Sie möchten, suche ich Ihnen die Adressen heraus. Dann können Sie die Mädchen zu Hause aufsuchen und ihnen die Fotos zeigen.«

Lenz und Tanja wechselten einen Blick. Wahrscheinlich würden sie den restlichen Tag unterwegs sein, falls die Zimmermädchen über die ganze Stadt verstreut wohnten.

»Das wäre super!«, meinte Lenz mit leicht ironischem Unterton, doch er nickte Rhaya auffordernd zu.

Kapitel 62

Elisa legte das Besteck auf ihrem Teller zusammen und lehnte sich auf dem Stuhl zurück.

»Schön, dass das mit dem Frühstück geklappt hat und wir uns noch mal wiedergesehen haben«, meinte Maja. Sie umfasste ihre Kaffeetasse mit beiden Händen, als müsste sie sich daran wärmen. Tatsächlich war es im Restaurant des *Pistorius* kühler als draußen, doch Maja hatte sich geweigert, im Rosengarten zu frühstücken.

»Das finde ich auch.« Elisa lächelte versonnen. Die meiste Zeit hatte Maja geredet. Sie hatte Elisa von ihrem neuen Schreibprojekt erzählt, dessen Konzept sie in den letzten Tagen entwickelt hatte. Es hörte sich nach einem interessanten Buch an und es war schön zu sehen, wie Maja aufblühte, wenn sie davon sprach, doch Elisa hatte nicht verhindern können, dass ihre Gedanken häufig abschweiften. Sie musste immer wieder an Henri und die letzte Nacht denken. Sie hatten nicht genug voneinander bekommen können. Elisa hatte sich Henri nahe gefühlt. Als sie miteinander gesprochen hatten. Und als sie miteinander geschlafen hatten. Jedes einzelne Mal war besonders gewesen – mal sanft und zärtlich, mal wild und leidenschaftlich; Henri schien jeden Zentimeter von Elisas Körper erobern zu wollen. Das Zusammensein mit ihm hatte sich vertraut angefühlt und doch war Elisa sich nicht sicher, ob Henri nicht wieder einen Rückzieher machen würde, wie nach dem Kuss auf dem Kocherlball. Am Morgen, als er sie geweckt hatte, hatte es sich nicht danach angehört, aber man konnte nie wissen. Am liebsten hätte sie ihn angerufen, doch er arbeitete und hatte bestimmt keine Zeit zum Plaudern. Elisa zwang sich dazu, nicht mehr an ihn zu denken.

»Was ist das eigentlich für eine Hochzeit, zu der du jetzt an den Chiemsee fährst?«, fragte sie Maja.

»Eine Freundin aus dem Internat heiratet.«

Elisa erinnerte sich dunkel, dass Majas Mutter eine drittklassige Schauspielerin war, die kaum mit ihrem eigenen Leben fertig wurde, geschweige denn für eine Tochter sorgen konnte. Ihren Vater kannte Maja nicht. Stattdessen hatten sich erst ihre Großeltern um sie gekümmert, dann war Maja auf ein Internat gekommen und hatte nur noch die Wochenenden und Ferien bei ihren Großeltern verbracht.

Maja sah auf die Uhr.

»Ich glaube, ich sollte mich langsam auf den Weg zum Bahnhof machen.« Sie gähnte. »Dabei würde ich mich am liebsten noch ein Stündchen hinlegen. Ich habe in der Nacht so lange an meinem Konzept gearbeitet, dass ich erst spät ins Bett gegangen bin. Und heute Morgen bin ich viel zu früh geweckt worden, weil eins der Zimmermädchen auf dem Flur herumgeschrien hat.«

»Was war denn los?«

»Ich weiß nicht, was vorher passiert ist. Ich habe nur gehört, wie sie auf einmal geschrien hat. Sie hat eine ganze Menge von sich gegeben, aber ich war noch halb im Schlaf. Das Einzige, was ich verstanden habe, war: *Ich habe es sowieso nicht mehr nötig, mir das hier anzutun! Ich kündige!* Dann war Stille. Und ich war wach.«

Elisa horchte auf.

»Das hat sie gesagt? *Ich habe es sowieso nicht mehr nötig, mir das hier anzutun!?*«

Maja nickte.

»Carolina, eins der anderen Zimmermädchen, hat mir später erzählt, dass diese Chantal – so heißt diejenige, die herumgeschrien und gekündigt hat –, wohl plötzlich zu Geld gekommen ist und eine Boutique übernehmen will. Chantal hat immer von der Vin-ta-ge-Boutique gesprochen. Carolina vermutet, dass sie damit *Vintage* meint.«

»Weiß Carolina denn, wie diese Chantal so plötzlich zu dem Geld gekommen ist?«

Maja zuckte mit den Schultern.

»Sie ist ihr in den Personalraum hinterhergelaufen und hat gehört, dass Chantal jemanden angerufen hat und *noch mehr* Geld verlangt hat. Anscheinend muss sie dann das Hotel verlassen haben, Carolina hat den Rest des Gesprächs nicht mehr gehört.«

»Findest du das nicht verdächtig, dass eins der Zimmermädchen plötzlich zu Geld kommt, nachdem hier im Hotel ein Mord geschehen ist?!?«

Maja sah Elisa mit großen Augen an.

»Du meinst, das eine hat mit dem anderen zu tun?«

»Wäre doch möglich.« Elisa überlegte. »Vielleicht hat diese Chantal etwas gesehen und erpresst nun den Täter?«

Maja schlug die Hand vor den Mund.

»Himmel! Auf die Idee wäre ich nie gekommen …«

»Ich bin Kriminalreporterin!« Elisa lachte. »Mir erscheint es schon verdächtig, wenn ein Zimmermädchen, das normalerweise vermutlich nicht viel verdient, plötzlich eine Boutique übernehmen kann. Ausgerechnet nachdem im Hotel ein Mord geschehen ist! Und wenn sie dann noch jemanden anruft, um *noch mehr* Geld zu verlangen. Das stinkt doch zum Himmel! Weißt du zufällig, wie diese Chantal mit Nachnamen heißt?«

Maja schüttelte den Kopf.

»Carolina hat immer nur von *Chantal* gesprochen. Willst du sie etwa aufsuchen?!?«

»Ich bin neugierig. Ich würde zumindest gern mal mit ihr reden. Vielleicht gibt es eine ganz plausible Erklärung …« Elisa glaubte selbst nicht daran, aber Maja sah sie so entsetzt an, dass sie das Gefühl hatte, sie sollte sie beruhigen.

»Ich lass mir ein Taxi rufen«, sagte Maja und zog ihr kleines Köfferchen unter dem Tisch hervor. Sie hatte bereits ausgecheckt und Elisas Frühstück mitbezahlt.

Elisa folgte Maja zum Ausgang des Hotels. Der Portier rief einen Wagen vom Taxistand, der sich auf der anderen Straßenseite befand, herüber. Maja und Elisa verabschiedeten sich und versprachen einander, in Kontakt zu bleiben. Elisa winkte Majas Taxi hinterher, bis es außer Sicht war, dann ging sie zu ihrem Fahrrad, das sie mangels eines Fahrradständers in der hintersten Ecke des Parkplatzes abgestellt hatte.

Elisas Neugier war geweckt. Warum sollte sie sich diese Chantal nicht mal anschauen? Sie hatte nichts Besseres vor. Henri würde sicher noch eine Weile beschäftigt sein, also konnte sie genauso gut mit Chantal sprechen. Selbst wenn sie nichts über den Mord an Gernot Weiss wusste, war die Geschichte eines Zimmermädchens, das plötzlich eine Boutique übernahm, für die Leser der *Morgenzeitung* interessant.

Doch wie sollte sie Chantal finden? Vielleicht war sie in dieser Boutique anzutreffen? Oder dort konnte ihr jemand sagen, wo Chantal wohnte. Elisa zog ihr Handy aus der Tasche und googelte *Vintage Boutique München*. Sie landete sofort einen Treffer: In Giesing gab es eine Secondhand-Boutique namens *Vintage*. Elisa sah sich die Entfernung auf dem Stadtplan an. Es war eine längere Strecke vom *Pistorius* bis nach Giesing, aber die Sonne schien, sie hatte Zeit, warum also nicht? Als Stadtreporterin war es gut, wenn sie viel von der Stadt sah. Elisa war froh, dass sie nicht noch mal das Kleid vom Vorabend angezogen hatte, sondern ihre weiße Jeans mit einer legeren Hemdbluse und Sneakern. In diesem Aufzug konnte sie auch länger auf dem Rad sitzen.

Elisa fuhr auf dem Weg an der Isar entlang, wo sich bei dem herrlichen Wetter bereits viele Spaziergänger und Jogger tummelten. Pärchen liefen Hand in Hand. Elisa dachte an Henri. Was er wohl gerade machte?

Nach dem Deutschen Museum überquerte sie den Fluss auf der Corneliusbrücke und musste dann den Stadtplan zurate ziehen. Bis jetzt hatte Elisa noch keine Gelegenheit gehabt, sich die Sehenswürdigkeiten der Stadt anzuschauen, doch das Gebäude des Deutschen Museums beeindruckte sie so, dass sie beschloss, möglichst bald mit einer systematischen Stadterkundung zu beginnen.

Elisa musste noch ein paar mal abbiegen, um zur Boutique *Vintage* zu gelangen. Es handelte sich dabei um einen kleinen Laden an der Tegernseer Landstraße, eingeklemmt zwischen einer Apotheke und einem Bäcker. Elisa stellte ihr Rad vor dem großen Fenster ab, in dem zwei elegant gekleidete Schaufensterpuppen standen. Sie trugen einfarbige Sommerkleider, die mit bunten Accessoires geschmackvoll aufgepeppt worden waren.

Als Elisa den Laden betrat, läutete eine Klingel. Eine Frau in Elisas Alter kam aus dem Hinterraum und begrüßte sie mit einem Lächeln.

»Wollen Sie sich ein bisschen umschauen oder suchen Sie etwas Bestimmtes?«, fragte sie.

»Ich bin auf der Suche nach Chantal.«

Die Frau runzelte die Stirn.

»Chantal übernimmt das *Vintage* erst im November.«

»Sie können mir nicht zufällig sagen, wo sie wohnt?«

Die Frau zuckte mit den Achseln, doch dann schien ihr etwas einzufallen.

»Wir haben einen Vertrag gemacht. Da steht es, glaube ich, drauf. Warten Sie!«

Sie verschwand im Hinterraum und kam kurz darauf mit ein paar Papieren in der Hand zurück, in denen sie blätterte.

»Hier haben wir es ... Chantal wohnt ganz in der Nähe. Die Tegernseer Landstraße noch ein Stück runter am Wettersteinplatz.«

Sie deutete aus dem Laden raus nach rechts und hielt Elisa gleichzeitig den Vertrag hin. Elisa prägte sich die Adresse ein und konnte dabei auch Chantals Nachnamen lesen: Obermayr.

»Okay, das finde ich. Vielen Dank!«

»Nichts zu danken. Sind Sie eine Freundin von Chantal?«

»Nein, ich möchte sie nur etwas fragen ...«

Elisa verabschiedete sich und radelte ein Stück weiter die Tegernseer Landstraße entlang bis zum Wettersteinplatz. Chantal wohnte in einem Mietshaus, das schon bessere Zeiten gesehen hatte. Elisa stellte ihr Fahrrad ab. Sie klingelte bei Obermayr, obwohl die Haustür sperrangelweit offen stand. Als niemand durch die Sprechanlage antwortete, beschloss sie hineinzugehen. Ein langer Flur führte ins Dunkle. Elisa drückte auf den Lichtschalter, doch es tat sich nichts. Vermutlich stand deshalb die Haustür offen. So kam wenigstens etwas Licht ins Treppenhaus.

Elisa las die Namen neben den Wohnungstüren. Im Erdgeschoss wohnte Chantal offensichtlich nicht. Elisa stieg die Treppe nach oben.

Sie hörte Schritte über sich. Neugierig sah sie hoch. Blöd, dass sie nicht mal ansatzweise wusste, wie Chantal aussah. Doch es war keine Frau, die die Treppe herunterkam, sondern ein Mann. Er trug den Kragen seiner Jacke hochgeschlagen und eine schwarze Kappe mit einem Werbeaufdruck tief ins Gesicht gezogen, sodass Elisa nicht viel von ihm sehen konnte. Sie sagte *Grüß Gott*, wie sie es sich inzwischen angewöhnt hatte, aber er antwortete nicht, sondern eilte weiter. Elisa sah ihm nach und spürte plötzlich ein ungutes Gefühl im Bauch. Schnell lief sie die restlichen Treppenstufen nach oben. Doch auch im ersten Stock stand Chantals Name neben keiner der Türen. Erst eine Etage weiter oben wurde Elisa fündig. Sie drückte auf die Klingel unter Chantals Namen. Der Klingelton war laut zu hören. Als Elisas Blick auf die Tür fiel, stutzte sie. Aus der Wohnung drang durch einen schmalen Spalt Licht. Die Tür schien nicht geschlossen zu sein. Vorsichtig drückte Elisa dagegen, worauf sie sich leicht quietschend nach innen öffnete. Das Schloss sah verbogen aus, als könnte es nicht mehr richtig sperren.

»Frau Obermayr?«, rief Elisa in die Wohnung hinein. Die Stille ließ ihr ein Frösteln über den Rücken laufen. »Chantal? Sind Sie da?«

Sie betrat die Wohnung. Es roch muffig. In der winzigen Diele hing eine grellrosa Sommerjacke an einem Garderobenständer, auf dem Boden lagen Damenschuhe durcheinander, direkt neben der Wohnungstür stand eine glitzernde Box mit Werkzeugen darin.

»Chantal?«

Weder in der kleinen Küche noch im Schlaf- oder Wohnzimmer hielt sich jemand auf. Elisa nahm die bunt zusammengewürfelten Einrichtungsgegenstände kaum wahr, sie spürte mit jedem Schritt ein größeres Unbehagen. Die letzte Tür musste ins Bad führen. Elisa schob sie mit dem Ellbogen auf und fuhr zurück. In der Badewanne lag eine junge Frau, die sie aus angstgeweiteten, toten Augen anstarrte. Elisa schrie auf. Sie lief schnell auf die nackte Frau zu und fühlte ihren Puls. Nichts. Weder am Hals noch an der Hand, die leblos über dem Badewannenrand baumelte, war ein Herzschlag zu spüren. Chantal Obermayr war tot.

Im Wasser lag ein Föhn. Chantals Gesicht war schmerzhaft verzogen, ihr Tod musste grauenvoll gewesen sein. Elisa taumelte rückwärts aus dem Bad hinaus. Erst als sie Chantal nicht mehr sah, merkte sie, dass sie die ganze Zeit die Luft angehalten hatte. Sie keuchte, plötzlich wurde ihr schwarz vor Augen. Elisa griff nach dem Türrahmen und hielt sich fest. Was sollte sie tun? Sie musste Hilfe holen. Henri ... er würde wissen, was zu tun war. Elisa sackte auf ihre Fersen und wühlte ihr Handy aus der Tasche. Mit zitternden Fingern wählte sie Henris Nummer und weinte los, als sie seine Stimme hörte.

»Elisa, wie schön dass du dich meldest! Ich bin gerade auf dem Rückweg ...«

Elisa schluchzte laut auf.

»Ist alles in Ordnung, Liebes?« Henris Stimme klang alarmiert.

»Sie ist tot, Henri«, brachte Elisa heraus. »Du musst kommen ... bitte ... Das Zimmermädchen ist tot ... sie muss etwas gewusst haben ... und jetzt liegt sie tot in ihrer Badewanne ... ich habe sie gefunden ...«

»Wo bist du, Elisa?«, unterbrach er ihr Gestammel.

»In Giesing, am Wettersteinplatz.« Sie nannte ihm die Adresse.

»Ich bin auf dem Rückweg von Taufkirchen, ich kann schnell bei dir sein.«

Plötzlich war ganz laut ein Martinshorn zu hören. Ob Henri eins auf dem Auto hatte?

»Wer ist dieses Zimmermädchen?«, fragte er.

»Chantal Obermayr. Sie arbeitet im *Pistorius* ... Sie muss etwas gewusst haben über den Mord an Gernot Weiss ... Sie hat plötzlich viel Geld gehabt und wollte eine Boutique übernehmen ... Das kam mir komisch vor. Ich wollte sie fragen und jetzt finde ich sie tot in der Wanne ...«

»Hat sie Selbstmord begangen?«

»Da liegt ein Föhn im Wasser ... Aber ich glaub nicht, dass es ein Unfall war ... Das Schloss von der Wohnungstür war kaputt ... und ... und ... der Mann!« Plötzlich sah Elisa ihn wieder vor sich und sie merkte, wie sich ihr Bauch verkrampfte. »Da war ein Mann im Treppenhaus ... er kam von oben ...«

Elisa sah panisch zur Wohnungstür, die immer noch einen Spalt breit aufstand. Was sollte sie tun, wenn der Mann zurückkam?

»Kannst du die Tür von innen verschließen?«, fragte Henri. Auch seine Stimme klang angespannt.

»Das Schloss ist verbogen.« Elisa stand auf und versuchte, die Tür zuzudrücken, doch sobald sie losließ, sprang sie wieder auf. »Nein, es geht nicht. Das Schloss ist kaputt.« Voller Panik lauschte sie nach draußen ins Treppenhaus. »Was soll ich machen, wenn er zurückkommt?«, flüsterte sie.

»Gibt es ein Zimmer, das du abschließen kannst?«

Elisa sah sich um. Die Zimmertüren waren nicht mit Schlüsseln ausgestattet. Es gab keine Möglichkeit, sich irgendwo in der Wohnung einzusperren.

»Nein«, flüsterte sie. »Hier gibt's keine Schlüssel. Soll ich lieber rausgehen?«

Henri überlegte.

»Bleib in der Wohnung. Ich wüsste nicht, warum er zurückkommen sollte. Ich bin bald bei dir.« Henri holte hörbar Luft. »Elisa, ich muss auflegen, um die Kollegen zu alarmieren. Bleib, wo du bist, ja?«

»Ich rühr mich nicht von der Stelle.«

»Und nichts anfassen, okay?«

»Ja, Henri, ich versprech's.«

Er seufzte.

»Wir kennen deine Neugier.«

»Du musst dir keine Sorgen machen.«

»Ich beeil' mich!«

Henri hatte aufgelegt. Nachdem es sie beruhigt hatte, seine Stimme zu hören, machte die plötzliche Stille Elisa erneut Angst. Sie lauschte in die Wohnung hinein, doch sie hörte nichts außer ihrem eigenen Atem. Der ziemlich laut war.

Elisas Blick fiel auf die glitzernde Werkzeugbox, die neben der Eingangstür stand. Was, wenn der Mörder gerade dabei gewesen war, die Tür zu reparieren, damit Chantals Tod wie ein Selbstmord aussah? Was, wenn ihr Klingeln ihn nur kurzfristig aus dem Konzept gebracht hatte und wenn er zurückkam, um fertigzubringen, was er begonnen hatte?

Andererseits: Er musste sich denken, dass sie Chantal hatte besuchen wollen, wenn sie bei ihr geklingelt hatte, und dass sie die Tote längst entdeckt haben musste. Nur ein Vollidiot würde zurückkommen ... Trotzdem ... Vielleicht wäre es besser, zumindest die Wohnung zu verlassen ... sich im Treppenhaus noch eine Etage nach oben zu schleichen. Dort wäre sie sicher bis Henri eintraf.

Elisa war schon fast an der Wohnungstür, als sie draußen im Flur Schritte hörte. Henri konnte unmöglich so schnell angekommen sein. War es doch der Mörder, der zurückkam? Panisch sah Elisa sich um. Mit einem Satz war sie im Bad, dem Raum, der ihr am nächsten war, und versteckte sich hinter der Tür. Sie hielt die Luft an, als sie das Quietschen der Wohnungstür hörte. Schritte näherten sich, die Badtür wurde ein Stück weit aufgeschoben, blieb jedoch Millimeter, bevor sie Elisa berührte, offen stehen. Elisa schloss die Augen. Sie nahm leichten Schweißgeruch wahr. Die Person, die die Wohnung betreten hatte, war eindeutig nicht Henri. Selbst wenn er geschwitzt hatte, roch er nach seinem typischen Zitrusduft. Der Mensch, der sich auf der anderen

Seite der Badtür befand – Elisa ging davon aus, dass es sich dabei um einen Mann handelte – roch dagegen eher unangenehm. *Hoffentlich kann er mich nicht auch riechen!* Schritte entfernten sich vom Bad. Elisa konnte hören, dass der Mann die ganze Wohnung durchsuchte. Ob er davon ausging, dass der Mord an Chantal noch nicht entdeckt war, wenn er scheinbar niemanden vorfand? Er musste annehmen, dass sie sich in eine der anderen Wohnungen begeben hatte, dass es doch nicht Chantal gewesen war, die sie hatte besuchen wollen.

Nachdem der Mann sich von der Badtür entfernt hatte, atmete Elisa vorsichtig auf. Sie öffnete die Augen und sah direkt in das schmerzverzerrte Gesicht von Chantal Obermayr. Mühsam unterdrückte sie einen Aufschrei. Die Tote machte ihr Angst. Was würde der Mann mit ihr machen, wenn er sie hinter der Tür entdeckte?

Hoffentlich kam Henri nicht auf die Idee, sie anzurufen, nachdem er seine Kollegen verständigt hatte. Elisa hielt immer noch ihr Handy in der Hand. Es war nicht ausgeschlossen, dass Henri sie anrief, um sie über das Telefon zu beruhigen. Vorsichtig tastete sie mit dem Daumen nach der Taste am Rand ihres Handys, mit der sie den Ton abstellte. Geschafft!

Ob sie es wagen konnte, Henri eine Nachricht zu senden? Elisa hörte aus dem Flur ein metallisches Klirren. Es klang, als sei der Mann dabei, seine Reparatur am Türschloss zu beenden. Als Elisa die Hand hob, in der sie ihr Handy hielt, um eine Nachricht an Henri zu schicken, berührte sie leicht die Badtür. Sie bewegte sich ein paar Millimeter, blieb dann aber wieder stehen. Elisa hielt die Luft an, doch sie hörte keine Schritte. Die Geräusche ließen eher darauf schließen, dass der Mann ein bestimmtes Werkzeug in Chantals Glitzerkiste suchte.

Unwillkürlich glitt Elisas Blick zurück zu dem toten Zimmermädchen. Sie wusste nichts über sie, außer dass sie ihren Job im *Pistorius* aufgegeben hatte, um eine Secondhand-Boutique zu übernehmen. Elisa hatte keine Ahnung, was sie getan hatte, um in den Mord an Gernot Weiss verwickelt zu werden. Möglicherweise hatte sie den Täter dabei beobachtet und ihn mit ihrem Wissen erpresst. Er musste gezahlt haben, sonst hätte Chantal den Kaufvertrag für die Boutique nicht unterschreiben können. Aber was war dann geschehen? Warum hatte er sie jetzt getötet?

Elisa betrachtete Chantal. Mit ihrem breiten Gesicht und den weit auseinanderstehenden Augen war sie keine Schönheit gewesen. Ihre rechte Hand hing über den Wannenrand. Sie hatte lange dünne Finger, die weiß waren wie die Haut an ihrem ganzen Körper. Ihr rotes Haar umrahmte das Gesicht wie ein Feuerschein. Egal, was sie getan hatte, sie tat Elisa unendlich leid. Sicher hatte sie nicht verdient, so in der Badewanne ihrer Wohnung zu enden.

Und ich möchte auch nicht so enden!

Elisa hob ihr Handy vorsichtig ein weiteres Stück nach oben. Plötzlich war es totenstill. Hatte sich die Tür erneut bewegt? Hatte der Mann bemerkt, dass doch noch jemand in der Wohnung war? Wieder hielt Elisa die Luft an. Auf einmal schepperte es, als ob der Mann das Werkzeug zurück in die Kiste warf. Eine Schranktür klappte, dann fiel die Wohnungstür ins Schloss.

Kapitel 63

Henri wusste, dass er gegen jede Regel verstieß, wenn er allein in das Haus ging. Sein Blick fiel auf Elisas rotes Fahrrad, das neben der offenen Eingangstür an der Hauswand stand. *Scheiß drauf!* Henri zog die Waffe und betrat den Hausflur. Am Treppenabsatz am Ende des Gangs wartete er einen Moment, bis sich seine Augen an das Dämmerlicht gewöhnt hatten. Er wollte nicht auf den Lichtschalter drücken. Nicht, solange er keine Ahnung hatte, ob der Mann, den Elisa gesehen hatte, sich noch im Haus aufhielt. Leise schlich Henri Stufe um Stufe nach oben. Elisa hatte gesagt, dass die Wohnung des Zimmermädchens im zweiten Stock war. Plötzlich erklang der Signalton von Henris Handy, er hatte eine Nachricht bekommen.

Er ist zurückgekommen, schrieb Elisa. *Hab mich versteckt.*

Ist er noch da?, schrieb Henri zurück und lief dabei weiter die Treppe hoch, immer zwei Stufen auf einmal nehmend.

Nein, hat die Tür repariert und ist verschwunden.

Bis zum zweiten Stock begegnete Henri niemandem, er musste Chantals Mörder knapp verpasst haben. Die Tür, an deren Klingel *Chantal Obermayr* stand, war verschlossen.

»Elisa?«, rief Henri. »Ich bin da, du kannst aufmachen ... Vorsicht, Fingerabdrücke!«

Einen Moment später ging die Tür auf. Henri sah noch kurz Elisas erhobenen Ellbogen, dann lag sie schon in seinem Arm.

»Ich bin so froh, dass du da bist«, flüsterte sie. Er drückte sie an sich, spürte, dass sie am ganzen Körper zitterte. Henri küsste sie auf die

Haare. Gleichzeitig scannte er blitzschnell die Umgebung. Von der kleinen Diele gingen mehrere Türen ab.

»Bist du okay, Elisa?«

Henri rückte ein Stück von ihr ab und betrachtete sie. Elisa war alles andere als okay, aber zumindest schien ihr körperlich nichts zu fehlen. Tapfer nickte sie und wies auf eine der Türen. »Sie liegt dort im Bad.« Henri schloss die Wohnungstür mit dem Fuß.

»Ich schau mich schnell in allen Räumen um.«

Mit vorgehaltener Waffe überprüfte er ein Zimmer nach dem anderen, um sicherzugehen, dass der Mörder nicht mehr in der Wohnung war. Die Küche war leer, das Schlafzimmer ebenso und auch im Wohnzimmer war auf den ersten Blick niemand zu sehen. Henri betrat das Bad. Er sah hinter die Tür, bevor er die Leiche näher inspizierte. Für Chantal Obermayr würde jede Hilfe zu spät kommen. Henri wählte die Nummer der Einsatzzentrale.

»Ich bin jetzt in der Wohnung drin«, sagte er. »Hier ist niemand, der Täter scheint sich aus dem Staub gemacht zu haben.«

»Der Streifenwagen ist doch erst in ein paar Minuten vor Ort. Bist du etwa allein reingegangen?!?«, fragte der Einsatzleiter ungläubig.

»Es war Gefahr im Verzug«, meinte Henri nur kurz. Chantal hatte die helle Haut der Rothaarigen. Ihr Körper lag entspannt im Wasser, als nehme sie gerade ein Bad, doch wenn man in ihr Gesicht blickte, wurde einem sofort klar, dass ihr Ende alles andere als entspannt gewesen war. Ihre Hand hing über den Rand der Badewanne. Vielleicht hatte sie noch versucht, den Angreifer abzuwehren. Dass sie den Föhn selbst ins Wasser befördert hatte, hielt Henri für unwahrscheinlich.

»Die Frau ist tot. Sagt den Leuten aus dem Streifenwagen, dass sie das Haus absichern müssen, einer soll gleich in den zweiten Stock hochkommen. Ansonsten brauchen wir das übliche Team. Könnt ihr Lenz Bescheid geben?«

»Geht klar.«

Henri legte auf. Er steckte das Handy und die Waffe weg. Elisa war ihm ins Bad gefolgt. Sie sah Chantal an, ihre Wangen waren tränennass.

»Die arme Frau! Wenn ich nur etwas früher gekommen wäre, dann hätte ich ihn vielleicht davon abhalten können ... irgendwie ...«

Henri zog Elisa an sich.

»Ich bin kein Rechtsmediziner, aber ich schätze, dass sie schon eine Weile tot ist.«

»Ich habe ihren Puls gefühlt. Da war nichts. Und dann hatte ich plötzlich solche Angst ...«

Henri strich über Elisas Rücken. Er bugsierte sie aus dem Bad.

»Du hältst mich wahrscheinlich für hysterisch, aber ich habe noch nie vorher einen Toten gesehen ...«

Henri legte den Arm um Elisas Schultern und küsste sie auf die Schläfe.

»Sie sieht so grauenvoll aus ... Hast du ihre Augen gesehen? Einerseits weit aufgerissen vor Angst und Schmerz, andererseits irgendwie matt und blicklos ... eben tot.« Elisa sah Henri an. »Für dich ist das ganz normal, oder?«

Er schüttelte den Kopf.

»Normal wird es nie sein, einen toten Menschen anzusehen. Aber ich muss meinen Job machen. Ich konzentriere mich auf die Tat, versuche, Hinweise und Zusammenhänge zu erkennen ...«

Aus dem Treppenhaus waren Schritte von mehreren Personen zu hören.

»Das werden die Kollegen sein«, sagte Henri zu Elisa und öffnete die Wohnungstür mit dem Ellbogen. Zwei Kollegen in Uniform standen vor ihm. Henri schickte einen von ihnen gleich wieder nach unten, um vor dem Haus Platz für die Einsatzfahrzeuge zu schaffen. Den anderen wies er an aufzupassen, dass niemand das Türschloss anfasste, bevor dort die Spuren gesichert waren.

»Lass uns rausgehen«, sagte Henri zu Elisa. »Hier sind wir nur im Weg, wenn die Kollegen loslegen.«

Sie setzten sich auf die Treppe, die nach oben führte.

»Geht es dir besser?«, fragte Henri Elisa. Sie nickte und wischte sich die Tränen aus dem Gesicht. Immerhin flossen jetzt keine neuen mehr über ihre Wangen. »Vielleicht lenkt es dich ein bisschen ab, wenn du mir erzählst, was du hier eigentlich gemacht hast?«

Elisa berichtete, dass sie mit Maja Johansson gefrühstückt hatte und dass Maja ihr von dem Zimmermädchen erzählt hatte, das plötzlich zu so großem Reichtum gekommen war, dass sie im Hotel kündigen und eine Boutique übernehmen konnte.

»Ich fand es verdächtig, dass Chantal nach dem Mord im *Pistorius* auf einmal so viel Geld hatte«, erklärte Elisa.

»Und deshalb dachtest du, du redest einfach mal mit ihr.« Henri sah Elisa tadelnd an. »Bist du nicht irgendwann auf die Idee gekommen, mich anzurufen, weil diese Information auch für die Polizei interessant sein könnte?«

Elisa wich seinem Blick aus.

»Ich wusste ja nicht, ob das mit dem Geld tatsächlich mit dem Mord zusammenhing. Ich wollte dich nicht mit einer Theorie belästigen, die sich später als falsch herausstellt.«

»Deine Theorien sind meistens nicht schlecht, Elisa. Ich würde es wirklich bevorzugen, wenn du sie in Zukunft zu einem früheren Zeitpunkt mit mir teilst!«

»Ich wollte dich nicht stören bei deinen Ermittlungen ...«

Er fuhr sich mit der Hand durch die Haare.

»Ich war vollkommen umsonst in Taufkirchen unterwegs. Du hättest mich kein bisschen gestört.«

Henri hatte die Ehefrau von Gerald Haberlander zu Hause angetroffen. Sie hatte ihn zum Golfplatz geschickt, in der festen Überzeugung, dass ihr Mann dort eine Runde drehte. Doch niemand hatte ihn beim Golfen gesehen. Henri nahm an, dass es sehr viel wahrscheinlicher war, dass Gerald eine Runde in Lara Türmers Bett drehte. Oder war er hier gewesen?

»Elisa, ich meine es ernst! Ich möchte, dass du mich in Zukunft anrufst, bevor du dich irgendwo in Gefahr begibst!«

Sie nickte.

»Ich wusste ja nicht, dass hier ein Mörder unterwegs ist«, sagte sie kleinlaut.

»Kannst du mir den Mann beschreiben?«

»Viel habe ich nicht von ihm gesehen. Er hatte den Kragen hochgeschlagen und er trug eine Kappe.«

»Eine Kappe? Wie sah die aus?«

»Dunkel ... Mit einem Aufdruck. Aber ich konnte nicht lesen, was da stand. Es ging so schnell. Wir sind uns im Treppenhaus begegnet. Ich habe ihn gegrüßt, er ist eilig weitergelaufen, dann war er schon weg.«

Henri zog sein Handy aus der Hosentasche und rief die Internetseite der Voss Pharma AG auf.

»Ich möchte dir ein paar Fotos zeigen. Du musst mir sagen, ob du ihn wiedererkennst.«

Weitere Kollegen erschienen auf der Treppe. Bald kamen die Spurensicherung und der Rechtsmediziner dazu, dann würde es am Tatort nur so wimmeln vor Ermittlern. Es war besser, Elisa von hier wegzubringen. Andererseits war ihre Erinnerung jetzt noch ganz frisch.

Henri gab ihr sein Handy und deutete auf die Fotos der Vorstände der Voss Pharma AG. Elisa sah sie sich genau an, zog sie mit den Fingern größer, doch dann schüttelte sie den Kopf.

»Ich glaube nicht, dass es einer von denen war. Aber ich kann es nicht beschwören. Es ging so schnell. Und durch die Kappe ...«

Henri nahm das Handy und suchte nach Fotos von Thilo und Egon Seibert, fand jedoch keine. Die Website des Auftragsforschungsinstituts befand sich zurzeit im Wartungsmodus.

»Ich muss kurz mal mit Lenz telefonieren.« Henri wählte. Lenz ging sofort dran.

»Henri! Kannst du mir mehr zu dem Zimmermädchen sagen? Der Typ von der Einsatzzentrale hat mir nur erzählt, dass sie tot aufgefunden wurde, sonst wusste er nichts.«

»Bist du schon unterwegs, Lenz?«

»Marius ist gerade losgefahren. Tanja und ich wollen hier noch die Befragungen abschließen.«

»Hat Marius die Fotos von den Verdächtigen dabei?«

»Nein, die hat er hiergelassen.«

»Kannst du die Bilder abfotografieren und mir schicken? Elisa hat wahrscheinlich den Mörder von Chantal Obermayr gesehen. Ich möchte, dass sie sich die Fotos unserer Verdächtigen ansieht.«

»Elisa? Was hat sie damit zu tun?«

»Längere Geschichte.«

»Dann sag mir wenigstens was zu dem Zimmermädchen!«

»Sie muss heute Morgen gekündigt haben, anscheinend verfügt sie plötzlich über einen Haufen Geld. Es könnte sein, dass sie den Mörder von Gernot Weiss beobachtet und ihn erpresst hat. Frag doch mal die Hausdame, oder wie man das nennt, nach dieser Chantal. Und ob sie am Montag Dienst hatte.«

»Okay, mach ich.«

Henri legte auf.

»Ich bringe dich jetzt heim«, sagte er zu Elisa. »Lenz schickt mir die Fotos von sämtlichen Verdächtigen. Ich möchte, dass du sie dir genau anschaust. Vielleicht erkennst du den Mörder wieder.«

»Ich habe aber wirklich nicht viel von ihm gesehen«, wandte Elisa ein. Der Zweifel stand ihr ins Gesicht geschrieben. »Ich will nicht, dass ihr jemanden ausklammert, nur weil ich ihn nicht erkenne.«

»Das werden wir sicher nicht tun. Nur *falls* du jemanden erkennst, hätten wir einen sehr konkreten Anhaltspunkt.« Henri erhob sich. »Ich spreche noch kurz mit den Kollegen.«

Er hinterließ bei einem der Beamten eine Nachricht an die Spurensicherung. Sie sollten sich neben dem Türschloss auch den Werkzeugkasten vornehmen und sämtliche Spuren penibel überprüfen.

Henri ging zurück zu Elisa. Sie kauerte immer noch wie ein Häuflein Elend auf der Treppe. Er reichte ihr die Hand und zog sie hoch.

»Komm, ich bringe dich hier weg.«

Er legte den Arm um sie. Jetzt zitterte Elisa nicht mehr. Sie schmiegte ihren Kopf kurz gegen seine Schulter. Sie schien dankbar zu sein, dass er bei ihr war. Henri bedauerte, dass er sie nur schnell heimbringen konnte. Der Mord an Chantal Obermayr würde das Team die nächsten Stunden beschäftigen.

Kapitel 64

Elisa sah zu, wie Henri die Rückbank seines Wagens umklappte, und half ihm, ihr Rad in den Kofferraum zu laden.

»Auf keinen Fall lasse ich dich jetzt durch die halbe Stadt radeln«, wischte er ihren Widerspruch beiseite.

Wahrscheinlich wollte er sichergehen, dass sie wirklich zu Hause war und sich nicht in der Nähe des Tatorts herumtrieb.

Sie stiegen ins Auto, Henri startete und fuhr los. Die rechte Hand legte er auf Elisas Bein, sie griff danach und verschlang ihre Finger mit seinen. Henri sah Elisa liebevoll an und drückte ihre Hand leicht. Sie räusperte sich.

»Was kann ich denn in der Zeitung schreiben von all dem, was heute passiert ist?«, fragte sie.

Henri warf einen Blick in den Rückspiegel.

»Warum habe ich auf diese Frage bereits gewartet?«

»Weil du weißt, dass ich schon sehr lange stillgehalten habe?«

»Und jetzt ist für dich der Moment gekommen, an dem du nicht mehr stillhalten kannst?«

»So ungefähr.«

Elisa lächelte Henri gewinnend an, doch er war damit beschäftigt abzubiegen. Zum Schalten benötigte er die rechte Hand, die er aus Elisas löste. Er sah in den Rückspiegel und beschleunigte vor einer Ampel.

»Wenn du den Mann auf einem der Fotos erkennst, hättest du etwas hinreichend Konkretes, über das du schreiben könntest. So müsstest du ziemlich vage bleiben.«

»Der Mord an Chantal Obermayr hat für mich wenig Vages!«, widersprach Elisa. »Dass sie tot ist, ist kaum zu bestreiten, und dass ein Zusammenhang zu dem Mord an Gernot Weiss besteht, ist sehr wahrscheinlich. Da könnte ich schon einige Zeilen füllen.«

»Das glaube ich dir!« Henri schmunzelte. »Können wir das später noch besprechen, wenn wir mehr wissen? Wann habt ihr Redaktionsschluss?«

»Online ist immer Redaktionsschluss. Für die gedruckte Ausgabe erst morgen wieder, am Sonntag erscheint die *Morgenzeitung* ja nicht. Aber unser Chef vom Dienst ist ab heute im Urlaub, und ich habe den Verdacht, dass die Kollegen, die ihn gemeinsam vertreten wollen, mit dem Setzen der Seiten etwas überfordert sind. Je früher sie einen Text bekommen, desto besser.«

Henri fuhr einen anderen Weg zurück als den, den Elisa zu Chantals Wohnung genommen hatte. Erst als er über die Isar fuhr und rechts in die Widenmayerstraße abbog, kannte Elisa sich wieder aus. Hier hatte sie schon mal die Anwohner interviewt, die sich über den ständigen Partylärm beschwerten, der in lauen Sommernächten von der Isar hoch zu ihren Wohnungen waberte.

»Auf eine Stunde hin oder her wird es nicht ankommen, oder?«, fragte Henri.

»Nein, sicher nicht.«

Das Newsdesk hatte gemeinschaftlich beschlossen, die Arbeit von Wolf Borowsky auf alle Ressortleiter aufzuteilen, während er im Urlaub war. Jeder sollte seine Seiten selbst setzen, André würde die Oberaufsicht übernehmen. Elisa bezweifelte, dass sich auch nur einer von ihnen ansatzweise Gedanken darüber gemacht hatte, wie viel Zeit und Aufwand Wolf in seine Arbeit investierte. Als ob er so leicht zu ersetzen wäre.

Henri zog sein Handy hervor und schrieb eine Nachricht, als sie vor einer roten Ampel hielten.

»Die Fotos von Lenz?«, fragte Elisa.

Er sah sie stirnrunzelnd an und tippte weiter, auch als er wieder anfuhr.

»Lenz hat Probleme, sie zu schicken.«

»Probleme?«

»Keine Ahnung, was da los ist. Lass uns einfach kurz vorbeifahren, das *Pistorius* liegt ja auf dem Weg.«

Er schrieb immer noch.

»Soll ich für dich tippen?«

»Bin schon fertig.« Henri klemmte das Handy unter sein Bein. »Tanja hat vorgeschlagen, dass wir sie im *Pistorius* auf der Dachterrasse treffen, weil sie da gerade in der Nähe sind. Sie befragen das Personal.«

»Also hat noch keiner einer eurer Verdächtigen wiedererkannt?«

»Scheinbar nicht.« Henri bog ab Richtung Englischer Garten. Von der Seite musterte er Elisa. »Geht's dir jetzt wieder besser? Du bist nicht mehr so blass.«

»Ich fühle mich deutlich besser, seit wir aus dem Haus draußen sind.«

»Weg von der Leiche?« Henri sah Elisa belustigt an. »Ich hatte ja schon überlegt, ob wir dich als freie Mitarbeiterin in unser Team aufnehmen, weil du so gut im Kombinieren bist. Aber wenn du keine Leichen anschauen kannst ...«

Elisa blieb ernst.

»Das ist wirklich ein harter Job, den ihr da macht. Immer wieder Menschen zu sehen, deren Leben gewaltsam beendet wurde. Mir war vorher nicht klar, wie schrecklich der Anblick von Toten ist.«

Henri räusperte sich.

»Bei Kindern ist es am schlimmsten«, sagte er leise.

Elisa umfasste Henris Hand auf dem Steuerknüppel. Mitleidig sah sie ihn an. Sicher dachte er jetzt an Emily, das kleine Mädchen, das sie erst vor Kurzem tot aufgefunden hatten. Und Elisa wusste, dass es von Emily in Henris Gedanken nicht weit war bis zu Jonathan, seinem Sohn, der verunglückt war.

»Man sollte meinen, dass einen ein Job in der Mordkommission hart und gefühllos macht«, sagte sie, »doch bei dir ist das nicht so. Am Anfang habe ich dich für abgebrüht und extrem sachlich gehalten, aber jetzt weiß ich, dass das nicht stimmt. Du bist einer der mitfühlendsten Menschen, die ich kenne.«

Henri sah Elisa erstaunt an. »Nicht immer«, erwiderte er und bog auf den Parkplatz des *Pistorius* ab. »Manchmal muss man in der Lage sein, sämtliche Emotionen auszublenden.« Er sah sie an. »Das heißt aber nicht, dass sie nicht da sind ...«

Mit diesen Worten stieg er aus, Elisa folgte ihm. Sie war versucht, nach seiner Hand zu greifen, doch Henri eilte mit großen Schritten auf den Eingang zu. Er warf einen weiteren Blick auf sein Handy. Erst als sie in der Halle waren, drehte er sich zu Elisa um und lächelte sie an.

»Komm, wir nehmen den Aufzug.«

Er legte die Hand auf ihren Rücken und ließ sie dort, bis sie am Lift ankamen. In der Hotelhalle war nicht viel los. Von Henris Kollegen war keiner zu sehen. Sie stiegen in den nächsten freiwerdenden Aufzug. Henri sah beim Einsteigen noch mal zurück.

»Was ist denn?«, fragte Elisa.

»Nichts.« Die Türen schlossen sich und Henri drehte sich wieder zu Elisa. Sie waren allein im Aufzug. Elisa machte einen Schritt auf Henri zu und legte die Hände um seinen Hals. Sie küsste ihn und es dauerte nicht lange, bis er ihren Kuss erwiderte. Viel zu schnell kamen sie in der obersten Etage an und die Türen glitten auseinander. Sie lösten sich voneinander und traten hinaus auf den Flur. Rechts ging es zur Dachterrasse, links zu den Zimmern in diesem Stockwerk. Henri zögerte. Das Lächeln, mit dem er Elisa gerade noch betrachtet hatte, wich einem Stirnrunzeln.

»Schauen wir, ob die anderen schon da sind«, sagte Henri und öffnete die Glastür, die auf die Dachterrasse hinausführte. Er ließ Elisa den Vortritt.

»Keiner da«, stellte sie fest.

»Warte kurz hier. Ich seh mal nach, wo ich die Kollegen finde.«

Henri zog sein Handy heraus und verschwand um die nächste Ecke des Gangs. Elisa überquerte die Dachterrasse bis zur Brüstung. Etwa von dieser Stelle musste Gernot Weiss in den Tod gestürzt sein. Elisa sah hinunter und schauderte, als sie die sichtbar saubergeschrubbten Pflastersteine sah, auf denen Gernot aufgeschlagen war. Unwillkürlich trat sie ein Stück zurück. Sie war froh, als sie den Klingelton ihres Handys hörte, der sie aus ihren Gedanken an Gernots gewaltsamen Tod riss. Andrés Büronummer leuchtete auf dem Display. Er schien den Samstag in der Redaktion zu verbringen.

»Hallo, André«, begrüßte Elisa ihn, schlenderte über die Dachterrasse zu einem der Lounge-Sessel vor der Bar und setzte sich. »Musst du das Wochenende durcharbeiten, um Wolf zu vertreten?«

»Sehr lustig!« André hörte sich nicht besonders amüsiert an. »Wir haben gerade eine Ad-hoc-Meldung von der Voss Pharma AG reinbekommen. Ich dachte, das könnte dich interessieren.«

»Lass hören!«

»Im Vorstand gibt es einige Veränderungen. Melissa Eberhardt hat das Unternehmen mit sofortiger Wirkung verlassen, Carlo Fröhlich übernimmt bis auf weiteres zusätzlich das Marketingressort und Johannes Opitz wird neues Mitglied des Vorstands für den Bereich Finanzen. Könnte das irgendetwas mit den Mauscheleien zu tun haben, denen du auf der Spur bist? Wenn die Marketing-Chefin, die ja offensichtlich auch die Presseaktivitäten betreut, plötzlich gehen muss ...«

»Steht da, dass sie gehen musste oder dass sie selbst gekündigt hat?«

»Melissa Eberhardt hat das Unternehmen mit sofortiger Wirkung verlassen«, las André vor. »Das hört sich für mich so an, als ob sie gehen musste ...«

Die Glastür am Eingang zur Dachterrasse klappte, Elisa sah hoch. Ein Mann kam auf sie zu, der ihr vage bekannt vorkam. Sie konnte ihn nicht einsortieren, aber so entschlossen, wie er auf sie zuging, wollte er eindeutig zu ihr.

»André, ich ruf dich gleich noch mal an«, sagte Elisa und legte auf.

Als er direkt vor ihr stand, erkannte sie ihn. Er trug keine Kappe mehr und sein Kragen war nicht hochgeschlagen, doch es war unverkennbar der Mann, den sie bei Chantal Obermayr im Hausflur getroffen hatte. Chantals Mörder.

»Was wollen Sie von mir?«

Er sagte nichts, packte sie am Arm und wollte sie in Richtung der Brüstung ziehen, doch Elisa wehrte sich. Sie sprang hoch und richtete sich zu ganzer Größe auf, was den Mann für einen Moment aus dem Konzept zu bringen schien. Elisa war größer als er, anscheinend hatte er mit einer schwächeren Gegnerin gerechnet. Er zerrte an ihrer Hand, aber Elisa konnte sich losreißen. Sie überlegte fieberhaft. Wer war dieser Mann? Auf jeden Fall keiner von denen, die Henri ihr auf seinem Smartphone gezeigt hatte.

Ich muss Zeit gewinnen! Ich muss ihn in ein Gespräch verwickeln. So lange bis Henri zurück ist.

»Was wollen Sie von mir?«, wiederholte sie. »Wollen Sie mich über die Brüstung stoßen? So wie Sie es bei Gernot Weiss gemacht haben, ja?«

In seinen Augen blitzte etwas auf, doch er sagte nichts. Mit beiden Händen umfasste er Elisas Arm fester als zuvor und zerrte sie über die Dachterrasse.

»Damit werden Sie nicht durchkommen!«, rief Elisa und stemmte ihre Füße in den Boden. »Die Polizei ist gleich da, der Kommissar wird jeden Augenblick mit seinen Kollegen zurück sein.«

»Beim letzten Mal ist es auch schnell gegangen«, sagte der Mann und grinste, als es ihm gelang, Elisa weiter zur Brüstung mit sich zu ziehen. Mit seinem nahezu kahlen Kopf und dem stechenden Blick sah er gespenstisch aus. »Ich bin gleich hier weg und dann wird mich keiner mehr mit den Morden in Verbindung bringen können!«

»Wer weiß, ob es nicht wieder einen Zeugen gibt? Gernot Weiss wollte etwas veröffentlichen, was Ihnen geschadet hätte, oder? Und das Zimmermädchen hat gesehen, dass Sie ihn getötet haben, oder?«

Er lachte bitter auf und zog Elisa weiter. Der Rand der Terrasse war noch einige Meter entfernt, Elisa wehrte sich nach Kräften, doch Zentimeter für Zentimeter verlor sie an Boden.

»Die war bloß geldgeil, sonst nichts. Sie hat bei uns in der Firma angerufen, als sie den Artikel von dem Schmierfink auf seinem Notebook gelesen hat. Er hat uns darin verleumdet. Sie wollte Geld für den Tipp. Der war es scheißegal, was wir mit ihm gemacht haben.«

»Da ist sie bei Ihnen ja genau an den Richtigen geraten.«

»Sie hat gefragt, wer fürs Geld zuständig ist, da wurde sie mit mir verbunden.« Er grinste. »Ich hab ihr Geld gegeben. Aber sie wollte mehr. Hat wohl gedacht, sie könnte mich immer weiter melken. Da hat sie sich getäuscht.«

Er zerrte an Elisas Arm.

Wo bleibst du, Henri?

Elisa schaute zur Tür. Niemand war zu sehen.

»Sind Sie uns eigentlich von Chantals Wohnung hierher gefolgt? Dort hätten Sie es einfacher haben können.«

Elisa dachte an die bangen Minuten, die sie versteckt im Bad verbracht hatte. Er runzelte die Stirn und schien für einen Moment zu vergessen, dass er sie zur Brüstung ziehen wollte.

»Leider habe ich nicht gemerkt, dass Sie in der Wohnung waren!« Er schob sich zu ihr, sodass sein Gesicht dicht vor ihrem war. Seine Augen musterten sie mit grimmigem Blick. »Wo haben Sie sich versteckt? In einem Schrank?«

»Hinter der Badezimmertür.«

Er stöhnte.

»Hätte ich das gewusst! Dann hätte ich Sie gleich dort kalt gemacht. Hab leider erst mitbekommen, dass noch jemand in der Wohnung war, als der Bulle kam und ihm die Tür von innen geöffnet wurde.«

Er musste sich im Treppenhaus versteckt haben. Vermutlich hatte Henri unten das Haus betreten, als er die Wohnung verlassen hatte. Wenn er Henri kommen gehört hatte, konnte er sich auf der Treppe nach oben zurückgezogen haben.

»Aber es sieht ja so aus, als bekäme ich eine zweite Chance.« Der Mann grinste teuflisch und sein Gesicht verzog sich dabei zu einer unheimlichen Fratze. »Wenn der Bulle Sie mir quasi auf dem Präsentierteller serviert ...«

In diesem Moment wurde Elisa klar, dass Henri sie absichtlich auf der Dachterrasse platziert hatte. Er musste gemerkt haben, dass der Mann ihnen gefolgt war. Ob er sich irgendwo versteckte, um ihn im geeigneten Moment festzunehmen? Elisa überlegte fieberhaft. Wenn der Mann Gernots Notebook vernichtet hatte, gab es keine Beweise. Henri und seine Kollegen brauchten ein Geständnis.

Chantals Mörder zerrte weiter an Elisas Arm, doch der Gedanke an Henris Plan mobilisierte bei ihr neue Kräfte. Sie riss ihre Hand los und schubste den Kerl von sich.

»Was ist denn so wichtig, dass es drei Menschenleben wert ist?!«, rief sie. »Warum haben Sie Gernot Weiss und Chantal Obermayr getötet und warum wollen Sie jetzt auch mich ins Jenseits befördern?«

Verblüfft starrte er auf seine leeren Hände, griff jedoch gleich wieder zu. Diesmal krallte er seine Finger in Elisas Arm. Sie schrie auf und trat ihn gegen das Schienbein.

»Weil ihr mir im Weg seid!«, antwortete er grimmig. Das Zerren begann von Neuem. Er achtete jetzt darauf, sich von Elisas Füßen fernzuhalten, brachte aus der Distanz aber nicht genug Kraft auf, um sie näher an den Rand der Terrasse zu befördern. Es ging einen Schritt nach vorn, einen Schritt zurück.

»Bei was sind wir im Weg?« Elisa überlegte fieberhaft, wie sie ihn zum Reden bekommen konnte. »Sind Sie von Voss Pharma oder von Life Science?«

»Das kann Ihnen egal sein!«

Er schaffte es, Elisa mit einem Ruck ein ganzes Stück weiter zu zerren. Sie kniff ihn mit der freien Hand in die Finger, mit denen er ihren Arm umklammerte. Er stöhnte, aber er ließ nicht los.

»Gernot Weiss hatte herausgefunden, dass die PCSK9-Hemmer nicht so wirkten, wie Sie behauptet haben, und deshalb mussten Sie ihn zum Schweigen bringen«, riet Elisa. »Ist es nicht so?«

An seinem wutverzerrten Gesicht erkannte Elisa, dass sie ins Schwarze getroffen hatte.

»So kurz vor dem Ziel lass ich mich doch nicht von einem Schmierfink und einem Zimmermädchen ausbremsen.«

»Dann lieber zum Mörder werden, ja?«

»Es ist viel leichter, als ich dachte! Der Journalist war so perplex, dass er sich kaum gewehrt hat, und das Zimmermädchen hatte keine Chance, als ich ihr in ihrer Wohnung aufgelauert habe ...«

»Haben Sie sie dazu gezwungen, sich in die Wanne zu legen, und dann den Föhn hineingeworfen?«

»Sie hat nicht sofort kapiert, was ich von ihr wollte, aber als ich ein bisschen nachgeholfen habe, ging es. War echt heftig, wie sie den Stromstoß abbekommen hat.«

Er lachte. Er lachte tatsächlich! Bei Elisa brannte eine Sicherung durch und sie trat ihm mit aller Kraft zwischen die Beine. Er krümmte sich und im gleichen Moment tauchte Henri von der Tür aus auf und sein Kollege Lenz kam mit einer jungen Frau hinter der Dachterrassenbar hervor. Die drei zielten mit ihren Waffen auf den Mann und Henri rief: »Herr Opitz, ich nehme Sie fest wegen Mordes an Gernot Weiss und Chantal Obermayr.«

Opitz? Hatte André nicht gerade erwähnt, dass der neue Finanzvorstand der Voss Pharma AG so hieß?

Der Mann richtete sich auf, da ließ Lenz schon Handschellen um sein rechtes Handgelenk schnappen. Er versuchte, sich dagegen zu wehren, doch die Frau, die sich mit Lenz hinter der Bar versteckt hatte, hielt den linken Arm fest, sodass sie beide Hände mit den Handschellen fixieren konnten. Lenz belehrte den Mann über seine Rechte.

Henri kam zu Elisa.

»Bist du okay?« Er sah sie besorgt an.

Elisa winkte ab.

»Warum hast du mich nicht vorgewarnt?«, fragte sie.

»Ich wollte dir keine Zeit geben, Angst zu bekommen. Du wärst niemals so überzeugend gewesen! Ich habe allerdings nicht geahnt, was für eine talentierte Schauspielerin du bist!«

»Und Ringkämpferin!«, warf Lenz ein.

»Es hat etwas gedauert, bis ich verstanden habe, um was es euch geht ...«, meinte Elisa.

»Das hast du sehr gut gemacht!«

Henri sah sie voller Zuneigung an. Für einen Moment dachte Elisa, er würde sie vor seinen Kollegen küssen, doch dann zerstörte der Mann in Handschellen die romantische Situation, indem er zeterte: »Das können Sie nicht mit mir machen! Sie haben keinerlei Beweise ...«

Kapitel 65

Henri drehte sich zu Johannes Opitz um.

»Das können wir sehr wohl mit Ihnen machen. Wir haben gerade mit angehört, wie Sie sich damit gebrüstet haben, zwei Menschen getötet zu haben.«

»Das wird Ihnen vor Gericht niemand abnehmen! Das könnten Sie sich ja auch ausgedacht haben, um mir die Morde anzuhängen!« Er grinste siegessicher. »Sie haben keine Beweise! Und warum hätte ich es denn überhaupt tun sollen?«

»Um Finanzvorstand der Voss Pharma AG zu werden?«, warf Elisa ein.

Henri sah sie fragend an. Er bedeutete den beiden Streifenbeamten, die gerade die Dachterrasse betraten, noch zu warten.

»Ich habe vor ein paar Minuten von einer Ad-hoc-Meldung erfahren«, erklärte Elisa. »Es gab einige personelle Veränderungen bei der Voss Pharma AG. Melissa Eberhardt hat das Unternehmen verlassen und ein gewisser Johannes Opitz ist zum Finanzvorstand berufen worden. Ich nehme an, dabei handelt es sich um ihn.« Elisa deutete auf den Controller von Voss Pharma. Henri zog eine Augenbraue nach oben.

»Interessant! Damit hätten wir das Motiv!«

»Aber immer noch keine Beweise!«, bellte Johannes Opitz. »Vor Gericht wird Ihnen niemand glauben!«

Tanja hob ihr Handy vor sein Gesicht.

»Zufällig habe ich hier jedes einzelne Wort aufgenommen, das Sie gerade gesagt haben. Wollen Sie mal hören?«

Sie drückte auf die Wiedergabetaste und die Stimme von Johannes Opitz war klar zu hören: »Es ist viel leichter, als ich dachte! Der Journalist war so perplex, dass er sich kaum gewehrt hat, und das Zimmermädchen hatte keine Chance, als ich ihr in ihrer Wohnung aufgelauert habe ...«

Johannes Opitz war leichenblass geworden. Fassungslos sah er Tanja an. Sie stoppte die Aufnahme.

»Ich glaube schon, dass das Gericht Ihre Worte interessant finden wird«, sagte sie seelenruhig.

Johannes Opitz verfärbte sich erneut, sein Gesicht lief dunkelrot an.

»Damit werden Sie nie durchkommen!«, schrie er. »Ich möchte mit meinem Anwalt sprechen!«

»Selbstverständlich.« Henri nickte den beiden Beamten zu. »Unsere Kollegen werden Sie mitnehmen. Sie können mit Ihrem Anwalt telefonieren, sodass er bei der Vernehmung zugegen ist.«

Johannes Opitz wurde abgeführt. Elisa trat auf Tanja zu und reichte ihr die Hand: »Wir kennen uns noch gar nicht. Ich bin Elisa. Coole Idee mit der Aufnahme!«

Henri hatte den Eindruck, dass Tanja Elisa mit unsicherem Blick musterte. Bei Elisas Kompliment schien sie sich zu entspannen. Sie erwiderte Elisas herzliches Lächeln und schüttelte ihre Hand.

»Tanja Coswig. Cooler Ringkampf! Sie waren wirklich geistesgegenwärtig!«

»Danke. Die Idee, über die Brüstung gestoßen zu werden, hat mir einfach nicht gefallen.« Sie wandte sich an Henri. »Er muss uns von Chantal Obermayr hierher gefolgt sein. Hast du ihn im Rückspiegel gesehen?«

Henri nickte.

»Zum Glück waren Lenz und Tanja noch im *Pistorius*. So konnten wir ihn in die Falle locken. Kein Wunder, dass niemand vom Personal den Täter erkannt hat. Johannes Opitz hatten wir nicht auf dem Schirm und deshalb haben wir auch kein Foto von ihm herumgezeigt.«

»Das können wir jetzt noch machen«, warf Lenz ein. »Zeugen, die ihn am Tattag hier gesehen haben, wären vor Gericht nicht schlecht. Ich laufe hinterher und knipse schnell ein Foto mit dem Handy von ihm.«

»Ich komme mit, dann können wir zu zweit die Befragungen fortsetzen«, sagte Tanja und folgte ihm zur Dachterrassentür.

»Ich bringe Elisa nach Hause, wir treffen uns zur Vernehmung«, rief Henri ihnen hinterher.

»Okay.«

Lenz und Tanja verschwanden im Gebäude. Henri drehte sich zu Elisa. An der steilen Falte auf ihrer Stirn konnte er ablesen, dass sie nicht nach Hause wollte.

»Ich schätze, du magst eher in die Redaktion?«

Elisa lächelte.

»Du kennst mich schon gut. Jetzt, da das Rätsel um den Mörder von Gernot Weiss und Chantal Obermayr gelöst ist, möchte ich gleich über all das schreiben, was passiert ist.«

»Das dachte ich mir!« Henri umfasste Elisas Gesicht und küsste sie. »Wir werden nachher eine Presseerklärung rausgeben.«

»Wenn du magst, können wir meinen Artikel später abstimmen.«

Henri grinste.

»Und bei der Gelegenheit noch ein paar Details ergänzen, die sich bei unserer Vernehmung ergeben werden!?«

»Das wäre natürlich toll.« Elisa umarmte Henri und drückte sich an ihn. »Aber du weißt, dass ich dich nicht deswegen küsse?«

Sie legte den Kopf zurück und sah ihn mit eindringlichem Blick an.

»Ja, meine Liebe, das weiß ich.« Henri konnte nicht ernst bleiben, wenn sie ihn so ansah. Er lächelte und küsste sie wieder. »Das meiste hast du sowieso miterlebt. Ich hoffe, ich habe dir nicht zu viel zugemutet.« Er hielt ihr Gesicht fest, strich eine Haarsträhne nach hinten und sah sie prüfend an. »Nachdem du gerade erst den Schock über Chantals Tod überwunden hattest, war ich nicht sicher, ob die

Falle eine gute Idee war. Aber ich kann dir versichern, dass du keinen Moment in Gefahr warst. Wir hätten sofort eingegriffen, wenn er dich näher als fünf Meter an die Brüstung herangezogen hätte.« Henri grinste. »Das ist ihm ja zum Glück nicht gelungen. Ich werde mir merken, dass es gefährlich ist, mit dir zu kämpfen.«

»Ich bin mit zwei großen Brüdern aufgewachsen, da lernst du, dich zu wehren.« Elisa schmunzelte. »Beim nächsten Mal könntest du mir trotzdem vorher einen dezenten Hinweis geben, dann weiß ich, was los ist!«

»Ich hoffe, es wird kein nächstes Mal geben!«, sagte Henri entschieden. »Komm, ich fahr dich jetzt zur Redaktion.«

»Nicht nötig, ich kann auch radeln.«

Henri griff nach Elisas Hand und zog sie mit sich zur Tür.

»Unsinn, ich fahre dich. Wenn ich schon den Rest des Tages mit der Befragung dieses Irren beschäftigt sein werde, möchte ich wenigstens noch ein paar Minuten mit dir verbringen!«

Elisa blieb stehen.

»Dann aber richtig.«

Sie zog ihn an sich und küsste ihn.

Kapitel 66

»Kaffee?«

Elisa sah hoch, als André neben ihr eine Tasse auf den Tisch stellte.

»Danke.«

Er hielt eine weitere Tasse in der Hand und beugte sich über Elisas Schulter, um einen Blick auf ihren Bildschirm zu werfen. Er hatte ihr höchstpersönlich eine ganze Seite freigeschaufelt, nachdem Dennis weder auf dem Handy noch zu Hause erreichbar war. Immerhin unterstützten die Leiter der Ressorts Wirtschaft, Bayern und Sport André beim Layout, ansonsten waren nur ein paar vereinzelte Redakteure anwesend.

»Ich warte noch auf ein, zwei Infos«, sagte Elisa. Sie würde ihm nicht auf die Nase binden, dass sie ihren gesamten Text an Henri geschickt hatte, um sich rückzuversichern, dass alles, was sie geschrieben hatte, korrekt war. Und veröffentlicht werden durfte.

André nickte nur beifällig und ließ sich auf Dennis' Platz sinken. Er trank etwas Kaffee und schloss für einen Moment die Augen.

»Wie war dein Essen gestern?«

»Lecker«, sagte Elisa neutral und nahm auch einen Schluck. »Wie war die Dinnerparty unseres Verlegers?«

»Langweilig. Beim nächsten Mal musst du unbedingt mitkommen. Ich habe ihm von dir erzählt und er möchte dich kennenlernen.«

»Was hast du denn erzählt?!?«

»Dass du eine hervorragende Journalistin bist; hartnäckig, leidenschaftlich, mit einer informativen und gleichzeitig unterhaltsamen Schreibe. Kann sein, dass ich auch erwähnt habe, dass du sehr attraktiv bist.«

André grinste, Elisa spürte die Hitze in ihrem Gesicht aufsteigen.

Wenn er wüsste, dass ich mit Henri geschlafen habe, wäre er nicht so verschwenderisch mit seinen Komplimenten ...

»Hör auf, das ist mir peinlich.«

»Muss es nicht sein.« André machte es offensichtlich Spaß, Elisa in Verlegenheit zu bringen. »Der gute Mann interessiert sich eben nicht nur dafür, wie kompetent jemand ist, sondern hat auch gern schöne Frauen um sich.«

Elisa stöhnte.

»Na bravo, ich wette, bei euch Männern ist es ganz egal, wie ihr ausseht. Da zählt einzig und allein die Leistung.«

André zuckte mit den Schultern. Er selbst sah aus wie Michelangelos David. Aber er musste sicher nicht befürchten, seines Aussehens wegen den Job zu haben, den er hatte.

»Keine Sorge, ich habe natürlich vor allem deine journalistischen Fähigkeiten herausgestellt. Er scheint regelmäßig deine Texte zu lesen, deshalb wusste er, was ich meine.« André lächelte Elisa über seine Kaffeetasse hinweg an. »Du wirst ihn genauso um den Finger wickeln wie ...«

Das Klingeln von Elisas Handy unterbrach André. Sie sah auf dem Display Henris Nummer.

»Entschuldige, da muss ich drangehen. Es geht um die Informationen von der Polizei.«

»Verstehe.«

André lächelte Elisa noch mal zu, dann stand er auf und verzog sich mit seinem Kaffee hinüber zum Newsdesk.

»Henri«, sagte Elisa nur zur Begrüßung und senkte dabei ihre Stimme. André musste nicht hören, wie vertraut sie mit ihrem Informanten sprach.

»Elisa!« Er klang gestresst. »Ich habe mir deinen Artikel gerade angeschaut. Danke, dass du die Verhaftung so knapp zusammengefasst hast. Dein Chefredakteur würde wahrscheinlich lieber lesen, dass die *Morgenzeitung* live dabei war?«

Henri hatte Elisa gebeten, die Falle, die sie Johannes Opitz auf der Dachterrasse des *Pistorius* gestellt hatten, nicht ausführlich zu diskutieren. Er befürchtete, dass der Anwalt des Controllers im Verfahren darauf herumreiten könnte, dass eine Zivilistin eingespannt worden war.

»Was er nicht weiß, macht ihn nicht heiß«, sagte Elisa lachend. »Ich habe inzwischen gelernt, nicht mein ganzes Wissen mit ihm oder jemand anderem aus der Redaktion zu teilen. In dem Artikel steht auch so erheblich mehr, als eure Pressemeldung hergibt. Damit wird er glücklich sein.«

Henri und seine Kollegen hatten eine Presseinformation herausgegeben, in der sie sämtliche Zusammenhänge der Ermordung von Gernot Weiss und Chantal Obermayr erklärten. Elisa hatte ihren Text mit vielen Details ergänzen können, die die Geschichte weitaus spannender machten als der sachliche Polizeibericht.

Henri hatte ihr zwischendrin am Telefon bereits erzählt, dass Gerald Haberlander gestanden hatte, dass er bis zum Vorabend nicht gewusst hatte, dass der Mord an Gernot Weiss auf das Konto von Johannes Opitz ging. Erst als dieser auf ihn zugekommen war und für seine Tat den Posten des Finanzvorstands verlangt habe, hatte er davon erfahren und sei Opitz' Wunsch nachgekommen, da er schließlich »zum Besten des Unternehmens gehandelt habe«. Nach dem Vertrauensbruch von Melissa Eberhardt hatte er sich vermutlich nicht mit einem weiteren Mitarbeiter anlegen wollen. Auch Gerald Haberlander würde sich vor Gericht verantworten müssen – mindestens für die versuchte Vertuschung einer Straftat.

Außerdem hatte Henri Elisa erzählt, dass sie bei der Vernehmung von Luisa Schürmann, der Rezeptionistin der Life Science GmbH, auf Granit gebissen hatten. Sie stritt weiterhin ab, Gernot Weiss gekannt zu haben, obwohl sie es Elisa gegenüber zugegeben hatte. Henri ging davon aus, dass der Journalist von Luisa die Informationen über die gefälschte Studie bekommen hatte. Sie hielt nun an ihrer Lüge fest, weil sie unweigerlich ihren Job verlieren würde, wenn herauskäme, dass sie Firmeninterna weitergab. Sie hatten ein Team der Spurensicherung in Luisa Schürmanns Wohnung geschickt, doch es sah nicht so aus, als ließe sich dort auch nur der geringste Beweis dafür finden, dass Gernot Weiss sich bei ihr aufgehalten hatte.

»Hat Johannes Opitz etwas zu Gernot Weiss' Notebook gesagt?«, fragte Elisa.

»Du hast immer noch nicht die Hoffnung aufgegeben, Gernots Artikel veröffentlichen zu können?«

»Nein.« Elisa hatte sich in ihrer Berichterstattung auf die Aufklärung der Morde konzentriert, doch in einem zusätzlichen Beitrag hatte sie angedeutet, dass Gernot den Verdacht gehabt haben musste, dass die Studie zu Sanivocumab gefälscht worden war. Mehr als diese Andeutung hatte André Elisa nicht zugestanden; er befürchtete eine Verleumdungsklage von Life Science und Voss Pharma. Henri hatte Elisa zwar von der Aussage von Melissa Eberhardt erzählt, doch die war nichts wert, solange ihre ehemaligen Vorstandskollegen weiterhin abstritten, dass die Studie manipuliert worden war. Sie brauchten Beweise und Elisa hoffte, dass diese Beweise auf Gernots Notebook zu finden waren.

»Wir gehen davon aus, dass Johannes Opitz das Notebook vernichtet hat. Er scheint sich sehr sicher zu sein, dass wir es nicht finden werden. Die Kollegen durchkämmen zwar gerade sein Büro und seine Wohnung, doch bis jetzt vergeblich.« Henri lachte plötzlich. »Dafür haben sie etwas anderes gefunden. Ich erzähle es dir, aber das darfst du auf keinen Fall veröffentlichen!«

»Du kannst mir vertrauen!«

»Das tue ich!« Jetzt hörte sich seine Stimme nach einem Lächeln an. »An der Pinnwand in Johannes Opitz' Büro hing eine Einladung zum 30-jährigen Abitreffen. Er ist offensichtlich mit seinem Kollegen Carlo Fröhlich, dem Vertriebsvorstand von Voss Pharma, zur Schule gegangen. Wir glauben, dass er es unbedingt schaffen wollte, vor dem Abitreffen zum Vorstand ernannt zu werden, damit alle sehen, dass er es genauso weit gebracht hat wie sein Kumpel.«

»Nicht dein Ernst? Hat er das zugegeben?!?«

»Er mauert total. Er verweigert die Aussage, wir haben die Vernehmung jetzt abgebrochen.«

»Was heißt das?«

»Er wird erst mal in der Zelle schmoren, denn für den Staatsanwalt war Tanjas Aufnahme Beweis genug, dass wir ihn in Untersuchungshaft behalten. Wir hoffen, dass die Kollegen in seinem Büro oder in seiner Wohnung weiteres Beweismaterial finden, damit wir ihn noch stärker unter Druck setzen können.«

»Ich schätze, ihr habt jetzt eine Menge Papierkram zu erledigen? Dokumentation und so?«

»Der Schreibkram kann bis morgen warten«, meinte Henri. »Wann bist du in der Redaktion fertig?«

»Ich muss nur noch meine Seite übergeben.«

Während Elisa auf Henris Feedback gewartet hatte, hatte sie einige Agenturmeldungen bearbeitet und gesetzt, André würde sich also kaum beschweren können, wenn sie ging.

»Ich hole dich ab«, sagte Henri sofort und seine Stimme klang nicht mehr gestresst, sondern voller Vorfreude.

»Und mein Fahrrad? Wir können uns auch zu Hause treffen.«

»Das Rad laden wir einfach wieder in den Kofferraum. Ich habe jetzt keine Lust, zu Hause Karens Fragen zu den Morden zu beantworten.«

Elisa lächelte. *Und Karens Fragen zu ihnen beiden.*

»Okay, ich beeil mich. Ich kann in einer Viertelstunde unten sein.«

»Gut. Bis gleich!«

Henri schickte Elisa einen Kuss durch die Leitung. Sie verzichtete darauf, es ihm gleichzutun. Immerhin saß sie in Andrés Blickrichtung.

Elisa gab ihre Texte im Redaktionssystem frei. Während sie zusammenpackte, rief sie zu André hinüber: »Meine Seite steht. Die Informationen sind im Großen und Ganzen mit der Polizei abgestimmt. Du wirst sehen, dass die *Morgenzeitung* viel mehr hat als die anderen, die nur auf den Polizeibericht zurückgreifen können.«

Er streckte den Daumen nach oben.

»Sehr gut, Elisa. Ich schaue es mir gleich an.«

»Falls du Fragen hast, kannst du mich auf dem Handy erreichen.«

Er war bereits in ihren Text, den er auf seinem Bildschirm vor sich hatte, vertieft.

»Schaut gut aus«, meinte er.

»Dann bin ich jetzt weg.«

Elisa nahm ihre Tasche und verließ eilig die Redaktion. Sie hüpfte die Treppe hinunter und musste dabei mit einem Anflug schlechten Gewissens an Lena denken. Heute saß sie sicher wieder heulend zu Hause und trauerte Wolf hinterher, nachdem sie am Vorabend bei ihrer Tante zumindest etwas abgelenkt gewesen war. Sie würde sich später bei ihr melden. Und vielleicht erst mal noch nichts von Henri erzählen ...

Als Elisa aus dem Redaktionsgebäude trat und in die Seitenstraße abbog, in der sie ein paar Stunden vorher ihr Fahrrad abgestellt hatte, nachdem sie es aus Henris Wagen herausgehoben hatten, sah sie, dass Henri bereits dabei war, das Rad wieder in den Kofferraum zu befördern. Kopfschüttelnd sah er ihr entgegen.

»Du solltest das Schloss wirklich an etwas befestigen und nicht nur zwischen den Speichen durchwinden«, sagte er. »So kann das Rad jeder einpacken, der möchte. Hier in der Bahnhofsgegend wird ihn niemand davon abhalten.«

»Jawohl, Herr Kommissar, ich werde deinen Ratschlag in Zukunft beherzigen«, erwiderte Elisa lachend und küsste Henri. Er zog sie an sich und legte die Arme um sie.

»Bist du zufrieden, dass der Mörder von Gernot Weiss und Chantal Obermayr gefunden ist?«, fragte Elisa.

»Zufrieden?« Henri legte die Stirn in Falten. »Einerseits schon ... klar ... weil wir unseren Job erledigt haben ...«

»Und andererseits?«

»Andererseits bleiben bei so einem Fall immer gemischte Gefühle zurück. Wenn du weißt, dass der Mörder zwar gefasst ist, dass das aber nur die Spitze des Eisbergs ist.«

Elisa nickte heftig.

»Es macht mich so wütend, dass die Verantwortlichen von Voss Pharma und Life Science mit ihrem Betrug davonkommen werden, nur weil wir keine Beweise für die Fälschung der Studie in der Hand haben.«

»Immerhin wird Gerald Haberlander sich dafür verantworten müssen, dass er seit gestern Abend wusste, dass Johannes Opitz den Journalisten getötet hat und dass er ihn zum CFO befördert hat, anstatt ihn anzuzeigen. Ich könnte mir vorstellen, dass er danach keinen Fuß mehr auf den Boden bekommt.«

»Aber Voss Pharma und Life Science werden genauso wie bisher weitermachen können und Millionengewinne einsacken ... auf Kosten der Patienten und der Krankenkassen. Ich durfte nur andeutungsweise darüber schreiben, weil André Angst vor einer Verleumdungsklage hat. Dabei möchte ich die Leute darauf aufmerksam machen, was da gelaufen ist.« Elisa redete sich immer mehr in Rage. »Zu wissen, dass so etwas möglich ist ... dass die Kontrollinstanzen, auf die man als Verbraucher vertraut, nicht zuverlässig sind ... Wenn Voss Pharma damit durchgekommen ist, wie mag es dann mit anderen Unternehmen sein? In der Pharmabranche? In der Lebensmittelindustrie? Wer sagt uns, dass es nicht bei tausend anderen Produkten genauso gelaufen ist wie bei den PCSK9-Hemmern? Es stellt sich heraus, dass ein Medikament oder was auch immer nicht ganz so gesundheitsförderlich ist, wie man gehofft hat, aber das Produkt aus dem Verkehr zu ziehen ist viel zu teuer. Lieber mauschelt man etwas herum, bis man eine

Zulassung oder ein Siegel bekommt, und letzten Endes ist der Verbraucher der Betrogene.«

»Wir werden mit der Europäischen Arzneimittelagentur Kontakt aufnehmen und unseren Verdacht weitergeben, dass die Studie gefälscht wurde.«

»Meinst du, dass sie das Medikament daraufhin aus dem Verkehr ziehen?«

Henri hob die Schultern.

»Ich hoffe, dass sie eine erneute Studie durch ein anderes – wirklich unabhängiges – Forschungsinstitut anordnen werden. Bis daraus neue Ergebnisse vorliegen, wird sicher einige Zeit vergehen. Was bis dahin geschieht, weiß ich nicht.«

»Doch es lohnt sich, dass Thema im Auge zu behalten?«, meinte Elisa hoffnungsvoll.

»Es kann dauern ... aber vielleicht bekommst du dann noch Gelegenheit zu deinem Aufklärungsartikel!« Henri strich Elisa eine Haarsträhne aus dem Gesicht und betrachtete sie liebevoll.

»Mach dich nicht über mich lustig!«

»Niemals!« Er küsste sie. »Weißt du, dass du mit diesem investigativen Journalistenblick besonders attraktiv bist?«

»Hey ... ich habe keinen investigativen Journalistenblick! Was soll das überhaupt sein?«

»Das ist ungefähr der gleiche Blick, den Luna draufhat, wenn sie sich in einen meiner Laufschuhe verbeißt. Beharrlich und stur könnte man auch dazu sagen«, zog er sie auf und umfasste gleichzeitig ihr Gesicht. »Ich mag es, dass du deinen Job ernst nimmst.«

»So wie du.«

Sie erwiderte Henris Blick für einen kurzen Moment, dann kam sie ihm entgegen und küsste ihn.

»Was machen wir jetzt?«, fragte Elisa nach einer Weile.

»Auf was hast du Lust?«

»Ich weiß nicht ... ich kenne mich hier noch nicht so gut aus. Vielleicht magst du mir deine Stadt zeigen? Deine besonderen Orte in München?«

Henri sah Elisa nachdenklich an.

»Meine besonderen Orte? ... Hm ... das ist gar nicht so leicht ...« Er überlegte. »Da gibt es vieles, was ich dir zeigen könnte ...«

»Nicht unbedingt die typischen Touristenattraktionen. Eher Orte, die für dich eine spezielle Bedeutung haben, wo du etwas Besonderes erlebt hast. Wo ich etwas über dich und dein Leben hier erfahre.«

Henris Blick wurde noch dunkler als sonst.

»Da gibt es einen Ort ...« Er zögerte. »Aber ich weiß nicht, ob es das ist, was du meinst ...«

Sie griff nach seiner Hand.

»Bestimmt, wenn das dein erster Gedanke war.«

Hoffentlich nicht der Friedhof, auf dem Claire und Jonathan begraben waren!

»Okay. Dann lass uns dort hinfahren.«

Henri öffnete die Beifahrertür und ließ Elisa einsteigen.

»Jetzt bin ich neugierig«, sagte sie, als er auf dem Fahrersitz Platz nahm. Henris Lächeln kam Elisa traurig vor. Sie griff erneut nach seiner Hand. Wortlos startete er den Wagen.

Elisa konnte nicht ausmachen, auf welches Ziel Henri zusteuerte. Da sie sonst mit dem Fahrrad unterwegs war, nutzte sie eher kleine Straßen und Fahrradwege, sie wusste nicht, wohin die großen Ausfallstraßen führten. Lediglich anhand des Sonnenstands stellte sie fest, dass sie nach Norden fuhren. Aus der Ferne sah sie den Olympiaturm, dem sie sich näherten. Schließlich stellte Henri den Wagen am Rand eines Parks ab. *Ackermannstraße* las Elisa auf einem Schild.

»Wo sind wir?«

»Das ist der Olympiapark. Komm.«

Sobald sie ausgestiegen waren, nahm Henri Elisas Hand und zog sie mit sich. Er wirkte angespannt. Sie folgte ihm schweigend und war sich nicht mehr sicher, ob es nicht besser gewesen wäre, sich an einen neutralen Ort zu begeben, der nicht vorbelastet war durch etwas, das Henri dort erlebt hatte. Doch dafür war es nun zu spät.

Elisa sah in einiger Entfernung das markante Zeltdach des Olympiastadions. Bevor sie näher herankamen, bog Henri jedoch auf einen kleinen Pfad ab und führte sie auf die höchste Erhebung im Park. Von oben konnte man über einen kleinen See hinweg direkt ins Stadion hineinschauen. Das Zeltdach zog sich nicht nur über das Stadion, sondern über weitere Gebäude bis zum See. Auf der anderen Seite hatte Elisa einen herrlichen Blick auf die Innenstadt. Die Türme der Frauenkirche ragten aus dem Dächermeer hervor, dahinter schienen die Berge greifbar nah zu sein.

»Von hier oben kann ich dir meine ganze Stadt zeigen«, erklärte Henri, als sie auf dem Gipfel des kleinen Bergs ankamen. Ein Jogger machte Dehnungsübungen, sonst war niemand zu sehen. »Ich glaube, ich war zuletzt hier an dem Tag, an dem wir uns kennengelernt haben.«

»Wirklich? Kommst du öfter hierher?«

»Eigentlich nicht. Das war Zufall, dass ich damals hier war. Aber tatsächlich hast du von hier den besten Blick auf alle Orte, die mein Leben in den letzten Jahren geprägt haben.« Er ließ ihre Hand los und deutete in verschiedene Richtungen. »Da in der Stadtmitte ist das Polizeipräsidium, wo ich jahrelang gearbeitet habe. Etwas weiter drüben ist der Gebäudekomplex, in den die Mordkommission vor ein paar Jahren ausgegliedert wurde.« Er holte tief Luft. »Da links ist das *Grandhotel Pistorius*, wo Gernot Weiss getötet wurde. Da hinten, wo du die große Parkfläche siehst, ist der Nymphenburger Park. Dort haben wir Emily gefunden. Und in der Nähe ist Adrian Hildebrand ums Leben gekommen.« Er drehte sich um. »Ganz weit im Norden ist das Haus, in dem eine alte Frau vergiftet aufgefunden wurde. Das war der Fall, den wir gerade aufgeklärt hatten, als wir es mit den Morden an Adrian und Emily zu tun bekamen.« Er drehte sich zurück in Richtung Süden. »Wenn du dem Verlauf der Isar folgst, dann kommst du zu der Stelle, an der Vanessa Czerny aus dem Wasser gezogen wurde.« Er stockte. »Und etwas weiter da drüben ... da ist die Kreuzung ... da sind Jonathan und Claire gestorben ...«

Wollte er andeuten, auf was Elisa sich mit ihm einließ? Wollte er sie davor warnen, dass der Tod einen großen Teil seines Lebens bestimmte? Dass er kaputt war, von all dem Sterben und dem Schmerz, denen er ausgesetzt war – in der Vergangenheit, in der Gegenwart und in der Zukunft?

Elisa nahm Henris Hand, die er immer noch vor sich ausgestreckt hatte, um in die Richtung der Kreuzung zu deuten, wo sein Sohn und seine Frau ums Leben gekommen waren. Sie küsste den Handrücken und verschränkte ihre Finger mit seinen. Mit ihrer freien Hand deutete sie nun ihrerseits hinunter auf die Stadt. Nur vage, denn sie war sich nicht sicher mit ihren Ortsangaben, aber sie hoffte, dass die jeweilige Richtung stimmte.

»Da hinten muss der Starnberger See liegen, da ist gerade deine wunderbare Tochter Anna.« Sie drehte sich. »Da links ist irgendwo euer herrliches *Elysium*, bei dem Karen dafür sorgen wird, das es immer ein friedlicher Rückzugsort für dich sein wird, wo du alles andere hinter dir lassen kannst. Dort drüben hast du mir euer Büro gezeigt, wo du täglich mit deinen Kollegen zusammenarbeitest, die dich wertschätzen und mögen. Wenn ich mich nicht irre, ist ein Stück vor *Elysium* der Chinesische Turm, wo wir zusammen beim Kocherlball getanzt haben.« Sie machte eine große Geste mit dem Arm, die die ganze Stadt einschließen sollte. »Überall in dieser Stadt gibt es Leute, deren Leben du besser gemacht oder sogar gerettet hast, weil du Mörder überführst und dafür sorgst, dass ihnen Gerechtigkeit widerfährt. Du kannst den Tod nicht besiegen, Henri, aber du setzt ihm eine ganze Menge entgegen.« Elisa trat vor ihn. Henri hatte den Blick gesenkt, Elisa konnte nicht erkennen, was in ihm vorging. Sie griff nach seiner anderen Hand und drückte beide fest. »Das alles gehört zu dir, doch es macht mir keine Angst, denn ich weiß, dass der Tod es nicht schafft, dich kaputtzumachen.«

Als Henri Elisas Blick endlich erwiderte, sah sie eine ungewohnte Verletzlichkeit in seinen Augen. Seine Stimme klang rau: »Als ich das letzte Mal hier war, habe ich stark an mir gezweifelt. Ich habe geglaubt, ich sei nicht mehr in der Lage, Gefühle zu haben. Etwas für jemanden zu empfinden. Jetzt weiß ich, dass das nicht der Fall ist. Denn du haust mich um, Elisa! In jeder Beziehung!« Er sah sie lächelnd an und umfasste ihr Gesicht.

»Ich liebe dich!«

»Ich dich auch!«

Man konnte nur hoffen, dass im gleichen Moment nicht schon wieder jemand irgendwo da unten in der Stadt durchdrehte und einen anderen ermordete. Ob aus Liebe oder warum auch immer ...

Danksagung

Vielen Dank an alle Leser der ersten beiden Bände meiner Krimireihe um Elisa und Henri, die mich durch ihr Interesse und ihre positiven Rückmeldungen durch Rezensionen oder E-Mails täglich zum Weiterschreiben motiviert haben! Nun liegt mit *Wissen. Macht. Angst.* der dritte Band der Krimireihe vor und ich freue mich darauf, von Ihnen zu hören, wie Ihnen die Fortsetzung gefallen hat – gern in Form einer Rezension auf Ihrem bevorzugten Bücherportal oder per E-Mail an kontakt@livmorus.de.

Ein besonders großes Dankeschön geht an meinen Mann für das kritische Lesen der ersten Textversion: Dein Feedback war sehr hilfreich und hat die Geschichte rund gemacht! Vielen Dank an meine engagierten Testleser für eure wertvollen Anmerkungen, an Claudia für den medizinischen Check, an Christine für das intensive Lektorat, an Anne Gebhardt für ihre kreativen Cover für die Krimireihe und die dazugehörigen Kurzgeschichten, an Janina und Julia für akribisches Korrekturlesen und an alle Freunde, die mich tatkräftig unterstützen!

Wenn Sie noch mehr über Elisa, Henri und andere Figuren erfahren wollen, besuchen Sie mich doch auf www.livmorus.de. Dort finden Sie zusätzliches Bonusmaterial und Sie können sich zum Newsletter anmelden, der Sie über das Erscheinen weiterer Bände der Krimireihe informiert. Auf www.facebook.de/livmorus gibt es außerdem immer aktuelle Informationen.

Wie immer freue ich mich darauf, von Ihnen zu hören!
Ihre Liv Morus